寧波文化研究工程 ◉ 歷史文獻整理

宧膝軒詩文集輯校

（清）王榮商◎撰　張萍◎輯校

九州出版社　JIUZHOUPRESS｜全国百佳图书出版单位

圖書在版編目（CIP）數據

《容膝軒詩文集》輯校 ／（清）王榮商撰 ；張萍輯
校． -- 北京 ：九州出版社，2021.11
ISBN 978-7-5225-0710-1

Ⅰ．①容… Ⅱ．①王… ②張… Ⅲ．①古典詩歌－詩
集－中國－清代②古典散文－散文集－中國－清代 Ⅳ.
①I214.92

中國版本圖書館CIP數據核字(2021)第243757號

《容膝軒詩文集》輯校

作　　者	（清）王榮商　撰　張萍　輯校	
責任編輯	王海燕	
出版發行	九州出版社	
地　　址	北京市西城區阜外大街甲 35 號（100037）	
發行電話	(010)68992190/3/5/6	
網　　址	www.jiuzhoupress.com	
印　　刷	北京九州迅馳傳媒文化有限公司	
開　　本	720 毫米 ×1020 毫米　16 開	
印　　張	21.5	
字　　數	320 千字	
版　　次	2021 年 12 月第 1 版	
印　　次	2021 年 12 月第 1 次印刷	
書　　號	ISBN 978-7-5225-0710-1	
定　　價	68.00 元	

光緒乙未キ刊

宮膝車千

宮膝車文稿

《容膝軒文稿》封面

鎮海王榮商友萊撰

記

記浹口興法船始末

光緒九年法蘭西圖越南屬為越將劉永福所敗越本
屬中國永福又廣四人故沿邊將顧助之五月法使脫利
古來天津詰問意在內犯沿海各口戒嚴先是英吉利
犯鎮海由乾口門登岸故議者以浹口南防為尤重十
年春浙撫劉秉璋至鎮海相度形勢自金雞山迤南至

顧氏宗祠記

春前翰林院侍讀同縣王榮商記

鎮海妙林廟之東有顧氏宗祠光緒丙申顧君福雷所
建也君素工心計光緒初族之畏老鬻其先世允群公
祀田得錢三百餘千委君襠其子母越十餘年積錢二
千餘緡顧氏近支分忠恕兩房時忠房有支祠而恕房
未有因創建祠之議族人皆曰善君乃相陰陽立基址
鳩工庀材皆躬自程督不求助於人踰年而告成祠凡

頃意美兩君已詳言之固無俟余之贅為也丙辰暮

《四明叢書》版《容膝軒文集》書影

應

殿試舉人臣王榮商年叁拾伍歲浙江甯波府鎮海縣人由廩生應
光緒捌年鄉試中式由舉人應光緒拾貳年會試中式今應
殿試謹將三代腳色開具於後

一三代

曽祖家勤　　祖永眉　　父錫山

臣對臣聞考古者致治之本豎乎軍者備豫之方設險者固
國之基鑄幣者理財之要自古帝王斟元御宇錫福誠民
以稽典籍則治忽可探也以詰戎兵則控馭有資也以審
形勢則險易周知也以度貨財則重輕交準也其兢兢於
夙夜者將以勉主德於至純貽大猷於累世而使天下食
德飲者和安生樂業以馴至風同道一之休也至於純疵之
辨強弱之幾控守之宜變通之利尤必察之以聖智而行
之以實心則唐虞三代之隆風不難再見於今日也欽惟
皇帝陛下聰明天亶宵旰時勤聖學固已精純軍政固已修飭
邊防固已完密泉法固已流通戎矩規秩然大備矣適
聖懷沖挹猶切咨詢念至善之無窮冀通言之可採進臣等於
廷而策之以稽古練兵守險阜財諸大政如臣愚昧何足以

上海圖書館藏王榮商殿試墨卷手跡

昨承
騶惠臨失迎爲悵敬維
杏蓀尊兄大人起居曼福
勳業日新
中外賴以安和
乾坤資其旋轉
恩施廣被忭頌難名 榮商自戊戌春乞假省親旋因感體
違和籲請開缺待養

[illegible]高厚[illegible]相勗
擬從十月初來滬北上恭請
聖安所慮十年薄宦未賦[illegible]征數載家居益形竭涸現在民窮
財盡無款可籌
明公高義薄雲倘能貸我千金俾壯行色則出山小草長銘
噓植之恩銜石微禽庶効涓埃之報冒昧上干無任惶恐
待命之至敬請
鈞安不備 五月二十九日 愚弟王榮商頓首謹啟

上海圖書館藏王榮商致盛宣懷信札

前　言

　　王榮商 (1853—1921)，字友萊，寧波府鎮海縣高塘鄉田三洋村（現屬寧波市北侖區新碶街道）人，晚清翰林、著名文人、文史學者。其父王錫山，縣學生，後經商從事錫箔業，好儒，曾在鄉里倡建振文書院。王荣商生年不少記載因陰陽曆轉換之誤作 1852 年，而據其《六十生辰作》一詩的小注："余生於十一月二十七日，陽曆正月十五日"，應為 1853 年無疑。他天資明敏，自幼好學，"秦漢以上之書靡弗諷誦，晉唐以下之書則擇而覽"（竺麐祥《清翰林院侍读王先生壙志銘》），對《漢書》尤有心得。光緒八年 (1882) 中浙江鄉試舉人，光緒十二年中二甲十三名進士，改翰林院庶吉士，三年後授編修。光緒二十年翰林院大考，以二等第一名擢升侍講，二十四年轉翰林院侍讀。其後出任過日講起居注官、國史館纂修、文淵閣校理、辛卯順天鄉試同考官、癸卯四川鄉試正考官等職，也曾歸省侍母，募資疏浚鄉里河道。宣統元年 (1909) 入京纂修《德宗實錄》，兩年後丁母艱歸里。不久清王朝結束，王榮商就在鄉間整理詩稿文集。民國七年 (1918) 出任《鎮海縣志》總纂，十年 (1921) 正月病逝於修志局。

　　王榮商著述極富，據《四明叢書》本《容膝軒文集》馮貞群己丑年（1945）《跋》："王友萊侍讀著述，《詩文集》外，別著曰《漢書注校補》七卷，已刻行世；曰《清史傳》，曰《德宗實錄》，曰《星圖便覽》，曰《東錢湖志》四卷，雕版印行；曰《三鄉防剿志》，曰《王氏譜》二卷，曰《程氏譜》四卷，曰《槐窗雜録》二卷，有刻本；曰《辛卯鄉闈雜記》，曰《使蜀紀程紀年録》，曰《奏議》，曰《容膝軒筆記》，曰《蛟川耆舊詩補》，付梓刊布。都凡十有五種。”他還輯有《楹聯彙編》八卷，《販書偶記》著録，今存光緒十九年(1893年)石印袖珍本。另輯有宋人曹粹中《放齋詩說》一卷。在這些編著、創作中，最能反映其生平思想、文學水準與對寧波地方文化貢獻的，當推《容膝軒詩文集》。

容膝軒為王榮商祖父所建，取古人“結駟列騎，所安不過容膝”之意。卷一《容膝軒記》云：“苟求多於容膝之外，雖結駟連騎，庸有厝足之日乎？君子不惜以身任天下之重，而未嘗汲汲於榮利者，誠其所見者大，而貧富貴賤之迹不足以擾其心也。”以“容膝軒”命名詩文集，既體現了王荣商淡薄榮利、安于簡樸的處世之道，又隱含“以身任天下之重”的用世之心。他為文私淑歸有光，對其文章作法極為推崇。在文稿序言中自稱：“性復拘而多畏，不敢為過高之言，非力之所及也；不敢為過刻之言，非心之所安也；不敢為藻繢之言，懼意之晦而不明也；不敢為虛誣之言，懼人之疑而不信也。”雖自謙為“文不能工”，實質上還是勝在辭暢氣達。張壽鏞在《容膝軒詩文集序》中稱王榮商詩文“典雅詳贍而一歸於清正，且以文傳人，以人傳事，以為文非虛作，則萬季野之用心也。嘉、道以後，慈溪鄭氏喬遷或可與匹，他無能及也。”鄭喬遷，字仰高，七世祖鄭溱與黃宗羲並稱浙東二老。活動於嘉慶同治年間，有《藏密廬文稿》四卷。張壽鏞將王榮商視作道光以後寧波文壇無人能及的翹楚，評價甚高。

生活於清末民初的王榮商對變革的看法趨於保守，但其出於憂國憂民之心，《容膝軒詩文集》依然真實呈現了新舊交替、列強環伺時代的復雜風貌。其《記浹口禦法船始末》一文，上世紀五十年代即被阿英收録於《中法戰爭文學集》。現代著名文獻學家張舜徽在其《清人文集別録》的“《容膝軒文稿》八卷”條目中，也注意到“《記浹口禦法船始末》《戊庚事變記略》諸篇，復足補晚清稗史”的重要史料價值。另一方面，晚年能出任《鎮海縣誌》總纂，也證明王榮商對鎮海乃至甬上的鄉邦文獻非常熟悉、重視。柯愈春在《清人詩文集總目提要》中這樣評價《容膝軒文稿》："鎮海地處沿海，巨賈富商甚多，序傳投贈等詩文，雖多應酬之作，然詳涉海埠商事，是撰寫寧波及通商史志者必參之書。"他雖然長期京城為官，一生交游還是以寧波府士人為中心，"時時以土音相酬對為樂"（《送葉至川侍御南歸序》）。文集中大量的商人志傳、家譜之序、宗祠之記、書樓變遷小史等，徵寧波幫事蹟，溯家族源流，考書林掌故，對研究清末民初寧波地區的商幫文化、宗族文化、藏書文化等，俱大有裨益。詩集中，其與友人酬唱之詩往往原作、和作均收入，無形中也保存了那些沒有別集傳世的寧波文人的稀見詩作，在留存地域文獻上彌足珍貴。

目前傳世的《容膝軒詩文集》刊本，整理者所見如下：

一、民國三十七年四明張氏約園刊本《容膝軒文集八卷詩草四卷》（本書中簡稱為"**四明本**"），收入《四明叢書》第八集。張壽鏞 1945 年 7 月去世時，第八集方刻及一半，但此前他已將《容膝軒詩文集》選入且寫出序言。此書三年後才得以刊行，後繼者接手刊刻工作似較為倉促，未能編成足本。雖文集部分已增補民國三年至民國七年戊午（1918）間所作篇目（亦有刪減），詩集部分卻僅收四卷，止於辛亥年（1911）所作《雜感六首》。寧波圖書館藏清宣統三年鎮海王氏刻本《容膝軒詩草》四卷應是《四明叢書》所據版本，扉頁另有張美翊題記："乙卯（民國四年/1915）五月十一日王友萊侍讀命其女公子（甥峴亭之妻）遺贈。"有"宣統辛亥二月中旬榮商自跋"。

二、清末民初鎮海王氏遞刻本《容膝軒詩草》八卷（本書中簡稱為"**王氏本**"），第八卷收詩止於戊午年（1918）；光緒二十三年至民國三年刻本《容膝軒文稿》八卷（本書中簡稱為"**民國本**"），民國三年後文章未收入。這兩種如今均為《清代詩文集彙編》第 776 輯所收。

三、上海圖書館藏民國續刻《容膝軒詩草》六卷，有"門下士竺麐祥署簽"題署。

四、寧波圖書館藏光緒二十一年乙未刻本《容膝軒文稿》七卷（本書中簡稱為"**乙未本**"），為文集初刻本。

五、寧波市圖書館、天津圖書館藏清光緒二十一年至光緒三十四年遞刻本《容膝軒文稿》八卷，有清光緒三十四年戊申（1908）序（本書中簡稱為"**戊申本**"）。

六、上海圖書館藏清宣統三年刻本《容膝軒文稿》八卷。

七、鎮海區文保所藏民國刻本《容膝軒文稿》八卷，卷末有竺麎祥撰《清翰林院侍讀王先生壙志銘》。

綜上可見，《容膝軒詩文集》的版本較為復雜，各版本均非完足之本，且詩集部分均無詳目。《容膝軒詩草》各卷大致以創作時間先後排列，《容膝軒文稿》按文體分卷。王榮商直至晚年依然筆耕不輟，詩文集也不斷遞刻。他在《容膝軒詩草》卷五《止詩》小引中說："辛亥春，病中編詩四卷，自爲跋語，方婿叔通刊之。是後續刊不已。"其所作《容膝軒詩草題詞》《容膝軒文稿序》在各版本中不盡相同，也是"續刊不已"的結果。清廷禄薄，王榮商又介潔自持，以致家不逮中人。好在鄉里慕王翰林風義，與其五女結縭的均為甬上巨室，詩文刊刻往往能得姻婭佽助。續刻時因為有增有刪，故而各版本中多有目録與後面正文不相符之情形，即正文中增刪的詩文篇目並未在目録中體現出來。尤其值得注意的是上海圖書館藏宣統三年刻本《容膝軒文稿》八卷，卷五的《方正甫傳》與卷六的《傅君鯉門墓誌》，正文中均有前後兩篇，且文字出入較大，後一篇明顯內容更為豐贍，似是初次寫成刊刻後不稱傳主親屬之意，在增刻時重寫補入。

本次輯補與校勘，以較為常見的《四明叢書》本《容膝軒文集八卷詩草四卷》為底本，詩歌部分以"王氏本"為參校本，文集部分以"民國本"為參校本，再校以其他各本，查缺補遺，互為校勘，輯補成足全的《容膝軒詩草》八卷、《容膝軒文集》八卷。每卷末尾出輯校記，說明底本、校本缺失的篇目及校改處。詩集部分目錄原僅有"卷一古體詩三十六首"之類概目，現補充詳細目錄；第五卷至第八卷為底本所無，乃自參校本輯補；參校本第五卷與底本第四卷多有相重合之篇目，因此不出正文，僅在標題中標示"存目"。凡改正底本，一般都作校記，說明底本錯訛字、疑義字等。參校本與底本有別字詞，亦以校記說明。異體字、通假字，常見者予以保留，如作"沉"意之"沈"。不合規範或易起歧義者均改為正字，如作"間"意之"閒"，徑改為"間"。原文有標注或注釋文字的，以小字號加括號標明。因表示尊崇而空格、另行之格式，均予以廢除。詩集中附在王榮商原作後的他人唱和之作，均予以保留，空四格排列以示與原作的區別。本次整理，亦彙集了王榮商集外佚文、殿試卷等作為附錄。王榮商去世前七年，其門生竺麐祥為撰《清翰林院侍讀王先生壙志銘》，僅見於鎮海區文保所藏《容膝軒文稿》八卷卷末，一併輯入。

　　本書係對王榮商詩文集的首次整理，得到了寧波大學人文與傳媒學院張如安教授、孫善根教授以及浙大寧波理工學院陳雪軍教授的大力支持；鎮海文保所吳波所長、寧波圖書館、上海圖書館為資料查閱提供諸多便利；楊帆、劉丹丹、馮雅茹、陳詩雯、陽敏潔、周婷等研究生幫助錄入部分資料；出版過程中，九州出版社郝軍啟老師付出了辛勤勞動。在此表示誠摯謝意！作為2020年寧波市文化研究工程項目的成果，希望本書的出版有助於推進對晚清寧波文壇第一人王榮商的研究，亦成薪火相傳、發揚光大浙東文化之願。書中舛誤及不足之處，誠請專家、讀者不吝賜教。

張　萍
二〇二一年七月於寧波大學

目　录

16

《容膝軒文集》卷三 ·············· 175

序 ··································· 175

《容膝軒詩文集》序^[一]

張壽鏞

　　王友萊先生，父執也。壽鏞自弱冠時望見顔色，而以未能親炙其道德文章為憾，雖然嘗聞諸先君子矣。先君子曰："吾儕好學，無有如友萊者。友萊能拒人之所不肯拒，能受人之所不能受。性好靜，豪華之地，固避之若浼，即相得之師友，同居一城一年、半年，有欲相見輒不可得者。蓋聞冷然也。"今數十年後，得讀其文，乃適如其人。其自論文曰："性拘而多畏，不敢為過高之言，非力之所及也。不敢為過刻之言，非心之所安也。不敢為藻繪之言，懼意之晦而不明也。不敢為虛誣之言，懼人之疑而不信也。"夫先生之所述，悉中今日學者之弊。故先生之文典雅詳贍而一歸於清正，且以文傳人，以人傳事，以為文非虛作，則萬季野之用心也。嘉、道以後，慈谿鄭氏喬遷或可與匹，他無能及也。以其學言，泛覽於經史百家，尤精於漢書。既補注之，而心以為足，然已行世矣。其於鄉先生之書，尤拳拳思有以網羅之。即如曹放齋《詩說》，嘗先壽鏞而輯之矣。沈端憲家集五卷，嘗惜其書之不傳，僅得其規友人詩云"為學未能識向背，讀書萬卷終亡羊"，已大可見師門宗旨。而壽鏞幸輯有《定川遺書》，倘亦先生之志乎。嗚呼，聞道有早暮，壽鏞何人，何敢言聞道。而先生之聞道先於壽鏞者，乃得承其緒焉，不大幸乎哉。林君滌庵，先生快壻也。壽鏞以斯文如星辰日月，宜常照耀於世。

於君滌庵會合親朋肩其任，傾資十萬以上重刻之，是足慰先生於九原已。
時民國三十四年五月十一日，後學張壽鏞序。

【輯校】

[一]《容膝軒詩文集》序：此序為張壽鏞編輯《四明叢書》時所作，他本
未見。

《民國鎮海縣新志備稿·人物傳》^[一]

　　王榮商，字友萊，永肩孫。生而歧嶷，溺苦於學制藝，詩賦治之尤精。光緒八年舉於鄉，十二年成進士，翰林院庶吉士。十五年授編修。二十年大考，升侍講。二十四年，轉侍讀。嘗充順天鄉試同考官、四川鄉試正考官。生平留心學務，疏請地方官廣立鄉塾，改大學堂，總辦提調為實官。鄉有靈峯寺，鄉人移香火之資以充靈山公學費。僧贪緣當道，幾翻前議。榮商言於支提學恒榮，得寝其事。其有持論過激鄙薄科舉者，則又面斥之，雖至好者無所假借。靈巖二都二圖之河既狹且曲，雨則溢，旱則涸。榮商方省母假歸，因集眾議疏瀹。始事於二十四年孟冬，迄於歲除。凡瀹幹支河其萬有三千餘丈。明年大旱，闔村咸受灌溉之利。宣統紀元，預修《德宗實錄》。三年，丁母憂歸。清祚告終，遂不復出。民國八年，邑設局修志，延榮商任總纂，發凡起例，悉心商榷。時已病困，猶手訂《大事記》《人物傳》兩門，餘未及審定而卒，年七十。

【輯校】

[一] 此傳為"四明本"所加，他本未見。

《容膝軒詩草》卷一

鎮海王榮商友萊撰[一]

古體詩

望雲贈友人

薄暮望西山，日落層雲外。餘光自下浮，雲色如圖繪。在天爲絳霞，在山仍碧靄。本質豈不齊，升沈殊運會。顯揚亮可慶，韜晦亦何害。寄語山中人，深藏器乃大。學成出岫去，誰能相掩蓋。陽德亘古昭，被恩未有艾。悠悠西山中，潛修待時泰。

秋日登白石山樓贈虞茂才（寶昌）

久晴天氣秋如春，久別友人故如新。此樓別我亦已久，今日與君重相親。煙樹遠近自作畫，亂山高低争看人。眼前風景足怡悦，無爲戚戚憂賤貧。

靈峰山下

雨後望靈峰，秀色如新沐。相傳葛真人，鍊丹寄高躅。仙鼎渺何許，爐煙裊殘馥。循厓折而南，一氣分靈淑。竹含曉露清，松映溪流綠。草間綴異花，娟娟媚幽獨。插上美人頭，光彩勝珠玉。無使樵牧知，吾將采一匊。

4

飲社酒微醉臥鯉山石上

赤鯉不成龍，橫臥泥沙上。千年化爲山，磊落空依傍。霜鱗草木稀，石骨風雲壯。斧鑿始何年，夕陽照平曠。我來賽社餘，醉倒成疏放。微風吹襟裾，酒氣資滌盪。仍恐弄神異，忽跋滄溟浪。起視滿山雲，隱隱飛騰狀。

貧士行

富人多金玉，貧士爲之奴。所得亦無幾，惜哉千金軀。士當窮居時，傲骨安可無。道逢紈袴子，知名不輕呼。常恐金玉氣，倉猝中肌膚。肌膚雖可染，此心終不渝。

怨婦吟

醜樹無佳果，曲木無直枝。枝頭獨宿鳥，哀鳴求新雌。當君絃斷日，是妾待年時。君家橫塘西，丹漆塗門楣。妾家橫塘東，荊布修容儀。南鄰桃花開，君行故遲遲。花下窺妾貌，遣媒婉致詞。贈妾雙白璧，知君喻妾姿。贈妾雙明珠，使妾鑑君私。感君繾綣意，九死誓相隨。誰知入門後，平地生猜疑。妾顰謂妾怨，妾笑謂妾癡。豈無歡好時，轉眼遭鞭笞。鞭笞日三五，痛徹無完肌。肌膚何足惜，所悲君意移。君意不復回，妾身死有期。寄聲諸姊妹，苦口宜三思。寧爲糟糠婦，莫嫁輕薄兒。

曉行大霧中

早起衝霧行，恍遊混沌世。前後咫尺間，相望渺無際。蒸水氣如湯，中人鼻欲嚏。疑有賢人隱，幾乎天地閉。

冬夜有懷俞樹周（汝昌）

大風西北來，勢與蛟龍合。出入荒齋中，重門自開闔。檐下雙鐵鈎，搖曳聲相答。仰視半天間，黑雲走雜沓。陰雨何時休，晚禾半未納。齋僮持酒至，獨飲不盡榼。忽憶素心人，分手月已匝。願言共銜杯，高論洗塵襍。客路間重山（君館城西厲氏），歲事逼殘臘。良會邈難期，孤燈照寒榻。

夜起步月

檐溜夜無聲，朔風亦徐歇。懸知天已晴，不謂窗有月。滅燈乃見之，起步重縛襪。人影在空階，天宇何寥闊。乍苦浮雲蔽，俄睹清光發。明晦詎有常，所爭在杪忽。

蛟門

浹水趨東溟，蛟門爲之鎖。窄迫兩厓間，怒濤日掀簸。山洞龍所家，靈迹流傳夥。雲垂海水立，恍惚見尾髀。憶昔在算山，受書髪方鬢。枯旱謀迎龍，奔走喧道左。鍠鍠銅鉦鳴，簇簇素巾裹。竹旛遞飛揚，松亭競負荷。露行烈日中，流汗如炙輠。覓渡青崎沙，微風送輕舸。入洞求神物，形質殊幺麼。舁歸鯉山麓，新廟薦茗果。好雨忽經旬，僉曰神福我。事隔二十年，威靈故未墮。每賴捍潮功，幸免陸沈禍。方今海氛惡，戰守無一可。鐵鍊空橫江，蘆舟難縱火。掃蕩未有期，神力或能挫。龍乎爾有靈，一阻西來柁。

讀《詩品》有感

皓月鏡四溟，孤螢明草間。怒雷簸山谷，羣蛙自喧闐。聲光雖具體，大小天壤懸。胡爲蕞爾物，亦復生人憐。造化賦形色，寸長期畢宣。守真絕雕飾，草木皆新鮮。秦伯非不武，舉鼎戕其天。東施非不媚，捧心損其妍。

傷雞

西風吹晚禾，芳塍堆腐粟。一雞出相呼，羣雞隨就啄。咫尺藩籬間，忽遭何物撲。披毛見血痕，遺卵斷生育。傷哉一念貪，罹此橫災酷。主人雖赤貧，微物尚能畜。何爲離故園，自取生機蹙。感念世途難，終身願雌伏。

盆柏歎

新甫有嘉種，屈作盆中柏。一屈不得伸，終身二三尺。土薄枝幹微，器小根株窄。但供幽人翫，不副工師得。奇材爲地囿，對之心惻惻。安得移深山，養就參天色。待建明堂時，梁棟任君擇。

深山篇（有序）

舊說蛇雉相交，遺卵入地，五百年化而爲蛟。出則大水隨之，謂之發洪，土人呼爲出蜃，《國語》"雉入大水爲蜃"，即是物也。山居屢遭此患，感而有作。

深山蟄蛟蜃，冬燠夏不毛。雷雨假神異，頃刻生波濤。飛泉裂石出，氣吞陰雲高。林木大數圍，摧折如蓬蒿。雞犬升屋山，虎狼嗥不嘷。但聞墟墓間，啾啾羣鬼號。是時陽氣盛，稉稻徧東皋。洪流迅奔赴，彌望何滔滔。河海易衝決，隄防無久牢。頗聞大司農，歲歲糜泉刀。事變理則常，誰能相訾謷。茲地固偏僻，不足厭貪饕。譬彼舟人子，猛獸何由遭。樓臺出蜃吻，幻術爾所操。胡不帖耳去，滄海恣遊遨。頑性竟不擇，平地鼓腥臊。山居逼水患，外侮安所逃。願持千金劒，入水殲其曹。澹臺與佽飛，自古稱賢豪。

自申江北上

大地環滄溟，自昔中外隔。煙水何茫茫，茲惟靈怪宅。掀簸作奇態，雪浪黏天白。帆檣一失勢，破碎常千百。異哉西域胡，刳木出新格。烈火轉孤輪，浩蕩隨所適。誰云風濤險，坦如履衽席。四海真一家，萬里乃咫尺。我生三十年，天涯始行役。俯仰雲水中，坐覺乾坤窄。中原厭兵爭，物情憚改革。猛獸在藩籬，餒肉豈長策。安得掣鯨手，一洗腥羶迹。精衛爾何知，區區銜木石。

謝張季良（家馸）借《漢書》

少壯居深山，忽作遠遊客。行篋苦無書，愁如中飢渴。感君秉高義，一瓻無吝色。雖非葫蘆本，下酒計亦得。但愧久不歸，蹤跡近乾没。折券未敢期，幸勿相敦迫。

曉聞烏聲作

雷雨乍過天微明，若有怪鳥啼前楹。初似老人舒噫氣，又如武夫叱咤聲。披衣起視乃兩烏，見人俯仰如相迎。北方多烏衆所愛，連巢接翼依禁城。愧我南人但喜鵲，驟聞惡聲魂夢驚。豈知此鳥解反哺，母子依依相向鳴。烏聲雖惡性不惡，鳥中曾參誰敢輕。好諛惡直古所戒，辭親求榮竟何成。歲暮南飛覓食去，願附雙翼事歸耕。

庭花

暑雨漲空庭，衝泥花競放。就中紅薔薇，翩若羣花長。不醉顏已酡，迎風態愈蕩。羣從皆清絶，仙姿映素氅。門外車馬喧，幽豔誰見賞。惟應羈旅人，相對發遐想。明月照迴廊，倘聞環佩響。

歸思

鷗鷺狎江海，麋鹿馴山林。偶然遭羈絆，安能勝冠簪。我本山中人，畏聞車馬音。懷刺强奔走，顛蹶力不任。猶憐旅館寂，了無人事侵。消夏計亦得，天涯暫浮沈。晚食久無魚，有酒聊細斟。作字如塗鴉，見帖時一臨。借書滿牀頭，坐臥恣浸淫。巾襪嬾不著，客至常費尋。庭前何所有，綠槐森午陰。鳴蟬發高響，嘒嘒清人心。秋風起木末，微涼生枕衾。頗思買燕玉，拂拭書與琴。但恐侏離語，不解莊舄吟。昨夜得家書，涕淚忽沾襟。念茲無名遊，骨肉成商參[二]。會當買歸棹，南去隨飛禽。觀日成山外，看花吳江潯。卻歸越山卧，杳然雲霧深。

荒園

荒園少人迹，一雨衆草滋。幾日不相見，青青被階墀。煙條擢新秀，露葉含芳蕤。俯仰相媚悦，曠若生無涯。秋風一以起，草根蟲語悲。娟娟天上月，照見憔悴姿。昔供耳目玩，今爲斯養欺。於世誠無補，零落將怨誰。盈虛有定理，大化同推移。諒非金石質，歲暮安可期。願言樹明德，及茲陽春熙[三]。

游魚

游魚萃南沼，赤鱓衆所尊。水深網罟稀，因得長子孫。不知何方獸，入水恣屠吞。小魚半糜爛，遁逃苦無門。大魚稍崛强，跳擲餘游魂。主人豈好事，驅暴固仁恩。橫逸入籬落，喧呼驚雞豚。識者飲以酒，茲獸乃西奔。大造富孕育，細弱常蒙冤。君看古島夷，零落無幾存。立國猶如此，微物何足論。

書感

朝營南山壘，暮築西郊城。短衣操畚挶，壯哉湖湘兵。湖湘本僻壤，比户安農耕。偉人應時起，攀附成功名。至今有餘烈，一呼集百營。妻孥送離別，但聞歡笑聲。豈惟志富貴，實能輕死生。古來豪傑士，力與風氣争。强弱豈有定，感發本至誠。君看戚南塘，操練皆鄉兵。寥寥三千人，海寇望風驚。楚材亮可用，越軍詎不精。但愧韜略短，坐令桑梓輕。男兒貴自奮，慷慨思長纓。

閩江

湛湛閩江水，山石何巖巖。下爲蛟螭宮，百靈施雕劖。爐冶出奇製，樓閣凌空嵌。利器不虛作，粻茇待鋤芟。側聞西海鯨，霜牙舞長鑱。諒山烽火急，澎湖刁斗嚴。江神厭軍事，誦佛聲喃喃。戰陣有變化，固仗異人監。煌煌朱鳥宿，慷慨天憲銜。陰符佩黄石，直節慕彭咸。丈夫四方志，千里駕雲帆。誓驅雷電將，妖熖掃槍欃。失機亮可惜，門户疏扃

9

緘。彼軍未成列，又不鼓其儳。生平湖海氣，唯諾儕庸凡。坐看鯨背上，炎風搖絳繜。神宮忽破碎，血浪騰腥鹹。水沸百物爛，何分琼與瑊。鳴呼閩江口，其險視崤函。臨敵不先發，俯首餌貪饞。微軀獨何愛，瑟縮伏深巖。天恩雖浩蕩，何以謝譏讒。馬江流屈曲，虎門青巉巉。作詩抒悲感，涕下沾衣衫。

書事

桓桓水犀軍，赫赫樓船將。奉檄援基隆，聲勢一何壯。中途忽惶惑，風波迷去向。翻令青海鯨，追躡蛟門浪。茲邦固天險，木石助保障。元戎裕壯猷，金雞駐行帳。諸將亦勇敢，一發中虎吭。敵礮皆空飛，夷酋色沮喪。此自忠義氣，足感羣靈相。朝廷慎邊防，歲歲糜巨餉。落子一爭先，全局神俱王。惜哉石浦舟，不隨春潮漲（時澄遠、馭遠二船皆沈於石浦）。

海鯊

海鯊潑潑能吞舟，化爲黑虎騰山陬，殺人如麻不肯休。河東少年氣食牛，挽強一發中虎頭。虎雖未死氣已柔，宛轉返形没洪流。里長上牒陳緣由，縣官色喜心煩憂。帳下壯士春雲稠，江上樓船森戈矛。捕虎不得良可羞，論功行賞姑從優。少年得金高山邱，向人猶言功未酬。

述懷三首

天風激海波，搖盪殊未已。同是舟中人，爾卧誰當起。病鶴睨九霄，老驥思千里。昔人遯巖谷，夜半常撫髀。但愁才智短，進退無一是。山居愧白雲，開卷慚青史。

觀史如觀劇，賢奸差易識。相士如相馬，優劣苦難測。男兒志千古，誰肯負君國。歧途一縱轡，意倦不得息。坐令俳優輩，面目施塗飾。何以葆厥真，英雄貴本色。

入世一不合，槎枒生肺腑。箕踞斗室中，高談薄湯武。不知耕鑿民，何處異隆古。正坐吾輩陋，俯仰無寸補。衣冠飾社神，享之以鐘鼓。紛紛出岫雲，期爾爲霖雨。

寄題瑞巖寺兼柬石季礽孝廉

玲瓏天童巖，迢遞育王嶺。虛名滿人間，輿蓋擾清景。瑞巖獨寂寞，翛然塵駕屏。虛閣貯秋聲，深林宿雲影。昔在祥符年，名心偶一逞。皇猷捐粉飾，野性返孤冷。即今十二峯，縹緲無人省。地僻僧愈閒，鳥啼山自靜。造化斂羣秀，置此幽閴境。自非瀟灑蹤，清味誰能領。世事來未已，浮生方馳騁。寄語山中人，深藏詎非幸。

寄卓子培茂才（厚栽）

卓君山澤癯，結廬傍龍樹。書畫師廬派，瘦硬見家數。草堂煙霧深，北有先人墓。森森翠柏林，手澤勞培護。每當祭掃時，溪山逐幽步。翻波石蟹驚，角射松鼯怖。賢仲吾姊婿，談笑含風趣。羣甥亦不俗，儼然東道主。自我來京華，佳節常虛度。矯首望鄉關，愴懷感霜露。青山諒無恙，朱顏或非故。何日叩煙扃，開尊話情愫。

感事

利氏入中土，嘵嘵誇曆算。歲差能幾何，狂波漸浩瀚。即今東海頭，戰艦游魚貫。危樓瞰宮闕，列肆徧江漢。景教固荒唐，火器實奇悍。蛟龍避潛雷，星斗碎飛彈。邊吏啓猜嫌，民命憂塗炭。荒荒窮島間，纍纍築京觀。頗怪生理殊，齒角附羽翰。金城自無形，疇能廢防捍。餘物皆精奇，一一供娛玩。沙礫鎔玻璃，羽毛織繒縵。屑粉琢瓊牙，漬果緘鉛鑵。無絃琴韻調，不夜燐光燦。攝影意態真，噓枯神彩煥。海客偶攜歸，野老爭傳看。洪纖難具陳，利害或參半。巧製疑鬼工，脆質隨冰泮。電線亘萬里，揮刀可立斷。鐵路車如飛，觸石憂糜爛。皆以耗精華，未足紓急難。霸圖可持久，此語將無讕。尤憎印度煙，酖毒徧薰灌。禍我萬萬人，偉軀成弱幹。冠裳化魑魅，種類儕腐腝。厄運甚懷襄，深思足悲

11

惋。仰觀飛鳥羣，啾啾惜分散。誰謂遠遊人，竟無漂泊歎。風俗鬪奢淫，搜求窮里閈。伥伥浮海來，絕域同流竄。冰極夏僵凍，火山冬喘汗。衝波鯨吞舟，冒瘴蛇螫腕。華戎嗜好歧，薰蕕判蘭蒜。見利笑口哆，爭贏怒目睅。驕氣叢怨仇，禍機發疑憚。生還已寥落，展轉相欺謾。君看申江濱，殊光忽璀璨。琵琶蕩婦樓，驄馬垂楊岸。昏明視鐘表，水火出鑪鍜。粉飾十年餘，繁華天下冠。南郊避暑臺，北里消寒館。飛走盈庖廚，珍奇羅几案。鐵牀被重茵，風窗扇疏幔。花木費翦裁，狗馬勤梳盥。餘閒習角觝，趫捷逞手段。韋帶緊纏腰，氈衣短蔽骭。曼衍雜魚龍，變化神鵝鸛。狹路兩騎逢，跳躍驚互換。睨視八極表，鴻濛待剖判。機心役百靈，威力驅羣偄。嶺嶠縱幽探，地隔窮深鑽。冥想廢眠食，孤行忘宵旰。尚恨天衢高，勝遊阻汗漫。御風訝列子，折翼驚陶侃。失勢墮窮荒，茫茫人迹罕。枯骨誰見收，旅魂空羈絆。我欲煩舌人，春夢試一喚。黷武致民貧，開邊生內叛。秦始與隋煬，覆轍今可按。乾坤雖廣大，化育資參贊。精亡山澤枯，物竭陰陽亂。天醉有時醒，窮奇孳難諳。大道炳日星，六經未漫漶。詹詹楊墨言，蠻獠互褒讚。輸我文明邦，不直一笑粲。歸語爾國王，悔過未爲晏。君臣寶慈儉，男婦親耕爨。雜家黜申韓，正學崇璧纇。舟車防顛覆，宮室戒輪奐。金租謝礦人，火政歸司爟。奇器悉銷除，故園同樂衎。彼此守封疆，如農無越畔。庶令國本堅，勿使人心渙。此意終迷茫，長夜何時旦。

紀事

庚子七月晦，挑燈坐西室。破簏搜鼠聲，母通子就執。憫其尚無知，未付狸奴食。散置葦箔間，蠢蠢隨所適。厥象爲偷兒，夜半踰垣入。穴窗用火攻，婦女驚相詰。旋聞沃水聲，流檻疑檐滴。我意此幺麼，可以盛氣懾。秉燭啓中閨，不虞猝見襲。棒喝當頭來，退避痛若失。履閾誤顛躇，脫屣急起立。拔關走間道，喧呼鄰里集。籠燈滿中庭，大索賊已逸。牆外倚修竿，攀緣固有迹。檢視東西軒，零落餘書籍。內室尚嚴扃，誦佛聲未絕。鼻端吁可憎，紫色若新涅。親朋相慰言，告官請追躡。舉手謝親朋，我實自賊戚。古稱富潤屋，我貧不量力。高明鬼所瞰，況乃開門揖。舉動太鹵莽，災禍宜其及。側聞北方耗^[四]，神京萃胡羯。兩宮既蒙塵，百官多殉節。我雖處田間，國恩嘗忝竊。既無勤王勇，又乏捐軀烈。坐視君父難，分應罹誅殛。偷生良自慚，微物夫何恤。作詩紀厄運，北望吞聲泣。

有犬

有犬生四子，銜置西籬邊。母飢出就食，兒飽向陽眠。念彼忠義性，幼小已可憐。呼童移牆陰，束草如鋪氈。母從牆外來，意似安所遷。羣兒相偎倚，哺乳無後先。入夜憂風雨，支板遮其顛。豢養勢難久，且爲營目前。狐鼠宜自反，勿謂施恩偏。

雜感二首

芸芸各有見，取舍祇兩途。自非天民秀，疇能握其樞。貴賤有定分，所要同悲愉。異哉佻巧子，翻笑先民愚。

孑孓生水中，浮沈頗自適。一朝化爲蚊，飛鳴遶牀席。喋血指掌間，損人竟何益。爾曹豈有知，旁觀爲歎息。

【辑校】

[一] 鎮海王榮商友萊撰："王氏本"各卷均署作"鎮海王榮商"。

[二] 商參："四明本"漫漶不清，據"王氏本"補。

[三] 陽春："王氏本"作"春陽"。

[四] 聞，"四明本"作"開"，誤。今據"王氏本"改。

《容膝軒詩草》卷二

鎮海王榮商友萊撰

古體詩 ^[一]

出山三首

吾心有泉石，始與魚鳥親。林栖未免俗，得趣故不真。念昔歸田時，抗志希隱淪。獨居忽不樂，飢寒能累人。想見方寸地，中有萬斛塵。揮手謝松菊，永慚懷葛民。

初歸浚渠沼，次年治屋廬。娶婦兼嫁女，歲歲苦拮据。私計成就事，此來尚不虛。豈知古豪傑，變化神龍如。功業滿天壤，數載良有餘。沾沾自得意，井蛙真拘墟。

高樹枝葉稀，衆鳥方哀鳴。悽悽諸兒女，未別先吞聲。老母獨慷慨，倚閭送我行。笑謂子尚健，速去成汝名。明知流光駛，拂衣且長征。中途有感觸，淚如江河傾。

入都二首

二月發甬江，三月抵津沽。華戎昔爭戰，壯士多捐軀。平沙蔽白骨，血點青模糊。掩袂不忍視，疾馳到上都。城市改舊觀，衙舍半榛蕪。中途忽隔絕，此寧非通衢。旁有崑崙奴，舉手相揶揄："神京方擾攘，分裂成芊區。宮廟爲爾守，盜賊爲爾驅。事定歸故物，所割止一隅。皇路仍坦蕩，士女還歡娛。吾曹固大度，但哂爾輩愚。"聞言面發赤，攬轡空長吁。

紆道東安門，言循甜水井。蛟川舊寓廬，聊可息吾影。器物已蕭索，牆宇尚完整。鄰舍多殘毀，僅存真天幸。園中兩白榆，荒榛委斷梗。詢知多事秋，屯兵備戎警。門戶皆洞開，戰馬日馳騁。投鞭繫樹間，蹄齧無時靜。蒼皮盡剝落，風雪追嚴冷。陽和轉土膏，百卉舒新穎。茲樹獨婆娑，朽株綴枯瘦。始信根本傷，元氣留難永。樹也何足言，觸目成悲哽。

雜感八首

天地如轉轂，日月如流丸。黃土堆白骨，孰能究其端。智巧復何補，紆鬱摧心肝。萬代趨一軌，超舉良獨難。

牽羊就水草，羊肥旋見烹。軀命誰不惜，入市聞悲鳴。早知主人意，一飽何足營。飢腸迫馳騖，哀哉此微生。

荒園長蒿萊，羣雞恣爬抉。俄頃起爭端，冠竦眥欲裂。得失亦區區，相持至流血。老鶴獨翛然，忍飢咽冰雪。

都門往來衝，萬轂銜尾轉。先驅者誰子，捷足凌駑蹇。一車塞中途，寸步不得展。自誤還誤人，稽遲至日晏。

治道更千聖，民氣歸馴良。豈料稗海外，薄俗固未康。小儒騖近效，汲汲廢綱常。狂波灌大陸，世界其鴻荒。

柔弱勝剛強，物性各有制。元牝喜潛藏，羣雄困牽繫。靜極忽思動，頡頏作氣勢。權分累亦輕，獲益良不細。

朝聞烏東去，暮見烏西歸。朝去迎日出，暮歸送斜暉。風雪滿天地，烏仍隨陽飛。嗷嗷失羣雁，爾獨昧所依。

圍爐擁重裘，寒冬生奇煖。安知窮簷下，負曝嫌晷短。豐約理難齊，天道忌盈滿。四野苦瘡痍，何心樂絲管。

過徐相國故居

徐公冰雪姿，凜凜貫華皓。秀色映朝班，深叢擢瑤草。別墅在城東，獻言時一造。林深有鶴窺，室靜無塵到。插架多賜書，高坐談王道。出門見穹廬，憂國心如擣。橫磨十萬劍，倉卒仲天討。惜哉力不逮，狂飆捲枯槁。宗社幾爲墟，身家焉得保。至今都下人，競說和戎好。

弔裕壽山尚書父子（有序）

公諱裕祿，姓愛塔臘氏，官直隸總督。庚子秋，殉節楊村。季子員外郎熙徵負尸歸葬。甫十日，以毀卒於保定旅次。仲子祭酒熙元偕其妻嫂仰藥死。徵字達甫，辛卯出余門下。流覽遺牘，哀之以詩。

裕公任封圻，清名天下聞。晚登樞密府，出領畿輔軍。燕趙多壯士，什伍各成羣。自言有神術，赤手掃妖氛。里巷相傳授，婦孺同歡欣。公知事無濟，叱使歸耕耘（公素不信義和團，見文牘）。惟天降喪亂，誥誠徒殷勤。兵端開儵忽，津沽變風雲。桓桓破虜將，指揮建殊勳。殲敵北倉下，積尸潞水濆。社鼠久跳梁，烈火庶一熏。由來戰陣事，旦暮異所云。狂飆吹毒霧，咫尺迷斜曛。揮戈力已竭，一死報吾君。達甫侍帷幄，慟哭收遺文。上書言死狀，血淚何繽紛。間關隨行在，慘淡向臨汾。衷腸已寸斷，骨肉中途分。司成尤激烈，蘭蕙甘同焚。偉哉忠孝門，萬古揚清芬。

題王文敏公（懿榮）遺札（有序）

公字廉生，山東福山人。官國子監祭酒，直南書房。庚子之變，偕繼室謝夫人、寡媳張氏投井死。事聞，贈侍郎銜，諡文敏。余藏公手札二通，皆甲午大考後所得，風骨遒勁，如見其人。會公家以訃來，得悉公死事之狀，因綴一詩於後，以抒向往之忱焉。

胡騎陷洛陽，朝士多遭戮。流寇踞燕都，降臣尤被毒。南冠縶牆陰，搒掠索金玉。呼號乞賊憐，宛轉登鬼籙。人生血肉軀，委化爭遲速。一念畏刀鋸，千秋汙簡牘。偉哉文敏公，義不受凌辱。烽火逼甘泉，屬車趨商雒。攀轅嗟何及，望塵惟痛哭。明知連雞勢，轉盼歸輯睦。忍死待須臾，中興諒可卜。顧念臣子節，未宜儕齷齪。況值聖明君，知遇冠僚屬。生平嗜鐘鼎，款識皆手録。詞館久浮沉，朝衣頻典贖。獻賦承明宮，一朝蒙特擢。召對勤政殿，至尊爲拭目。南齋校祕書，東序領文學。內府頒奇珍，深宮賜畫幅。黃門絡繹馳，賞賚何優渥。驕虜肆憑陵，義軍歸約束。長城一以壞，先聲驚草木。環侍剩妻孥，巷戰無部曲。乘輿幸安全，都城奈顛覆。緬懷高厚恩，殺身報豈足。大節苟弗光，何以別庸碌。秋風吹井梧，慨然悟歸宿。玉玦付孤兒，金甃移健僕。伉儷誓同行，黃泉慰幽獨。寡媳亦從容，貞心完大璞。湛湛止水中，俄頃超塵濁。浩氣返雲霄，忠魂依輦轂。凶問達行在，天顔增悲蹙。卹典異羣臣，義聲動殊俗。當時衣冠禍，追思何慘酷。赤眉本亂民，狂刀恣屠斮。西域重行人，推刃逞報復。牽曳充鬼薪，迫脅經溝瀆。僥倖脫危機，間關走微服。劫奪摧心肝，倉皇失骨肉。荊棘滿天地，生還已爲福。前後殉事臣，參差非一族。張湯陷狄山，宋萬批仇牧。鼂錯斬東市，莫敖縊荒谷。玉石既同焚，蘭蕙詎異馥。成敗論英雄，吹求生謗讟。隻手思迴瀾，萬口讒覆餗。蓋棺事未定，青史煩商榷。公職本清華，公心無愧恧。一死即完人，大名配岱嶽。我來喪亂餘，臨流弔芳躅。猶憶廷試時，鵷班忝追逐。提筆上文壋，鬚眉見清淑。貽書論朝儀，風骨欽高卓。闊別幾星霜，滄桑變時局。公已享明禋，我仍戀微禄。附驥更何年，止烏竟誰屋。流涕綴哀詞，哽咽難卒讀。

贈夏香孫孝廉翊入蜀

皇皇營一飽，士各爲其身。軒眉論世事，英雄好欺人。元運遭陽九，四海爲比鄰。蚩蚩六國雄，弱周扶暴秦。巧取復豪奪，沃土翻憂貧。林空駭倦翼，水涸驚游鱗。至尊常焦慮，有君詎無臣。肉食少遠謀，樹立終因循。夏君獨奮發，志在清胡塵。陰符司馬法，腹笥儲經綸。兵事恥空談，矢石期躬親。東土昔紛擾，君充觀國賓。墜馬幸不死，從軍苦無因。我時爲感動，上書言紫宸。欲仗左右力，奮臂當車輪。聖明鑒駑鈍，委蛇隨朝紳。遼海羽書急，看劍同悲辛。自分蒲柳姿，努力希松筠。神京脫有變，殺身庶成仁。入井君掩土，燔室君聚薪。忠義相期許，肝膽俱輪囷。燕都幸無恙，卜築誰見珍。君看歇浦花，我采千里蓴。江干一握手，相見無由頻。時局益變幻，鈎黨起黄巾。翻覆桑海劫，寂寞桃源津。狂瀾稍紆餘，故山難隱淪。閒雲復出岫，旅食京華春。君亦襏被至，縱談淹浹旬。異端距楊墨，大道芟荆榛。骯髒猶故我，未逐時態新。朝廷廣賢路，山澤搜沈湮。薦牘倘有君，光彩當粼彬。君意頗落落，取舍殊羣倫。天驕據卧榻，潢池弄飢民。虎狼日吞噬，詩書難遽馴。常恐筋力衰，素抱鬱不伸。掉頭辭我去，卧病東海濱。昨宵得君書，征鞭指峨岷。岷江何湍激，峨眉何嶙峋。不畏蜀道險，但愁蜀帥嗔。岑侯善相士，好龍求其真。君名固耳熟，我書已具陳。魚水一相得，草木生精神。勉旃立勳業，佇君畫麒麟。

足痛戲成東江亭芙比部（仁徵）

養癰古所戒，決去斯爲勇。奈何愛寸膚，坐致成虛腫。昨暮約登高，聞之喜欲踊。曉起忽蹣跚，左足微且尰。初似蚌生珠，漸如鹽化蛹。穴潰勢已成，鍼刺心猶恐。馬援惟曳腳，墨子難放踵。呻吟牀蓐間，朝請何由奉。羨君腰腳健，交遊多光寵。痛癢本無關，貽詩相慫慂。駿馬奮長途，跛牂畏高壠。稟體有强弱，舉足分輕重。逸步豈能追，吟肩聊復聳。瑣屑告君知，一笑腹應捧。

附 亭芙和詩（江仁徵）

足捷能爭先，趾高能示勇。君乃用其柔，左跗致浮腫。憶昔倭釁開，請兵躍且踊。胡今行蹣跚，脛氣涇生尰。肉瘤腐如蛆，重繭癰如蛹。跬步雖云艱，趺坐復何恐。嗟哉奔競流，牛馬走相踵。君身躋清華，恬退絕趨奉。寧求容膝安，勿市曳裾寵。寧行我踽涼，勿受人慫慂。鄙彼賤丈夫，超距而登壟。今茲足不良，舉止益慎重。淫痺將漸瘳，傲骨毋孤聳。倘能杖藜來，會當洗箄捧。

疊韻答亭芙

京畿昔雲擾，亂階始拳勇。藐茲不材木，倖全由擁腫。肌軀復出山，弔舊頻哀踊。鶪翼未云濡，夔足何妨壠。側聞選期近，如繭將出蛹。齊竽一一吹，東郭能無恐。念君同巷居，往還不旋踵。末疾冀相臨 [二]，吟箋勞屢奉。跛鼈嘲孟郊，遼豕嗤彭寵。足音終渺茫，酒盃虛慫慂。行當與君辭，故鄉守先壟。老厭世味淡，病添歸思重。津沽水未冰，橫海樓船聳。去去觀扶桑，日出紅雲捧。

附 亭芙和詩（江仁徵）

人生過五十，欲賈無餘勇。壯氣日銷磨，棄材甘擁腫。盲者不能視，跛者不能踊。況乃時局艱，亂階釀微壠。蜷伏甕裏雞，瑟縮繭中蛹。中夜起徬徨，念此心惶恐。我與君齊年，軌轍難繼踵。羨君有高堂，歸則可侍奉。羨君直承明，出則多榮寵。嗟我愧不才，友朋相慫慂。戔戔謀升斗，去去違邱壠。傀儡復登場，藐若鴻毛重。塵壤隔雲霄，仰視身欲聳。結襪爲王生，願將病腳捧。

三疊韻答亭芙

張良如婦女，椎擊一何勇。蔡義爲丞相，背如橐駝腫。君身雖眇小，聲價久騰踊。文章見精悍，錮疾起跛壠。詩才尤清富，妙緒抽春蛹。心花忽怒放，瘧鬼猶知恐。刑曹暫羈迹，貲郎方接踵。鈐尾類官書，纏腰足私奉。行當躋廷尉，八驪傳呼寵。富貴由壽考，斯言非慫慂。我方苦瘖痍，分應歸田壠。進畏世途艱，退憂家累重。搖搖心旌懸，鬱鬱愁城聳。愈病得君詩，喜如毛橔捧。

附 亭芙和詩

驅馬出郊場，騎射鬪材勇。驊騮步方前，駑駘腹已腫。勝負決須臾，觀者如雲踊。豈不奮豪雄，無奈苦尷尬。咄哉琅琊生[三]，詩思抽獨蛹。巴里和陽春，舌僵心更恐。長歌聽未終，妙舞又接踵。善賈信多財，鼎餗厚自奉。旁有竇人子，卻立難分寵。才盡笑江郎，謝君空慫慂。惡醉勿強酒，輟耕勿至壠。枯管那生花，有如千鈞重。搜索飢腸鳴，吟哦寒肩聳。雖欲效西施，安得心常捧。

四疊韻答亭芙

都門名利場，馳逐有餘勇。雷走車聲殷，塵堆馬背腫。我無冉求藝，敢效微虎踊。緘口久疑瘖，弱足況患尷。同巷得吟朋，雙絲抽凍蛹。氣竭我猶鼓，才盡君何恐。惜哉雅道微，儕輩鮮繼踵。珠玉閟好音，酒食誇新奉。紛紛賭墅豪，赫赫乘軒寵。綺席日追陪，郵筒虛慫慂。浮生如泡影，華屋俄邱壠。隻字未流傳，千秋誰引重。君看元與劉，名並香山聳。詞壇待主盟，願將牛耳捧。

附 亭芙和詩

世路多崎嶇，壯往亦傷勇。況復異種滋，罔兩兼沐腫。長安游俠場，健兒紛跳踊。偶有踽行人，舉俗誚跛尷。今我憩京塵，蜷曲如伏蛹。鬪捷愧未能，索居亦所恐。思欲訪同心，逸步邈難踵。汝士不羈才，結客盛供奉。元龍湖海豪，好遊博光寵。有時忝其間，逢場聊慫慂。夜半始歸來，月黑草沒壠。邏卒嗔相視，車載無輶重。似此冒險行，令人毛髮聳。不如守蓬廬，安坐酒卮捧。

補侍讀日作（有序）

余於戊戌三月十七日請假，九月初四日開缺。今年三月十六日銷假，九月初三日見缺。前後相抵，似非偶然。詩以記之。壬寅九月十九日。

我歸戊戌春，半載擁虛位。我來壬寅春，補官仍秋季。京曹如雞肋，咀嚼了無味。前後相乘除，時日誰登記。乃知造物神，瑣碎皆經意。世人羨臚仕，紛紛生謗議。春風豈有私，桃李自妍媚。

五疊韻示陳雪樵比部（康瑞）

陳君最醞藉，粥粥若無勇。煦物氣何溫，憤時腹欲腫。秀句偶流傳，紙價爲騰踊。俗手強追摹，失步成跛尰。我晚始效顰，吟聲出土蛹。侏儒見脩人，望影先驚恐。含笑情正冠，流汗常至踵。自慚雙翅微，敢希風雨奉。每得一字褒 [四]，如承華袞寵。蠻駏願相依，心悅非慫慂。但苦謀面難，仙鄉隔坡壠。室邇人自遐，會稀情愈重。天街月色涼，城闕岧嶤聳。珠唾早飛來，莫負銅盤捧。

附 亭芙和詩時寓齋析爨（江仁徵）

我懷彈鋏生，寄食恥無勇。丈夫乞人憐，口嚅面赤腫。一飯亦區區，飢啼飽即踊。何似於陵廉，匍匐效跛尰。嗟余客都門，食糵寧如蛹。釀金附公庖，爨釜當無恐。豈知乾餱愆，決裂不旋踵。杯勺難分甘，薪芻聊自奉。增竈如疑兵，炊庽乏故寵。主人親料量，奴僕私慫慂。東市暮叩關，西市晨登壠。遂令門戶分，一一苦繁重。同居勿同廚，諺言非朦聳。自今喫家常，笑將此腹捧。

六疊韻呈劉沚芬比部（一桂）

劉君已杖鄉，少年無其勇。截餅齒何堅，餔糟面微腫。輕重諳情法，貴賤識屨踊。曹司勤趨走，僕御憨跛尰。衣裝尤輕簡，瑟縮殊凍蛹。指揮胥吏驚，談笑侏儒恐。南歸曾聯袂，北來復躍踵。我自迫飢驅，君豈闕私奉。兒女縈深情（君送女來京），衾裯辭故寵。簿書遂填委，僚友爭慫慂。馮婦悔下車，季孫恥登壠。出處亦偶然，賢勞世所重。借問于廷尉，駟馬高門聳。何似信陵君，一尊紅袖捧。

附 亭芙和詩呈沚芬比部（江仁徵）

我慕劉貢父，血氣老尚勇。腰健謝鳩扶，背植殊駝腫。重來涖西曹，同僚喜欲踊。愧我廁齊竽，肩隨笑尤尵。吏胥猾如狙，胥徒紛若蛹。君爲持其平，讞定咸知恐。退直多餘間，過從不旋踵。竹林偶同遊，秫酒聊相奉。談笑善詼諧，交遊分光寵。邇復得汪倫，近局互慫慂（汪比部鳳池同寓慈谿館）。君謂明年春，歸去守先壟。諒哉達士心，不爲微名重。同是羈旅人，聞言先驚聳。留君作此詩，索和將硯捧。

七疊韻調楊壽孫比部（家駒）

楊君始出山，意氣兼人勇。鶴翮稍回翔，虬柯漸曲腫。已隨張湯趨，仍效魏犨踊。妙手總成空，捷足翻疑尵。年來納粟郎，多若繅絲蛹。主進喜豐收，避債釋前恐。門庭頓改觀，車馬紛接踵。陳蕃一榻專，韓信千金奉。碎錦贈邱遲，大錢選劉寵。林逋本清閒，許攸善慫慂。餘客亦豪華，歡若趨市塁。汪倫友誼深，孫楚時名重。江郎善言情，吟肩時一聳。惟有解襪生，病腳終日捧。

附 亭芙和詩示仲弟及兒輩（江仁徵）

掉鞅入名場，文戰苦不勇。造物既生材，詎甘終擁腫。數奇偶迕遭，時至紛騰踊。譬諸岐黃家，著手療積尵。腐草亦爲螢，凍蠒亦化蛹。進取會有期，棄置原無恐。明年恩榜開，前後相接踵。風氣費揣摩，功令須遵奉。壯志勿衰頹，同學多貴寵。努力愛春華，斯言非慫慂。我豈子叔疑，富貴又私塁。但思餬口艱，不覺名心重。聯翩月窟攀，高矗雲梯聳。無使祖鞭先，喜看毛檄捧。

八疊韻

作吏苦無才，禦敵慚無勇。端居觀世態，慟哭目爲腫。湯沸燄仍嬉，幕焚雀猶踊。但求腸胃肥，誰憐脛股尵。方今四夷偪，何異蠒縛蛹。虢亡虞將及，薛築滕宜恐。奈何冠蓋徒，徵逐日相踵。編戶困誅求，豪門侈供奉。挊搏搏戰酣，絲竹歌呼寵。盛會遞招邀，諛詞互慫惥。虎狼已在門，狐兔方遊壟。養士雖云多，緩急誰倚重。曉日麗宮槐，鳳闕雲際聳。拜獻乏嘉謨，丹心空自捧。

附 亭芙和詩（江仁徵）

作客逢衰年，老拳徒奮勇。君病足蹣跚，我患齒浮腫。不如少壯時，醉飽競跳踊。南居厭煩勞，北來苦寒燺。水涸難爲魚，絲盡將化蛹。人壽能幾何，孱弱良可恐。與君結比鄰，晨夕欣躡踵。但知朋友樂，遑謀妻妾奉。但求飽與安，遑論辱與寵。閒曹偶羈縻，往事空慫惥。君看車前驪，俄歸山下壟。本來培塿卑，難負嵩巒重。滄海方橫流，胡壘相對聳。去去保餘生，故園花盈捧。

九疊韻

良相猶良醫，施治兼智勇。去腐乃生新，補虛庶消腫。中原久衰弱，狐鼠紛跳踊。正坐賈生言，病胕且苦燺。今茲百度新，變化速蛾蛹。虎豹文炳蔚，見豺諒無恐。桑孔籠利權，古法今難踵。民命繫國脈，脂膏竭供奉。計臣苛徵斂，毋乃負恩寵。惟山有寶藏，商賈爭慫惥。惜哉民力微，他族私斷壟。願藉少府錢，稍增礦人重。坐看黃金臺，長傍薊門聳。如何督亢圖，輕向秦庭捧。

附 亭芙和詩（江仁徵）

螳螂奮臂前，恃其蠻觸勇。駱駝擁脊行，指爲馬背腫。聾子尋聲音，跛人學跳踊。齊末不揣本，治疣反加燺。方今他族滋，紛紛飛蛾蛹。榻旁睡已鼾，逼處將無恐。輸款逾萬千，飢民相接踵。雖存變法心，其奈具文奉。粉飾示太平，苟安固榮寵。黑白終混淆，中外互慫惥。官舍付夷酋，城闉爲市壟。地既割東南，鼎可問輕重。緬懷發祥區，長白猶高聳。霄漢望迢迢，誰將天日捧。

十疊韻戒博

我初好博弈，如好貨色勇。譬彼種樹翁，手熟背已腫。去歲稍知非，逢場仍歡踊。今春始立戒，閉戶安跛尪。鑽書類蠹魚，眠箔疑蠶蛹。超然勝負外，無喜復何恐。嗚呼軒轅後，戰鬪日相踵。瀛洲九斛塵，翻覆遞推奉。近代禍尤烈，殺人取榮寵。蠻觸逞凶殘，儀秦恣慫慂。乾坤大博場，白骨堆邱壠。悔禍竟何時，民命天所重。行看兵氣銷，波平邊不聳。無使長樂老，僕僕降表捧。

附 亭芙和詩 (江仁徵)

拔劍作悲歌，王郎氣何勇。嗜好戒撝捕，如刀割疣腫。暇日偶消閒，朋輩皆忭踊。君今獨何為，卻步學跛尪。君謂世情洶，湯火撲蛾蛹。坑塹落人多，聞之輒生恐。嗟哉牧豬奴，呼喝相接踵。勝則雜彩投，敗則全籌奉。更有大博徒，航海爭利寵。輸與我瀛洲，設局來慫慂。金穴與銅山，俄頃化平壠。萬乘為孤注，那計事輕重。償進了無期，呰裂髮欲聳。寄言局中人，勿復骰盆捧。

附 夏伯瑾編修北上紀行次韻 (夏啓瑜)

乘風破巨浪，意氣一何勇。馮夷忽猖狂，同舟目盡腫。脫險達津沽，直欲喜而踊。火車瞬千里，薑廉猶跛尪。入都謀安居，紛若繭抱蛹。此行良不易，驚定心猶恐。執手相慰勞，賓朋來接踵。我思在家日，椿萱快侍奉。門前樂事多，豈必戀榮寵。移孝可作忠，旁觀苦慫慂。富貴宜及時，但勿效登壠。藐茲樗櫟材，出處何輕重。胡塵滿京華，一覽雙眉聳。丹忱矢不渝，天衢日常捧。

庭樹

嚴冬人事稀，開卷怡我心。流覽未云倦，白日淒已沈。空庭展幽眺，暝色催歸禽。崇垣露喬木，枝葉何蕭森。念當敷榮時，黛色彌天深。莓苔承嘉庇，熱客躅煩襟。鳴蟬助得意，嘒嘒揚清音。繁華曾幾時，悲風嘯空林。託身豈不高，高處寒易侵。俯視牆下樹，新條綴濃陰。賤有全性命，貴有罹災祲。即茲悟物理，感喟成短吟。

自頤和園退直偶成示亭芙比部

中夜趨直廬，更鼓聲逢逢。天衢何緜邈，萬點懸星釭。西郊木葉禿，敞車風透窗。奔馳三十里，肩背困磨撞。斗室得爐火，始覺寒威降。僚友相問訊，燕語雜吳腔（時同直者，丹徒支學士恒榮、滿洲侍講達壽、宛平陸編修鍾琦）。漸聞羣鳥鬧，曉色明旌幢。龍種嫻騎射，驄馬繫高樁。卿相半黑頭，恩賜肩輿扛。濟濟宮門外，體貌多豐龐。此皆梁棟選，論道能經邦。衣冠廁其末，顧影慚愚憃。歸途益喧闐，兩耳鳴濤瀧。刺口談時事，識短言易哤（是日署中繳札記）。聊學擁鼻謝，持示生花江。大雅久凌替，非君誰與雙。

讀于海帆侍講（齊慶）《庚子紀事詩》一百六十韻，賦此奉贈

積雪壓檐風透幬，凍泥澀軌塵不飛。驅車報謁相見稀，遠尋于子敲煙扉。軒庭幽敞森寒威，菊枯盆空堆四圍。主人出詩就斜暉，千六百字皆珠璣。疇昔之事可悲唏，白蓮餘孽訌京圻。吞刀吐火神所依，宰相驚喜言宮闈。王公伏壇聽指揮，有不信從或腹誹。言出禍隨若發機，遂驅羣甿鬭封豨。腥風怒吼百卉腓，枉矢晝見三光微。翠華西狩啼嬪妃，衛士跣走寒無衣。百官飢瘦胡馬肥，仍控八駿就銜鑣，天驕要約誰敢違。我於其時方南歸，道路傳聞疑是非。君詩質直無脂韋，昔有詩史今庶幾。城東敵壘何崔巍，長安門外燈月輝。深目高鼻馳騑騑，朝士插足憂訶譏。神竿摧折絕享祈，鹵簿散失餘冕褘。柯亭劉井迷前徽，還我舊物安可希。新政求賢如振饑，或聘以帛招以旂。君方選士貢帝畿（君爲北闈同考官），我何爲者來顜顜。凍鴉黯黮隨錦幬，杞梓羅列登莃菲。望雲思日淚不晞，勉歌出車次采薇。願君清詞賡霏霏，無使對雪空瞻睎。

附 伯瑾和詩

王君躭靜常下幃，圖史羅列文雅飛。門無雜賓車馬稀，長安寂處猶巖扉。寒冬凜凜霜雪威，有酒可酌爐可圍。餘事作詩送殘暉，興酣落筆成珠璣。陽春寡和應歎晞，我適襆被來京圻。欣然下榻許相依，校書共侍青瑣闈。君感時事毫頻揮，嗣響風雅工怨誹。獨具深識洞先機，心長語重妃呼豨。將毋庸德人所誹，異學爭鳴吾道微。有時攬古思湘妃，靈均奇服仙子衣。裘馬何事誇輕肥，名韁倒促羣受羈，忍能與俗同從違。雖無田園胡不歸，以詩示我質是非。古人訂交如弦韋，山石攻玉或庶幾。聖朝功德高巍巍，爝火偶爭日月輝。終見壺漿迎六騑，遵時養晦詩無譏。東山不出蒼生祈，安用荃褘與蘿褘。正宜努力追前徽，中興諸臣堪仰希。滔滔天下苦溺飢，明詔求賢貴弓旍。多士畢集千里畿，惟君鶴立逸且頎。俯視雞羣張錦翬，生花之筆饒芬菲。瓊英浥露朝未晞，我欲取讀先盥薇。但覺玉屑清霏霏，胸襟沖澹安可晞。

不寐

夜長不成寐，挑燈擁寒衾。鄰雞激高唱，百感縈我心。六合未清朗，世路多崎嶔。離家三千里，骨肉爲商參。人事旦暮變，何異晴與陰。南鴻況寥落，兼旬無好音。老母筋力健，霜雪料難侵。伯兄疲奔築，抱恙知淺深。四女似諸姊，諒能守閨箴。五女隨其母，拈筆抑弄鍼。諸姪異門戶，支持慮不任。戚屬有遠近，時節誰見臨。念余昔治室，辛苦銜泥禽。巢成栖未穩，翩飛辭故林。瘦妻挈雛女，遠來依藁砧。賴茲慰岑寂，冷署暫浮沈。方朔但索米，王陽難點金。歸期未可必，聊學寒螿吟。

十一月二十日召對勤政殿恭紀

扶桑曙色動，明月仍當天。驅車景山下，待詔宮門前。煌煌勤政殿，玉勑承傳宣。趨走懷戰慄，瞻仰增肅虔。聖主憂社稷，堯臞過昔年。聖母富閱歷，睿照周八埏。溫語垂顧問，滄海容微涓。小臣域眡聞，應對多拘牽。上負勳華聖，俯慚皋夔賢。作詩紀榮幸，聊備家乘編。

即事二首

陰陽吐靈淑，山海羅瑰奇。今人不如古，此語吾所疑。森森槐棘林，
豈無皋與伊。栖栖車馬塵，顏閔常追隨。川以合流大，木以孤立危。事
賢友其仁，利器洵良規。出門忽惘惘，此行當詣誰。屠沽不易識，吐握
安可期。口語相唯阿，肝膽深莫窺。所得無分毫，但覺尤悔滋。歸來長
歎息，一編聊自持。前修倘可企，委懷良在茲。

蠆龍戰大野，妖狐徧神州。閭閻竭膏血，山川縱冥搜。渾沌幾鑿竅，
夜壑難藏舟。維持賴名義，一綫生機留。異哉許行徒，入室操戈矛。六
經皆糟粕，三綱爲贅疣。楊墨吹其燄，蘇張通其溝。陰霾滿六合，白日
變九幽。念此忽不樂，濁醪與婦謀。得趣不在多，一醉散百憂。吾道如
元氣，兩儀同周流。紛紛撼大樹，爾曹真蚍蜉。

奉酬柴黃坪大令（正衡）見贈之作

中年羈薄宦，故鄉隔芳訊。每當公車來，疏落見才俊。柴君貢帝廷，
我方展歸軔。聞聲昔已慕，察行今乃信。書骨含隸古，詩心露雄駿。靜
觀收衆趣，探懷富瑜瑾。憐我屢悲歌，荒園伴蒿臥。叩門乞傳薪，道在
詎敢吝。所愧爝火光，灰冷無留燼。淺語出枯腸，氣弱難自振。君手有
霹靂，勢逐風雨迅。敷澤徧焦原，相期溉餘潤。

附黃坪見贈（二首 柴正衡）

景岳瞻星二十年，摶沙一面奈無緣。李膺底幸逢今日，陽五曾疑是
昔賢。捧日孤心懸北極，迴瀾隻手障東川。就詩聊作銷寒計，看到梅花
便聳肩。

茫茫大陸起胡塵，舉目河山百感新。賈傅牢愁終爲漢，魯連意氣已
吞秦。文章自古宜經世，時局如今敢乞身。我叩門牆訴心事，願分星火
與傳薪。

除夜贈夏伯瑾

河流挾泥沙，淺處不盈丈。翕然百川合，瀰漫千頃廣。夏君吾同官，才名懾儕黨。舊寓隔城闉，過從頻抵掌。俠步喜回翔，枝言近疏放。頗疑及肩牆，縱目稀留賞。徐徐考行誼，惓惓切景仰。孝友無間言，朝賀必親往。伉儷敦深情，姬姜祛幻想。投分託知交，披懷見誠讜。俯視浮夸徒，雲天隔塵壤。乘軺赴隴西，衡文冰鑒朗。矯矯陶土行（陶製軍模），清節世無兩。初見謂易與，深觀悔挾長。觥觥岑嘉州（岑方伯春煊），襟期尤倜儻。詩酒相往還，得意忘言象。彼皆負盛名，一氣融瀅沆。賢者固難測，追思徒悵惘。茲來喜同居，真率猶疇曩。推敲貢所疑，剖析應如響。批導中綮要，快若搔奇癢。文字有至樂，豈謂相標榜。君頗述前言，自嘲仍自獎。池館未幽深，軒庭尚宏敞。長短寸心知，品題諒不爽。嗟我識拘墟，視天小如盎。信口作雌黃，常恐嬰羅網。藥石或誤投，終身意鞅鞅。君能受直言，天懷真坦蕩。今宵例祭詩，糕餌承分餉。嘉惠可無酬，速藻竟難強。爆竹喧四鄰，吟成汗流顙。自慚勺水微，敢擬大風泱。苦語出煎熬，宿垢期滌盪。君才誇捷敏，靈珠握象罔。挑燈遲報章，莫待晨曦上。

附：伯瑾和詩（夏啓瑜）

太華天下秀，壁立千萬丈。峻峭窮攀躋，徑涂苦未廣。贈言相攻錯，所貴羣不黨。除夜貽我詩，一讀一拊掌。君詩殊撝謙，我意喜疏放。淺水本無波，清流乃見賞。自慚培塿卑，彌切高山仰。識君已廿載，寸心久向往。西郊暫聚首，闊別常夢想。詞林步後塵，益復欽忠讜。嶽瀆雖高深，不辭流與壤。志趣豈盡同，胸懷俱開朗。我乘隴上軺，文字權銖兩。君返故鄉舟，宴衍事親長。暌隔四五年，馳念心儃儃。今歲來都門，相得忘言象。下榻依陳蕃，賦詩促到沆。晨夕樂盤桓，出門免悵惘。昨宵忽縱談，品題憶疇曩。君謂測子淺，前言猶影響。我實感君言，中心識痛癢。汝南月旦評，直可國門榜。矧我有微長，臣朔好誇獎。越宿投

吟箋，意似許宏敞。涓涓成江河，先後語非爽。我願貢箴規，世情愛融
益。胡爲鬱鬱居，户外容張網。耿介誠軼羣，誰能脱塵鞅。游戲人世中，
乾坤真浩蕩。親仁汎愛衆，經訓曾遺餉。詎必矜孤標，兀立不可强。彼
此互鍼砭，慙汗各沾顙。我懾三峯奇，君歡百川泱。獻歲萬象新，積習
一洗盪。獲益在觀摩，愼勿蹈迷罔。努刀樹令德，蒸蒸期日上。

柴英坪、方莪田（紹震）兩大令招飲本館，時柴選江西德安，
方選廣東瓊山，即席賦贈（癸卯）

皇都迎淑景，旅舍生春風。愔愔兩賢宰，剖符一日中。借問宰何地，
一水分西東。江州白司馬，海南蘇長公。昔爲仙吏居，今有估舶通。豈
如黔與桂，荒遐阻兵戎（貴州印江、廣西雒容同日掣簽）。良宵張高宴，賓主
皆洩融。雅誼託桑梓，歡慰固所同。但念聚首久，忽若分飛鴻。持贈無
長物，願言輸微衷。宇内苦凋瘵，邊境寧獨豐。兩君皆廉靜，儒術能飭
躬。一請恤民力，再請安固窮。坐看三載後，治理登熙隆。

【辑校】

[一]"王氏本"有注"壬寅"。

[二]末："四明本"作"未"，誤。今據"王氏本"改。

[三]琊："王氏本"作"玡"。

[四]褒，"四明本"作"襃"，誤。今據"王氏本"改。

《容膝軒詩草》卷三

鎮海王榮商友萊撰

近體詩

春日山行

曲磵冰初解，芳塍雨乍過。水聲沿路活，鳥語入山多。翠篠舒清節，丹葩醞太和。春光先到處，強半在巖阿。

冬日飲顧丈漁莊家，與俞樹周（汝昌）同作

雪窗把盞共盤桓，文字緣深一見歡。古盎插梅姿不俗，小爐煨橘味猶酸。本來面目都寒士，末路英雄是冷官。淡泊生涯隨分好，莫將口腹累儒冠。

送徐雪埒（之鴻）出布陣嶺，戲以紅葉爲贈

贈君一紅葉，從此兩浮萍。泛泛隨流水，行行入畫屏。煙凝寒樹碧，山插暮天青。欲去頻回首，斜陽木末亭[一]。

贈周玉生（乃大）

月旦存清議，書生舊餅師。拚教貧徹骨，不肯媚如脂。黃祖死公耳，石崇奴視之。心腸疑鐵石，偏有解頤詩。

自長山橋赴甬東

四顧山頭夕照橫，淨居寺外暮煙生。扁舟一夜江東去，臥看蓬窗月色明。

送繆養庵之邗上

子規聲裏雨紛紛，才送春歸又送君。別後相思在何許？吳江流水越山雲。

詠紙答友人

鈔得千行字[二]，飛來五色牋。人情如此薄，消息藉君傳。夜月梅窗帳，春風麥隴錢。洛陽聲價貴，端爲賦三篇。

外舅樂秉國先生家丹桂一樹臘月作花，詩以紀之

丹桂森森出粉牆，高枝容易受風霜。旁人莫訝秋光晚，臘月花開滿院香。

早起

小樓早起獨徘徊，淨几明窗絕點埃。萬朵紅雲迎日出，一聲黃鳥送春來。煙籠遠樹參差見，霧捲重門次第開。怪底嫩寒禁不得，霜花如粉點青苔。

自甬東夜歸舟中作

江上桃花逐浪浮，江邊楊柳送歸舟。貪看斜月眠篷尾，亂疊寒衣當枕頭。村市燈稀人語靜，野塘水滿艣聲柔。祇憐家在青山外，未許輕航下石湫（吾鄉屢有鑿嶺引湖水之議，迄不果行）。

規某友

傲骨休輕露，虛心始有容。君看顏柳帖，筆筆是藏鋒。

留題瑞巖寺

入山不見寺，入寺不見山。惟見萬重樹，白雲時往還。

瑞巖五月菊

綠陰庭院雨初收，一片黃花映石榴。不是高人附炎熱，山中五月已如秋。

田家

陽氣潛深澤，繁華事已非。土香秋芋熟，霜重晚菘肥。采菊和新釀，裝棉入舊衣。田家饒積貯，生計莫嫌微。

冬日久雨

花未含苞柳未萌，天公厚意最分明。耐將殘臘朝朝雨，定有新春日日晴。

自三山浦浮海至爵溪三首（時家兄在爵溪）

落日三山外，雲收海氣清。晚潮催棹去，初月向人明。遠岸迷高下，扁舟託死生。白鷗吾羨汝，風浪不能驚。

島嶼浮煙點，蒼茫古甬東。地隨山腳盡，天與水光融。海晏帆檣集，時清壁壘空。一城如斗大，自昔困英雄。

南望通閩越，西行抵爵溪。浪花衝岸塌，山翠壓城低。村市春醪薄，漁船夜火齊。渡頭逢骨肉，相見各悲悽。

曉渡錢塘江

一肩行李兩輪車，走盡西興十里沙。殘月有情隨客渡，曉風無力壓帆斜。大江鱗甲潮微動，隔岸樓臺霧半遮。此去飽探山水勝，好將眼福向人誇。

曹娥江觀潮

一綫迢迢至，娥江走怒濤。雲移銀漢直，風捲雪山高。拍岸侵茅舍，分流點竹篙。越兒渾見慣，意氣若爲豪。

遣懷二首

人間瑣瑣說窮通，生殺無心是化工。雪後草多依舊綠，春來花有未曾紅。牽牛偶爾過堂下，失馬何須弔塞翁。蠻觸輸贏真細事，莫將冰炭貯胸中。

懷中刺字已全銷，故友音書亦寂寥。但覺疏慵惟我最，更無意氣向人驕。古今代謝新陳酒，悲喜循環早暮潮。悟得此中消息早，不嫌蹤跡涸漁樵。

大雪出管江

歲暮客心急，山深人跡稀。彤雲垂野合，殘雪繞輿飛。溪水凍無語，竹梢低拂衣。舊時來往路，風景訝全非。

爆竹

迎春無別物，一綫借香焚。立地如紅燭，翻身入白雲。膽能驚鬼破，聲要使天聞。海外餘威播，元功屬此君。

哭胡子籛（龍壽）二首（有序）

子籛有雋才，妻竺氏不得於姑，以是常鬱鬱。有句云"渚鴻孤響哀，梁燕歡情太"，蓋自傷也。余別有傳存集中。

臨風玉樹影翩翩，生就才華閬苑仙。紅杏栽培宜日下，白芙冷落奈江邊。子多誰識蓮心苦，絲斷難憑藕臂連。我欲攜君秋夜句，登樓搔首問青天（登樓句"閭天"，君與余甲戌中秋聯句語也）。

病中聞訃倍淒涼，回首前歡夢一場。泮水芹泥春識面，瑞巖梅雨夜聯牀。渚鴻梁燕風騷意，斷楮零縑翰墨光。一曲招魂和淚寫，蘆江秋水月茫茫。

有懷劉午亭（慈孚）

同居海角聞聲久，忽漫相逢在瑞巖。寺衲開尊潤畫筆，潭龍送雨滌塵衫。登樓大笑燭將跋，遠地狂呼杯尚銜。許寄新詩猶記否，霜鴻寥落朔風嚴。

聞三弟在如皋患病，以詩招之

全家皆飽健，汝獨病通州。水土欺孤客，風霜厄遠遊。路遙難得信，年少不禁秋。急束歸裝喚，寒江一葉舟。

清明自塾中歸

清明天氣好，雲影斂晴空。秧隴淺浮水，柳隄微有風。山光牛背外，春意鳥聲中。歸看小園裏，桃花紅未紅。

容膝軒新闢西窗

老屋臨池展，新窗面圃開。日搖波影上，風度鳥聲來。籬竹圍書幌，瓶花映硯臺。村居無客至，隨意拂塵埃。

郡齋臥病二首

自笑謀生拙，年年作嫁衣。關山遊子感，城市故人稀。月冷蟲聲苦，風高鳥力微。病中須藥物，所欠是當歸。

訪友春城暮，曾登墨海樓。縱橫書萬軸，真贗帖雙鉤。秉燭延清賞，題襟滯後遊。遙憐編校客，眼福幾生修。（時盧寶輝編書目）

鄉居雜詠三十首

靈巖鄉在萬山中，東望蓬瀛有路通。我欲挂帆風未便，聊拈故事入詩筒。

金紫銀青兩大夫，湖塘舊宅未模糊。梁碑唐敕皆佳證，不獨宮門待漏圖。（樂仁規、仁厚兩尚書宅在湖塘。）

嘉溪山麓古風亭，八百年前墓志銘。天遣兩碑先後出，石痕猶帶土花青。（徐夫人墓志在嘉溪，王府君墓志在古風亭，皆梁乾化間物。）

海邦賢令紀經遊，曾下靈巖泛石湫。新法病民他日事，吾鄉遺愛自千秋。（見王荊公經遊記）

錦帆東指海雲昏，城郭蕭條劫火痕。誰向山中曾布陣，不教胡馬擾鄉村。（布陣嶺，相傳宋高宗航海時有人布陣此山，故名。）

荒年一飯最艱辛，慷慨韓侯不顧身。海上腴田三百畝，肯蠲租米活貧民。（元高陽郡侯韓常有田三百畝在靈巖，屢弛其租。）

壯歲求婚計已遲，卻將婚費贖孤兒。人間果報如風影，老蚌雙珠又一奇。（湖塘樂彥通以婚費助喪家，其後長子用才成庶吉士，次子用良為富人。）

恭定居遼講席開，扁舟未泛鑑湖來。浦頭賸有先祠在，誰仿凌溪築釣臺。（賀恭定欽以戍籍居遼東，凌溪釣臺其講學處。縣志云吾鄉舊有臺，未知所在。）

長洲吏治紀循良，更有河源德政彰。諛墓文工誰過問，空隨翁仲臥斜陽。（長洲丞俞憲甫子河源令世中墓在長山磧之西，碑石尚存。）

東南王氣黯舟山，指日樓船出海關。結砦柴樓成底事，鷗鶵零雨泣殷頑。（明季遺民徐孚遠、張密等嘗居柴樓。）

謝安門第甲江東，晚入深山作寓公。三百年來遺澤盡，烏衣猶見舊家風。（謝泰宗常避地柴樓，謝熾昌隱靈巖山，今柴樓謝氏其族人也。）

尚書幹蠱有佳兒，收拾溪山入小詩。史筆微權霜凜凜，草廬清夢日遲遲。（邵尚書輔忠子似續躬耕嘉溪，有"史筆有權分漢魏，草廬無夢到幽燕"之句；似雍、似歐皆有游靈峯詩。）

西山高士軼羣才，領袖遺民社會開。留向人間防作襆，新詩都葬化人臺。（陳高士昌統隱西山下，臨歿，取所為詩悉置櫬中。）

長山磧畔舊祠堂，愷澤流傳共水長。尚有三君宜袝祀，前明何令後陳楊。（康熙間盧守承恩、戴令銘、楊丞吉祥修長山磧，鄉民祀之塘頭庵。余謂明何令愈、雍正間陳令秉鈞、楊丞國幹皆有功於是碶，宜祔祀。)

金泉風雅溯前朝，楮墨流傳歎寂寥。偏是杜言詩律細，刀痕鳥迹悟超超。(靈峯寺僧杜言有詩集。)

長山巡檢舊城蕪，指點山衙入畫圖。第一清閒鹽課署，市聲擾擾一塵無。(巡檢城在羅山上，有城基尚存；鹽課署在長山街。)

柳絮庭前坦腹郎，墓門華表水中央。至今掃墓人如鯽，不見橋邊舊綠楊。(楊家橋以楊氏得名。相傳王贅於楊，目講僧爲之相墓，由是王盛而楊微。今墓傍石柱猶在水中，土人呼爲鷹卵。)

八鳳橋頭戊壘空，五龍汊口釣槎通。虛名了不關形勝，穿鑿何勞信國公。(吾鄉形勝，俗傳皆湯信國公所破，蓋齊東野人之語也。)

箸成方竹飯成蜂，都是神仙縹緲蹤。丹鼎已隨雞犬杳，爐煙終古裊靈峯。(靈峯演法堂，相傳皆葛仙翁遺蹟。)

世界滄桑遞變遷，育王舍利尚流傳。山僧愛醉渾無賴，瓔珞河頭當酒錢。(舍利易酒，見黃梨洲記。)

烏盆潭水斂神光，梅港淵腸事渺茫。畢竟渭陽恩誼厚，中元猶祭謝龍王。(烏盆龍神，相傳爲焦氏之甥，至今中元節猶祭之，梅龍港云是龍王浴處。)

烏石山前白帽兵，浙東恢復此先聲。防剿小志非塗説，青史他年補姓名。(李丈渭倡義勦粵匪。)

餘腥徑搗浹江潯，毀產迎師仗傅林。慷慨千金憑一諾，吾家先德亦高深。(傅丈鼎基、林丈中岳等輸餉迎官軍，先大父實左右之。)

林大山前築海塘，石高塘上祀文昌。浚渠修道無閒晷，更傍虹橋設夜航。(皆先大父事。)

東錢湖水隔重山，城郭迢迢怯往還。安得五丁開蜀道，更將高堰築迴環。(同治間鄉人議鑿山入錢湖水[三]，鄞人阻之而止。若築堰障水以便交通，事或可行也。)

靈山絃誦久無聞，提倡儒風是振文。鄉校本來無畛域，不須苦與泰邱分。(靈山書院久廢，振文書院在巖地，今與泰邱鄉共之)

崇賢閣上古儒林，遠紹旁搜詣力深。不讀藏書三萬卷，茫茫墜緒恐難尋。

燈火輝煌廟貌新，無邊簫鼓鬧芳春。和親康樂遺風在，不是區區媚社神。

永豐塘外漸成田，海物登盤日日鮮。剛趁早潮下塗去，碶頭徧泊網魚船。

小窗扶病強吟哦，故事應知漏脫多。記取此身強健後，鄉居重譜竹枝歌。

壬午聞捷作

箕裘傳授想當年，情景依稀在目前。識字頻叨堂上賞，受書常伴塾中眠。偶施夏楚威旋霽，每盼秋闈眼欲穿。今日耳邊聞吉語，可能歡慰到重泉。

題賀柘鄉同年（東瀾）山水畫扇二首

溪上漁樵舊往還，北來何處覓煙鬟。故人卻有長房術，畫出瓶壺雨後山。

津口冰開共北征，長安花落送南行。瑞巖五月楊梅熟，定有諸君蠟屐聲。

出京

長安居不易，出郭賦南征。獨客衣裝簡，無官去就輕。潞河新漲闊，遼海暮雲平。屈指還家日，中秋月正明。

泊香河縣

落日香河繫短篷，數行鳴雁水聲中。垂楊不解漂流苦，猶向人前舞晚風。

申江舟中食黃魚

柳隄一帶暮煙疏，玉鯢金鱗入饌初。回首崇文門外物，帝鄉風味竟如何。（崇文門進黃花魚甚劣。）

自長山橋歸里

野泊晨光動，籃輿度碧峯。雲迷昌國島，風逗淨居鐘。身世嗟無定，親朋喜漸逢。鄉音相爾汝，幸未改吳儂。

聽說風潮劫，秋來兩度經。隴搖殘稻白，巖臥斷松青。破寺全飛瓦，浮檻半逐萍。登堂先一笑，無恙舊門庭。

即事三首

一抹疏林挂夕曛，遠山涼雨忽繽紛。亂風吹得天如斷，半是黃雲半黑雲。

竹籬茅舍傍寒汀，蛛網蕭疏戶不扃。添得雨中三兩樹，畫來便是好丹青。

大浦溶溶一鑑開，水中清影漾樓臺。月明滿地無人管，臥聽風聲過海來。

哭三弟

江上年年悵別離，歸帆又苦病魔隨。竟無多日娛萱草，悔不先時遣柳枝。卅載塤篪今已矣，一天風雪夜何之。可憐握手彌留際，尚恐親悲不使知。

海警

西風獵獵陣雲開，又見飛鯨跋浪來。塞外鼓鼙連屬郡，山中烽火徧荒臺。亦知玉帛非長策，敢信樓船盡將才。妙選水犀應未晚，好憑強弩射潮回。

過通州口占

浹江一別三千里，沽水重經七十灣。微雨隨車塵不起，通州城外望西山。

丙戌得報作（有序）

是科浙江中額二十四名，報録誤江西劉某爲浙籍，故額早滿。又疑余居城外，故報最遲，蓋幾爲意外之喜矣。

連番風信報花期，開徧南枝與北枝。額滿誰知名籍誤，路歧更覺好音遲。蕉陰得鹿猶疑夢，夜半聞雞未失時。猛著先鞭休自棄，故人贈語是吾師。（時有故作劣書以求外用者，林君兆松云：凡事當盡其在我，聽其在天。余志乃決。）

入翰林二首

燕許文章大筆傳，馬工枚速各爭妍。如何草草塗鴉手，濫作霓裳隊裏仙。

一代承明著作才，文星璀璨映三台。劉蕡下第元賓死，卻讓吾曹橐筆來。

引見恭紀

禁衛分行蕭佩刀，直廬待漏萃仙曹。九霄日射金門麗，五色雲臨玉殿高。龍袞光華瞻御座，鵲爐香篆裊宮袍。小臣趨走山中慣，翔步天階未覺勞。

南歸書感

錦衣新自日邊來，燕賀頻煩綺席開。敢謂文章原有價，即論翰墨已非才（余不工書法）。黃金何意投虛牝，赤手無端築債臺。往事追思多可悔，空慚仙籍著蓬萊。

内子到京喜賦（己丑）

二十年來比翼禽，出山忍聽白頭吟。薜蕪舊恨銷南浦，翡翠新巢託上林。薪桂米珠遊子感，海枯石爛故人心。雙飛願借秋風便，長傍南枝弄好音。

辛卯元旦

爆竹如雷鬧四鄰，吾廬寂寂自迎春。車茵暫接趨朝侶，名刺虛傳賀歲人。砌畔寒枝添雪艷，門前小榜映霞新。官閒恰有開眉處，長共妻孥笑語親。

移居西交民巷

鳳城西畔覓新枝，門巷幽閒與嬾宜。多病老妻思佞佛，垂髫嬌女學吟詩。爐邊茶熟宵眠早，瓦上霜濃曉起遲。莫道清時無禄隱，姓名可有世人知。

病中作三首

九州春浩蕩，一樹意婆娑。莫漫悲搖落，曾沾雨露多。

秋風吹木葉，旅雁各南翔。獨有驚寒鳥，飛鳴禁樹旁。

玉河橋畔柳，攀折共依依。不見深山裏，松杉大十圍。

家慈七十生日作（甲午）

茫茫塵海寄閒身，遠念高堂白髮親。七十年來逢上巳[四]，三千里外慶生辰。延賓地借名園曠，宜壽天開淑景新。正是公車高會日，共持卮酒祝長春。（是日府館團拜）

大考擢侍講恭紀

芸館回翔近十年，不才虛領大官錢。曾無聲氣通時貴，敢望科名繼昔賢（曾文正亦以二等一名擢侍講）。獻賦明廷慚學陋，署銜講幄沐恩偏。文章報國知難稱，惟矢冰心一片堅。

湯鴻九農部見示三十自述詩二章，次韻奉贈兼以自嘲

京華冠蓋逐時新，舊雨關心有幾人。入座清談參魏晉，通財高義薄雷陳。河梁小別心常繫，旅館重逢意倍親。城闕迢迢風雪夜，為君不惜往來頻。

生長書叢不解愁，無端投筆欲封侯。長纓虛效終軍請，短棹思隨范蠡遊。正恐山靈迴俗駕，聊尋海客問瀛洲。廟堂自有平戎策，慚愧迂儒越俎謀。

除夕感懷二首疊前韻

十載京華白髮新，蹉跎無補一閒人。著書傳後談何易，挾策干時迹已陳[王]。豈有涓埃酬聖主，翻將細弱累慈親。烏私反哺知何日，悵望南天雪涕頻。

細傾濁酒洗窮愁，一醉能輕萬戶侯。北里笙歌縈別夢，西園燈火續清遊。沈沈夜色催三鼓，冉冉春光徧十洲。銀燭朝天還怯泠，歸來更與細君謀。

和作（鄞縣湯嗣銜鴻九）

天回斗柄歲華新，多少春風得意人。官禄羨君臨驛馬，命宮慚我應句陳（星命家言余命坐文昌宮）。半生卻被文章悮，一別方知氣味親。舊侶於今重聚首，奚囊索句往還頻。

三月三日清明口占（丁酉）

夜半猶飛雪，朝來恰放晴。良辰逢上巳，佳節況清明。遊子何時返，慈親此日生。綵衣無羽翼，南望不勝情。

題陳仲瑩大令宏燮《抱琴圖》四首即以送別

(陳選江西興國，爾修大令之子也)

潁川四長舊齊名，文範先生德最清。今日攜琴棠下去，元方定不愧家聲。

一室絃歌萬户春，親師取友即經綸。關心最是高堂母，問爾平反活幾人。

不釣陽鱎衹釣魴[六]，邇來頳尾亦堪傷。憑君挹取西江水，洒作人間一味涼。

聚首春明歲已周，驪駒唱罷不勝愁。潯陽江上秋風起，可許香山放棹遊。

凍蠅

凍蠅貪日煖，旋轉紙窗中。欲出非無路，凄凄畏朔風。

詠史五首

漢家拓宇徧窮荒，暫棄珠厓自不妨。可惜雁門關外地，等閒付與契丹王。

竈下中郎習水嬉，彌天太保泛金巵。瑤池桃熟無人問，卻被東方曼倩知。

南山深處避胡塵，四顧凄涼剩此身。手積金錢三百萬，不知辛苦爲何人。

抛卻銀鞍獻潞州，北平賣主欲何求。癡心更有劉延壽，甘作胡兒不自羞。

國亡家破欲何之，多少英雄怨數奇。長樂老人風度好，可憐不遇太平時。

鄉思

寓廬十載禁城邊，回首鄉關別緒牽。老圃芥菘經雪美，荒江魚蛤入春鮮。瓶壺峯頂千竿竹，瓔珞河頭一葉船。但得歸休隨處好，不須苦覓買山錢。

有懷王紫珊師（顯謨）

猶憶垂髫日，曾依絳帳中。文章歸劫火（同治丙寅，余從師在傅宅，是夏書齋回祿），談笑想英風。秉鐸頭銜冷，當筵捔戰雄。楊家橋畔路，何日一樽同。

詠史四首

主吏贏錢大嫂羹，絲毫恩怨苦分明。如何雍齒終身貴，不放丁公一日生。

度索歸來甲仗空，君恩猶許鎮河東。定楊他日論勳閥，合是興劉第一功。

浪擲中原百萬金，樓船橫海總成擒。石郎豪侈成何事，買得胡兒一片心。

都城連日括金貲，半奉藩王半入私。聞說衝鋒張太尉，軍前高卓赤心旗。

書感一首用前韻

鏤翠雕紅世態新，獨將本色傲時人。市車貰得何妨舊，倉粟頒來不厭陳。舌蹇祇知鄉語好，眼昏倍覺古書親。空名何與興亡事，枉著儒生考索頻。

入山

雨雲翻覆日紛紛，一入山來百不聞。比舍漁樵頻話舊，當階鳧雁自成羣。冠裳何遽儕鱗介，斥鹵猶能變埧墳。莫放風潮衝岸入，海濱隨處可耕耘。（時築久豐塘。）

老圃

薄宦頻年別故鄉，歸來老圃未全荒。疏籬不礙春山好，高樹能生夏日涼。過雨新蔬爭作綠，經霜小橘漸成黃。莫嫌景物無多在，世味酸鹹已飽嘗。

散步

散步東籬外，言尋舊釣磯。菊殘蝴蜨瘦[七]，楓老鯽魚肥。涼意風到樹，水聲人浣衣。鄰翁相問訊，小坐欲忘歸。

望海

雲開日湧海門秋，浩蕩乾坤一望收。樹杪帆檣風捲葉，天邊島嶼水浮漚。驚聞碣石翻龍穴，坐見焦原舞蜃樓。安得巨靈移五嶽，波心突兀障洪流。

家居雜詠三首

啼鳩聲中細雨紛，新秧出水密於雲。年來真莫知苗碩，祇覺鄰田綠幾分。

每笑薔薇似女郎，柔枝無力臥斜陽。呼童作架扶將起，花影亭亭欲過牆。

一庭團坐餞餘春，烏鰂黃魚入饌新。飽食莫嫌無異味，世間多少忍飢人。

追悼十首（爲亡室樂恭人作）

小住塵寰四十年，深閨偏得謝公憐。自從嫁作黔婁婦，憔悴花枝不值錢。

敷粉調脂百不知，挑燈梳掠尚嫌遲。小窗靧面晨炊後，那有閒情學畫眉。

粥椀茶甌取次煨，老人傳喚急於雷。東軒西室遙相望，一日應須走百回。（恭人侍先大父四年。）

一家宛若盡從容^[八]，敢望高堂愛獨鍾。偶得片言相獎借，快心如接紫泥封。

過庭失教便寒心，誤入花叢感不禁。春夢醒來人已老，淚痕夜夜漬鴛衾。

瓦全玉碎暗神傷，料理紗麻日夜忙。十幅布衾千縷帶，青藍疊徧女兒箱。（恭人生一男，殤，止存四女。）

日炙低檐雨溼階，寒家百事費安排。北來更有無家苦，歲歲移居避計偕。（自己丑入都寓鎮海試館，至癸巳，已兩次移居矣。）

宦海追隨四載强，朝朝辛苦作羹湯。傷心未待黃粱熟，已了遊仙夢一場。

猶記垂髫入壻鄉，大家風範肯深藏。清矑皓齒燈前立，笑著襯衫問短長。

臥病經年玉貌枯，別來追憶總模糊。畫工縱有傳神手，一片聰明肖得無。

輓賀孺人（俞樹周母）

冰霜苦節溯當年，母子相依劇可憐。恤緯勉供留客饌，籌燈忍費賣文錢（孺人夜紡績，燈光熒熒如豆。樹周請益油，孺人愀然曰："此汝心血所易，吾忍浪費乎。"其節儉類如此）。名場人老秋增感（樹周秋試報罷，輒作數日哭。孺人甚憂之，癸巳獲雋乃已），寢室孫多夜減眠（孫男五人）。蔗境漸回親不在，銜哀豈獨蓼莪篇。

輓林本初親家（禮孝）

絲毫物力體艱辛，與我纏綿有夙因。累世交情聯管鮑，忘年姻誼締朱陳。銜泥爲護營巢羽^[九]，決水頻蘇涸轍鱗（余營居宅，賴君之力爲多）。推解恩深何日報，追思惟有淚沾巾。

輓外舅胡綸元先生（宋駿）

高山景仰已多年，射雀遲聯少女緣。三造頻憂天下事，再來頓失地行仙（先生夏間三至余家，甚康健。比余再就甥館，則先生病矣）。淒涼風燭符前夢（先生在蘇州課徒，夜夢封翁秉燭冒風行，亟歸。未幾，果丁外艱），鄭重楹書付後賢。今日桃源何處是，側身西望淚如泉（時兩宮西狩）。

【輯校】

[一] 末："四明本"原作"未"，誤。今據"王氏本"改。

[二] 鈔："王氏本"作"抄"。

[三] 入："王氏本"作"引"。

[四] 七十："四明本"作"三十"，誤。從"王氏本"改。

[五] 干："四明本"、"王氏本"作"千"，誤。今據詩意改。

[六] 陽鱎："王氏本"作"他魚"。

[七] 蝴蜨："王氏本"作"蝴蝶"。下文同，不一一出校。

[八] 宛若："王氏本"作"操作"。校者按：宛若，古時妯娌之代稱。

[九] 爲："王氏本"作"慣"。

《容膝軒詩草》卷四

鎮海王榮商友萊撰

近體詩

偶成

豈有先幾哲，江湖偶乞身。如何歸隱客，又作遠遊人。才短難經世，官閒不救貧。至今宮闕外，滿目尚胡塵。

贈江亭芙比部

故鄉相見久心傾，京洛同居倍有情。斜日市樓評酒味，秋風門巷聽車聲。朋簪小集詩篇富，官俸分嘗米價輕。祇恨年來清興減，懶隨裙屐隊中行。

雪樵宿壽孫寓數夕不歸，戲柬二絕

彩雲南去翠巢空，獨抱寒枝怨朔風。忽夢化身作胡蜨，拍張雙翅入花叢。

洛陽金谷舊知名，豪竹哀絲不斷聲。料得風流何水部，霜天飽啖菊花羹。

赴頤和園二首

十年魂夢繞西山，只坐疏慵眼福慳。今日山靈如迓客，一天涼雨洗塵顏。

天街迢遞接行宮，爽氣初迎潑面風。萬樹垂楊新雨後。人家都在畫圖中。

入直西苑作

待漏趨西苑，停車望北辰。夜深依火燧，坐久見人親。比戶眠猶穩，深宮命屢申。萬幾披覽罷，閶闔曙光新。

乘火車至正定

驛路飛行巧製傳，前車雲動後車連。蘆溝野店恩恩過，明月清風（店名）不值錢。

大雨渡滹沱河

真定西來第一程，滹沱河上雨如傾。郵亭小憩黃粱熟，又作拖泥帶水行。

登白石嶺（輿前始用繂）

四牡騑騑驛路驅，芻糧瑣屑驗兵符。安車傳食慚非分，更向輿前設繂夫。

山西道上和張心田太史韻

昔聞三晉險，今入太行來。澗狹水爭道，山高雲作堆。廢關叢樹擁，深墅野花開。治世邊塵靜，傳烽尚有臺。

原作（通州張世培心田）

一徑入雲去，萬峰迎面來。瀑飛緣澗落，石亂夾坡堆。隨谷人聲應，盤空鳥道開。鄉心問流水，日日到燕臺。

閨怨

君行向益州，妾返海東頭。不及汾河水，隨君日夜流。

立秋宿靈石縣始聞蟋蟀

銀燭燒殘夢未成，空階如水月華明。翠峯山下初涼夜，聽唱秋蛩第一聲。

登韓侯嶺

層坡曲折曉煙濃，攀陟渾忘路幾重。回視萬山皆俯伏，始知身在最高峯。

途中雜詩三首

玉宇無雲火繳張，輿中揮扇不知涼。試將身作輿夫想，便是神仙卻暑方。

紛紛碑碣道旁鐫，塵俗撩人倦欲眠。小憩不知時已晚，綠楊風裏聽鳴蟬。

一峯才過一峯橫，似有山靈阻客行。山自長留人自去，都因名利誤浮生。

宿馬道驛

偪仄蠶叢路，荒涼馬道郵。泉寒人易瘦，土薄戶多流。鄉約標門額，靈旐掛樹頭。素冠長壓鬢，應爲武鄉侯。

過褒城有感二首

陟徧秦山馬已瘏，雞頭關上見平蕪。人心更有非常險，莫認褒城是坦途。

褒女嬌啼意自憐，君王索笑悞嬋娟。驪山烽火難憑信，寄語臺兵莫浪傳。

沔陽懷古

臥龍一去霸圖休，漢水無情日夜流。惟有定軍山色好，年年蔓草護荒邱。

澗花

澗花紅可憐，攀折到君前。何似深山裏，迎風自在妍。

棧道書所見

迢遞千盤嶺，崎嶇百級坡。荒亭牽豹入，古洞跨龍過。石迸泉聲壯，山含雨氣多。農田方苦旱，佇爾溉嘉禾。

寧羌州

持節臨氐道，茲遊亦壯哉。星分秦野盡，雲擁蜀山來。萬怪幽潛穴，羣雄割據才。荒厓多寶物，猶待五丁開。

宿昭化縣

弭節葭萌縣，拏舟桔柏津。暝煙催短棹，微雨洗征塵。暗室蚊成市，深林鳥避人。山城喧騎從，愧爾力耕民。

劍閣

劍門秋色好，客路捲簾看。峭壁排雲迴，陰厓帶雨寒。地形誇絕險，王業惜偏安。滿目滄桑感，休言蜀道難。（山皆細石結成，似從沙灘湧起者。）

翠雲廊

劍南三百里，古柏鬱蒼蒼。不雨山村暗，無風驛路涼。蔭隨遺愛遠，節以後凋彰。回首咸陽陌，蕭疏但綠楊。

登梓潼縣七曲山

入世原難直道行，悔將戇拙誤微名。如今七曲山頭過，可有靈機宛轉生。

入廣元後連日陰雨

千巖萬壑白雲深，神物吹噓便作陰。多少農田方待澤，出山隨處是甘霖。

宿魏城驛

踏徧連雲棧，坡陀路漸平。江流巴字水，雨暗左綿城。永夜銀缸淡，新涼翠被輕。夢回聞鼓角，無限別離情。

桂湖弔楊升庵（在新都縣）

滇南一去鬢成霜，盼斷深閨織錦章。爭似桂湖秋水穩，紅蓮花下宿鴛鴦。（升庵繼室黃夫人能詩，升庵在滇以聲伎自娛，黃家居不寄一字，升庵甚以爲憾。）

入成都作

晉水秦山次第經，西來飽看蜀峯青。雲生衣袂成甘雨，風捲旌旗迓使星。豈爲儒臣隆禮數，須知邊徼奉威靈。夜郎自大公孫僭，試與摩挲劍閣銘。

蜀中書感二首

水陸皆天險，重關未易攻。江流三峽曲，閣道萬山叢。魚復圖猶在，陰平路已通。應憐黃皓輩，歌舞漏舟中。

僻處兵爭慣，深藏物產豐。山高稀見日，峽小緩來風。尺土皆生計，居民半寓公。回思離亂苦，忍效揭竿雄。

江行

三日錦江行，江流漸不平。支渠添水勢，斷石激雷聲。下峽程何駛，維舟夢尚驚。險形冬夏異，莫問舊灘名。

胡君濂心籾立求備蒙學，經費支絀，感賦四章

海上飛濤駕怒風，濟危出險賴羣雄。如何畏壘山前客，未要庚桑作寓公。

馬隊居然講肆開，休將兒戲哂羣孩。君看魯國汪童子，曾執干戈禦敵來。

鹿洞鵞湖負盛名，當年禁網困諸生。海濱慣唱漁家樂，誰識絃歌是雅聲。

縝算枝梧衆力殫，日高猶未具晨餐。本來雉鼎調羹手，無米爲炊恰是難。

詠犬

頻年相伴舊居停，晝臥空階夜守扃。慚愧主人非肉食，未容爾輩飽餘腥。

書感二首

六經如海納羣流，萬象涵濡氣自柔。碧眼胡兒渾不解，祇將機巧傲中州。

風土民情細較量，中原角逐定誰強。木蘭縱有英雄氣，正恐人知是女郎。

新正病中作（丁未）

料峭春寒雪壓廬，病軀翻訝客來疏。階前爭食喧雞鶩，厨下徵肴斷肉魚。土銼香生新煮藥，瓦盆酸發舊蒸蔬。今晨略欲加餐飯，喜見親朋賀歲書。

詠史五首

燕寢凝香午漏沈，門前畫戟列森森。廬江主簿休迎客，正恐孫郎飲恨深。

烹鮮妙手奏賢勞，尸祝何煩代捉刀。莫把寒蟬哂劉勝，閉門掃軌自清高。

鍾室施刑事未公，黥彭冤獄後先同。繞庭挈手誰親見，更憶前言罪蒯通[一]。

龍種微時溷博徒，君寧旁坐記贏輸。太原郡守真無賴，枉費官家索舊逋。

陽消陰長互相爭，世濁難容爾獨清。千古傷心鈎黨禍，祇緣黑白太分明。

山居迭奉兩宮哀詔，恭輓四章

六載棲遲別聖顏，忽聞哀詔下空山。鼎湖弓劍瑤池駕，兩事驚心一日間。

禹甸芒芒外侮侵，籌邊陳迹渺難尋。宵衣旰食支危局，想見宮廷惕厲心。

浣花溪外泛歸舟，聖度如天任去留。今日椎心呼負負，感恩圖報此生休。

畫接恩榮未易忘，夢中時惹御爐香。衢歌壤擊餘音在，追想天顏竟渺茫。

輓李魯宜明經（東燿）

玉几鍾靈秀，斯人迥絕塵。文心清似水，醫手妙成春。先澤流傳遠，幽居卜築新。祇憐羈旅慣，息影未兼旬。

本是清癯客，翻成矍鑠翁。熏香茶鼎外，識味舞筵中。陸羽經堪補，京房術亦工。名場餘興在，投筆恨途窮。

鶴立思丰采，雙眸炯有光。養生稽叔夜，愛潔米元章。遇事情如畏，臨歧話更長。佳兒佳婦願，垂老竟能償。

弱質慚蒲柳，頻年仗護持。寒溫都奏效，風雪不愆期。飲德盈千缶，

53

酬恩吝半絲。惟將瓔珞水，濡管寫哀詞。

出山自嘲四章

蜀舸東迴臥海濱，玉堂迢遞隔紅塵。爐灰久冷偏留火，野草全枯更望春。朝市豈真容大隱，山林無處著閒身。宮門衞士應相識，白髮蕭蕭舊侍臣。

分甘晨夕傍慈闈，垂老離家淚暗揮。敢謂歐生知養志，重煩美母寄當歸。金門著籍前塵在，洛社開尊素願違。極目天涯芳草遠，白雲深處有春暉。

失計當年挈眷還，深閨先見淚潸潸。傾將南越千金槖，偷得東山數載閒。意外風波生海島，眼前荊棘滿鄉關。白頭重訂雙飛約，檢點行裝一解顏。

衰庸戀棧豈初心，攬轡踟躕感不禁。客路風霜催暮景，天街榆柳展新陰。名場轆轆爭前後，世界悠悠變古今。飽食自慚無寸補，聊揩倦眼看升沈。

和作（慈谿陳康瑞雪樵）

早年聲譽滿江濱，驥驥追風已絕塵。絲竹頻經中歲感，鶯花猶及上林春。希文憂樂關天下[二]，司馬安危繫此身。不是太平煩潤色，古來勳業出詞臣。

使節曾傳主鎖闈，崎嶇九折一鞭揮。岷峨路記鹽叢闒，楨幹材從蜀道歸。天語春溫驚寵渥，臣躬色養久心違。導江便許浮東去，就爾南陔愛日暉。

倚閭果得望中還，喜極翻教涕淚潸。戲綵不知朱紱貴，買山常伴白雲閒[三]。寢門歲月歌難老，海國風潮達故關。回首觚棱魂夢繞，高堂敦促覲天顏。

幸託同舟話素心，抗懷時事感難禁。行蹤絕似雙飛鳥，勵志當爭一寸陰。墨守詩書空泥古，學探瀛海侈談今。嗣皇繼聖開新運，待漏東華鐘鼓沈。

和梁廉夫同年戊申入都，書感二首原韻

老態侵尋壯志留。開尊共話薊門秋。家山幾載充高隱，宦海無端續舊遊。差喜慈親猶健飯，應憐少婦獨登樓。馮唐偃蹇長卿病，各有天涯一段愁。

駑馬逡巡不耐鞭，悔將野性誤華年。翩飛偶逐凌風鳥，勇退仍如下水船。半世行藏都合轍，此來唱和亦前緣。故人消息君知否，寥落晨星倍可憐。（聞江亭芙同年下世。）

原作（鄞縣梁秉年廉夫）

十載飛鴻雪印留，禁門煙樹又清秋。西賓闢館恢新界，東閣吟詩感舊遊。憂世杜陵惟愛國，依人王粲獨登樓。新亭舉目河山異，把酒難消萬古愁。

新進乘時競著鞭，慚余蒲柳近衰年。壯心已變將灰木，薄宦真如不繫船。差喜苔岑多夙契，聊從蘭署續前緣。一枝應許鷦鷯借，雞肋功名祇自憐。（時由工部改分陸軍部。）

移居鎮海館西院二首（有序）

西院本夏君伯瑾所居。夏出守吉安，余自廳事移居之。寒窗兀坐，喧寂迥異。觸物懷人，情見乎詞。

歲闌移宅向西鄰，裘馬聯翩迹已陳。惟有狸奴思舊主，時來簾外一逡巡。

冷官家具本無多，留得空棚覆雀羅。夜半天風噓衆竅，還疑南院奏笙歌。（吳農部晉夔寓有唱琴。）

感事用法部唱和集元韻二首

異説紛騰古義沈，爰書輕重總隨心。郎才誰不憐司馬，家教何須撻伯禽。泛泛人羣辭蒂絮，寥寥約法解絃琴。腐儒空奮瀾翻舌，未必孤陽勝衆陰（謂勞玉初京卿）。

巨浸茫茫大陸沈，最難拯救是人心。宮中豈有銜花鹿，海外偏多擇木禽。游釜餘魂窺漢鼎，歌鐃新曲雜胡琴。毀冠裂服尋常事，歲曆還思廢太陰。

三疊前韻答陳雪樵比部見贈之作

積雪盈階萬籟沈，苦吟聊寄憤時心。人倫原不同遊牧，婚禮如何廢委禽。大海空銜精衛石，高山又聽伯牙琴。鳳池棲息休相羨，欲乞東皇護綠陰。

四疊前韻贈雪樵

頻年宦海共浮沈，一片冰壺證素心。小院互烹甜井水，春風對語上林禽。客中我欲彈長鋏，爨下君能識焦琴（考試法官，君爲提調）。薪火相傳從此廣，豈惟南國有棠陰。

和高雲麓編修《歲朝雜詠》原韻二首，即以奉贈

饑歲欣嘗粉餌圓，焚香煮茗又新年。門無車馬真成隱，室有妻孥不羨仙。昨喜龍章雲際下（除夕領到封誥三軸），曉聞鶴語雪中傳。消寒試過牆頭酒，話到先朝一泫然。

五倫先廢睦婣書，官禮重遭劫火餘。魯觀豈能容少正，吳宮何意赦專諸。麾戈愧我雄心減，擊楫期君壯志舒。功業都從忠孝出，故人激賞定非虛（謂張達夫聯語）。

六十自述二首再疊前韻

六甲推移一度圓，趨朝人屆杖鄉年。詞林强半稱前輩，吏籍無妨署

散仙。名刺生毛容我嬾，文章刻意倩誰傳。邇來頗悔雕蟲誤，擬泛扁舟學計然。

曾起東山奉簡書，重依北闕又年餘。秋風玉局懷蘇子，落日金臺弔望諸。老去談兵猶氣壯，愁來得酒覺眉舒。故園松菊應相笑，一片閒雲漾太虛。

程少珊侍講見和四章幷出濂溪遺像索題三，四疊前韻奉酬

高懷與俗異方圓，典籍沈酣不計年。虎觀談經尊博士，麟臺修史伴羣仙。金根字辨鈔胥誤，漆簡文搜祕府傳。斜日退衙人靜後，一編坐對意翛然。

便便腹笥富藏書，好古還分鶴俸餘。臏有疲駑牽薄笨，從無俊僕飾偏諸。澄潭止水心常靜，大海迴瀾志未舒。聞道朝廷容直諫，批麟夙願豈終虛。

傾蓋論交月幾圓，偶書亥字記生年。那知頌禱工張老，竟許推敲續浪仙。故事猶煩高密註，新詩已徧洛陽傳。吟成落筆龍蛇舞，斯邈遺型尚宛然。

濂溪學派溯通書，伊洛遙傳積慶餘。異代真容留石本，蕭齋清供薦梅諸。題詞敢繼朱元晦，數典應嗤呂步舒。文苑儒林兼道學，如君名下固無虛。

和作（貴州程棫林少珊）

漫曳奇文號惡圓，聱牙古性足延年。憂時舊署蜘蛛隱，喜老新吟蝙蝠仙。結襪傲憑朝列怪，過磚嬾任禁中傳。玉堂清冷人能稱，伴直應呼孟浩然。

幾載江湖老祕書，西清重到食無餘。要將肝腦維皇極，未忍漁樵戀孟諸。深夜卻金楊伯起，明廷抗疏路溫舒。拾遺補闕詞臣事，惜抱箴言信不虛。

一盂覆水失方圓，黑劫紅羊正厄年。豈有祥雲朝玉帝，似聞清露泣銅仙。元豐新制紛難已，長狄衝鋒警又傳。太息與君傾壽斝，眼前無事且陶然。

蓬壺深處共修書，領袖羣仙二載餘。中禁食單分不錄，上真宮史記方諸。精思我尚慚原父，博識君能繼仲舒。寶錄告成花甲過，好將剩墨著潛虛。

楊德孫撰文惠麂肉風鰻，賦詩道謝

老人在座衆無歡，家食常陳苜蓿盤。幾見禁中頒鹿脯（歲杪，實錄館曾頒鹿脯，余未及領），每思江上把漁竿。雲迷古驛鄉書杳，雪映空庖酒興闌。多謝慈湖楊學士，分貽珍錯勸加餐。

和作（慈谿楊家驥德孫）

愧無樽酒助君歡，喜見雲章氣鬱盤。載筆西清方領袖，垂綸東海且投竿。長沙抗疏心如揭，景略談兵興未闌。世事茫茫蕉鹿夢，咬根原勝萬錢餐。

疊韻酬德孫撰文見和

幸分鄉味佐清歡，更譜新詩侑冷盤。腕底圓勻珠百琲，胸中瀟灑竹千竿。猩簾壓雪春眠穩，翠袖添香夜飲闌。借問玉堂修史客，直廬何日伴晨餐。

聞廉夫姬人至京，戲贈二首

登樓望遠久傷春，喜見金臺柳色新。一夜薊門風雪裏，天涯不信有愁人。

婪尾春光劫後棋，印泥紅潤勝燕支。不須更羨封侯貴，十萬纏腰此一時（時廉夫管印結）。

輓卓甥謹廉

雞肋孤兒瘦可憐，長來英銳氣無前。智囊料事能穿的，赤手醫人不取錢。語激身爲疑謗府，時衰鬼弄死生權。寒門薄祜成常例，賴有崢嶸繼起賢。

粳稻將熟風雨摧之感賦

計日登新穀，天心不易知。雨隨檐瀑瀉，風挾海潮馳。巨浸將沈陸，貧家久斷炊。蒼生竟何罪，中夜涕交頤。

病中雜感六首

慈烏西去淚痕多，又聽悲風送楚歌。凝碧池頭絃管夜，傷心最是病維摩。

誓向陰山射虎狼，無端戈戟起蕭牆。麒麟自古稱仁獸，錯被人間罵不祥。

神州黃種溯根芽，南北離披本一家。若問春秋夷夏義，祇應河洛是中華。

涿鹿功高帝統尊，遙遙華胄卻難論。常鴻風牧皆明德，不獨軒轅有子孫。

專制無權政府休，翩如鷹隼脫拘囚。漢陽消息須深祕，言論何曾得自由。

鷸蚌相持淺水濱，科頭漁父正垂綸。河山破碎難收拾，寄語田間太息人。

六十生辰作

京華北望路迢迢，草創東南又一朝。臘鼓未催春帖換，驚心生日是元宵（余生於十一月二十七日，陽曆正月十五日）。

郊行有感

倦鳥投林早息機，薊門回首夕陽微。蒼茫世事殘棋局，淡泊家風舊布衣。白髮無多遺老盡，青山如昨主人非。村農不識興亡感，自愛春田苜蓿肥。

壬子元旦五疊前韻二首

六旬往事夢初圓，劫火餘生第一年。扶杖思尋方外友，鬭棋未了橘中仙。衣冠故國無多在，正朔新朝又別傳[四]。贏得兒童騎竹馬，太平景象尚依然。

解紛新見魯連書，守府名存破碎餘。探藥深山吳太伯，分茅故里越無諸。星隨殘月同明暗，雲傍晴霄自卷舒。慚愧成都楊執戟，閉門終日講元虛。

詠史

平勃交驩未典兵，義旗西指亦虛聲。滎陽堅壁成和約，漢室元功是灌嬰。

文身泰伯原非陋，割髮曹瞞亦自豪。祇恐吳兒心木石，但知修飾到皮毛。

澧兒生一男志喜

建戌月既望，添丁夜正中。孫枝初内附（余外孫已有八人），歲物偶從同（與余同壬子）。已識啼聲壯，還傳骨相豐。楹書荒閉久，待爾理殘叢。

和作（同縣胡炳奎濂心）

吹律霜初降，懸弧月正中[五]。國民新舊界，甲子祖孫同。弄效羲之樂，相徵穀也豐。何當攜酒去，共醉菊花叢。

哭傅妹丈家珍

塵世繁華轉瞬虛，晨星寥落更愁余。幼無怙恃悲孤立，晚有兒孫慰索居。冷眼看人常忿恨，名心到死未銷除。回頭四十年前事，承德堂西共讀書。

病中贈內子

漫言衰老厭繁華，伉儷深情一倍加。布被畏寒晨勸藥，瓦盆留火夜溫茶。蠶絲欲盡還依繭，蝶粉將枯尚戀花。老樹經霜枝葉禿，春來猶望發萌芽。

方叔通以海上諸遺老詩相示，和瞿止庵酬章一山一首

溪山深處俗塵疏，雞犬桑麻樂有餘。不信黃龍承漢運，空傳白馬弔殷墟。

忘年嬾寫宜春帖，卻病閒繙養性書。偶聽漁翁談世事，六朝如夢足欷歔。

衰病

早年困鄉賦，中歲忝朝衣。守拙難諧俗，臨危似見幾。官閒招忌少，地僻遇兵稀。衰病惟堪隱，無心戀蕨薇。

叔通錄虞含章東游詩見示，感和二章

島國君民共一舟，中原骨肉自相仇。小儒不悟興衰理，枉作東瀛萬里遊。

仙種流傳幻術工，迷樓自昔悞英雄。君看開國胡丞相，願載金珠作寓公（謂明初胡惟庸）。

病中口占

人間何處覓長生，細數流光暗自驚。仕宦半生仍本色，文章千古亦虛名。悼亡思舊身如贅，抱子添孫願已盈。惟有膝前嬌小女，待年未字最關情。

意有未盡復成一律

人生難得六旬壽 我今況已三年贏。桑田滄海曾親見，華屋山邱皆手成。誓墓豈爲王懷祖，挽歌聊比陶淵明（陶年六十三）。《東錢湖志》方草創，恨未成書空署名。

張子驤聞余在瑞巖，枉駕過訪，到寺乃知誤傳，有詩見懷，奉酬一首

芝峰蒼翠　僧樓，曾共吟朋一夕留。竹筧通泉晴亦雨，松陰蔽日夏如秋。別來故國悲搖落（丁丑同遊諸人均已逝世），老去名山愛卧遊。咫尺仙源難再到，空煩溪上覓漁舟。

題《東錢湖志》稿

鄞東湖價萬金傳，人事蕭條六百年。地僻菱荷能占水，民貧暘雨且由天。愚公竟慰移山志（謂忻愚仙），信史宜刊導水篇。曾是扁舟來往路，白頭疏拙不成編。

甲寅上巳日作

舊曆重三日，先慈九十年。笙歌曾故第，風雨忽新阡。乍釋孤兒杖，虛開壽母筵。生存疏問視，窀穸幸相連（余生壙距先墓甚近）。

答友人招隱

久慚迂拙玷清時，況值衰年百病滋。操筆詎勝良史任，彈冠空負故人期。亦知薇蕨霜芽短，其奈桑榆日影遲。國步艱危須共濟，此心何敢薄皋夔。

小園

屋西園半畝，三面竹籬環。石罅潛流水，林梢遠露山。草深蛙黽亂，花盡蜨蜂間。蔬果隨時異，何勞月令頒。

壽陸漁笙師八十

隴右皇華使，城西鶴髮翁。風流唐白傅，耆舊漢黃公。感事言多中，傳經道未窮。荒莊無寸贄，惟祝老還童。

喜雨

年年苦秋雨，今日雨知時。檐瀑爭翻砌，溝流亂入池。村農談稼事，野舫數行期。我亦腸枯久，烹茶慰渴思。

哭族弟玉林

弓冶恢先業，吾宗汝最賢。徧儲山上物，新築海濱田。病葉秋江樹，歸艪暮雨船（君自桃花山就醫甬上，歿於寓次，歸殯第三洋）。桃花螺遠寄，懷舊一凄然（桃花泥螺及辣螺醬甚美，君每歲寄贈）。

元旦作竹枝詞數首，嫌其俚俗，已刪之矣，意不忍舍，復存一首

何處新年異舊年，庭前竹馬舞蹁躚。老夫豈有蒼生望，高臥東山聽管絃。

贈樂俊奎（駿）

濟濟中華士，誰能禦四鄰。好文心易懦，尚武氣難馴。似爾稱儒將，真堪式國民。材官仍蘊藉，莫謂世無人。

九月十五日先考九十生辰

不接趨庭訓，遙遙四十年。詩存耆舊外，誥錫亂離前。宿霧迷書舍，寒潮蝕墓田（祀田在永豐塘外）。慈容今並挂，凄絕又開筵。

題費瑚卿小滄桑館二首 [六]

年來木石比癡頑，萬事成虛付等閒。殷土芒芒皆禹甸，漢京翼翼即秦關。爲周避地憐孤竹，與謝爭墩笑半山。寄語小滄桑館客，本非故物莫言還。

商音金氣徧中州，煙樹荒涼滿目愁。陵谷已成新世界，亭臺猶見古風流。夕陽花影明芳樹，夜雨書聲出小樓。試向戰雲深處望，仙鄉今在海東頭（歐洲方有戰事）。

題外舅胡綸元先生詩卷[七]

先生妙悟本南華，詩格翩翩自一家。風雪滿山人不到，科頭扶杖看梅花。

感懷四首

聖德寬仁累十朝，遼東王氣未全銷。小民歌舞猶思漢，洪水懷襄竟困堯。故國河山多感慨，中原風雨劇漂搖。傳賢爲紓蒼生禍，草澤英雄莫浪驕。

洪楊寸戮有餘羞，忽諡人間第一流。亂世蛇狐皆瑞物，蟲天冰雪是深仇。湘中將相無遺廟，市上屠沽盡列侯。聚散飛蚊纔一晌，幾多謬種已傳留。

孤舟曲折上危灘，萬衆驚心出險難。淺水見沙妨柁轉，飛濤如雪潑衣寒。時艱未忍抽身退，力薄空慚袖手看。不解江豚顚舞意，強隨風雨作波瀾。

一家疆土化爲公，晚近居然太古風。但使唐虞真揖讓，休言曹馬本奸雄。閉關俗已前朝異，愛國心宜五族同。我在山林非避世，敢將衰朽飾愚忠。

題傅可堂《結感百詠》，即用其疊韻見懷原韻二首

生平未著絕交書，裙屐追隨興有餘。詩寄閒情渾漫與，酒逢善價且沽諸（君新營酒業）。樽中歲月無今古，筆底雲霞自卷舒。更喜七襄工織錦，天衣燦爛映危虛（卷末集友人句爲七律十六章）。

天涯盼斷故人書，獨坐高樓結想餘。楊柳依依念行役（君嘗入京充議員），柏舟泛泛感居諸。名場老去雄心在，酒市歸來倦眼舒。滿紙琳琅皆

故事，應憐郊島太空虛。

原作（傅家銓可堂）

蕭條京寓注班書，名動公卿退食餘。故國河山留破碎，新朝生計念居諸（高達甫詩：君門嗟緬邈，身計念居諸）。一官歸去陶彭澤，三策天人董仲舒。西伯不逢誰養老，徵求東海恐成虛。

和林滌庵《光山阻雨》，值先考忌日有感原韻

誦君阻雨思親句，憶我望雲作客時。薄宦羈人身忽病，高堂念子淚空垂。國將蒙難家先及，兒尚偷生母豈知。便到百年殘喘在，春暉報答更無期。

原作（林森滌庵）

空山遇雨淹留日，十載先君屬纊時。舊業已亡安樂禪，重來無望慕容垂。天涯行役良非易，地下原情未可知。續續檐聲和淚落，三年與祭久愆期。

輓樂嗣寬

髫年子舍共橫經，晚歲居奇享重名。罵座灌夫常避客，移家少伯善治生。甬江舟楫扶衰運，臺島蒲筦見盛情。我臥山中多涕淚，高枝搖落倍心驚。（君嘗以蒲席貽先母，至今尚存。）

和張子驤見懷原韻

相見時無定，相思月幾圓。音書原易達，情緒若為牽。舊刺應全滅，新詩且緩傳（來書乞余寫名片，兼索余詩草）。蛟川風雅盛，願與子同編。（余擬續輯《蛟川耆舊詩》，約君相助。）

原作（張寅煇子驤）

載酒前期誤（四月間擬造胡宅相訪），望舒今幾圓。門牆原不峻，人事

每相牽。涼蔭蟲如訴，秋心雁許傳。盬薇吾有待，何日寄新編。

輓張樸生（丙旭）（有序）

樸生博學多能，和平醞藉。宣統二年，由副貢生入京考職，余與盤桓者數月，深重其爲人。近歲幕府交辟，漸有用世之望。今年冬忽傳其自京扶病南歸，歿於金陵旅次，年止三十有六。父樹棠親至金陵，持柩歸屑。聞者咸悼惜之。余飾巾待盡，聞笛興悲，聊賦二章，以當一慟。甲寅長至後十日。

蛟川別墅舊論文，張緒風流迥出羣。博浪功名今處士，陳留書記古參軍。梅含幽韻能禁雪，竹抱虛心漸拂雲。一夜朔鴻傳信至，霜林蕭瑟不堪聞。

薊門風雪棧車開，釀就江南作客哀。荒店驚回塵世夢，粗棺斷送濟時才。鯉庭有父招魂返，馬市何人買骨來。蕭艾叢生芳草死，茫茫天道費疑猜。

閉門

風雨閉門居，蕭然處士廬。廚香炊飯後，室煖擁爐初。補漏新添瓦，翻泥乍種蔬。禦寒粗有備，萬事不關渠。

與滌庵談及時事偶成

中朝本意慎催科，獨上諛臺奈爾何。比户不輸新秸穩，寸金忍割舊山河。休言内地財源少，須識鄰邦稅額多。但使民膏非浪擲，遒人徇路漫譏訶。

和鄭漢泉《近日見懷》原韻

江干小別歲華深，日暮飛鴻送遠音。棋酒早銷名士氣，松筠如見故人心。陳橋往事存疑案，浹水遺詩待細尋。世運遷流文獻在，好隨元史續遼金。

再疊前韻兼懷張子驤

海濱詩學數誰深？霞浦蘆江總雅音。山寺舊傳張籍句（子驤有《游瑞巖寺見懷》詩），驛書今識鄭莊心。騷壇旗鼓應相敵，藝苑琳琅試共尋。愧我粗才身又病，披沙何處揀黃金。

原作（鄭岱雲漢泉）

先生隱迹白雲深，閉户惟聞正始音。未忍霸王論世變，卻從風雅繫人心。文章身後名原寄（"文章身後名"，壙柱聯語），安樂窩中道自尋。忽憶鄉邦多文獻，更勞采玉與搜金。

即景

病多久識此生浮，衰甚還憐一息留。枕上追思皆往夢，門前小立當閒遊。山含淺雪清如洗，池帶殘冰白欲流。幾日嚴寒驚婦孺，又分春意上眉頭。

補壽胡余田（克畬）七十

裙屐風流在，蘆江有逸民。眉分芝嶺秀，氣得筆山春。書法傳家學，棋聲愷遠人。一枰容易了，祇恐海生塵。（君藏雲南棋子，甚寶貴之，屢寄語欲與余弈，至今未果。）

昔占歸妹祉，曾挹令君香。迨祝萱闈壽，重生草舍光。君年初杖國，我病未登堂。會泛扁舟去，溪邊看釣璜。

雜感六首[八]

坐對青山春復秋，愧無佳句寫清幽。偶從雪後開門看，山似愁人也白頭。

颯爽英姿不似前，曉霞偏傍日華妍。液池雨後羣蛙鬧，可任爭鳴御榻邊（攝政之後，大權旁落）。

太炎真是太憨生，進退孫、袁豈定評。拉朽摧枯一枝筆，新朝殷鑒在前清（清室人心，章氏實搖動之。）

　　槍雲彈雨互相持，耗盡精華祇自知。總爲強秦營帝業，他年蹈海卻嫌遲。

　　迢迢萬里隔烽煙，世外桃源別有天。不遇武林漁父説，無人知是太元年。

　　林下優游一散人，自拈短句送殘春。詩成恰有驚疑處，恐是楊雄著《美新》。

偶成

　　淵魚叢爵自成羣，蟻穴蜂衙各有君。但使中心相愛敬，呼牛呼馬亦何分。

題《蛟川耆舊詩補》（二首）

　　浹水徵詩小局開，劉編潘録疊成堆。東西鈔撮知何似，科舉場前老秀才。

　　前明史稿富搜羅，北畧南詳喚奈何（萬季野語）。不信浹江衣帶水，南鄉詩比北鄉多。

飲酒（甲寅冬日）

　　六旬曾戒酒，萬念已成灰。多病經三載，困寒試一杯[九]。煖分茶鼎火，笑索綺窗梅。冰雪滿天地，春從何處來。

雪中作

　　大地蒼茫白日渾，坐看飛雪滿乾坤。西來風勢羣龍戰，東去濤聲萬馬奔。眼底蓬萊幾清淺，耳邊箛鼓又黃昏。昆明劫火誰能數，自撥田家老瓦盆。

輓於莘拔（尹語）

　　雙桂淒涼賸一枝，東風摧盡更堪悲。半生偃蹇安儒素，垂老呻唔作女師。甥館撫孤朝蠟屐[十]，客窗懷友夜題詞。如何轉盼成耆舊，添得横河十首詩。

風雨

捲地風聲又雨聲，春寒困我坐愁城。煙雲慘淡今何世，湖海飄零感此生。落日已隨三島杳，奔濤欲撼萬山傾。滄桑變換尋常事，老眼頻看亦可驚。

和張子驤《宿容膝軒作二首》原韻（乙卯立夏日 [十一]）

蓬門泛掃已多時，芳訊傳來慰夢思。孤館雨聲晨速駕，小窗燈影夜談詩。詞瀾羨爾探源久，樂府慚予審曲遲。垂老一編聊遣日，箇中甘苦豈能知。

一角園亭數樹花，陽春雅調壓吳巴。三唐遺韻悠然遠，五柳高風蔑以加。避世不妨形似木，削詩真有面如瓜（君於朱甬川詩糾彈甚嚴）。故鄉文獻資參訂，何日重迎下澤車。

原作（張寅輝子驤）

綠陰滿地嫩晴時，趨謁崇階慰所思。古藻紛披靈谷序，高華重見右丞詩。靜參妙論春醲釅，倦理殘編夜漏遲。林下優游原自得，心期更許幾人知。

短鬢新霜眼未花，當年行部憶三巴。名場選士歡相得，故里徵文意有加（先生近修《東錢湖志》及《蛟川耆舊詩補》）。元亮任移芳樹柳，邵平添種小園瓜。願言大雅扶輪起，容我來停問字車。

春暮口占

老去文章不入時，劫餘經典欲傳誰。落花滿地人聲靜，自揀新詩教女兒。

春暮嚴寒庭花盛放，偶成二絕

老怯春寒尚擁爐，花枝偏與老人殊。庭前一簇紅如錦，不數徐家沒骨圖。

滿樹繁英擁石欄，東風故故作輕寒。遊蜂浪蜨都吹散，付與幽人自在看。

喜晴

驟雨狂風頃刻收，喜看晴色滿神州。驚波已捲流沙去，倦鳥還欣故壘留。芳草隄邊聞叱犢，夕陽江上認歸舟。天心不是無陰慘，海外羣龍戰未休。

解嘲（四首）（幷引）

中國以弱見欺，誠爲可恥。然強如歐洲，亦苦戰禍，則強亦不足恃矣。因賦此以解嘲。

一夜狂風倒竹籬，曉來修補尚堪支。鄰家牆壁高千尺，也有磚飛石舞時。

玻璃世界互相撞，破碎如泥未肯降。昔日狂言今竟驗，漫將沙土笑孱邦（玻璃世界，余前致友人書中語）。

齒牙落盡舌猶存，物理剛柔足細論。海上蛟龍誰見得，游魚隨處長兒孫。

海濱寇禍溯殘明，恢復功微祇苦兵。三百年來逃劫運，卻慚忠義了無名。

追錄再疊韻酬楊德孫贈麋肉風鰻

老去心情慘不歡，寓廬寂寂對杯盤。病思麕鹿銜芝草，官比鮎魚上竹竿。籬眼編成終學圃，磯頭釣罷獨憑闌。他年訪我瓶山下，鄉味猶能佐薄餐。

輓虞西津（清華）

公才公望競推先，鄉里何緣屈此賢。風緊碤橋徐撥棹，月明山寺靜參禪。小軒補竹供詩料，破篋搜衣當酒錢。忙裏偷閒今撒手，清名留與後人傳。

書所見

弱燕飄零失故巢，紛紛栖宿徧堂坳[十二]。曉來似作商量語，飛上庭前舊竹梢。

和俞樹周四月十日《峯曙樓曉望》原韻（樓在靈峯寺）

雨霽瓶山旭彩新，葛翁壇下祝長春（俗傳是日爲葛仙誕日）。諸天霞護莊嚴佛，徧地金酬布施人。禪榻清風懷雁侶（虞西津常主是山），歸舟細浪壓魚鱗（是日香資悉充學費）。此鄉真有仙源樂，東海波平已浹辰。

原作（俞汝昌樹周）

霽色初開景物新，清和猶帶幾分春。竹隨風勢勤參佛，花滴雨痕暗泣人（時香雪山房主人虞西津新喪）。窗外峯巒喧鳥語，溪邊原隰錯龍鱗。家家拋卻農桑務，共上名山祝壽辰。

和俞樹周別後見懷原韻

治鄉真作宰官身，積牘紛披案上塵。名士丰標能鎮物，暮年飲啖尚兼人。山中茗苦逃禪慣，廳下松高索句新。莫訝郵筒勤往返，平生心迹本相親。

原作（俞汝昌）

靈巖靈秀萃君身，鶴立丰姿迥絕塵。蜀道軺歸金鑑客，薊門轡返玉堂人。節褒慈室詩尋舊（君挽先母詩佚，余尋得之），光照先塋誌綴新（君志余壙）。四十年來鍼芥合，相逢白首意彌親。

自述二首仍用前韻

陽亢陰虛卦氣圓，算來未濟是今年（第六十四卦）。逃名強署支離叟，食字空慚脉望仙。歲月都從忙裏過，詩文翻在病中傳。飛鴻自逐浮雲去，雪印泥痕總偶然。

六十新更甲子書，偷生又歷四年餘。山中薇蕨寧無盡，世外柴桑信有諸。長樂何心效馮道，九原應愧見龍舒。髫齡識字談忠孝，頭白翻教夙願虛。

山居二首

故國知何處，深山尚有家。雁潭雷後筍，龍井雨前茶。淺水浮荷葉，疏籬綴豆花。更憐江海近，村市足魚蝦。

高尚非吾志，幽栖少俗喧。病多常倚枕，興至偶窺園。鳥語竹窗曙，蜂聲花隖喧。何須問漁父，是處即桃源。

喜雨

插罷新秧十日晴，沿隄不斷水車聲。殷雷忽送千山雨，一夜溪流與岸平。

詠史八首

流寇橫行禍未休，南朝天子更無愁。神農澤盡蚩尤戮，誰信炎黃是世仇。

前朝秕政百無存，率土深蒙覆幬恩。直爲時艱須付託，秦嬰漢孺漫同論。

祖宗劫奪子孫償，因果相尋未渺茫。借問古來讓國帝，幾人安穩住平陽。

洪水滔天四海窮，數行禪詔出深宮。黃熊久與波濤狎，肯逐夔龍拜下風。

漁陽戰士盡貔貅，千里煙塵頃刻收。莫笑當塗才略短，世間何處有孫劉。

眼前階級最分明，陵谷誰能一劗平。寄語生公壇下客，休將佛法禍蒼生。

荼毒生靈事可傷，飢民嘯聚即強梁。天驕未便輕相角，留取兵威鎮白狼。

黃屋辭榮感慨多，鹿臺灰燼待如何。巢由祇合山中隱，不作齊夷叩馬歌。

俞樹周和余自述韻見示再賦二首

幾回月缺幾回圓，朔望循環不計年。亂後深山存舊臘，病中高枕夢遊仙。品題敢附遺民列，詩卷惟憑弱女傳（余詩為諸壻所校刊。幼女誦近體詩，略皆上口）。往古來今多少事，臨風抒寫獨淒然。

怪事空中咄咄書，虯髯真欲霸扶餘。為奴箕子猶存否，不祀庭堅竟忽諸。敢望寇氛清海岱，且留兵力鎮荊舒。休言外患驅除易，補救先防正氣虛。

鄭蕊舫寄示六旬自述詩卷徵生輓詩，病中勉成四律

江城五月似秋涼，遠寄新詩到草堂。旅館高歌風雨夜，歸帆遙指水雲鄉。種梅繞舍身將隱，荷鍤隨車興更狂。祇恐人間無甲子，玉樓消息總茫茫。

引年故事忽翻新，驅使雲煙筆有神。築室時供溪上水，下簾不染市中塵。關心兒女陶元亮，揮手親朋賀季真。醉眼應憐同調少，江湖誰是謫仙人（君詩有傾慕青蓮之語）。

甬東小敘見鋒鋩，片語驚人氣激昂（君論浙路股票甚激烈）。收責馮驩能市義，徵歌陸賈慣傾裝。曳來革履心如水，箋就毛詩鬢已霜（君詩自注甚詳）。莫道龍蛇多厄運，海濱今有避秦鄉。

身依金谷手量珠，老去閒吟祇自娛。綺席未傳青鳥使，空山偏索白

駒匔。花間醉夢醒蝴蜨，海上詩名噪鷗鵁（《游戲》雜志刊君詩，署曰"鷗鵁詩裔"）。料得羣芳爭惜別，一堂嬌語勸提壺（君有《十洲品花記》，凡女校書百人，各贈贊詞、楹聯）。

和張子驤題虞澹初景璜詩卷兼索鄙人作序原韻

澹園文讀竟，古雅見遺編。秀色春山外，高風劫火前。才名誰與並，精意爾能傳。老我頹唐筆，何由妙蘊詮。（澹初詩文曰《澹園集》，其子銘新刻於北京。）

原作（張寅輝）

極北關山路，迢迢寄一編。熒燈孤館夜，回首卅年前（余以壬午年讀書澹園）。舊雨心如訴，名山業已傳。酸鹹滋味在，應爲發言詮（午研欲先生作序，"酸鹹不在濃"，澹初舊贈先生句也。）

題張子驤所贈詩箋即用其題拙集原韻（有引）

余識子驤已久，壬子夏，君始有詩見懷。三年中積八十餘首，益以手札及所採耆舊詩，已厚如梵夾。君品既高雅，詩尤深秀。每一披閲，如見其人焉。

汪氏能詩壻，虞卿未永年（君與澹初皆汪氏壻）。留君成碩學，惠我富新篇。山水高深意，風騷去取權。甬川殘草外，猶望細磨鐫（余補《耆舊詩》，待君刪訂）。

原作（張寅輝）

東海尊遺老，詩名五十年。蕭閒摩詰墅，忠愛杜陵篇。養氣胥關學，持平固有權。豈同時下彥，屑屑事雕鐫。

懷唐春卿師（景崇）

問字宣南宅，風沙慣阻人。卻緣蹤跡簡，翻賞性情真。念舊書連軸，憂時淚滿巾。別來生死隔，何處弔靈均（聞師已下世，未知其詳）。

閏五月報知唐師尚在，復賦一律

又見除書下，朝儀訪叔孫。高風知不屈，碩果喜猶存。海上留元老，人間重達尊。生平無限感，含淚望師門。

述懷

農田吾舊業，識字廢躬耕。才短逢迎拙，途窮勢利輕。詩無驚俗句，病得避時名。誰曉山人意，喁喁望太平。

聖清家法懿，於古未前聞。國勢趨衰弱，宸衷矢儉勤。傳賢殊落落，易暴漫云云。悟得同舟理，何心薄故君。

五月晦夜坐懷子驤

夜窗餘暑熾，移榻坐中庭。月隱方隨日，雲開漸露星。縱橫穿瓦蝠，明滅度牆螢。遙想醒園叟，長吟戶未扃。

子驤有詩見贈並附其族人晚荷題詞、世兄雅亭和詩，賦此奉酬

詞壇牛耳久推君，英少聯翩競策勳。翦燭共吟霞浦雨，開囊遙贈瑞巖雲。一門勝事跨咸籍，兩世深情感紀羣。詩社從知多健將，慚余衰劣未能軍。

【辑校】

[一] 憶：“四明本”作“意”，誤。從“王氏本”改。

[二] 關：“王氏本”作“規”。

[三] 常：“王氏本”作“願”。

[四] 又：“王氏本”為“有”。

[五] 吹律霜初降，懸弧月正中：“王氏本”作“三五懸弧夜，人來月正中”。

[六] 題費瑚卿小滄桑館二首：《容膝軒詩草》“王氏本”卷四止於此詩。

[七] 題外舅胡綸元先生詩卷：“四明本”卷四中此詩及以下各首，《容膝軒詩草》“王氏本”均收錄於卷五。

[八]雜感六首：寧波圖書館藏清宣統三年鎮海王氏刻本《容膝軒詩草》四卷，卷四止於此詩。

[九]困："王氏本"作"因"。

[十]蠟屜："四明本"為"臘屜"。從"王氏本"改。

[十一]乙卯：民國四年（1905）。"四明本"作"乙丑"（民國十四年），誤。今據"王氏本"改。

[十二]坳："四明本"原作"拗"，誤。從"王氏本"改。

《容膝軒詩草》題詞 [一]

王榮商

　　余少時作詩多淺近之語。既長，涉獵稍廣，自知無當於大雅，因不復作。雖作，亦不自收拾。嘗有句云："酒味嘗來薄，琴聲奏出清。高低吾自曉，不待別人評。"可想見所詣之不深也。光緒壬寅冬，曾刊古體詩第二卷，而首卷久之未成。今春忽遘末疾，自念生長田間，官至四品，不為不榮行；年六十；不為不壽。從此一瞑不視，亦復何恨。惟是委化之後，語言散為飄風，心志埋於荒草，求其稍可留存以示後人者，惟詩與文而已。而詩以言志，尤不忍聽其放佚。因搜摭舊作，命寫手錄而存之。凡近體詩若干首，分為二卷，增古體一卷，總為《容膝軒詩草》四卷，將以付梓而傳後焉。少時所作，頗有未能割愛者。至於隨俗應酬、有聲無義之詞，則概置不錄，良以藻采非余之所工，舍區區心氣而外，固無可存之理也。宣統辛亥二月中旬榮商自跋 [二]。

　　辛亥以後詩附 [三]。

【辑校】

　　[一]《容膝軒詩草》題詞：此題詞實為宣統辛亥年（1911）刻本跋語。《容膝軒詩草》卷五《止詩》小引："辛亥春，病中編詩四卷，自爲跋語，方婿叔通刊之。是後續刊不已。"《詩草》各卷大致以創作時間先後排列，前四卷收詩止

於壬子年（1912），第八卷收詩止於戊午年（1918）。王氏遞刻本將此題詞置於《詩草》卷八之後，不妥。今從"四明本"置於卷四之後。

　　[二]"宣統辛亥二月中旬榮商自跋"：寧波圖書館藏清宣統三年鎮海王氏刻本《容膝軒詩草》四卷，題詞止於此句。

　　[三]"辛亥以後詩附"：此句為遞刻本後刻時所加。

《容膝軒詩草》卷五[一]

鎮海王榮商

近體詩

松柏四章

松柏青青耐歲寒，春來何事忽摧殘。多緣雨露承恩久，世界滄桑不忍看。

菽水承歡亦大佳，劇憐遊子滯天涯。鳳池三到慈顔杳，贏得頭銜署粉牌。

扶杖庭前自種花，晴窗日日翫芳華。而今花發人何在，風雨荒原噪暮鴉。

門巷烏衣變態新，園林無復昔年春。祇餘簾外雙飛燕，似覓高堂舊主人。

題外舅胡綸元先生詩卷【存目】[二]

偶成四章

抱道爲天下，原非一姓私。女閭三百户，終愧《柏舟》詩。

屈指興朝佐，誰非勝國人。首陽一抔土[三]，千載有君臣。

碌碌溝中斷，扶傾力不支。但存夫婦諒，敢望世人知。

大運誰能挽，炎涼一霎中。階蛩悲自語，未敢怨秋風。

感懷四首【存目】

題傅可堂結感百詠即用其疊韻見懷原韻二首【存目】

和林滌庵光山阻雨，值先考忌日有感原韻【存目】

輓樂嗣寬【存目】

和張子驤見懷【存目】

輓張樸生【存目】

閉門【存目】

贈內八首

野鳥羣栖不擇林，幽閒誰識水禽心。河洲重譜《關雎》曲，始信房中有雅音。

銜土營巢氣力微，巢成燕燕便相依。此生願向溫柔老，卻爲飢驅更北飛。

簪花小格界烏絲，慧性何嫌學步遲。車馬聲稀刀尺倦，滿窗風雪夜鈔詩。

征鞭計日指岷峨，料理歸裝涕淚多。汾水秋晴飛雁穩，那知遼海正風波（歸舟遇大風，歷七日夜始抵申江）。

再別慈萱蔭忽摧，天涯扶得病人回。從今袛採西山蕨，欲種宜男念已灰。

春回枯樹漸萌芽，樵斧何堪雪後加。淡到無情情更摯，一簾明月伴梅花。

新人繾綣舊人同，老病方知愛護功。悔殺中年成薄倖，枉教團扇怨

80

秋風。

孤枕凄涼感百端，深閨獨宿夢魂安。人間貞淑知多少，莫作楊花一例看。

閒坐

亂世歸田早，荒村臥病長。未經爐火煅[四]，敢信礦金良。忠孝名難假，君臣義豈忘。聊同耕鑿輩，閒坐説陶唐。

與滌庵談及時事偶成【存目】

和鄭漢泉近日見懷【存目】

再疊前韻兼懷張子驤【存目】

即景【存目】

補壽胡余田（克畬）七十【存目】

雜感六首【存目】

偶成【存目】

題《蛟川耆舊詩補》二首【存目】

飲酒【存目】

雪中作輓於莘拔（尹譜）【存目】

風雨【存目】

和張子驤宿容膝軒作二首原韻【存目】

春暮口占【存目】

春暮嚴寒庭花盛放偶成二絕【存目】

喜晴【存目】

解嘲【存目】

追錄再疊韻酬楊德孫贈麂肉風鰻【存目】

輓虞西津【存目】

書所見【存目】

和俞樹周四月十日《峯曙樓曉望》原韻【存目】

和俞樹周《別後見懷》原韻【存目】

自述二首仍用前韻【存目】

山居二首【存目】

喜雨【存目】

詠史八首【存目】

俞樹周和余自述韻見示，再賦二首【存目】

鄭蕊舫寄示六句自述詩卷徵生輓詩，病中勉成四律【存目】

和張子驤題虞澹初景璜詩卷兼索鄙人作序原韻【存目】

題張子驤所贈詩箋，即用其題拙集原韻【存目】

懷唐春卿師（景崇）【存目】

閏五月報知唐師尚在，復賦一律【存目】

述懷【存目】

五月晦夜坐懷子驤【存目】

子驤有詩見贈並附其族人晚荷題詞世兄雅亭和詩賦此奉酬[五]

詞壇牛耳久推君，英少聯翩競策勳。剪燭共吟霞浦雨，開囊遙贈瑞巖雲。一門勝事誇咸籍，兩世深情感紀羣。詩社從知多健將，慚余衰劣未能軍。

和作（張寅輝）

後彫心事我知君，況有名山不世勳。鏤板分明融細墨，卷簾和藹寫晴雲。頻年怕讀《江南賦》，一顧全空冀北羣。祇愧貽書勞勖勉，枉敎此腹負將軍。

又（張兆泰晚荷）

想慕無由見此君，虛心翰墨孰爭勳。輞川盡入詩中畫，蛟水還收筆底雲（先生方有《耆舊詩補》之刻）。可許附蠅憑驥尾，漫勞相鶴到雞羣。尋常吟席吾知避，敢望森嚴細柳軍。

又（張仁翰雅亭）

久聞推許自嚴君，具識先生翰墨勳。史部校讐心似髮（先生著《漢書注校補》七卷），吟毫揮灑氣凌雲。立言不失風人旨，善誘洵稱大雅羣。少小自嫌無所就，請纓未免愧終軍。

疊韻贈張鎮峯

余以《山居》第二首寄子驤，子驤和二首，雅亭和一首，惟鎮峯和至三首。君齒較長而興甚高，衰病之人尤所豔羨，因賦此以酬之。

高會曾聯席，微言息衆喧（邑中議浙路，余與君接座）。風雲新徑路，桑竹舊田園。東海非求養，南檐自負暄。丹忱無獻處，傾瀉作詞源。

寄題容膝軒次韻（張蔭喬鎮峯）

容膝名軒好，良無俗客喧。幽真同竹里，病豈等文園。藥鼎香須透，丹田氣自暄。揀金非易事，少住養心源。

次韻酬沈明府

枳棘無端繞里門，芟除曾紀使君恩。留春未許沾新澤，印雪猶勞念舊痕。楊震三鱣宜預兆，禰衡一鶚好同論。祇慚衰蹇難追逐，九折空懷叱馭尊。

原作（蕭山沈廷傑詳郢）

去夏曾趨通德門，護持尤荷老成恩。人欽栗里歸耕影，我省長沙痛淚痕。出處皎然千載諒，安危原合九州論。文章的派猶餘事，品與靈巖萬丈尊。

即事二首

階蟻晨求食，無端一掃空。洒盆疑驟雨，運帚即狂風。舊伴悲星散，殘黎泣路窮。此中生殺柄，誰信出兒童。

干戈方擾攘，猫犬亦相爭。同是主人畜，而無香火情。虎威矜搏擊，狼勢挾飛鳴。竟奏盧令捷，虛聲使敵驚。

讀元遺山圍城中詩淒然有感兼寄子驤

昔賢遭亂世，夢想一漁竿。今我獨何幸，故人相與歡。篋書容考訂，樽酒足盤桓。莫作秋蟲響，吟懷且自寬。

夜聞風聲有感

衰年無好夢，中夜聽秋聲。怒起龍蛇蟄，威揚草木兵。遷流悲世運，漂泊歎浮生。何與寒螿事，空階唧唧鳴。

百年

百年原有盡，來日況無多。君國成泡影，恩仇付逝波。心慚精衛石，夢斷魯陽戈。一掬靈胥淚，隨風洒浙河。

陌巷

陌巷無人迹，身間地自偏。夜長醒夢早，秋至怯涼先。湖語繙新志，鄉詩補舊編。平生麟閣想，垂老付丹鉛。

壽周筱亭四十（二首）

楞嚴刼後小游仙，早種人間福慧緣。仁粟義漿綿祖澤，性禾善米養蒙泉。丹青筆寫千般媚，黑白棋爭一著先。四十年來經幾局，眼中滄海已桑田。

憶君總角我來遊，君鬢猶青我白頭。始信安閒多歲月，每從餔啜見風流。桑麻蔭繞藏雲宅，絲竹聲傳聽雨樓。肘上柳枯椿更茂，無人知是舊莊周（君有病初愈）。

錢塘吳子修同年寄示辛亥夏湖南學署所印詩集六卷，且題云“後三年所作則多激楚之音矣”。感賦一律

舊雨深情遠寄詩，披吟如見古鬚眉。風流不減王摩詰，甲子猶存晉義熙。滇蜀咨諏皆掌故，東南耆碩盡心知。湘江歸後波濤惡，尚有清歌繼楚辭。

重陽日老友胡熾亭（信烻）袖數詩見示，君業醫已久，晚而學詩，頗有雅句，亦一奇也。爲賦一詩

臥對重陽菊，吟懷殊未豪。鏡中雙鬢短，牆外數峰高。幽鳥自相語，故人時一遭。憐君更憐我，頭白近風騷。

題陶靖節祠（即東妙林廟）和熾亭作

避世桃源事豈虛，此中曾引武陵漁。北窗早醒幽人夢，東海長留處士廬。晉宋興亡蕉雨感（胡桂林《蕉雨軒稿》有謁祠詩），龍蛇飛舞義齋書（村人張友德號義齋，祠壁多刻其草書）。潯陽村落多車馬，未信先生戀故居。

過卓子培墓有感和熾亭作

青鞋布襪數追從，一別河梁不再逢。醉墨飄零山寺竹，寒濤嗚咽墓門松。吹簫畫舫魚聽曲，試箭深林鳥避鋒。回首當年遊釣地，夕陽何處訪遺蹤。（君能畫竹，喜吹簫，家世習武，故兼能射。）

止詩（有引）

辛亥春，病中編詩四卷，自爲跋語，方婿叔通刊之。是後續刊不已。友人謂宜分編，内子謂不宜多作。余亦悔之，因取淵明止酒之義，爲止詩一首。

一病思傳後，空山歲月淹。豹皮留未死，蛇足畫頻添。苦語妨清夢，危詞觸衆嫌。從今須立戒，止酒學陶潛。

【輯校】

[一]《容膝軒詩草》卷五："四明本"無此卷，然其卷四與此卷諸多篇目相同。今據"王氏本"輯補。

[二]題外舅胡綸元先生詩卷：此詩已收于《詩草》"四明本"卷四中，故略去正文，以"存目"標示。下文標"存目"者依此，不一一出校。

[三]抔："王氏本"原作"坏"，誤。今據詩意改。

[四]煆："王氏本"原作"煆"，誤。今據詩意改。

[五]子驤有詩見贈並附其族人晚荷題詞世兄雅亭和詩賦此奉酬：此詩《詩草》"四明本"卷四有原韻，無和作。

《容膝軒詩草》卷六 [一]

鎮海王榮商

近體詩

即景二首

稉稻如雲競吐葩，風來簌簌委泥沙。園中小草無名字，和雨和烟自作花。

亂草蒙茸塞瓦溝，雀兒栖息徧牆頭。飢烏下啄羣雛盡，始信巢梁是善謀。

老眼

老眼模糊異昔時，讀書真悔十年遲。春蠶上箔絲將盡，桑葉青青徒爾爲。

夜警二首

寒燈如豆伴殘更，愁聽狂飆捲地聲。忽憶少時多好夢，聽風聽水不曾驚。

海國蒼茫水拍天，蛟龍潛迹此深淵。無端闌入江隄内，驚起居人夜不眠。

鄰家

旭日東升氣象尊，鄰家燈火似黃昏。隔牆犬吠空傳柝，深院鶯啼自掩門。舟子喧譁桃葉渡，醉人欹側杏花村。綠陰萬疊春如海，銷盡中原壯士魂。

余病久不至兄宅，兄屢來慰問，感賦一律

一行雁影半成虛，伯仲猶存喪亂餘。門戶差欣能自立，晨昏終恨不同居。往來隔巷兄猶健，問視高年弟久疏。老伴無多常契闊，相逢歡笑暗欷歔。

輓丁清和（二首）

長山街上客，會計最君精。布帛因民利，田疇與海爭。中叨巡吏職，晚得議郎名。主辦才尤大，能將十萬兵。

同生壬子歲，長我半年多。君健猶龍馬，吾衰甚橐駝。昨成生壙志，今作輓車歌。天道真難問，斯文庶不磨。

輓賀師顏（二首）

海上論商業，君稱後起雄。厭聽書舍雨，坐嘯市樓風。觀物情無遁，揚帆往有功。舟行旋失柁，遺恨甬江東。

故國河山異，凋零況世家。殯宮秋後草，估舶浪中花。蘭蕙生階秀，松楸卜宅嘉。玉簫晨引葬，流涕送靈車。

病中（二首）

一死吾猶欠，匡牀寄此身。窗明知雨霽，衾薄覺涼新。醫外少佳客，夢中多故人。古今同逝水，何用獨悲辛。

海內風塵滿，幽居即樂郊。堅冰魚伏坎，落日鳥依巢。書缺憑妻檢，詩成付女鈔。腐儒存結習，衰病未全拋。

野屋

野屋參差繞粉垣，緑陰深處鳥聲喧。松棚覆路三家店，豆架沿籬半畝園。時有老農課晴雨，偶逢故友話寒暄。憑君莫問滄桑事，且向山中覓水源。

外姑王夫人七十五歲生辰敬賦（四章）

盤谷頠長叟（外姑先人常寓盤麇，有《盤谷山房紀事詩》），芳型宛在斯。相夫成遠志，戒子節浮糜。婦德重闌契，婆心九族知。閲牆能禦侮，祀火賴維持。

好潔傳家法，盤盂水屢更。澣衣私不雜，治膳技尤精。雅量三觚足，清談一座傾。歸寧諸女集，臨別涕縱橫。

自我居甥館，依依十六年。入都愁話別，侍坐怯言旋。屋角凝眸送，牀頭攝影懸。窮途悲失恃，猶得老人憐。

生日重陽近，稀年五算加。冢孫方授室，新婦最宜家。春盎平疇稻，秋香老圃花。獻詩聊勸酒，勝事晚來賒。

贈賀至恩

醫學虛心少，吾村數賀家。衝寒雙屐雨，滌暑半甌茶。客袖風常滿，歸途日已斜。殘冬浮海去，猶種小兒花。

懷傅甥谷庵，時在漢口

吾家諸宅相，汝長又賢明。囊穎髫年脱，帷籌壯歲精。分巢栖弱羽（謂諸弟），曳履驗新聲（新立牛皮公司）。漢上多風鶴，安居定不驚。更有賢勞婦，晨昏無倦容。浣衣池水黑，試剪瓦霜濃。婺娣仍辭宴，生兒暫顧傭。全家推領袖，慰汝母龍鍾（妻齊氏，真德之女，甚賢，能爲姑所愛）。

壽支季卿（肇元）五十（二首）

支君嬰稚色，五十更豐腴。棋局偶乘興，酒家多漏租。短裘齊晏子，健飯漢侏儒。歲暮開芳宴，吾將小友呼（君榷酒稅甚寬弛）。

近水先廬在，門垣儼素封。低眉財易散，唾面量能容。麟鳳呈家瑞，雞鳧佐客饗。清華遙祝願，應念丈人峯（君婿李權時在北京清華學校）。

題葉寶鏡六十小影

黃葉山村白晳翁，行年六十貌猶童。蘆江烟水釣遊處，閩海帆檣管領中。木客開樽迎舊雨，溪樵坐石話春風。醉鄉歲月無窮樂，長看韶顏映酒紅。

寄贈湯婿峴亭三十初度，時在長春（二首）

冰天雪窖度生辰，回首朱門感慨新。三十年華行萬里，虛名猶説住長春。

昆明刼火又揚灰，長白山頭望幾回。爲報故園小兒女，祝釐遙上萬年杯。

哭兄

絮語晴窗晷景移，別來幾日氣如絲。衝波舟碎傷心事，冒雪輿歸瞑目時（早晨兄命迓女於蘆江，女至而氣絕）。排解苦衷鄉社諒，隄防成績海潮知。眼前斥鹵皆南畝，遺恨新塘一簣虧。

丙辰元旦

貞下元仍起，春歸野老家。爆催中夜竹，燈守隔年花。絳盒兒分果，緇衣婦獻茶。槐堂今最長，獨坐感韶華。

元月初三日立春微雨觀燈

洱海兵方動，荒山歲又新。雲篩三日雨，燈賽萬家春。龍馬嬉庭院，雞豚款比鄰。太平猶有象，誰道不逢辰。

和虞伊保《五十自述》二首原韻

聖湖秋好共尋詩，猶記中郎絕妙辭（癸酉秋試，余與先尊覯后先生同寓武林。先生有諧語，至今傳誦）。金粟昔參無上諦，碧梧今見不凡姿。騷壇累世推名將，鄉校頻年屈大師。人事蒼茫天莫問，消寒且泛手中巵。

草堂風雪歲將新，間約梅花入夢頻。拍枕有時逃瘧鬼，縛船無意送窮神。塵心早滌千山雨，妙語能生一室春。應笑會稽朱太守，墦間富貴本非真。

原作（用友人韻）（虞秉祺伊保）

自愧生平未學詩，拋磚引玉漫陳辭。眼中怪象桑榆景，膝下頑豚樗櫟姿。八代書香慚故我，卅年學殖忝爲師。病餘且把知非字，鐫入寒窗舊酒巵。

頭顱依舊世方新，貌貌聲聞我顧頻。芭水無緣徵二老，蓬瀛未許懺三神。悲縈椿樹生如夢，寒逼梅花歲欲春。身世滄桑多少感，枕邊得句意彌真（秋末病久，偶得一句云"病後心如雨"，後山索對未得）

壽張讓三六十

九能君子舊知名，萬里槎歸始識荊。書幣將迎皆大府，俊廚題品偏諸生。氣兼春夏羣居樂，心不風波世路平。海上遺民今有幾，好將盛會續耆英。

和作（鄞縣張美翊讓三）

相如諭蜀有聲名，使者輶軒偏益荊。君自著書周舊史，我非習禮魯諸生。海巢日落情何已，汐社風高意不平。六十孤兒敢言壽，更無盛會繼耆英。

海上棲身久隱名，偶逢遺老喜班荊。杜門郤埽思吾友，誓墓成文忝所生。莫向漁人論魏晉，翻從假帝溯哀平。黃花晚節宜珍重，好讀離騷賦落英。

讓三得拙詩後承和二章并録前和友人詠雁絶句六首見示，奉酬二首原韻

對客揮毫負盛名，喜看珠玉賁柴荆。桃源景好誇漁父，衡浦聲酸感友生。詩格競推唐大曆，碑文新搨魏天平（诗筒署曰"維大魏天平三年，歲次丙辰"）。寻常楮墨皆風雅，草聖何須羡伯英。

博物能知草木名，手攜短杖剪榛荆。孟光有幸依皋伯（君寓鼎新街，即考棚故址，湯氏女賃君餘宅），黽錯何緣侍伏生（君召澧兒飲，談鄉里事甚悉）。願爲梓鄉除疾苦，卻從桑海話昇平。追思壽母開筵日，曾惠高文冠俊英（甲辰上巳先母八十生辰，君爲壽序，余未有以報也）。

《詠雁》四首次張讓三和友人韻

讓三序略："章一山太史得雁餉友，首唱一絶，和者甚多。因次其韻，凡六首。鈔詩寄余之日，適鄉人亦有饋雁者，可謂巧合。"余方有兄之喪，勉強效顰。因未見諸公原唱，祇成四首，不能徧和也。

江南春冷無芳草，辛苦飛鳴枉露才。何似冥鴻天外去，人間矰繳不須猜。（張和章一山）

海邊鷗鳥共忘機，雲路迢迢早倦飛。祇爲洞庭波浪惡，秋風木落未南歸。（張和瞿止庵師）

飛揚津海見英姿，毛羽摧殘祇自知。欲寄尺書相告語，故人寂寞老東籬。（張和陳筱石制軍）

海巢日落雁行空，孤影淒涼畏朔風。猶有隨陽心未死，霜天哀叫更誰同。（張再和一山）

園中梅桃各一株爲澧兒伐去，弔之以詩

梅花高潔桃花豔，結子雖稀亦可憐。薄德自知難及遠，不應翦伐在生前。

輓劉沚芬比部（二首）

薊門共事十年餘，桑土綢繆手拮据。霜冷訟庭晨判牘，酒闌旅館夜呼車。當筵偶角投壺馬，入市親攜貫柳魚。谿上同官多盛德，試論節儉有誰如。

揮金結客總虛名，引疾南歸計慮精。蓋篋搜衣資女嫁，桑塍緯未課兒耕。耳中冠蓋隨雲散，心上權衡似水平。我欲爲君傳軼事，儒家原不廢治生。

壽韓母葉夫人七十（作梅上校之母）

武林寇難幸生存，黍谷春回氣漸温。壽母自應居樂國，材官何意出名門。從軍肯作牽裾態，恤士寧忘挾纊恩。願得慈雲長庇護，不教戎馬擾江村。（辛酉粵匪陷杭城，夫人父兄皆及於難。夫人避難至蕭山，因嬪於韓上校，今爲團長，駐寧波。）

壽虞洽卿五十

盲風怪雨自西來，避債屠王早築臺。山澤昔聞元氣盡，舟車今見利源開。不教市壟生荆棘，更爲鄉邦剗草萊。霸越平吳人未老，鴟夷信是不凡才。

何處香巢一笑逢，別來醉夢幾惺忪。蟄居我愧隨陽雁，變化君猶得水龍。遙望車塵增慨慕，濫投竿牘荷優容。臨風勉致庚桑祝，似隔雲泥萬萬重。

牡丹（二首）

牡丹花好不輕開，幾費春陰護絳胎。緑葉離披紅漸退，可憐風雨自東來。

魏紫姚黃萬口誇，沈沈真似帝王家。而今憔悴無顏色，不及牆邊月季花。

輓邵元升（文鶚）（二首）

纔離孤苦又窮愁，一片青氊到白頭。生有剛腸言易戇，死無遺命淚
交流。空煩健婦呼皋復，似爲殤兒作蹇修（長子早殤，時將冥配）。記否女
笄男舞勺，向平心事未全酬。

鴒原春暮助悲聲，訣別誰知在此行。房從早聯中表誼，室人況有弟
兄情。外家風範存棋局（舅氏王巳生先生善奕），晚歲生涯託酒罍。佳釀甫
成眠不起，一杯和淚爲君傾。

壽周鴻廬（其年）六十（二首）

育王山舍雨如絲，剪燭論文此一時（同治、光緒間，李魯宜文學設帳育
王半几山房，余嘗過訪止宿。君其高足弟子也）。半几春留談藝席，九峰秋入引
年厄。曳裾里社推鄉老，簪筆祠堂署族師。同學諸人多健在，壁間應有
醒園詩（張子驤與君同學）。

吾衰久藉短筇扶，有客誇君氣體殊。菽水常供貧亦樂，林泉自適老
彌腴。撥雲穿徑攜雙屐，對月開筵飲百觚。羣從即今工繪事，秋來好寫
醉翁圖（謂个亭、筱亭）。

雜感四首

海外龍蛇苦鬭爭，山中豺虎又橫行。野人不識元黃運，手把犁鋤望
大平。

宜晴宜雨海濱田，半種香秔半種棉。一夜腥風吹浪至，落花滿地水
連天。

疏籬插棘護花叢，幾樹深紅間淺紅。誰遣茫茫成白地，滿山啼鳥怨
東風。

月影銜山夜氣清，掀天波浪一時平。漁師收網船頭睡，不見扶桑旭
日生。

不寐

門巷蕭條又夕陽，睡餘風景更淒涼。半窗月色疑天曙，四壁蛩聲覺夜長。柝遠猶聞尨吠影，燈昏無奈鼠跳梁。老人心緒憑誰訴，坐待南檐旭日光。

余治宅將二十年，夜夢常在故居，感而有作

小築西頭屋，當年奉母居。門間今闃寂，花木尚扶疏。細雨空梁燕，斜陽淺水魚。最憐清夜夢，常繞舊時廬。

自遣

每思爲子日，總未順親心。與我適相肖，斯人何處寻。網魚供夕膳，籠鳥助晨吟。漫下窮途淚，深杯且共斟。

爲楊漢汀（寶銘）題《風樹永懷圖》（君由鎮海龍頭場遷居杭城）

七十餘年事，披圖見苦辛。湖山流寓客，兵火孑遺民（辛酉粵匪陷杭城，君伯叔皆被害）。啜菽歡如昨，飛芻迹已陳（贈公嘗佐漕政）。枌榆今在望，遊子倍思親（君爲寧波交通銀行經理）。

雨後曉望

一夜玎琤雨，郊原望欲迷。烟團芳樹暝，雲冪遠山低。隴稻青連畛，池萍綠上隄。游魚應最樂，掉尾任東西。

六月十九日次孫生

丙辰吾祖降，迢遞見孫枝。槐蔭百年後，稻香初伏時。小同名待續（長孫與余同壬子，故名桐），常熟夢存疑（前夕夢翁叔平先生）。科第無衣鉢，應憐出世遲。

餞春詞

花落花開又一春，眼前紅紫總成塵。元都道士今何在，祇有劉郎是

舊人。

老病

老病頹唐盡日眠，餐薇飲水送餘年。却將冷眼看時局，整頓乾坤若箇賢。

夜雨

虛廊月色昏，空階蛩語寂。細雨人不知，夜深聞檐滴。

春水

四野沄沄春水滋，柳花如雪雨如絲。東風綠徧池塘草，又是蝦蟇得意時。

江上二首

江上青青楊柳枝，落花辭樹已多時。年來不見人攀折，祇傍漁舟盡日垂。

玉體輕盈雲鬢斜，因風漂泊久無家。誰知一片晶瑩質，不是楊花是雪花。

余補《蛟川耆舊詩》三百餘家，仍多遺漏。陳君覺生寄示題詞三首，過蒙推挹，勉酬一詩以志余愧

漁唱樵歌信手編，村居消得日如年。風流已共河山盡，姓氏還從里巷傳。自古文人多厄運，偶存韻語亦前緣。波心正有遺珠在，闡發幽光待後賢。

原作（三首）（陳鳳洲覺生）

靈巖高矗選樓開，風雅維持接大梅。知遇文章難報國（先生詩有"文章報國知難稱"句），歸潛心事獨憐才。桐餘焦爨所逢蔡，劍出豐城始識雷。一脈蛟川宗派逮，海雲璀璨護蓬來。

庾家俊逸鮑清新，幾費搜羅此燦陳。死後豹皮留炳蔚，買來驥骨總嶙峋。道因文見扶殘刦，人以詩傳證夙因。暫屈馬班修史筆，輶軒梓里足千春。

抑塞奇才拔爾難，賞音隔世豈無端。璠璵不礙留瑕玷，材木從知重錯盤。一代龍門宏藻鑑，千尋蛟水湧文瀾。先生高臥軒容膝，道謝何曾夢古冠。

憶昔（四首）

十年攜眷傍東華，才出宮門便到家。風捲車塵晨避馬，雪團禁樹夜聞鴉。迂疏報國終無效，老病偷生似有涯。豈料因循成後死，白頭空憶上林花。

翠華東返塞塵清，曾駕星軺蜀道行。秦晉河山終古險，夔巫風浪暮秋平。官閒鄉國憑來往，地僻舟車費送迎。喪亂忽驚消息斷，不堪回首魯諸生。

天風悽切燭龍沈，大地山河起夕陰。野寺臣民三日淚，宮闈宵旰百年心。南冠未就元亭史，東海空成汐社吟。豈爲一官私感激，累朝恩德入人深。

周家忠厚萬年基，忍説岐豐是外夷。攝政偶同開國日，散兵不待倒戈時。蘇張勝負當筵劍，魏晉興亡別墅棋。誰是誰非成績在，千秋公論定難欺。

有感（二首）

神山縹緲近扶桑，草澤英雄一衲藏。狗盜雞鳴皆上客，魚書狐火即興王。功成快割陳平肉，事敗爭輸陸賈裝。同室操戈千古恨，忍教中土竄龍荒。

江干有客掩衡茅，愁看陰雲滿四郊。水沸魚龍逃海外，天昏燕雀聚堂坳。揮戈翟義空傳檄，投閣楊雄自解嘲。聞道碭山諸部曲，草間洒涙祭黃巢。

東風八首（并引）

《東風》，刺煽亂也。中國數亂，皆此風煽之。幸而速平，未滿其欲，脂膏枯竭，已不能堪。余託興者屢矣，今復廣爲八首，冀愛國之士勿再爲所煽云爾。

東風有意助春寒，野馬游絲攬作團。斷送滿庭花事了，惜花人自倚闌干。

金鈴百萬費張羅，枉使羣芳受折磨。翻葉披枝工作祟，封姨猶説舊情多。

西風料峭北風尖，密室圍爐早戒嚴。偏是東風難準備，夜深吹送雨廉纖。

南園老樹綴新葩，無奈風狂日又斜。萬紫千紅收拾去，東君行李太奢華。

桃花落盡李花開，都是劉郎去後栽。生怕東風慣撩撥，銜泥燕子又飛來。

層雲蔽日鳥呼風，上苑春光似夢中。苦説養花陰雨好，扶桑偏挂一輪紅。

白龍微服混漁樵，一入東溟去路遙。回首故鄉須愛惜，忍翻波浪助天驕。

南浦春冰澳不收，日光微照便分流。西山積雪堅如鐵，可許東風解凍不？

次韻答賀逸仙

液池東畔記同居，劫後都成失水魚。我已灰心難再振，君猶戢翼未全舒。入山訪友勤攜屐，對菊懷人遠寄書（君有《游西山訪胡友》及《詠菊》詩，皆蒙寄示）。吏隱不殊飢飽異，當年曼倩食無餘。

原作（賀紹章逸仙）

遠辱慇拳問起居，略陳清況報雙魚。自慚拙宦蕭條甚，差喜平生意氣舒。折簡不招難致客，杜門猶抱背時書。更欣家計因貧約，酒債能償尚有餘。

壽王芷卿（以芬）七十（二首）

旅館相逢未老年，別來三見海成田。烏衣門巷真名士，白髮江湖舊散仙。司户書函多祕本，右丞詩派有宗傳。一瓻惠我情無限，爲報瑤華已細鐫。（君所寄《蛟川耆舊詩》已付梓矣。）

漁童木客競延師，海上歸來筆一枝。俠骨易招衙將忌，清名難得市人知。手栽梅樹環生壙，心慕桐江理釣絲。莫謂投竿時已晚，鷹揚猶待十年遲。（君題小影句云"一竿自足漁翁趣，試問今生修到無"。）

壽李松侯（植本）六十（四首）

苦後回甘味最清，楝塘重見壽星明。君家此味流傳遠，老子原從苦縣生（楝塘丈人語，余壽序中引之）。

樸素衣冠老秀才，東門市上日徘徊。旁人指説前朝事，曾作羣英領袖來（光緒十九年，君以第一人入泮）。

多買胭脂用意深，不教虛牝擲黃金。論文卻異箏琶耳，流水高山有賞音（李氏男子尚朴素，而婦女盛妝飾，其家法然也）。

分得延齡酒一卮，試燈風裏更徵詩。我詩略似香山叟，説與童孫也解頤。（余爲壽序，蒙酒肴之貺，故有首句。）

走筆（三首）

墨守輸攻未易才，無窮機巧出靈臺。山川寂寞生靈盡，始信佳兵是禍胎。

黃鵠高飛衆不疑，鄰雞上屋便爲犧。兒童祇説登山好，山下溪深卻未知。

料理官書日夜忙，人生何苦作侯王。焚香瀹茗晴窗下，一卷南華味最長。

歲暮雜興（四首）

多病翻停藥，初寒便擁爐。眼昏書未厭，足弱杖難扶。小樹留花在，晴窗有鳥呼。飯前常獨酌，家釀不須沽。

樂歲人多暇，晴天物亦欣。依牆牛舐犢，浴水鴨呼羣。野曠餘秋色，山深易夕曛。鄰家喧笑語，隱約隔籬聞。

睡味衰年減，閒愁永夜增。燒菰頻握管，炙茗自挑燈。月映窗疑曙，霜侵被欲冰。枕邊搔短髮，真是在家僧。

几有催租帖，門無問字車。端居非避客，暫出即還家。罈破從妻誚，詩成向女誇。流傳吾未信，且自付麻沙。

讀書（二首）

白日沈何處，青山老此身。孤燈悲永夜，苦雨惜殘春。富貴華胥夢，交遊陌路塵。讀書何所用，聊與古人親。

忠愛杜工部，悲歌陸放翁。寸心常戀闕，匹馬欲從戎。意氣差相似，遭逢故不同。惟應隨蜀魄，啼恨萬山中。

暮冬

陰盛陽生理不疑，年光又入暮冬時。芙渠葉盡寒魚見，月季花開凍雀知。爲念外家編小傳，更催老友和新詩。挑薪汲水非吾任，自弄晴窗筆一枝。

書懷（二首）

偶因多病伴漁樵，敢倚羊裘薄漢貂。追日久拋夸父杖，飲泉聊挂許由瓢。已知黃屋殷憂釋，惟祝蒼生刧運消。一事撫躬常自愧，服官無補聖明朝。

草茅橫議久成風，千古隄防一掃空。但使人才堪將相，不妨戍卒盡王公。關中鼎奠蕭曹業，塞外塵清衞霍功。濟險扶危須眾力，莫將得失校雞蟲。

自輓

病中壯志久銷磨，林下流光一擲梭。秋燕補巢心已倦，凍蠅鑽紙力無多。偶逢野衲談遺教，預約山人作輓歌。憂患餘生真是贅，六年三度見風波。

次韻題傅可堂小影（二首）

可堂在議院罕有建白，余謂："邪說誣民，詖辭害政；與其橫議，無寧素餐。"詩以紀實，非有所諷也。

金臺幾度駐遊蹤，逸足聯翩喜再逢。日飲不須張赤幟，雷鳴那復辨黃鐘。吟梅何遜時多暇，鍛柳嵆康性本慵。政治詎關吾輩事，好憑詩酒罄懵憽。

天涯觸熱溯行蹤，歲暮歸來一笑逢。招諫飽聞當路鐸，打包暫聽故山鐘。蒼生霖雨談何易，白首江湖興未慵。此去卻留清影在，晴窗相對有餘憽。

意有未盡再賦一律

種桃人去杳無蹤，前度劉郎今又逢。削札偶然投素匭，持荎何苦叩華鐘。歸心不比名心淡，醉態常兼睡態慵。枕麴藉糟吾事了，肯因悲憤減懵憽。

次韻再題二首

門前珠履接芳蹤，好客如君不易逢。辭闕快馳千里驛，度關何待五更鐘。遠迎旅館知誰早（謂顧錦章），踞坐胡牀恕我慵。會晤無多離別慣，寸心渺渺雜悲憽。

令子能追軾轍蹤，紫芝眉宇喜頻逢。讀書早具天人策，待問如鳴大小鐘。更願栽培宏造就，莫因頹放入疏慵。他年竹帛銘勳業，野老傳聞意亦悚。（謂次子國睿。）

胡濂心內兄以《五十自述》二詩見示，意在廣徵和作。敬和原韻二首附以注釋，聊代徵詩之啟焉。丁巳立春前一日

有母融融近八旬（外姑年七十有七），全家都似葛天民。齊眉老伴常修敬（俞孺人伉儷最篤），比翼新人慣食貧（姬人亦能作苦）。女嫁翻添衣舞綵（女四月出閨），兒多未怕甑生塵（振雍、振巖、振彭皆在學堂）。抱孫更是興宗兆，好辦黃羊祀竈神（新婦最宜家，余前祝外姑壽詩語也。近聞有娠，已數月矣）。

筆陣談鋒壓輩流，青衿肯遣壯心休（乙未諸生）。馮驩作客三長鋏（初在溫州商船公所，繼爲澄衷學堂教員，後在郵傳部交通傳習所充檢察員），蘇季還鄉一敝裘（壬子自京歸，盡失其行李）。借箸頻周孀婦困（表嫂王賀氏寡居，竭力振郵；待邵氏姊亦甚厚），榷酤易惹衆人尤（近充酒捐經董）。賓筵待啟重陽後，把酒持螯得自由（九月二十六日生辰）。

再和（二首）

壽母稱觴隔兩旬（外姑九月六日生辰），更傾菊酒醉遺民。家傳詩禮真堪貴（外舅綸元先生己丑舉人），室有姬姜本不貧。閉戶時尋三島夢（君常謂自由當於夢中求之），曳裾曾踏六街塵。東華門外蛟川墅，猶記高歌動鬼神（君能度崑曲，嘗於鎮海試館神龕前聞之）。

家近蘆江淺水流，海濱暫寓未歸休（寓備碻已二十年）。漁歌鬧處初聞鐸（求備小學，君所創也），酒興酣時欲典裘。草檄猶應驚孟德，揮戈恨不戮蚩尤。補天浴日生平志，肯向箕山老許由。

余兩次和詩已寄出，接濂心兄來信，首二句已改用身、人兩韻。衰老憚於改削，再和兩首以報之

絃歌隊裏早抽身，晚隸天官作酒人。臥甕應知私釀富，當壚誰諒客裝貧。杏村日煖覘花信，麥隴風香辨麴塵。醉眼久輕田舍董，卻教低首事錢神。

湖海元龍是勝流，簿書鞅掌幾時休。夜深握管冰生硯，歲暮登輿雪滿裘。痛飲未能消壘塊，直言原易召愆尤。寄詩願效東坡老，白髮年年祝子由。

原作（胡炳奎）

一領青衫了此身，五旬竟作兩朝人。顔承老母敢言壽，膝繞多男不諱貧。榷酒三年遭白眼，評花十載墮紅塵。服官熱血如冰冷，何事低頭禱鬼神。

半百年華去似流，勞人孽債幾時休。鋤奸欲借刀爲筆，恤寡徒思腋集裘。謀事無能偏好勝，出言多戇屢招尤。餘生願借游仙枕，夢裏飛行得自由。

追錄歲除日作

霽日無光臘盡天，霜花不減雪花妍。擁爐榻上寒猶峭，積水牆陰凍更堅。歲曆早分新舊界，春盤且結往來緣。商君六蝎韓非蠹，偷活人間又一年。

【輯校】

[一]《容膝軒詩草》卷六："四明本"無此卷，今據"王氏本"輯補。本卷詩約作於乙卯年（1915）至丁巳年（1917）。

《容膝軒詩草》卷七 [一]

鎮海王榮商

近體詩

録賀逸仙（紹章）遺詩感題二律

俯仰成今古，生才惜此時。服官先讀律，憂國苦吟詩。越霸吳將沼，金亡宋不支。哀哀刀爼意，爲告世人知。

慷慨長沙淚，淒涼易水歌。可憐知己少，祇覺醉人多。舊徑懷松菊，荒山伴薜蘿。强年悲憤死，衰老欲如何（君年甫四十）。

輓湯節母馮恭人四首（鄞縣湯有章之母，年八十二）

百歲光陰欠幾何，一年向盡日無多。雪花滿紙冰生硯，且唱明州節母歌。

世界茫茫海作田，冰霜素志幾能堅。人間第一哀榮事，苦節清風六十年。

朔風吹雪滿江城，江上寒潮日夜鳴，一自北堂人去後，聽來都是斷腸聲。

旄頭幾處隕胡星，虎嘯猿啼不忍聽。我是月泉舊居士，留將老淚哭冬青。

春寒二首

燈後春將闌，庭前雪又飛。衾寒宵熨火，裘薄曉添衣。閉戶人蹤絕，銜杯酒力微。蟄蟲應久困，無奈豆苗稀。

春雪已成水，北風仍送寒。侵衣霜氣肅，穿牖日光殘。池冷魚無影，花遲鳥不歡。老夫人事絕，高臥效袁安。

沃甥女雪香自胡宅來余家，戲贈二首

十五沙溪女，盈盈似母長。背人施粉黛，爲佛繡衣裳。擁被哦詩苦，看燈覓伴忙。雨中簫鼓寂，相約捉迷藏。

舅氏春遊慣，江干有寓廬。曾攜諸姊往，獨向外家居。玉照光生鏡，珠遺淚滿裾。我詩能攝影，助爾一軒渠（濂心攜瑤琴、瓊簫至甬攝影，雪香不與，故以詩慰之）。

再和濂心《五十自述》（二首）

八口飢寒累此身，卻從忙裏作閒人。詩腸未澀堪娛老，酒價雖高不礙貧。僕僕舟車銷歲月，翩翩裙屐出風塵。試看壁上圖形滿，眼角眉稜信有神。

腹笥便便綜九流，興來抒寫不能休。解頤妙語雌黃譜，拍掌高歌《綴白裘》。哀樂中年聊自遣，窮通前定復誰尤。菊泉延壽君家事，醫術何須問祝由（君嘗以《素問》授瑤琴）。

題濂心小影次韻（八首并引）

濂心以自題小影詩見示，嫌其韻枯，久未屬和。書來敦促，輾轉引伸，和至八疊。詞意冗沓，兼多戲謔之語，不足言詩，聊寄一時之興云爾。

憔悴青衫一寠儒，眼看幾輩綬拖朱。名場久似嘗雞肋，醉袖猶能拌虎鬚。焦遂高談驚四座，魯連盛氣懾千夫。披圖宛挾飛鳴勢，笑爾紛紛水上鳧。

乍見難分墨與儒，一毛不拔異楊朱。壯心未已先凋髮，老態堪憎且薙鬚。脫帽真成僧世界，閉門儘有睡工夫。卻因家累恩忙甚，早起商量弋雁鳧。

皮相居然食肉儒，衰顏得酒尚能朱。樽前度曲鸚偷舌，燈下裁牋鼠褪鬚。與我周旋成石友，有人邂逅筮金夫。風塵難得真知己，敢謂家雞勝野鳧。

同是紅羊劫後儒，兩家曾繫一絲朱。君頭濯濯原無髮，我口嗃嗃早有鬚。空抱丹心思故主，相期白首署潛夫。祇憐才調分高下，鶴頸延長不似鳧。

道貌莊嚴是宿儒，頻年弄墨復研朱。論文尚覺心如髮，覓句何勞手撚鬚。偶入詩壇推健將，高歌酒市類狂夫。生來傲骨崚嶒甚，肯效隨波逐浪鳧。

聞道中朝不喜儒，家風何苦守程朱。蛾眉自古多長舌，燕尾於今有偽鬚。莫遣功名輪妄尉，稍添粉黛事新夫。憑誰借與仙人舄，飛作宜陽闕外鳧。

昔年囊粟飽休儒，閱盡長安萬斛朱。入室尚存遊士舌，當筵肯拂相公鬚。未忘結習憐馮婦，偶發狂言似灌夫。回首舊巢痕掃淨，北飛那復見雙鳧。

抵掌何人識俊儒，自鎔金汁寫陶朱。憐才恨未逢烏喙，照影空煩鑷白鬚。物換星移存故我，雪來柳往怨征夫。會須歸隱蘆江上，閒數門前浴水鳧。

原作（胡炳奎）

半生潦倒一貧儒，臉帶微黃又近朱。豈爲兒多頻蹙額，卻因母老緩留鬚。壯心自惜希名士，醉眼無情藐鄙夫。身外蕭條何所有，他鄉寄寓等沙鳧。

和作（胡宋黻春元）

褪躬潔白一寒儒，攝影偏傳兩頰朱。汝正壯年先禿髮，我當衰暮未留鬚。昂頭似望談詩友，蹙額應憐逐臭夫。何日整裝回故里，蘆灘重與狎鷗鳧。

和作（張寅輝）

骨冷神清豈俗儒，秋毫應不眩離朱。濃香袖底蝶黏粉，嫩日簾陰蝦捲鬚。儘許姓名藏酒肆，漫將理亂問樵夫。乘時鵬鷃終遐舉，肯逐春江戲水鳧。

九疊書感

舞文弄法濫稱儒，紫色紛紛竟奪朱。白面書生惟有口，黑頭宰相半無鬚。皋比幾見真名士，鼉斷偏多賤丈夫。世路可憐荊棘滿，漫將開鑿望魚鳧。

十疊自嘲

頭腦冬烘一腐儒，幾回看碧欲成朱。入山有恨終披髮，媚竈何心更染鬚。翟尉勢衰無過客，江郎才盡是凡夫。滄桑變換誰能料，輸與張華識海鳧。

聞濂心生孫，再疊前韻奉賀（二首）

緇衣青佩世爲儒，喜見牀頭帯映朱。日煖梧岡添鳳羽，春深竹院長龍鬚。承筐恰好占歸姝，祀竈還須召膳夫。堂上太君應最樂，幾回引領盻雙鳧（外姑王夫人甚盼余往）。

似聞骨相異癯儒，頭角崢嶸色近朱。此日笑開王母口，他時嬌挽醉翁鬚。早知瑞氣鍾新婦，先有啼聲報老夫。六乙翩翩雙乙繼，漫將元鳥認爲鳧。（君三男八字皆兩乙，君嘗有搆"六乙堂"之戲。此兒亦乙巳月乙卯日，君因名之曰"嘉燕"，字"再乙"。《北齊書·顧歡傳》張融云：鴻飛天首，越人以爲鳧，楚人以爲乙。）

濂心有《生孫志喜》詩，次韻五首

新詩寄我玉同溫，五十年華第一孫。周士命名先伯達，漢儒列傳始劉昆。降生瑞協雙飛燕，呱泣聲諧六孔塤。佳氣充閭賓宴盛，好移東海作芳樽。

全家色笑有餘溫，嫁女芳辰果抱孫。先我十年稱大父，繼翁三世長諸昆（自外舅以下，四世皆大宗）。長文骨相誇陳寔，伯度風流嬗戴塤（宋戴機字伯度，長孫塤進士）。賦就添丁旋上壽，憑君借取菊花樽。

王母丹爐宿火溫，含飴又得弄曾孫。早知吉宅宜男子，未見同堂有弟昆。元鳥慶延秦大業，赤蛇年溯宋陳塤（塤生於慶元丁巳）。老夫久與慈顏隔，願爲寧馨奉壽樽。

黍谷春深氣候溫，震男一索便生孫。綠陰此日垂朱果，金友他年繼玉昆。教子預宣尼父鐸，洗兒應奏小師塤（振雍近爲廬瀆教員）。羊鬐虬角皆龍種，好伴而翁倒酒樽（君戊辰，振雍乙未，虬謂巳年也）。

錦褓羅襦裹體溫，七襄新織自天孫。小姑抱出誇夫婿，大父吟成炫弟昆。傳世此時惟有硯，牖民他日定如塤。謝蘭寶桂萌芽始，風送清香入酒樽。

原作（胡炳奎）

喜報庭幃笑語溫，孫能生子子生孫。含飴樂事逢中壽，咬菜家風啟後昆。期軼小姑先舞綵，序承伯氏亦吹塤。言邀親友嘗湯餅，開宴同傾酒一樽。

和作（胡宋斁）

寒素家風氣轉溫，欣看庭竹又生孫。萱闈此日騰懽笑，蘭莍何時遞季昆。宗法相承推領袖，英聲試聽奏箎塤。吾家五世遺徽在，弧旦先傾酒一樽。

和作（張寅煇）

河梁判袂隔寒溫，芳訊遙傳已抱孫。流寓廿年親教育，恩勤一脈逮來昆。承歡何待添常膳，罷浴如聞奏雅塤。湯餅筵開先壽旦，酒香貯滿鬱金樽。

內姪女胡瑤琴出閣求書便面，濂心有詩次韻（二首）

大母扶持慣，臨行盼汝歸。禦寒爐早備，驅署扇頻揮。坐立常相倚，晨昏忍久違。寧親應不遠，計日侍春暉。

明慧真吾女，廬江秀氣鍾。眉聽兼目語，聲入即心通。問字情何摯，哦詩興更濃。不須衣飾麗，錦繡自羅胸。（女請寄余膝下，故云。）

原作（胡炳奎）

廿年依膝下，今日賦于歸。得婿情差慰，思兒淚欲揮。祝詞期不反，訓語戒無違。但得傳言好，猶堪報寸暉。

獨女情難捨，衰年愛倍鍾。片言心理合，寸紙筆談通。未飯菰先熟，臨書墨早濃。問誰承意旨，欲別涕沾胸。

和作（張寅煇）

娉婷傳淑女，迨吉賦于歸。畫扇無多語，吟毫時一揮。心期原不隔，言笑暫相違。轉使槐堂老，臨歧盼夕暉。

閒共酌園話，已知情意鍾。晨昏經久侍，文翰況能通。妝閣花雲煖，離筵酒霧濃。鶬鳴諧鳳侶，饒可豁心胸。

和作（方積琨叔通）

德門生淑女，吉日賦于歸。事父情尤摯，離家淚暗揮。趨承原已慣，色養忍長違。轉瞬綿瓜瓞，歡娛向晚暉。

閨閣論交誼，牙琴獨契鍾。別離頻淚下，問候屢函通。姊妹盟初訂，塤篪樂更濃。傳經今伏女，文史自羅胸。

即事

夜短眠常早，身閒夢自清。蟲聲燈火暗，鳥語紙窗明。綠酒香粳飯，黃虀嫩豆羹。田家風味好，恨不早歸耕。

雨後郊行

幽居人事絕，乘興出衡門。苔滑雨餘徑，稻涼江上村。溪雲黏樹溼，野水入池渾。載詠滄浪句，歸途日又昏。

四月二十三日胡宅開湯餅宴，席上晤俞樹周，別後有詩見懷，次韻奉酬三首

故人湯餅約，霽景遂初衷。我去風吹袂，君來水濺篷。逢迎慚婦孺，談笑傲王公。別後緘新什，相思兩地同。

繫船垂柳下，樽酒訴離衷。雨急頻催棹，橋低未礙篷。敲門迎島佛，隱市伴壺公（謂顧自申茂才）。恨不從君去，時時笑語同。

嘉會聯翩赴，新詩待折衷。棟風吹白袷，梅雨灑烏篷。心跡都相契，文章本至公。浮瓜申後約，仙壽老彭同（六月先外舅冥壽）。

原作（俞汝昌）

良朋歡聚首，戀戀別離衷。暢論風生席，遲歸雨壓篷。律精推杜老，髯美想蘇公。東道懸弧日，樽傾菊酒同。

薙髯戲作

吾髯殊未美，老態益頹唐。晚出先鬢白，紛披共髮長。胸前垂可厭，頷下摘何妨。若問成虧義，形骸已久忘。

有感

愛國亦多術，忠君惟一心。土浮泉易滲，窗密雪難侵。拱極星垣固，朝宗海水深。太陽常黯淡，何以攝羣陰。

111

題胡邇庵（仰瀛）《艾齡唱和詩卷》次韻（三首）

服官歲月去無多，世界滄桑幾度過。留得承平餘韻在，小窗風雨費研磨。

孺慕深長見孝思，春風杖履去何之。遺詩補入蛟川録，猶記祠堂對弈時。（謂尊甫松圃先生。）

梧岡高唱壓羣賢，雛鳳翩飛在目前。想見蘆江風雅盛，新詩待祝杖鄉年。（哲嗣振霖亦能詩。）

和作（胡仰瀛邇庵）

新詩投贈一編多，此境怱怱轉瞬過。今日忽頒瓊製下，好辭如琢復如磨。

滬濱一晤繫人思，駕屈蘆江又見之。何日與君重宴會，黃花紫蟹晚秋時。

羨君詩興邁羣賢，始識精神倍勝前。世局紛更甘退老，軒安容膝養天年。

輓李母曹夫人[二]（珊泉太史之女）

女界光明啟，芳型仰大家。弱跌簹解籌，纖腕筆生花。舊學傳青史，新規訂絳紗。哀榮誰與並，彤管荷褒嘉。

輓鄭嘯雲學博一夔

家風清苦守寒氊，誰信龍蛇是厄年。運阻庚申君已驗，生同壬子我差先（君後余二十日生）。歐蘇代謝千秋恨（歐蘇皆六十六），皮陸聯吟二老緣（君和余腫韻詩二首）。太息幽光須暫閟，遺詩留待後人編（時《詩補》已刊成，君詩不及補矣）。

題譜傳後

芳蘭在幽谷，下邑產高賢。迹有當時晦，名宜後世傳。毀譽三代直，文獻一家編。薄谷輕鄉里，紛紛過眼烟。

夜坐

悠悠經夢寐，歷歷想生平。坐久不知曙，窗前聞鳥聲。

喜晴

聽慣淋鈴曲，長更復短更。燈花如有喜，檐溜忽無聲。日湧光仍滿，雲收氣漸清。兒童齊拍手，爲報雨初晴。

和作（俞汝昌）

久雨人都厭，天將氣候更。居巢鳩結舌，穿樹鵲傳聲。霽色山河滿，陰霾海島清。寸心無別望，惟祝放長晴。

和作（胡炳奎）

聽報檐前鵲，今朝氣象更。九重開霽色，西海播歡聲。雲散星仍滿，潮平月共清。喜晴情太切，轉恐不長晴。

憂雨

旭日初離海，陰雲尚滿天。鶴鳴宮樹外，蛟舞瘴江邊。飛瀑侵樵徑，橫流灌稻田。燭龍光未耀，愁絕蟪蛄年。

輓虞伊保

冰雪聰明衆口傳，相逢氣度故翛然。修辭筆比并刀快（君改課文甚捷），集句光爭蜀錦鮮（君壽李松侯詩，集陸劍南句）。良夜清談供笑噱，晚年苦語出雕鐫。一瓻了卻生平事，空有才名落市廛（君戲撰蘆江三雅軒聯語，至今傳誦）。

附 集陸句四首之一（虞秉祺）

箕踞藤牀岸幅巾，桃源自隱不緣秦。長安卿相多憂畏，我是人間得計人。

六月十二日先外舅胡綸元先生八旬生日，在普濟庵追薦，濂心有詩次韻

老成彫謝幾經年，故國河山已渺然。地下有知應掩袂，海濱無事且開筵。語參禪悅三生契，詩雜仙心一卷傳。今日看雲僧宛在，可能風景似東錢（先生寓東錢湖青山寺，有“隔花犬吠看雲僧”之句）。

原作（胡炳奎）

訓背趨庭十八年，年逢八十倍淒然。老彭實共千秋壽，孤子虛開一日筵。遺稿已煩閫史採（《蛟川耆舊詩補》刊先君詩六十首），真容猶待館甥傳（先君小像吳婿芝源許爲摹拓）。道場權作生辰薦，空向靈前化紙錢。

和作（俞汝昌）

木壞山頹悵昔年，八旬慶祝禮當然。南皮瓜李陳時果，西竺杯盤敞壽筵。身後幾經時勢變，唾餘一集子孫傳。搜遺賴有乘龍婿，斷楮零縑也值錢。

獨坐有感

斷梗浮萍不計年，晚來根蒂稍能堅。草堂遠郭交遊少，藤榻當窗坐臥便。家釀三杯常獨酌，谷音一卷又新編。人間無限淒涼景，衹在荒山夕照邊。

題嚴康柹生壙（在四明山馬嶺）

漆園有賢裔，生壙碣如林。市隱人間世，巖栖物外心。洗苔尋馬跡（《鄞志》：石上有馬跡），倚樹聽龍吟（嶺下有龍湫）。悟徹浮休理，何須歎陸沈。

送陳婿祖穎赴長沙礦局三首

送汝登舟去，悠悠遠道心。江湖秋水闊，笠屐楚山深。峒户爭攜鋙，中郎慣摸金。考工須努力，巖穴起幽沈。

海上先疇在，誰言孺子貧。卻辭垂老母，甘作遠遊人。弧矢關懷久，荃蓀結契新。洞庭波未息，爲我弔靈均。

慷慨臨行語，男兒意氣雄。婆娑憐老樹，骨肉感飛蓬。遼海全家渡（湯婿在吉林），淞江兩宅通（林、方兩家寓上海）。故園惟汝在，話別又恩恩。

初秋即事二首

一年秋又到，日影上南階。刈稻雲連隴，插香星滿街。女嬌學搏土（捏地藏像），妻老慣持齋。豆莢登盤始。凄然霜露懷（先母最耆豆莢，故每食必薦之）。

雲山仍杳靄，風物漸凄清。燕有辭巢意，蟲多入戶聲。流光隨鬢短，薄醉覺身輕。往事猶能説，迢迢萬里行。

陳覺生用濂心自述韻見贈，次韻奉酬二首

鷗波小榭寄吟身，文采翩翩自可人（君有《寄鷗吟稿》）。扛鼎共推詩筆健，酬縑未覺硯田貧。澹園花木燈邊夢，遼海風雲眼底塵。胸有千秋光萬丈，不須荒怪炫蛇神。

聞君雅度邁時流，觸迕狂言一笑休。虛己心如風裏竹，煖人氣似雪中裘。老夫耄矣惟從衆，吾道非耶且忍尤。爲問高軒何日過，願陪杖履共由由（君約子驤同來）。

原作（陳鳳洲）

三才許我兩間身，肯作庸庸碌碌人。饒有古今方足壽，不勝悲憤亦忘貧。江山祇有愁中淚，史冊空餘劫後塵。我欲贈君無別語，祇須留得好精神。

眼底何人第一流，紛紛争戰未甘休。驪黃競作空羣物，狐白難成一襲裘。欲向詩書尋彼美，好從泉石選殊尤。名山事業堪千古，莫向皋夔説許由。

輓王芝伯（啟楣）

近水樓臺處士家，當年過市屢停車。看棋坐倦先催酒，聽曲歸遲自煮茶。翠箭代培千个竹（陳氏思本學堂君爲監督），紫荊長茂半庭花（君兩兄久析炊，季弟至今同居）。諸郎玉雪皆成立，惆悵堂前日影斜。

和濂心在京疊五十自述韻（二首）

秋螢抱葉自潛身，那有餘光照遠人。執戟似聞官閣顯（謂蒲伯英），點金爲訴旅囊貧。腕疲燈下千言牘，眼暗車前十丈塵。明日黃花無用處，枉教采擷費精神。

出郭輈軒似水流（時虞和欽、夏仲彝赴山西），去齊有客尚居休。少陵夢裏千間屋，白傅心中萬丈裘。服政自應遵古訓，論才誰與拔殊尤。還憑老友吹噓力（謂林枕湖），治賦終當屬仲由。

聞濂心充市政廳科員口占二絶

五十生辰客邸過，區區囊粟奈飢何。虛名猶得誇鄉里，市政廳中第一科。（適於生日接知會。）

漫笑黃花不入時，東籬寂寞有人知。雨中爲報秋螢道，已許鷦鷯借一枝。（"空煩狡兔營三窟，未許鷦鷯借一枝"，余前函中附句也。）

贈某祕書

金龜誰氏婿，光彩耀通衢。浮海逢仙客，登樓識酒徒。牢盆波出素，博槊夜呼盧。冷笑西川守，行裝與鶴俱。

夜雨

中夜被池煖，夢回聞雨聲。瓦鱗跳玉碎，檐角滴珠輕。苔潤蝸應活，燈昏雞自鳴。稍嫌天曙後，減卻小窗明。

紀事（四首）

布衣專制日，中土陸沈時。爭帝誰無意，稱兵各有辭。波濤翻粵海，雷雨暗滇池。此是西來法，羣龍好護持。

楚江雲一段，光借夕陽紅。離海旋遮日，還山又引風。銀潢成斷港，玉節閉深宮。下界多霖雨，無人頌汝功。

賈生年最少，慷慨赴長沙。世亂難爲客，天寒苦憶家。棲枝鳩戢羽，突壁虎磨牙。間道衣裝盡，能無失路嗟。

草草開戎幕，官奴割據新。東西一江水。南北兩朝人。甲楯輸前敵，金珠括富民。從今諸將士，失律不憂貧。

贈張甥寶琛（二首）

近海居多陋，張甥得氣清。室中棋局靜，池上釣絲輕。早起禁霜冷，遲歸趁月明。吾心無恐怖，高卧聽潮聲。

已作經年別，初冬一叩關。自誇腰脚健，稍惜鬢毛斑。論壽憐親短，求書笑我慳。老夫荒翰墨，詩債尚能還。

大風有懷祖穎

雲已吞山去，風將挾屋飛。窗搖燈影亂，壁撼漏聲微。燕趙猶傳檄，荆襄未解圍。湘江流滯客，何日得生歸。

輓胡余田（四首）

蘆江深處老明經，談笑從容有典型。與世推移頭漸白，待人忠厚眼常青。揮毫衹許風窺牗，覓句頻延月入櫺。爲祝棣華無量壽，長留光彩照銀屏（君素不作詩，今年和濂心壽詩四首乃僅見之作）。

男婚女嫁總隨緣，料理深資內助賢。篋底衣多搜欲盡，杖頭錢少見猶憐。鸞膠忽應分離讖，鶴髮同參滅度禪。翻哂盈盈河漢畔，雙星闊別動經年（繼室鍾孺人夏間逝世，相隔衹半年耳）。

青衫雜佩淨無塵，早識羊車載璧人。伯仲兼多平素契，朱陳況結暮年姻。遺簪席上熏香伴，舞綵堂前祝嘏賓。緬想當時懽宴處，依依猶見舊丰神。

小園秋闌菊開時，記取銀魚佐玉卮（庚子閏八月，余送先外舅殯，食於君家，君盛誇蝦蜡之美。是夜余歸備碸）。勝會自憐分袂早，稀年尤愧寄詩遲。投竿夢冷前溪石，載酒緣慳別墅棋。剪月鎖雲遺墨在，哭君兩世更堪悲。（余撰文元叔壽聯云：「啖洪塘荔，烹建溪茶，頻年綠酒紅燈，閉戶自稱木居士；鎖瑞巖雲，剪蘆江月，此後青鞋布襪，扶筇長作地行仙。」聯為君所書，時文元叔已作古人矣。）

書事一首寄顧葦洲、張鎮峯諸君

禾西鳩逐婦（霞浦張廷昌在嘉善縣墾荒，今年秋，繼室繆氏歸寧，廷昌送至火車別。後在嘉善縣控其黑夜淫奔，不知去向。缺席判決離異。亦奇聞也），甬北雉求夫（族弟小順未婚妻徐氏為其母押入妓院，小順不知也。今年夏，徐氏請從良，警官許之，小順求領歸完娶而不可得）。覆水憑奸吏，搖錢為邁姑。空銜填海恨，誰諒徙山愚。兩事皆冤抑，寒蟬試一呼。

得北京及長春來書喜而有作

世亂身名賤，家貧骨肉疏。天涯遊子淚，燈下遠人書。辛苦憐行役，殷勤問起居。吾衰多感慨，得此暫眉舒。

自城灣入三山嶴

遠望青山似隔城，故人有約入山行。霜林盡帶斜陽色，樵徑時聞落葉聲。澗底寒泉穿石出，嶺頭衰草與雲平。倦來小憩茅庵側，欲借蒲團了此生。

輓三山翁書卿

老覺深山避世宜，哭君何必舊相知。補天浴日徒虛語，問舍求田自可兒。節儉渾忘多女累，康強未恨得男遲。秋風搖落經旬後，已見桐孫第一枝（君歿十日後生一孫）。

支季卿云：翁有長女，戊戌年嘗遣人議婚而余謝之。追憶果有是事，復輓一首

君年未艾我歸田，有女通媒許續絃。好事已隨春夢散，追思猶覺舊情牽。當時辭室原非矯，今日登堂亦有緣。領取古人生死意，一杯清酒若爲傳。

自三山歸途中作

閉門與世久相忘，偶到人間感慨長。碑碣漸刪前代號，衣冠無復舊時裝。殘冬皋壤皆衰草，故國河山有夕陽。霞綺未消冰魄上，夜來風景更凄涼。

姪孫士模自吳淞寄來報紙，閱之有感

海上郵書至，蒼生亦可憐。水淹津市屋，風掣廈門船。西域蝸爭久，南疆虎踞偏。村農不識字，把酒慶豐年。

題顧錦章（家樵）小影

迎門掃榻見深情，畫裏相逢眼倍明。燈社飛觴天不夜，墨池臨帖雪初晴。調羹傅説分清俸，度曲何戡記小名。宗礿告成昏禮舉，好從筵上品歌聲。（君好客，善飲酒，工書法。近在䇍局辦公，知歌伶優劣。延余修譜，譜成，將演劇，且爲哲嗣庭堯授室焉。）

大風喜濂心至自北京

歲暮天寒雲意懶，不成雨雪衹多風。月昏狂吼千山虎，霜曉哀鳴萬里鴻。大海波濤連日夜，故人萍梗各西東。與君久別仍懽叙，老眼相看似夢中。

題虞和欽《丁巳草》，即用其贈寒莊韻

宦遊未倦鬢將霜，一卷新詩意味長。身御風輪窮地脈，手持星斗把

天漿。河山攝入光芒冷，冰雪融成咳唾香。自是家傳有仙骨，攢眉覓句笑人忙。

壽紫珊師八十（二首）

綠杉野屋鳥啼晴，時見雙梟往返輕（豫泰隆木肆日必一往）。烟散柳隄迎曉市，水肥槎浦看春耕。沿階有草心常活，繞室無花眼自明。東海木公誰比壽，何人道是濟南生（陳莼畇、賀滋恩診先生脈，皆云壽可至九十）。

五十年前講席開，滿山桃李手親栽。先生自抱堅貞質，小子深慚薄弱材。勉效羣雞隨鶴舞，試看雛鳳引凰來。良辰定有曾孫慶，預祝明珠出蚌胎（先生仲冬弧旦未徵壽序，明春娶孫婦，始集壽詩爲屏幛）。

和胡虎生內兄《四十自述》二首原韻

理財有術勝弘羊，筮仕真堪佐富強。越女不妨花照眼，吳兒今已木爲腸。鴻飛日下頻來去（弟鹿生新授工科博士），燕舞風前乍頡頏。莫訝商瞿無遠志，高堂新賜合歡觴（君新納一姬）。

青山隨處寄閒身，繞道登堂有夙因（十一月十四日，余自三山過訪）。小李同爲名父子（李靄生襟兄邀余同行合巹，小景茂才之子也），大梅況是外家親（姚復莊先生爲君外曾祖）。推敲早識詩心細，晤對欣嘗酒味醇。屈指冬郎生日近，我來先賞玉壺春（後一月爲君生日）。

【輯校】

[一]《容膝軒詩草》卷七："四明本"無此卷，今據"王氏本"輯補。本卷詩約作於丁巳年（1917）至戊午年（1918）。

[二]夫人："王氏本"原作"失人"，誤。今據意改。

《容膝軒詩草》卷八^[一]

鎮海王榮商

近體詩

戊午元旦

守歲曾聽雨，增年又報晴。雲霞開曙色，簫鼓競春聲。天意存元旦，人心喜太平。中原諸將帥，何事苦相爭。

意有所感，復成一律

近世無元日，深山有古風。神人同醉飽，兒女盡青紅。燈火柳隄外，笙歌茅舍中。後生輕國俗，顛倒説華戎。

靈峯寺僧則洪云："前日地震，山中不知也。"中心慨慕，贈之以詩

滄桑小刧又經過，問訊僧廬狀若何。但覺深山多歲月，不知平地有風波。樓臺氣靜春陰重，鐘磬聲微午夢和。我欲相從方外去，贏顛劉蹶且由他。

外姑王夫人輓章（八首）

輓章預備兩年前，今日真稱百福全。慚愧江郎才已盡，强翻舊恨譜新篇。（丙辰冬有生輓五古一首，凡一百三十八韻。）

臘鼓先聞勸駕聲，元宵燈火又催行。雷車前導雲軿發，知有羣仙列隊迎。（正月二十六日始聞雷聲。）

慈顔入夢費猜疑，訃至方知是別離。若見丈人煩寄語，蛟川新補唾餘詩。（五更夢見，午刻而訃至。）

遊子天涯乍拂衣，殘年共守故山薇。從今袖卻牽裾手，萬里青雲任爾飛。

一家惜別淚涓涓，都有生平未了緣。最是穿簾新燕子，呢喃猶索太君憐（謂曾孫嘉燕）。

寢門視疾小句留，苦説天寒早去休。一片慈悲心未死，更無老淚向人流。

兒女閒談足解頤，孫曾環侍盡開眉。老人別有心中苦，説與他人總未知。

磽上移居二十年，相親相近亦前緣。而今卻返蘆江棹，寒食東風哭杜鵑。

輓張丕承

帷幄良謨衆口稱，相逢粥粥若無能。飛帆轉粟雲千里，繞屋分秧水半塍。先世原爲鋤野叟，晚年自署退堂僧。木魚宛在經聲杳，釃酒風前感廢興。

初晴

卧病兼旬不出扉，今朝稍覺雨聲稀。已知拂檻花枝瘦，且喜登盤菜甲肥。梁上似聞新燕語，窗前初見蜜蜂飛。春寒乍減吳棉重，漸欲披帷試袷衣。

輓曹九華

早歲銜哀泣兩親，中年兒女更傷神。曾依絳帳誇高弟，稍厭青衫署富民。絲竹多情常感慨，膏粱有味總酸辛。靈均幽怨相如病，一片愁城

122

葬此人。

賀傅舸塘生兩孫

夕陽光好近桑榆，看到孫枝氣象殊。東野碧雞初引子，西山丹鳳又添雛。壎篪迭奏聲相應，奎璧交輝德不孤。二十年前湯餅客，曾誇老蚌出雙珠。

壽謝母王太夫人六十 （蘅窗之母。蘅窗在江西辦礦）

巴婦搜丹穴，班昭述漢書。跡符千載上，年引六旬初。遠矣先夫訓，豐哉富媼儲。令妻今壽母，歌頌徧場徐。

壽章勺泉六十 （紹沂，魯泉之兄）

故家喬木幾人存，領袖羣英仰玉昆。解悶有詩身自健，消寒無酒氣常溫。江干轉粟晨趨市，雨後栽花晝掩門。生意滿腔韶景永，早衰蒲柳漫同論。

壽俞樹周孝廉七十 （四首）

新霜天氣暮秋前（君生八月晦日），六秩筵開又十年。酣飲稍添鬢似雪，苦吟何損面如田。入山虞仲賡同調（君繼虞西津主靈峯，皆以清白自矢），宰社陳平嘆獨賢（君充自治委員）。滄海橫流宜坐鎮，不須追憶孝廉船。

名場早歲戰羣雄，盧後王前眼界空。花受雨摧頻掩抑，竹凌雲去漸圓通。肥甘久飫先生饌，樸素仍留處士風。從此家居休惜費，雞豚養老古今同。

身長貌樸意真誠，文字因緣早結盟。識曲常銜知己感，推恩尤見故人情。仙鳬僕僕煩來往，病鶴蕭蕭廢送迎。長我三年兄事久，獨憐丰采似平生（家兄與君同庚，歿已三年矣）。

通家往事互知聞，每共清談到夜分。侍母有兄曾羨我，續妻多子卻輸君。華堂未蝕延齡字，石室先刊表德文（君六十壽序及生壙志皆余所撰）。

今日引年成例在，新拈韻語獻河汾（王紫珊師七十壽序及生壙志亦余所撰，今春補祝八秩，僅獻兩詩耳）。

題景梅九詩後（有序）

梅九名定成，山西人，寓橫河李珀卿家。余見其《題蛟川詩補》七言長古一章，馬工枚速兼而有之，洵才人之筆也。衰鈍不能屬和，聊題一律於後。

三年辛苦采鄉風，一夕題詞出寓公。補缺自憐蛇足贅，拔尤頓覺馬羣空。延陵觀樂神相契，浹口營巢計最工（詩尾有移家蛟川語）。想見此君才似海，盡吞蛟水入胸中。

輓瞿文慎公（鴻璣）

曾賦梅花擬廣平，黑頭已辦作公卿（公年二十六升侍講學士）。手持玉尺量才慣，胸有珠囊見事明。變法竟難延宋祚，居夷無復夢周京。孤臣末路差堪慰，不待新朝爲易名（清帝賜諡"文慎"）。

送外孫林國鎬遊學美國次方婿韻（四首）

關關鳥語靜河洲，送別何須兩淚流。五載學成婚未晚，御風且伴謫仙遊（同行李權時亦未婚，年皆二十餘矣）。

腥風毒霧徧歐洲，又見長江戰血流。欲覓人間真樂土，西方彼美好同遊。

曾聞海客話瀛洲，一月郵程萬里流。看汝乘槎來去便，老夫祇合夢中遊。

赤日升沈判兩洲，一昏一旦互周流。從知地下非無地，我正眠時汝正遊。

次韻送李權時遊學美國（四首）

蓬山遙指海中洲，送汝東行淚暗流。記得清華初入選，老夫曾共帝京遊（庚戌入清華學堂）。

仙才宜置鳳麟洲，此去聯翩盡勝流。祇恨細君隨不得，夢魂應與汝同遊（君聘妻支氏常得相見）。

海國繁華冠列洲，美人香草擅風流。五千道德君家祕，肯爲婚遲賦冶遊。

銅山丹穴種魚洲，貨殖今推第一流。他日學成真致富，好攜西子五湖遊。（君學理財之事。）

輓章魯泉同年（并引）

魯泉高才早達，以不得館職，神志摧頹。晚年銳意維新，卒亦無所表見，可悲也。

妙年提筆上丹除，舉鼎懸知力有餘。失意津門常聽鼓，偷閒旅舍亦觀書。旁窺譯象談新政，晚逐潛虯起故渠。湖海浮沈身已老，幾聞雲氣出吹噓。

詠蚊

生小工鑽刺，飛飛出水湄。身原輕似粟，口卻利於錐。蔓草潛形處，斜陽結隊時。旅行須慎重，君看露筋祠。

詠蚤

一飽飄然去，褌中肯久藏。將軍真跋扈，小醜慣跳梁。絕技甘延壽，陰謀張子房。攢眉方大索，蹤跡竟茫茫。

濂心挈振雍、才澧入都，可堂有詩送之次韻

省母曾歸越，辭家又適燕。雲山情渺渺，風樹恨綿綿。謀食憐甥拙，從遊信子賢。北巢如可借，應有雁書傳。

立秋前一日作

涼意先秋至，半空多白雲。捎檐飛急雨，穿樹漏斜曛。禾熟雀聲喜，

125

雛成燕壘分。莘莘求學子，天末惜離羣。

傅甥國衡從孫士模爲余晒書，喜賦一律

羣書漁獵舊時忙，老去筌蹄欲坐忘。猶喜昆孫勤撿校，更煩宅相細平章。空庭展簀迎朝旭，短几題籤趁晚涼。暮景無多仍自勉，古人炳燭惜餘光。

和胡丈青原見懷原韻

不論行輩衹論年，片語中含緒萬千。久別共驚顏老醜，相逢但覺意纏綿。半生落拓天難問，方寸慈悲佛有緣。愧我齒增才卻減，蔡文倘附郭碑傳（丈少余一歲，壙志爲余所撰）。

原作（胡宋黻）

自締葭親二十年，宦遊常隔路三千。性分靜躁天難合，意到消融情自綿。世道變遷觀逝水，門庭瀟灑絕塵緣。遺民飲恨成何事，閉户著書萬古傳。

和胡丈青原《瑞巖寺聽松閣養痾》四首原韻

芝峯常挂眼，霜鬢漸盈頭。入寺初消夏，看山直到秋。心同明月照，夢與白雲遊。更作傳人想，詩成有稿留。

避暑來初地，無風意也消。喬松能蔽日，傑閣況凌霄。濤響入清聽，霞光隱赤標。翻疑龍起蟄，終夜雨蕭蕭。

記我山樓宿，遙遙四十秋。竹深雲不散，梅熟雨初收。攬勝客聯步，參禪僧閉眸。平生幾兩屐，事過屢回頭。

去歲山行倦，曾爲不速賓。峯高難覓寺，野曠漸逢人。話別日將暮，噓枯風再春。願隨松下鶴，早晚挹清塵。

原作（末首和張子驤《己酉題壁》原韻）（胡宋黻）

傑閣傍雄殿，憑臨最上頭。四圍峯列障，一榻月凝秋。泉石饒生趣，

琴書供臥遊。頓忘身是客，適性任句留。

一入清涼境，悠然暑氣消。鼓鳴震地軸，鐘響徹雲霄。竹受空王戒，松呈古佛標。嶂暝疑欲雨，森木自蕭蕭。

山中無甲子，欲雨夏先秋。環翠濃於染，空明暑自收。養疴長抱膝，覓句累凝眸。倦臥尋幽夢，松聲落枕頭。

不覺經旬日，忘機孰主賓。捲簾風入座，倚枕月窺人。地僻渾無夏，詩成別有春。苦吟非素習，學步望前塵。

和作（張寅煇）

曖曖靈芝室，君來出一頭。烟嵐都入畫，枕簟已迎秋。可許同嘉會，因之念舊遊。暗塵誰與拂，蘚壁尚詩留（己酉秋日曾書一詩於聽松閣）。

涼夢催人醒，澄然世慮消。雲陰團暝巘，松翠接層霄。蔬果禪門契，琳瑯御墨標（藏經閣有慈禧太后賜額）。養間慵涉覽，興味最清蕭。

山樓空暑氣，小住倏驚秋。月下疏鐘盪，林端宿靄收。停杯勞遠思，捲幔豁吟眸。繪取傳神句，何慚顧虎頭（丈約余中秋後同集山寺，并約畫禪懶愚）。

和濂心《過黑水洋志慨》原韻

海氣昏昏不見天，頻年來往亦前緣。家無老母輕爲客，人到窮途始羨仙。世路儘多千疊浪，鄉關已隔萬重烟。聽松閣上君知否，有客新參玉版禪（謂青原丈）。

原作（胡炳奎）

一望無垠水拍天，超然物外絕塵緣。色空五蘊堪成佛，酒引三杯便是仙。多少興亡隨逝水，往來名利等浮烟。問誰與我同心者，結伴西山共學禪。

和濂心《入都書感》原韻

銅狄摩挲感故君，世間何處有遺民。祇應一片西山石，不是新朝食
粟人。

和張子驤《見懷》二首原韻

釋之豈藉王生重，多謝殷拳問起居。筆硯久疏衰病後，干戈未息亂
離餘。淵明志節君無愧，摩詰風流我不如。圯上重逢休進履，須知此老
腹空虛。（君執禮甚恭，信來取《詩補》，已盡，故戲及之。）

蛟川風雅共搜尋，圭坫重磨意更深。補就白華方脫稿，掃餘黃葉又
辭林。旁行斜上開生面，破格端書見細心。從此流傳皆善本，不教後學
誤陶陰。（君有《蛟川詩補勘誤表》，凡百餘條。）

原作（錄一）（張寅煇）

遺詩輾轉費搜尋，北略南詳寄慨深。敢謂單詞皆可寶，試看名作已
如林。闡揚固是通人責，甘苦猶傳志士心。愧我菲材叨附驥（先生命余列
名參校，余實無所補益也），瓣香遙企綠槐陰。

和作（錄一）（胡宋黻）

垂老無成糜歲月，多情惟病伴閒居。鑒君搜輯遺詩意，令我興懷没
世餘。名作咸登傳不朽，幽光闡發感何如。纂修自是千秋業，過眼烟雲
總屬虛。

幼女將歸鍾氏，濂心在京刻詩於墨合以送之，次韻二首

老人常顧影，幼女最關情。互易鍾王帖，遂聯秦晉盟。偏親真類母
（姑有賢名），半子亦稱甥。宦海風波惡，田園且養生。

汝未嫻吟詠，虛名卻動人。蜀丸空拜賜，燕石漫稱珍。綵辇熏香久，
華堂合卺新。揮毫非夙習，爲告座中賓。

原作（女與余女瑤琴互寄膝下，其姑亦余之從妹也）（胡炳奎）

膝下互相寄，天涯倍有情。老人曾作伐，望族早聯盟。從母爲姑婦，郎君亦舅甥。于歸長至月，最喜一陽生。

汝生多姊妹，汝最後生人。同伴更心契（女與瑤琴最相得），兩家皆掌珍。離筵春酒熟，畫閣曉妝新。婦道從今始，須知敬似賓。

靜觀

靜坐觀羣動，微生亦可哀。蚊飛簷蝠出，雀啅野鷹來。敗壁粘蝸殼，荒窰積蚌胎。涼秋風雨至，穴蟻又成災。

弱肉誠多畏，雄姿詎倖全。獒隨田叟嗾，猴任乞兒牽。窈谷留熊館，離宮設虎圈。白羊本龍種，也受牧童鞭。

再和青原丈見懷原韻

白頭淪落李龜年，綺歲才名員半千。玩世浮榮輕似屣，居鄉陰德厚於綿（謂崑亭事）。暫尋蓮社三秋約（丈約中秋後小集瑞巖寺），猶記蘇門一夢緣（王子立夢爲東坡婿，後竟爲子由婿。見蘇詩注）。會合願聯郊籍句，好隨韓集共流傳（張徹爲昌黎兄子婿，他詩不傳，惟傳會合兩聯耳）。

護巖橋即大碶，本五眼，近日改爲三眼，舸塘有詩紀事，樹周和之。愛其押强韻甚穩，追和一首

修除碶洞作新橋，名義相承尚未祧。石爲礙舟寬闊路，水因遠海緩趨朝。檣聲穩渡波三折，虹影平鋪玉一條。愧我腰犀無可助，倚歌聊比客吹簫。

原作（俞汝昌）

滄桑改變碶爲橋，惟有三公祀不祧。水勢隔塘分泰界，潮聲撼閘溯明朝。便民儘許更遺制，清道何妨肅禁條。今日功成開勝會，輝煌燈火奏笙簫。

輓俞楚材（樹周第三子）

才高偏短命，事劇易勞神。杖國憐吾友，治鄉失替人。楊公悲德祖，郗老慟嘉賓。千古傷心事，無言淚滿巾。

輓王節母張太君

（椿茂之母，去冬賀滋恩請爲節母八十壽序未果，七月卒）

吾宗有節母，去臘始知之。未獻祝延語，俄徵哀輓詩。問年方八秩，食報在孤兒。一笑無遺憾，孫曾繞膝時。

傅諤卿校《蛟川詩補》畢，有詩紀事，次韻奉酬

中原文獻屬斯人，暫效寒螿五夜呻。師古真能糾徐邈，伯松本不類陳遵。字林刊謬紛如籜，學海探源逮有津。高密箋成疑盡渙，好教詩婢展眉顰。

原作（傅國齋諤卿）

大地緊詩詩緊人，中州一集幾吟呻。青山掃葉憐無緒，赤日指鍼知所遵。差幸魯魚少盈貫，漫論晉豕不迷津。餘波何事探鱗爪，薛典孫箋強效顰（薛虞畿著《春秋別典》，孫星衍注）。

疊韻答諤卿見贈

功利紛爭易擾人，眼看蒼赤盡悲呻。匡時已恨餘年短，望古空思大道遵。泛泛水中吾失楫，滔滔天下子知津。羣兒競學鮮卑語，肯向鄰家一效顰。

原作（傅國齋）

疾風勁草歲寒人，哀怨如聞病鶴呻。被髮愁吟睎屈子，披裘肥遯抗嚴遵。每因麥秀思宗國，忍見楊花舞要津。浩刼乾坤好容膝，載歌載咢總憂顰。

三疊贈諤卿

插架書高可隱人，曉來佔畢夜還呻。世無大聖疑誰問，家有嚴君訓必遵。考異參同詞汩汩，稱先述古味津津。捧心如我真堪笑，要與西施鬪美顰。

和作（傅家銓）

名山餘事作詩人，豈效秋蟲四壁呻。集解成書漢應劭，起居修注宋洪遵。休官早卜柴桑宅，念舊猶縈桔柏津。失教豚兒承獎勵，撫躬宜笑又宜顰。

四疊答諤卿

早歲精勤媿古人，衰年挾策强吟呻。春蠶已苦餘絲盡，老馬惟知舊轍遵。偶署遺民顏有汗，每談佳士口生津。喜君腹笥儲藏富，不獨新詩可解顰。

原作（傅國礨）

鄉邦文獻失傳人，幾費寒吟又暑呻。表聖精神當世仰，少陵格律後賢遵。拾遺補闕原無玷，竟委窮源自有津。笑我邯鄲初學步，空勞長者歛微顰。

舸塘將遠行，有詩志慨，五疊韻答之

水淺禾枯日炙人，老農愁嘆役夫呻。未能運甓師陶侃，且可投壺學祭遵。失馬塞翁終受福，捕魚舟子豈知津。期君早晚爲霖雨，好使蒼生一展顰。

和作（傅家銓）

烏衣門巷悄無人，臥榻蕭閒晝夜呻。文有心傳名早澈，詩非臆補例同遵。王通自可輕楊素，傅燮何由繼范津。慚愧白頭生計盡，未遑出處總愁顰。

六疊答舸塘

手積楹書付後人，黃金散盡漫悲呻。濟時要待天心轉，學古寧忘祖訓遵。未必南山無捷徑，須知東海有迷津。眼前得失尋常事，不值名流一笑顰。

和作（傅國謇）

桃源小別避秦人，五柳先生獨慨呻。亮節清風山斗仰，規行矩步聖賢遵。優游鄉國曾聯社，瀰漫江湖肯問津。高臥槐堂無限意，時艱蒿目帶愁顰。

七疊贈諤卿

乍臨窗外若無人，入室方知隱几呻。對策君能窮沈約，論詩我喜得劉遵。名山已占經生席，宦海須防妬婦津。吐氣揚眉時未晚，暫韜光彩莫深顰。

和作（傅國謇）

賓孟寵犧偏害人，雄雞斷尾苦中呻。文章經世非吾任，樂府諷時聊可遵。正恐楊雄嘲失路，漫隨劉晃賦通津。江湖豈有伸眉地，且對青山一紓顰。

舸塘貽詩有"東海故人倘招隱"之語，八疊韻答之

競說嚴光是故人，那知莊舃正哀呻。馬雖久病途曾識，鴻不能飛渚自遵。史席倘容分季野，圖經猶可續張津。生平坐笑於陵子，心羨兄鵝貌顧顰。

和作（傅國謇）

懷葛高風數若人，空瓢短褐好吟呻。後賢先聖吾誰仰，二典三謨道可遵。官禮殃民罪荊國，春秋希世斥平津。閉門卻掃非絨默，君子由來慎笑顰。

九疊示諤卿

顛倒三綱弄世人，匹夫橫議萬家呻。酒狂却訝旁觀醉，棋劣偏教國手遵。石隙星飛天有漏，途窮日暮水無津。餘生何處尋歸宿，倚柱空含漆室矉。

和作（傅國璽）

滄海橫流已浸人，劇憐朝野夢中呻。護仁近日無虞仲，征虜當年有祭遵。坁上傳書吾失教，江干攬轡孰知津。祇應坐對仇池石，縹緲家山寄一矉。

十疊答諤卿

百戰功高忽畏人，本來無疾强吟呻。楚歌坐使軍心散，蠻俗何知禮法遵。孔雀羽猶稽粵嶠，杜鵑聲已到天津。憑誰收拾殘棋局，國手相看亦顧矉。

原作（傅國璽）

弭兵向戍慨無人[二]，晉楚流亡比户呻。徒逞羅鉗兼吉網，誰融蕭律繼曹遵。走山泣石黔南路，破釜沉舟薊北津。朝野倘容司馬相，不教衆庶更深矉。

十一疊閩警

尺一偏能庇罪人，黃巾徧地足悲呻。張湯何事排莊助，任尚還思壓鄧遵。未見降王來闕下，空聞叛將絕河津。八閩烽火連甌括，南望應添越女矉。

十二疊聞有停戰之説

勃磎原是一家人，稚子驕啼病婦呻。豈謂奉書無陸賈，似聞向義有王遵。南征風轉長沙斾，東望波平析木津。得芧羣狙應共喜，旁觀何事獨深矉。

十三疊閨怨

離鸞別鵠怨征人，想見深閨掩袖呻。藩鎮擁兵惟自衛，宮門下令有誰遵。伏隆雅意招張步，侯景虛詞啗柳津。盟約未成消息異，暫時歡笑又含顰。

十四疊（爲舸塘作）

掉頭竟作遠遊人，幾度長吟復短呻。同室操戈原可惜，三章約法豈難遵。相期釃酒臨江渚，且效乘槎上漢津。笑語迎門他日事，燈前無奈翠眉顰。

十五疊秋興

歲月駸駸不待人，候蟲時鳥遞吟呻。陰晴常苦天難料，甲子猶爲世所遵。蔓草荒烟多斷碣，落花流水易迷津。春光明媚無多日，又見秋山斂翠顰。

十六疊（家人皆病紀事）

今秋沴氣徧侵人，纔罷男吟又女呻。對客自知情話懶，延醫未敢舊方遵。猶聞農畝栖珠粒，欲乞仙泉潤玉津。惆悵嫁衣誰共作，連牀惟見捧心顰。

十七疊（迎都神會）

水怪山精慣弄人，耕男織婦總愁呻。負塗載鬼羣相駭，擊鼓迎神衆所遵。暫屈都官巡隴畝，全驅野魅出關津。從今共識生生樂，散盡眉尖十日顰。

病中贈家人四首

我老卿猶壯，來歸二十年。餘生庶有托，同病竟相憐。不見挑燈侍，空成對榻眠。中興在何日，望眼若爲穿。（內子）

相見若行路，異哉陳氏姬。得時情易滿，失寵意多疑。屈抑呼將伯，

調和賴女兒。婿佳孫又慧，聊慰此心期。（陳姬）

入蜀汝猶抱，歸田吾已衰。豈知毀冠後，猶及結褵時。倦繡繙新説，備妝學小詩。分明掌上物，彈指賦將離。（幼女）

哲婦多長舌，深沉爾善藏。晨昏醉夫婿，朔望覲尊章。徙宅兼諸女，添丁得兩郎。仲孫何太弱，乳哺至今忙。（子婦）

輓袁文玉

海濱田下下，入手化膏腴。霜重麥先秀，雨稀禾未枯。分茅庇黃犢，刻楮引青蚨。勤儉如翁少，微名莫浪呼（翁小名多人）。

題鄭珍文道裝小影（鴻壽）

五馬榕城返，翛然作道裝。本無官府氣，稍有應酬忙。世變心常定，年多貌自蒼。兒童不相識，疑是賀知章。

題白雲上人墨荷三首（并引）

白雲上人畫墨荷名重一時。戊午中秋後，胡丈青原約余同集聽松閣，余病未能往，丈爲余代求一幅，精裱見贈。跋語云："丰神瀟洒，不染纖塵。窹寐思之，未能彷彿其萬一也。"此蓋丈所授意以况余者，因題兩絶句以報之。是日張君子驤在坐而未見其詩，故有第三首。

老僧幻出池荷影，滿紙淋漓但墨雲。我至瑞巖曾有夢，聽松閣上似逢君（前和丈詩有"夢與白雲游"之句）。

比德于荷吾豈敢，青翁瀟洒卻無慚。滿湖雲氣葉如墨，中有白蓮花兩三。

畫禪（上人別號）有畫名相稱，詩老無詩意若何。閣上松風聽已倦，請君更賞雨中荷（君和賓字韻至七疊）。

輓花夫人（貴筑人，吳子修同年原配，在太原訂婚。子修視學湘蜀，子士鑑視

學江西，夫人皆從）

薊北關東小駐驂，半生蹤跡徧西南。七千里外成夫婦，五十年來共苦甘。暮夜四知驚逐客（在蜀曾拒中表之請），初陽一索勝多男（士鑑榜眼，南齋侍講）。歸休應喜明駝備，老伴凄涼自不堪。

追輓林夔哉（鶴年）

少壯誇游俠，窮居五十年。數房同伴盡，諸子一官牽（兩子在閩）。滅火疑神助（林宅回祿，君室無恙），營齋賴婿賢（謂中塊陳氏婿）。春風歌舞夜，猶羨地行仙。

幼女綉水烟箇袋求詩，戲作四首

消閒須底物，雅製斗杓同。水火交相濟，烟雲出不窮。寒生銀管外，巧貯錦囊中。入手從今煖，烏絲表汝功。

銅壺翹曲管，玉屑貯深匧。米瀋溶溶灌，烟絲細細箝。餘灰棕刷撥，活火紙條拈。更織回文錦，春風入指尖。

茗餘聊握管，烟水互相蒸。轆轆聲中發，氤氳氣上升。頻揩容可鑑，乍冷指疑冰。悟得消寒計，新裁一片綾。

金風吹玉指，觸管怯寒威。霞綺添文采，冰壺蘊德輝。不須長袖裏，宛似短屏圍。滿室芝蘭氣，春從掌上歸。

苦雨

亢陽曾浹月，苦雨又連朝。禾熟仍棲畝，舟行欲礙橋。溪流爭路急，水族得時驕。東去成何用，湯湯作海潮。

和諤卿見贈原韻

菲才濫廁木天中，晚歲頭銜學究同。筆本無花常草草，腹雖有稿已空空。江山氣索神難助，月旦評多論未公。蟬噪蛩吟何足算，眼看變滅逐飄風。

原作（讀容膝軒著述）（傅國𦤑）

班書美富蘊胸中，衆説紛紛析異同。載鬼降神原志怪，辨星測日豈談空。香山詩律宗工部，熙甫文章接史公。湖語萬金方脱稾，一編耆舊補鄉風。

蘇黃尺牘徧寰中，辨是分非不苟同（尺牘）。束皙補亡徵四始（《放齋詩説輯略》），陳蕃論世嘆三空。抗章官府稱遺直，秉筆詞林見至公。實録未成桑海變，更修周譜輯民風（程氏、邱氏、顧氏各譜，皆易世後所編也）。

暫晴復雨懷可堂

又作溟濛雨，難爲爛漫晴。已歸雲復聚，乍落水還生。野市無樵影，江村有雁聲。征夫何日返，南望未休兵。

和胡虎生答子驤詩二首原韻

松風披拂處，詩老舊題名。白社留餘韻，青山踐夙盟。吾衰惟有夢，君病尚多情。看取中秋後，霜鐘互作聲。

白雲殊落落，睥睨座中賓。索畫逢知己，揮毫贈遠人。商荷能滌暑，素壁亦生春。所惜靈根淺，仙山隔幾塵。

原作（寄胡虎生）（張寅輝）

之子無由見，清才久著名。詩能抽妙緒，病亦念同盟。燈火清涼夜，雲山咫尺情。碧腴膏孰寄，空有擅場聲。

名山今有主，後至我爲賓。蟾魄皎窺户，桂花香襲人。閒將詩作課，心與佛皆春。矧復羣才集，風流迥出塵。

原作（和子驤）（胡聿瀛虎生）

先生真逸士，閉户不求名。明月前向證，青山此日盟。贈詩憐我病，寄畫見僧情。莫怪秋風厲，寒蟬有尾聲。

古刹開詩社，翩翩滿座賓。笑談原舊侶，風雅總宜人。擊鉢僧吟月，含杯客醉春。無緣仙佛國，阻我滌紅塵。

聞歐洲休戰偶成（二首）

漫言公理勝强權，人道還須武力先。不有美軍三百萬，歐洲休戰待何年。

侵牟弱國侮强隣，咫尺之間又一秦（謂日本）。虎豹已僵容可恕，蛟黿未戢孰能馴。願憑西土慈悲佛，來救東方陷溺民。南北紛爭何足道，一彈指裏變灰塵。

贈別幼女瓊簫二首

瓊花六出最開遲（余有六女），十八年中不暫離。嬌怯常依慈母睡，低徊慣誦老夫詩。爲徵故事搜書篋，欲敵寒威煖酒巵。移種婿鄉殊太早，庭前無奈日斜時。

分僮贈嫁吾何有，賣犬治裝亦不能。囊橐久隨官閥盡，綺羅猶藉硯田增。生來踪跡親於姊，去後門庭冷似僧。衰病此心無著處，一編詩草是傳燈。

輓張玉生

濁世佳公子，相逢意氣孚。如何參博局，竟使泣窮途。鶴立糧難繼，鰥居水已枯。紛紛兒女債，仰屋一長吁　。

輓曹夫人（張鎮峯之配）

年荒宜種德，世亂易成名。撤珥周窮餓，縫衣最遠行。慈烏方反哺，老鳳忽孤鳴。丹旐飛揚處，松風作楚聲。

輓張妹丈（武明）

坐廢操舟業，强年苦耳聾。波濤鳴枕上，島嶼起胸中。瑣屑談前事，敦龐見古風。回思將母日，高誼有誰同。

濂心等南歸有感

等是乾坤蠢，謀生竟大難。侏儒囊自飽，馮煖鋏空彈。傲骨招時忌，饑腸怯歲闌。山中薇蕨盡，無計勸加餐。

亡兄忌日

一別三年久，思兄欲斷魂。披圖容宛在，蓋世氣何存。隄撼潮聲壯，窗移日影昏。生平繩武意，寂寞向誰論（繩武，兄堂名）。

外孫林國鋒攜一爐見贈，縢以紅梅二枝。與之談通達無滯，喜賦一詩

梅瓣紅如錦，爐光白似銀。旨將殘臘雪，分作外家春。好學真難弟（謂國鎬），談禪亦解人。年來離別慣，不復淚沾巾（前數年別去常哭泣）。

即事

幾度蕭牆變，紛紛竊美名。自言尊約法，不惜禍蒼生。稷下三千士，淮陰十萬兵。澶淵和解後，功罪究難明。

志愧

瑣瑣方求仕，蚩蚩更乞憐。誰云懷舊賦，不是美新篇。破損騷人佩，凄涼蕩婦絃。草堂松桂恥，江海詎能湔。

中國困於強鄰，委靡不振，杞人之憂非一日矣。
近日似有轉機，喜賦一律

大劫疑將至，餘生怨不辰。豈知垂死日，猶及太平民。賴尾魚仍樂，磨牙虎漸馴。向來寒苦意，一笑欲回春。

戊午除夕 [三]

舊夕除將盡，衰年暗自傷。七旬三載欠，百歲二分強。乳燕初辭壘，飛鴻久斷行。細思花甲後，身世幾滄桑。

【輯校】

[一]《容膝軒詩草》卷八："四明本"無此卷,今據"王氏本"輯補。本卷所收詩多作於戊午年(1918)。

[二]戊:"王氏本"原作"戌",誤。今據意改。

[三]戊午除夕:由此詩可知,清末民初鎮海王氏遞刻本《容膝軒詩草》八卷("王氏本")收錄詩作截至於戊午年(1918)。

《容膝軒文稿》序[一]

王榮商

　　右容膝軒文稿目録，凡雜文一百四十三首。其七十一首，光緒二十一年冬刻於京師琉璃廠。工既竣，嘗自為序。録曰："王氏世耕鎮海之南鄙，九傳至先考府君，始為縣學生，以經義教授鄉里。榮商八歲，先府君教之為詩；九歲為時文，二十五歲而孤，始學為古文。蓋深痛樹立不早，不能顯揚於生前。惟勉效古人之文記述先德，傳之後世，庶幾先人雖亡而尚有嘉言懿行之留貽，可為子孫法則，此區區之志也。既成兩世行述，念單文不足以自存，因推廣其類其為之。然才力淺薄，於古人深徵之境茫乎未見。性復拘而多畏，不敢為過高之言，非力之所及也；不敢為過刻之言，非心之所安也；不敢為藻績之言，懼意之晦而不明也；不敢為虛誣之言，懼人之疑而不信也。積此數畏而文愈不能工。方其搆思之時，何嘗不欲捭落凡近，力追古作者而與之徒。既下筆，則氣之厚薄、格之高下、規模之廣隘、詞旨之蕪潔、神味之修短，若有一定而不能强焉。嗟夫，余今年四十有四矣，多病之身，未必更能深造，而區區記述之初志，不可以終虛也。亦姑就才力所能為者，取以焜燿家乘而已。其果能久而不亡耶。長至後十日書[二]。"其後在京師增刻八首。戊申，在甬上增刻三十一首[三]。癸丑、甲寅間，又增刻三十四首。凡八卷。別有詩稿八卷，板皆藏于家[四]。

【辑校】

[一]《容膝軒文稿序録》：原附於《文集》目録後。

[二]"長至後十日書"："乙未本"序止于此句。從上文"光緒二十一年冬刻於京師琉璃厰。工既竣，嘗自為序""余今年四十有四"可知，此序為光緒二十二年（1896）夏至後十日所作。

[三]"戊申，在甬上增刻三十一首"："戊申本"作："今在甬上又刻三十二首。歲月不居，學殖日落，其較前稍進耶？抑反不如初耶？覽者當自知之，余可無贅也。戊申夏五月。"可知，"戊申本"序作於光緒三十四年（1908）五月。

[四]"癸丑、甲寅間，又增刻三十四首。凡八卷。別有詩稿八卷，板皆藏于家"：癸丑：民國二年（1913）。甲寅：民國三年（1914）。由此可知，《容膝軒文稿》八卷初刻於光緒二十三年，光緒三十四年（1908）增刻，天津圖書館所藏即為戊申增刻本。民國二、三年間，又增刻，即為收入《清代詩文集匯編》的"民國本"。《四明叢書》所收《容膝軒文集》八卷，又增補民國三年至民國七年戊午（1918）間所作篇目。

《容膝軒文集》[一]卷一

鎮海王榮商友萊撰[二]

記

石㴖義民祠記

咸豐十一年冬，粵賊陷寧波五縣。明年同治紀元，夏四月七日，官兵由定海入大浹江規復鎮海，靈巖、泰邱、海晏三鄉民裹白巾應之，賊據鄉村者搜斬悉盡。明日，助攻縣城，克之。進攻郡城，戰靈橋門外，陣亡者三十二人。賊平，有司奉宣德意，准所在建祠，於是石㴖有義民祠之建。

蓋朝廷之於死事，雖草茅微賤，而報之如此其厚也。惟四明古稱忠義之鄉，往者流寇亡明，我世祖章皇帝應天順人，混一區宇。聖祖仁皇帝繼之，深仁厚澤浹於人心，鴟鴞之徒罔不革面。而吾鄉諸遺老尚惓惓故國，山砦海槎風波不靖者殆三十年。周之頑民，皆殷之義士也。今天下之平久矣，蠢茲小醜敢抗王師，吾民肯與之共處高厚也哉。方是時，賊氛蔓延，東南幾無完土。自諸義民捐軀後，賊望風瓦解，不數年遂底蕩平。此固由聖天子中興、將士用命，然而海隅一戰，首挫凶鋒，諸義民之功亦不可沒矣。書於石，以愧夫世之衣租食稅而不忠於王事者也。

振文書院記

國朝沿明制以經義取士，歷數百年，文體益頹靡而不可復振。其號

143

爲中繩墨者，推之於世，亦往往無所用之。議者謂當因時改制，儲非常之材以應世變，輒廢格不果行。余嘗伏而思、作而歎曰：至矣哉！聖天子所以一道德而同風俗者，其必出於此乎。天下非常之材常少，而中材常多。非常之材不擇地而生，不待人而興，功令不足以限之，而亦能循功令以自見者也。中材之士，可上可下，上之所施而教化行焉，衆之所趨而風氣成焉，苟導以功利富强之說，未嘗不足取效於一時。然而爭奪兼并之禍且相尋而未已，暴秦之往事可覩已。經義之制，使人服習於聖賢之言，牖其本心之明而化其桀驁不馴之氣。非常之材既有以正其本原，而中材者亦不至懵然於邪正是非之辨。偶有亂臣賊子出，則人人深惡而痛絕之，故不旋踵而就夷滅。蓋經義明而人心正，其效如此。至於度支之盈虛、兵力之强弱，則國家別有致此之故，而於經義之廢興固無與也。

振文書院者，本浮屠氏之居，而改爲之。其地介靈巖、泰邱兩鄉之間，有屋四十四楹。前爲門，後爲講堂，最後爲崇賢閣，祀曹放齋、沈端憲、黃文潔三先生，其餘爲學舍。而其外爲廛廛之入，合之田租，爲束脩膏火之費，不足則有力者佽焉。其課士一遵功令，以經義爲重。經始於光緒二年五月，蕆事於四年某月。同邑周某既記其大略，而余復推論立法之意，以見夫經義之久而不廢者，蓋由於此。語曰："獨學而無友，則孤陋而寡聞。"書院立而經義其自此益明乎。若夫實事求是、卓然爲有體有用之學，言之而可行，行之而有效，原本經術而不泥於古，世變百出，吾從容應之而不離其宗，此非常之材，國家所汲汲求之者。吾鄉雖僻陋，豈遂無其人哉？亦在乎勉之而已矣。

倡是事者，先府君諱錫山，縣學生，甫定議而卒。成之者，廩貢生董德綏、候選訓導顧國瑞、理問銜監生林鶴年、舉人邱煥章、廩生顧家桐、王顯謨、諸生俞汝昌、周乃大、王炳奎、樂俊巖、卓厚栽也。

崇賢閣記

吾邑學派導源於放齋曹先生，至沈端憲、黃文潔而其流始大。後之論者於沈、黃無遺議矣，顧於放齋則但推其經學，而不以道學許之，書院之祀不得與沈、黃並蒙，竊惑焉。夫經義載道，經與道果有二乎？放齋拒秦檜之招，閉户治經，志節視沈、黃無媿。況其師爲婦翁李莊簡光實，涑水之三傳弟子，先儒學問具有淵源，未可以意輕爲軒輊也。若崇賢閣之並祀三先生，庶乎得飲水知源之義矣。

閣凡三楹，余謂宜購藏羣籍以供多士諷誦之資，而三先生之遺書與焉。顧其書或傳或不傳，或雖傳而介於若存若亡之間。《黃氏日鈔》，其盛傳者也。《放齋易解》雖不傳，而《永樂大典》尚存其詩說，全謝山入詞館時嘗借鈔以歸，今亦不可得見。余嘗輯其散見者爲一卷，而終以未見全本爲憾。此雖傳而若存若亡者也。《端憲家集》五卷，則并無一卷之得傳，僅傳其規友人詩云："爲學未能識向背，讀書萬卷終亡羊"，是即師門宗旨之所表見，而其他不可問矣。書之得傳與否，殆亦有數存乎其間。乃若三先生之流風餘韻歷千百年如一日者，固不隨著述爲存亡也。

是閣故爲福聚庵之大雄寶殿，自庵改爲書院，而是閣遂爲釋奠先師之所。正學方興，微言未絶，三先生之墜緒，庶有起而承之者乎。

容膝軒記

人以眇然一身寄天地之間，存於我者，性命之精，無一而弗備；取於物者，仰觀俯察，耳目之所遇不待求而自足。如是而猶若憊然無所容者，此吾心之廣狹爲之，而於身之所寄無與也。昔人有言："結駟連騎，所安不過容膝。"是説也，雖避世絶物者之所尚，而君子有取焉。夫苟知容膝之爲安，天地之大，吾焉往而不樂？苟求多於容膝之外，雖結駟連騎，庸有饜足之日乎？君子不惜以身任天下之重，而未嘗汲汲於榮利者，誠其所見者大，而貧富貴賤之迹不足以擾其心也。

自余幼時，先大父始構是軒，而以容膝名之。忽忽二十餘年，人事之變遷，不知凡幾，向之以軒名者，今皆易而爲寢。獨是軒褊小，不能容他物，故余常據而有焉。夫以天地之大而有軒，以軒之褊小而有餘，皆其眇然者耳。然余之居是軒也，促膝而談，有親舊之樂；抱膝而坐，有文史之娛。時而憑弔古今，覽觀雲物，命酒獨酌，頹然就醉，浩浩乎一窮通齊得喪，不知天地之容吾耶、吾之容天地耶。作《容膝軒記》。

槐蔭堂記

槐蔭堂者，吾高曾以來之舊宅。先大父始仿晉國公故事，植三槐於宅之東偏，而因以今名名之者也。往者粵匪之亂，故家巨室之蕩爲灰燼者何可勝數，惟吾鄉安然無事。蓋海濱僻陋之地，本非賊所力爭，而諸父老保障之功亦有不容沒者。是堂之得以世守，非偶然也。會余承先人庇蔭，獲與鄉薦，吾兄因稍加修葺，門之朽敝者易之，地之傾側者平之，丹堊之剝落者增之。以百餘年之物，一旦煥然改觀，不可謂非快意之舉。而獨於盛衰之間，不能以無感焉。

憶余七八歲時，自大父母以下皆康強安順。每遇歲時嘉會，內外親屬大小畢集，相與置酒燕笑爲樂，一堂之上愉愉如也。堂下故有池，春夏之交大雨時行，池水瀰瀰自庭除間流出，游魚逆流而上，若信手可掇者。槐之高不過丈許，而其蔭可覆數人。每暑月，與諸昆季嬉戲其下，涼風颯然自至。當此之時，熙熙然處高天厚地之中，曾不知夫少之能壯、壯之能老，而生之又有死也。自辛酉以來，諸老輩相繼凋謝，而少壯者亦往往摧折不遂其天年，二十年中，悲泣之聲不絕於耳。堂下之池既淤爲場圃，而所謂槐蔭者亦銷滅不可復見。回思曩日景象，遂如隔世。

然則登斯堂也，余能以無感乎！抑非獨一家之盛衰而已。雖天下之形勢，今亦有異於古所云者。今夫中外之界，西北以山，東南以海，而海較山尤險，蓋其波濤洶湧、茫無畔岸，使人望之邺然以驚。而水之所際，又往往有山以輔之。故西北代多邊患，而東南常少，亦其勢使然也。自泰西諸國互市以來，番舶渡海如履平地，而火器之精悍尤爲前古所未聞。天豈欲撤我東南之藩籬耶？何西人之多機巧也。方今朝廷整頓邊防不遺餘力，而疆臣狃於和戎之已事，務爲因循粉飾，以偷旦夕之安。一旦有變，則海濱首被其禍。然則自茲以往，吾民將有不能以安枕者。雖欲如前之歌哭於斯堂，其又可以常得耶？夫坐論廟堂之上，推賢薦能，各舉其職，使外人有所懾服而不敢動，民得安土樂業，終身不見兵革，此士君子得志行道之所爲，宋之文正庶足以當之，而余不肖未有以副先人之期望也。姑記今昔之異，以寓身世無窮之感焉。

重修妙林廟記

古者有功德於民，則祀之。而近世之廟，大抵不考其功德之所及而相奉以爲神，其有舉無廢者，閭里之間相望也。豈神之靈固不以地限與？抑其名是而其實別有所依附與？吾鄉妙林廟之神，爲宋曹武惠王彬。神之功德在江南，其廟祀固宜。而吾鄉本吳越分地，神之澤所未及也。然自明隆慶時建廟顧家橋之南，天啓時徙王公塘上，至今三百餘年矣。其間繕葺之役難一二數，規制豐儉，視他廟爲得中。而諸父老猶以爲未稱也，相與醵錢庀材，庳者崇之，隘者廣之，昔所未備者增之，寢殿閎壯，樓臺偉麗，門垣庭廡咸改舊觀。凡用白金五千餘兩。經始於光緒庚寅某月，至癸巳某月而告成。以余粗習文字，乃寓書京師，屬爲之記。

惟吾鄉風氣質樸，凡徼福免禍之事，皆歸其力於神，則今之崇奉周至無足異者。獨其始所以祀神之故，余終不得而詳也。雖然，有說焉。今夫國家之設官以治民也，然而民之畏官，常不如其畏神。何也？官治明而神治幽。明者易避，而幽者難測也。鄉僻之民或終身不與官接，惟神近在里社，能入其耳目心思而震動之，故愿者勸於善，而下者亦不敢縱於惡。夫能使民去惡而就善，則神之功德固已大矣。而區區焉執祀典以議其後，是余之陋也夫。

滬上四明義塾記

滬上自中外互市以來，五方士女鱗雜雲集，而四明估舶往還一宿即至，故寓滬者尤衆。父兄之於子弟大率敦禮師儒，晨夕督課，與里居時無異。其餘志在就傅而適館授粲之典廢而不能舉者，亦往往而有也。

光緒十九年，吾郡諸薦紳既於虹口創建飛虹書院，而周司馬子蓮復築樓五楹於書院之西偏，以爲義塾。凡童子之願學者，咸得與焉。余足跡未至海外，然竊觀滬上風景，殆不類人世者。豈彼國習俗奢靡，自古然耶？抑亦機巧之日開，有以致之耶？夫五行百產之精雖日出，而亦有所限。以區區一隅之地，而粉飾如此，推而廣之，天地之菁華幾何而不盡洩也。金陵、維揚自昔號爲繁富之區，然皆幽閒靚密，有深藏若虛之概，自非春秋佳日至其地者，不知其爲美也。獨滬上穿鑿雕繪，軒豁呈露，數十年來，奇詭工麗之形不絕於目，急管繁弦、奔車馳馬之音不絕於耳。遊人過客其樂至於忘歸，況乎當羈貫之年，處雜糅之俗，雖以詩書禮樂之澤日浸而月灌之，猶懼其不勝，又可聽其時過而後學耶？周君立塾之意美矣。先是，君之友童孝廉炳森請余爲記，余諾而未果，今爲補之。其諸訓蒙之規、用錢之數，闕於所不知，故不書。

修京城鎮海試館記

光緒十九年冬，戶部主事李君廉水修鎮海試館既成。余寓館中最久，爲之撫今追昔而歎曰："夫創始者難爲功，繼起者易爲力。而有時若相反者，豈非時勢爲之哉。"

自我朝定鼎燕京，內城爲八旗所駐，故直省會館皆在外城，而鎮海計偕之士常休息於府館，若大國之附庸而已。及同治初年，粵寇削平，鎮海被兵較淺，人文盛而物力豐。其時內城禁限稍以疏闊，鄉先生工部謝公、吏部盛公乃購民居於小甜水井之旁，以爲試館。西依禁闥，東近禮闈，臨試無遷徙之勞，而閒居有寬廣之樂。士大夫往往稱美之，以爲出直省各館之上。然其價廉工省，曾不數月而告成，何其易也。

洎乎歲月遷流，廳事而外漸就頹敝，補苴粉飾，歲費數十百緡。每暑雨傾注，罅漏百出，居其中者惴惴焉聽命於天，人力若無所用之。李君奮然撤其舊而新是圖，事戒其苟簡，費大於作始，公私消耗，勞怨叢集。經營五年，僅克蕆事，又何其難也。然而李君能不畏其難，以繼二公之美。至於今，處者有磐石之安，過者有輪奐之羨，則知時勢雖難，得其人而爲之，而難者亦未嘗不易。況乎合天下之材以奠長治久安之業，其收效不更易哉！

余嘉李君有功於試館甚大，又感其事之可以風世也，於是乎書。

靈山書院記

靈巖上游之水，自瓔珞河東流二三里，折而北行，經湖塘以達於鄮隘，有屋巋然峙於水西者，曰靈山書院。始建之者曰鄔明經琞。琞有義行，見《鎮海縣志》。記之者曰督學阮文達公，亦見《縣志》。而院中故有鄔氏祠，以是遊學者甚少，後遂傾圮。舟行過之，但見斷椽殘瓦零落墟莽中而已。同治間嘗修之者曰鄔明經錦泉。錦泉能文章，其於書院特編茸數楹，而荒寂如故也。

光緒十八年，議遷祠於湖塘廟之北，而集衆力以新書院者曰虞茂才清華，佐之者曰虞茂才得祺。虞氏多樸學，而兩君尤勇於任事，故期年而有成也。其外爲周垣，而其東爲門。捨舟而入，東向者曰講堂，凡五楹，中祀朱子，左右爲夾室，肄業者居之。其後亦有垣，垣內蒔花竹。其東南隅曰魁星閣，循閣而西，有假山，有池，皆嘉慶間舊物也。其南偏亦有門，門之西曰文武殿，祀文武二帝殿。右曰松蔭軒，凡三楹，旁有古松森森獨立，類人之有氣節者。其東北偏亦有門，入門而南曰春靄樓，凡三楹，登高眺遠之勝於是乎在。又西爲守樸齋，凡五楹。又西爲庖湢之所。而其中隙地餘材尚多有之，蓋絀於力而有待云爾。其來京而述於余者曰樂孝廉駿。余里居時嘗往來書院之旁，而惜其不振也。聞其成而喜，故爲之記。

浹南謝氏宗祠記

凡事無大小難易，苟力爲而不怠，無不可成者。盍觀於浹南謝氏之爲祠乎。

謝氏其先由鄞天官第遷居十八都秦家畈村，三傳而遷鎮海大浹江之南岸。蓋居鎮海者二百餘年而未有祠。同治己巳，議敍同知紹禹與其從孫候選訓導周訓、國學生傳訓，始謀所以爲祠者。訓導因立釀錢之法，自男子始生以至發名成業，皆量輸祠費而權其子母。如是者有年。猶不足，則同知以己貲佐之。爰度地於雙眼河之濱，鳩工庀材，俾國學生耿光董其役，凡用公私錢共若干貫。經始於光緒壬辰某月日，至癸巳某月日而告成。祠屋兩重，每重五楹，前爲門，後爲堂，翼以廊宇，自始祖以下皆立主祀焉。祠成之明年，而訓導之哲嗣覲黻舉於鄉。又明年就試京師，屬余爲記。

夫祠者，所以尊祖而收族，其事固不小矣。然自有力者爲之，蓋亦未嘗不易。而謝氏爲之至於二十餘年，其先欲爲而未果者，又不知凡幾，可不謂之大且難乎。然而卒以有成者，力爲而不怠之明效也。由斯以觀世之任事者，雖有大且難於此，亦可以毅然自信而不惑矣。縣人王榮商記。

孔墅嶺庵記

鎮海大浹江之南，羣山橫亙，居民鑿石通道，以嶺名者凡十數，而孔墅嶺最高。登顚而下視，川原廬舍不掩於山者，一覽可盡。而其東大海接天，浩漫無際，昌國諸島嶼隱隱出沒於風帆浪舶之間，亦海上之奇觀也。嶺故有庵，在亭北，歲久庵圮，而亭僅存。

光緒二年，林君鶴年釀金鳩工，因庵之址而稍增其深廣，作殿舍四楹。時方改福聚庵爲書院，乃徙佛像於是庵，延僧主之。又置田若干畝，供施茶之費，凡用錢若干緡，歷若干日而訖事。夫佛之教，以慈悲清淨爲宗，故其所居常在深山窮谷、人跡罕至之地，與龍蛇虎豹狎處，而馴擾之。而為之徒者或溷迹廛市，以便其私。如福聚庵者，非佛之意也。嶺雖出入孔道，然地高而遠於村落，庵門常晝閉，行人就亭暫息，無酬接之勞，故於習靜者為宜。至於日入之後，萬籟岑寂，陰氣逼人，或晦冥風雨，林木之搖動，禽獸之啼嘷，奇形怪響，往往駭人耳目。而是庵鎮攝其間，有以祛羣情之疑畏而履危險如坦途，其為功豈不大哉。君子謂是役也，可以悟凡事之廢興各有宜便，不可執彼以例此也。因書之，以詔後之人。

重建德興縣署記 [三]

德興為縣始於宋 [四]，其縣署在城之北隅，背山面水，廣四十一丈，袤三十八丈。明季嘗圮，國初毛令九瑞新之。至咸豐七年，而燬於兵。燬而復建者，慈谿陳君知縣事，時其縣人承君之意而為之也。君素有經世之志，既由翰林改官戶部，度部中事莫足以有為也，因求為縣以自效。光緒十九年冬，奉檄至任，居興賢書院而決事焉。間視所謂縣署者，自大門至於二堂，規模粗具而風雨飄搖，漸即頹敝。餘則蓬蒿彌望，獨其基址猶可辨識而已。詢諸縣人，曰：「同治壬申，孟侯慶雲嘗議建之，未成而調任弋陽，工遂中輟。是巋然者，即孟侯所為也。蓋距今二十餘年矣。」君歎曰：「事有先於此者耶。」乃屬其耆老而告之曰：「祥燕視事日淺，未有惠澤加於民，何敢為勞民之舉。雖然，縣署所以為治書院，所以為學，皆大事也。今署廢而以書院代之，官失其所以為治，士失其所以為學，祥燕居此，心何以安？今欲捐廉為倡，以竟孟令之緒，幸而有成，庶得從容休息，專一思慮，為吾民籌興革之宜。父老其許我乎？」則皆躍然曰：「是吾儕之責也，其敢不勉。」遂諏吉於二十年之孟春，醵貲庀材，昔所已為者修之，未為者建之。外而堂皇，內而寢室，大而庫獄，小而庖湢，以次畢舉。凡增屋八十餘楹，用錢八千餘貫。明年十一月工徒告成，閎壯堅密，視昔有加。又以餘力修葺書院，俾肄業者居之，蓋一舉而兩善備焉。於是縣之士民相與造君之庭而言曰：「吾邑羣山叢雜，地僻而民貧，兵燹以來，元氣未復。同治間茶市稍盛，故興作較易，然猶中道而止。今以日就窮瘠之區，一旦因侯之言，集衆力以藏大役，民不知困，工不言勞，維吾儕始願不及此。此侯之德意所鼓舞而成也。請爲文以記其時功。"君重趎其意，乃寄書京師以屬余。

余謂君能以誠實惻怛之心，感其民於下車之始，則其後之所設施者可知矣；德興之人能以急公好義之心，成縣署於凋敝之日，則其他之不令而行，又可知矣。然則謂瘠土之民不易使者，果民性使然與？抑亦誠不足以動人，而但以法令智術驅使之故，民皆漠然而不應與？夫能聯上下爲一體，匪特有作必成而已也。充其效，雖堅甲利兵，可使制梃以撻之。古人之言不我欺也。余故樂書君之事，以爲世之臨民者告焉。君字子封，光緒己丑進士。董是役者，舉人楊嗣榮、貢生舒理元，例得附書。

崇正書院記[五]

昔者戰國之時，正學不明，君臣上下交騖於功利，相傾相軋。獨孟子抱其區區之仁義，以息邪說、正人心爲己事。世主皆迂闊其言而莫之用。其後六國皆入於秦，秦無所取利，不旋踵而亡。而仁義之說歷久而不廢，邪說之不勝，正固其理也。今天下之變益奇。爲功利之學者益精且巧，舟車器械，皆耳目之所未經，殫思竭慮，務以貧弱中國。中國才智之士皆推崇其學，以爲出我先聖人制作之上，而仁義之說幾於復廢。豈正學至是果無用歟？抑亦孟子所謂邪說誣民、充塞仁義者歟？賴聖人在上，扶正學於衰晦之秋，使邪說有所遏抑而不得逞，天下之人不至迷於祈響，而尊君親上之心卒堅持而不變。然且不免於貧弱者，非仁義之效固不如功利。法久而寖弛，忠厚有餘而裁制斷割之道或未足也。損其有餘，補其不足，正氣充溢，外邪不侵，其勝於功利之效萬萬矣，豈非理之可信者乎。

鎮海崇正書院，始作於康熙五十八年，乾隆嘉慶間一再新之，事詳前記。惟校士之典久而未舉。至是而劉明經鷗等醵金數千，爲月課之費，

尊經稽古，一遵功令，資給優厚，規制嚴肅。議既定，而請記於余。余
感夫世變之日新，嘉諸君子之能崇正學而不爲邪説之所搖奪也。於是乎
書。時在光緒二十一年歲次乙未南呂月，前日講起居注官、國史館纂修、
翰林院侍讀、邑人王榮商謹記並書。[六]

重修井溪廟記 [七]

泰邱鄉之上傅村有井溪廟，相傳祀郭姓之神，其來久矣。光緒三十
二年，村之人葺而新之。既竣事，而請記於余。

有尼余者曰：“方今世運昌明，阮瞻無鬼之論盛行於天下，神道設
教之説將自茲廢矣。區區村廟之興作，何以記爲？”應之曰：“唯唯否否，
不然。《傳》曰：‘國將亡，聽於神。’此爲不務民義、專媚神以徼福者
言耳。若夫祈年報賽之典，奚爲而可廢也？生民之初，厚於妻子而薄於
父母，幼則依之，壯則離之，死則棄之，與禽獸無以異也。有聖人作，
然後推吾身之所自來，而致愛於親；又推吾親之所自來，而致敬於祖。
有祖則有鬼，有鬼則有神，而祀典興焉。彼外人者，未漸吾聖人之教，
人死則以爲無鬼，而報本追遠之禮皆缺而不舉。然且天主、耶穌教堂林
立，則神之説猶未盡絶焉。特彼所事之神專而壹，而吾中國聖人之教，
以爲隨時隨地皆有神以鑒察之。是故自天子至於庶人，莫不有當祀之神。
古有田社而今有神廟，其義一也。今夫水旱風潮之爲災，螟特蟊賊之爲
害，其關係於吾民之生計者甚大。中國聖人蓋嘗多方以防護之，而莫能
免也。夫以吾民切身之災害，而人力不足以禦之，則安得不求助於神？
其幸而無災害矣，則又安得不歸功於神？是故春而祈焉，秋而報焉，寢
殿以安之，袞冕以榮之，牲醴以享之，音樂以娛之，靈旗社火以發揚而
震動之。事雖近於戲，而扶陽抑陰、勸善懲惡之義寓焉。論者不察一切，
指爲迷妄，奮然攘臂而欲去之者多矣，而豈聖人設教之本意乎？井溪廟
者，其旁有井有溪，故名。或謂之錦溪，其取義殆弗可深考。然吾聞其
民善歌謳，有河西齊右之遺俗，伶人度曲稍有脱誤，輒能指正之。其待

客禮意尤厚，是亦山村之佳話，不可以無傳也。"尼者無言而退。遂書之，以爲《井溪廟記》。

陳氏思本學堂記[八]

往時吾邑葉君澄衷建蒙學堂於滬上，規制宏壯，實開內地風氣之先，朝廷賜書襃美，爲興學者勸。由是葉氏好義之名聞於天下。吾鄉陳君瑞海，葉氏之戚也，歲爲滬上學堂監督，耳濡目染，中心景慕者有年矣。一日，奮然曰："君子之推恩也，必自近者始。吾力未能及遠，先加意於一本之親，其可乎。"會陳氏祠堂徙於水南，君佽費七百餘金，族之人以其地歸君。君就故址營學舍兩重，東臨曠野，有練藝之場，其三面則陳氏聚族居之，於就學爲便。通州張修撰謇署其門曰"陳氏思本學堂"。思本者，君先世所居堂名也。門左右凡六楹，爲食息、會計之室；後爲講堂，凡三楹，廣可容百人。堂之右曰東齋，曰暫憩室；左曰西齋，曰總課室。凡八楹，皆通兩室爲一，空明洞達，無少壅蔽。階上鏤鐵爲闌楯，階下雜蒔花木，金碧輝映。其南偏則庖湢之室，傍水爲門，凡五楹。經始於光緒丙午十月，至丁未四月而告成。凡費白金五千餅，堂中器物之費又二千餅。歲延教習三人，學額六十人，皆陳氏之子弟，不足，則招他姓補之，而量收其學費。族之子弟減焉，極貧者免焉。不收費不足以持久，不減且免不足以睦族而恤貧，蓋其愼也。爰以五月八日行開校禮，鄉之學堂自靈山、時敏而下，合羣撰詞，畢來致賀。遠近聚觀者無慮數千人，贊歎之聲不絕於耳，可謂鄉校之盛事矣。於是校中執事諸君先後述陳君之意，請記於余。

十月己巳，余自時敏泛舟過之，徘徊審覽，諦問原委。竊歎夫封殖之徒，深閉固拒，視他人之失學與否漠然無動於其心，不轉瞬而銖積寸累之所有爲其子孫揮斥殆盡者，何可勝道！陳君能慕義與學，而又不忘其本如此，雖廣狹不同，其足與葉氏並傳無疑也。遂不辭而爲之記。

蒨園記^[九]

庚戌之秋，余訪協揆榮公於西城，因得遊公之別墅曰蒨園者。園之大不過畝許，然洞壑回環，草樹茂密，有亭聳然而高，有井窈然而深。池形橢圓，水色深碧。相與度短隄、循修廊而小憩於南軒，蓋跬步之間而悠然有山林之致焉。先是，公由禮部尚書直軍機，太后嘗問公："自入直以來所得外官饋遺共有幾何，具以實言，無有所隱。"公對曰："人情有施乃有報。臣愚，不能樹德於人，雖至戚無投贈者。"太后嘉歎，尋賜樞臣月俸各二千金。同列欲固辭，公曰："此養廉也。辭而不廉，孰若受而廉乎？"遂拜受焉。公家故貧，其得有是園者以此。然亦以孤立寡與，凡直軍機九閱月而罷。公指謂余曰："某樹、某石，園中之舊物也，其他則吾所移致而補綴者也。園雖小，吾休息其間，若寬然有餘者。子其爲我記之。"

余惟大臣之憂樂，以天下爲量，而一身之豐約不與焉。誠使內政修明，外患不作，大臣雖厚自奉養，不害其爲賢也。區區一園之樸陋，曾何裨於國計民生之毫末。公豈以此自矜，而朝廷所望於公者，亦豈但小廉曲謹而已哉。雖然，利欲錮於中，則視聽淆於外。天下岌岌然有不可終日之勢，而大臣方窮奢極侈以娛目前，此與燕雀之處堂何異？曾謂憂樂同民者，而忍出此乎？公雖解樞務，而所掌皆清要之職，國有大政，靡不與聞。其造膝密陳，俾天下陰受其賜者，非外人所及知。觀於是園，而公之志趣亦略可見矣。余是以樂爲記之。或曰《說文》無蒨字，當爲茜園。然蒨與茜之區分已久。園無茜草，而望之有蔥蒨之色，故名蒨園。改蒨爲茜，易滋流俗之惑，此公之所不取也。

石高塘文昌閣記^[十]

石高塘在鎮海靈巖鄉，爲二圖市集之所。列肆數十家，東西相向，而文昌閣居其中，面南而臨河，巍然爲一方之鎮。咸豐五年，先祖之所建也。閣凡三楹，中祀文昌，前立魁星，其下祀財神，土人謂之財神殿，

《縣志》則謂之魁星閣。閣之東西室及前後隙地，歲收其租，爲修葺之費。殿以柵爲門，有事則開門而議之。彈詞、演劇之舉，曠歲月而一見，惟市則旬日四集（二、五、七、十），與大碶（一、三、六、八）、橫河之市（四、九）相間錯云。

余幼時，先父設米肆於市西，而賃閣之上下以治箔業。余初赴童子試，先父字余曰友萊，即閣上所命也。其後米肆回禄，移於閣之西室，而先父課徒於閣上。每市集之日，舟楫肩販自遠而至，市上人聲浩浩然，而閣中書聲琅琅然，相與爲應和。如是者凡十餘年。當是時，二圖號爲殷阜，而士子未有發科者。堪輿家謂建閣可以興文運，故先祖醵貲而爲之。同治癸酉，先舅氏邱鞠臣先生始登賢書。光緒壬午，傅君賚弼、林君長清及余繼之。至丙戌而余成進士，入翰林。海濱科名於斯爲盛，僉曰："非建閣之效不至此。"然則形家之說，其果可信耶？噫！閣之巍然者，至今無恙也，而建是閣與居是閣者，已忽然不知何往矣。余爲是記，亦聊以志今昔之感也。

周氏承德義莊記[十一]

自范文正公爲義莊以贍族，其後踵而行之者不絕於世。其在吾邑，最著者爲小浹江李氏之養正義莊，柏墅村方氏之寶善堂義莊，俞曲園太史皆有文記之，載於《縣志》。又有敬義堂胡氏義莊，亦見《縣志》。其繼三家而起者，或爲之而未成，或成矣而未著耳目所及，尚多有之，周氏承德義莊其一也。

周氏世居泰邱鄉之陳華鋪。當乾隆、嘉慶之間，有秉禾公諱豐者，以勤儉起家，積田至千畝，始有意於義莊，而不果爲。秉禾公生二子，長諱魁，字懋志；次諱焜，字懋奕。懋奕公爲邑諸生，早世。而懋志公享高年，善居積，其藏粟甲於諸鄉，婦人、孺子皆知稱道之，至於義莊之舉，亦未暇爲也。懋志公生三子，長載衡，次載述，次載道。懋奕公無子，以載述爲之子。粵匪之亂，載述公出家財以餉戰士，見《縣志·雜記》中。而載衡公長子寶南、載述公長子寶鼎，皆謹厚有義行，其於義莊尤惓惓，而皆未及爲以卒。載道公生六子，其存而最長者曰寶斑。光緒季年，始與其諸弟寶瑜、寶珣、寶璋，從子克愼、廷珍、廷瓚、克齡、克榮、克塋，從孫維熊、全璧、維夢等，謀撥秉禾公祀田二百畝、懋志公祀田七十畝、懋奕公祀田七十畝，都凡三百四十畝，爲周氏義田，名其莊曰"承德"。虞君清華既書其事於譜，鄞縣童君第德復爲之記，而廷瓚又介顧君家樵以徵文於余。

蓋周氏之義莊，萌芽於清之中葉，至於今，人事之變遷不知凡幾。故家喬木，幾於無復存者，而寶斑諸君能振奮於衰落之餘，核實正名，以恤一本之親而慰先人之志，周氏之食舊德而服先疇者，其澤不可謂不永，而其成亦不可謂不艱矣。以其成之艱，故愈欲其傳之久遠，而於規條之外廣求文字以發揚之。惜余不敏，不能趾美於曲園，聊舉周氏之先德以爲後來者勸，俾知凡事苟緝續不已，則子又生孫，孫又生子，未有不潰於成者。至於義莊之法良意美，兩君已詳言之，固無俟余之覼縷爲也。丙辰暮春，前翰林院侍讀同縣王榮商記。

顧氏宗祠記 [十二]

鎮海妙林廟之東有顧氏宗祠，光緒丙申顧君福雷所建也。君素工心計，光緒初，族之長老鬻其先世允祥公祀田，得錢三百餘千，委君權其子母。越十餘年，積錢二千餘緡。顧氏近支分忠、恕兩房時，忠房有支祠，而恕房未有，因創建祠之議，族人皆曰善。君乃相陰陽，立基址，鳩工庀材，皆躬自程督，不求助於人。踰年而告成。

祠凡五楹，中三楹為享堂，始祖以下木主皆在焉。左右兩楹爲翼室，前五楹爲門屋，門南向東西各三楹爲廂房，西偏五楹爲小屋，守祠者居之。堂階庭廡悉砌以石，庭之四隅築土使堅，爲建舞臺之地，其外繚以周垣。凡用錢二千八百緡。祠成，而族人咸歸功於君，君曰："此祖宗之福澤，諸長老之賢明，吾何力之有焉？"又曰："吾他日得復祀田，輯宗譜，歌舞以落其成，心始快矣。"蓋其不自滿假者如此。然君竟賫志以歿。又十餘年，而君之哲嗣家樵始與族人議爲譜，且出君所述建祠始末，請余記之。《禮》曰："君子將營宮室，宗廟爲先，居室爲後。"今之祠，即古之廟也。余忝從大夫之後，屋舍儼然，而至今未有宗祠。每過妙林，見顧氏祠宇相望，意欣然慕之。觀君之所自述，竊歎君理財之精，任事之勇，而又喜家樵之克成先志也。遂撋拾其語而爲之記。丁巳。

靈樹觀記[十三]

世傳泰山神主人生死，故東嶽行宮之建徧於郡縣，而吾鄉爲尤盛。最先者在石湫，謂之老行宮，巖、泰兩鄉之廟屬之。其後分建於大碶，爲靈山觀，巖鄉前後五廟屬之。近年余兄榮唐倡議，又分建於龍樹庵之前，爲靈樹觀，巖鄉後五廟及崇邱鄉之青峙屬之。地分則力愈薄，然其規模之壯麗，像設之森嚴，皆與神之名義相稱。嶽神之佐爲五都神，間一歲以仲春之月巡歷各村。五廟之神或導或從，三日而畢。青峙無社火，然亦懽忻迎迓，極一日之樂，蓋有"引而近之"之義焉。

或者疑爲有害於風俗，竊以爲不然。自井田之制廢，比閭族黨之間不復設官，野處之民散而無所統，惟賴神道設教以聯合之。一家之中，父子兄弟互相親愛，此以天合者也。推之於一族，則門戶分而心志歧，有宗祠以聯合之，而一族如一家焉；推之於一村，則族姓異而心志益歧，有神廟以聯合之，而一村如一族焉。而靈樹觀者，又能合五廟及青峙之人，而使之相親相愛。平居不費升斗之禄，而聚會不過三日之期，於以導和宣鬱，而仰承郡縣之教令，若身使臂而臂使指焉。此真吾民之社會，而豈淫祀之比哉。

觀作於光緒丙午，龍樹庵僧兼主之。其捐錢之數，詳列於他籍。里人王榮商記。

修傅氏祠堂記[十四]

傅氏祠堂始建於光緒十一年。倡其議者傅君梅仙，其弟賚弼、汝霖、廷贊、從弟家銓實左右之。族之長老詢謀僉同，乃度地於居宅之西而施工焉。祠門南向，前臨通渠，藏主有室，治祭有堂，燕居有舍，有樓有臺。祠成而歌舞以落之，歲時享祭，少長咸集，蹌蹌濟濟，會食一堂。既乃纂譜系以收族，設愈愚學堂以育材，禮教彬彬乎盛矣。

三十年來，耆老凋零，祠亦漸非其舊。梅仙之長子曰國煐，慨想先烈，有意其修復之也。受命於諸父，集賚於族人，於是支欹傾、補缺漏，數月之間而丹堊一新。以祠堂未有記也，乃屬其從弟國霽請記於余。

余聞梅仙在時，嘗儲金數萬爲建義莊之用。不幸賚志以歿，儲金耗散，此事之至可惜者。國煐雖欲繼父之志，而今尚非其時也。愈愚學堂創於家銓之手，而羣從助之，今亦以費絀而中止。數年之間，近村子弟倀倀然無就學之所，此則人事之尚可賡續者。國煐於祠堂既葺而新之矣，其於學堂，必能以餘力及之。繼自今絃誦之音洋洋盈耳，豈惟村人之幸，亦祠堂之光也。余故樂爲之記。戊午孟夏月，同里王榮商記。

【輯校】

[一] 容膝軒文集："乙未本""戊申本""民國本"版心爲"容膝軒文集"，卷首題爲"容膝軒文稿"。以下各卷同，不一一出校。

[二] 鎮海王榮商友萊撰："乙未本""戊申本""民國本"署作"鎮海王榮商"。以下各卷同，不一一出校。

[三] 重建德興縣署記："乙未本"無此篇。

[四] 德興爲縣始於宋：沈良弼修、董鳳笙纂《(民國)德興縣志》卷之九作"德興爲縣始於唐"。

[五] 崇正書院記："乙未本"無此篇。

[六] 時在光緒二十一年歲次乙未南呂月，前日講起居注官、國史館纂修、翰林院侍讀、邑人王榮商謹記並書：此句據《人文莊市》第五編《文獻與佚聞》"碑記墓誌"補。

[七]重修井溪廟記："乙未本"無此篇。

[八]陳氏思本學堂記："乙未本"無此篇。

[九]舊園記："乙未本""戊申本"無此篇。"協揆榮公"即榮慶，王榮商同年進士。

[十]石高塘文昌閣記：此篇為"四明本"所補，文集其他各本均無。

[十一]周氏承德義莊記：此篇為"四明本"所補，文集其他各本均無。

[十二]顧氏宗祠記：此篇為"四明本"所補，文集其他各本均無。

[十三]靈樹觀記：此篇為"四明本"所補，文集其他各本均無。

[十四]修傅氏祠堂記：此篇為"四明本"所補，文集其他各本均無。此文作於戊午（民國七年，1918）孟夏月，為《四明叢書》收入的《容膝軒文集》八卷撰寫時間下限。

《容膝軒文集》卷二

鎮海王榮商友萊撰

記

記浹口禦法船始末

　　光緒九年，法蘭西圖越南，屢爲越將劉永福所敗。越本屬中國，永福又廣西人，故邊將頗助之。五月，法使脫利古來天津詰問，意在內犯，沿海各口戒嚴。先是英吉利犯鎮海，由乾口門登岸，故議者以浹口南防爲尤重。十年春，浙撫劉秉璋至鎮海相度形勢，自金雞山迤南至育王嶺，駐兵六營，提督歐陽利見統之。北岸駐四營，記名提督楊岐珍統之。招寶山、攔江泥灣港口各礮臺，守備吳杰統之。同知杜冠英爲營務處游擊，錢玉興駐梅墟爲後路。超武、元凱兩輪船，及紅單師船泊口內小港，五鄉礮皆泊礮船。江上設馬渡船，江口釘木椿，沈石船於兩旁而虛其中流以通出入。別購小船四、舊輪船一，儲石以待。口外設水雷數十具，各要隘密布地雷。鄉村辦民團、漁團以絕漢奸。而招寶山麓、烏龍岡各添築礮臺一，金雞山添築礮臺二，曰"天然"，曰"自然"，提督親駐焉。其他石壘團牆，所在皆是。四顧山望臺高出雲表，林木中往往設旗幟爲疑兵。備禦之嚴，前此所未有也。

　　六月，法人犯臺灣。七月，犯福建，燬我兵輪船廠，尋復犯臺灣。

十二月，總兵吳安康督兵輪五艘援臺，中途遇敵，望風奔潰。澄慶、馭遠二船駛入石浦港。十一年正月辛丑朔，放水自沉開濟、南琛、南瑞三船，駛入鎮海江，守將慮其引敵，麾之去。江督曾國荃亦嚴電催促令回長江、時浙洋無一敵船。而吳安康等懼爲所邀。竟不敢出、甲寅。法船四艘游弋蛟門外。始沉船堵口。開濟各船泊樁邊助守、乙卯，法先以一小輪來犯招寶山，礮臺擊卻之。尋一大黑船率三船繼至，與礮臺兵輪互相轟擊，法船受傷而退。法礮彈墜城內外無一炸者，居民不傷一人，時以爲神佑。丁巳，法復以大船來犯，我軍擊傷其煙筒，法不敢復進，僅以一船泊游山下相牽制而已。而守者自言，丙辰，己未夜，法用魚雷小艇來襲，屢爲南北岸防兵擊退。又有法酋孤拔被殲之說，或云孤拔死於閩江，傳聞異辭，莫能定其虛實也。時法船久泊不去，我兵晝夜嚴防，不得休息，閩中復調兵五營助勦。會馮子材、蘇元春等大捷於諒山，法人叩津門求和，海口解嚴，諸將升賞有差。惟游擊蔣超英、參將金榮，以石浦事革職，留繳船礮。吳安康等助守有功，免其處分。各營防兵以次遣撤，居民安堵如故。然越南遂爲法人所有，雲南、廣西皆與法界毗連，邊事益棘手矣。

黄俊生贈書記

黄大令俊生將赴閩，出其殘書若干帙分贈故人，余亦載一稇而歸[一]。發視之，書凡數百卷，經史子集無所不有，雖首尾不具，然皆余所願見而不可得者。因爲編次其目，而重有感焉。

蓋余家世爲農，自先君習儒業，始稍稍有書，然力薄不能多購。粵匪之亂，郡縣各城皆爲賊窟，良民被掠者往往自賊中逃歸，或攜金帛而出，守門賊輒搜括以去。惟於書，則賊雖見之亦不禁，由是故家遺書分散四出，鄉村之間至有權勘兩而賣之，以易升斗之米者。而余是時年尚幼，不知書之可好也。及丙寅夏，寓齋遭火，而先君之書都盡，存者友人所假數書而已。會天下承平，郡中藏書家搜拾散佚，稍還舊觀。而封疆大吏往往設局刊書，流布海內，本善而價廉。自有文字以來，得書之易殆無逾於此時者。而余之力亦不足以聚之，每繙各家書目，輒歎息不能自已。私竊自念古人之書雖淺深純駁不一，然皆畢生精神之所寄也，而書成之後，或隨時而散失，或束閣而不觀，又或願見而不可得如余者，豈少也哉。

俊生爲贈太常卿維煊之長子。太常藏書甚富，俊生自兒時即能讀之，故弱冠已有詩名。今且出其餘以治人，而是書特其所棄耳。夫以俊生之所棄，而余得之方欣喜而不自禁，人之才力相去顧不遠與！然余以爲是數百卷者，雖殘缺蠹蝕，蓋亦古人精神之所寄也。而千百年後經束縛棄置之餘，忽有人焉繙閱而整理之，古人有知，倘亦欣喜而不自禁耶？然則俊生之惠不可忘也。俊生名家鼎，鄞縣人。是書即喪亂時所得，故無一足本云。

墨海樓觀書記

吾郡藏書家，首推天一閣范氏，次則抱經樓盧氏，其餘遭亂散失，或後人以貧故喪其遭書者，不可悉數。惟三家之書久而無恙，故其名最著，論者謂有神物護持之，殆信然與。其繼二家而起者，曰墨海樓蔡氏。墨海，古硯名，而蔡君藎卿以名其藏書之樓，蓋喻其所蓄之富云爾。

余生平交遊甚寡，每以試事至郡城，落落無可詣者。然寓廬常與蔡氏相近，頗聞藎卿豪放，喜聲妓，每遊滬上，脫手數千金立盡，一時有“蔡蕩子”之謠，不聞其他有嗜好也。歲戊寅，館陳魚門太守家，太守賓客甚盛，自范樵磐、盧寶輝、陳琴圃三數人外，余不能徧識。時有台州王子裳者，嘗飲藎卿家，聽其姬人朱盈盈鼓琴，因爲之引。余聞而慕之，以爲藎卿乃近時之風雅者，亦不知其能聚書也。壬午春，館水鳧橋竺氏館中，無書可讀。聞寶輝在蔡氏，因過訪焉。時藎卿已歿，其家方延人編書目，始登所謂墨海樓者而觀之。寶輝因言：藎卿平日輕財重義，故家子弟攜書求售者，藎卿輒以善價與之。其人請益不已，藎卿輒問君所需幾何，往往滿其意以去，以是得書無虛日。及隸卿歿，而諸故人漠然無所向。相與歎息泣下。而墨海樓之書則既富矣。語次見一琴横書堆上，塵封甚厚，寶輝指謂余曰："此朱盈盈舊物也。"隸卿歿後，姬妾星散，盈盈獨自滬上來歸，矢志守節，訓其子悦生甚有母道，而悦生亦聰慧，能讀父書矣。余聞之，爲之肅然起敬。是夜宿樓上，東西繙閱，漏四下乃寝。次日，與寶輝申後約而別。

嗚呼！人生之修短，百物之聚散，自達者視之，蓋莫非前定焉。隸卿即無此數萬卷書，豈能長享其富厚之奉。而歿世之後，又安能令人流連慨慕若此哉！然則以隸卿所爲，與世之求田問舍者較，亦未必彼之爲得而此之爲失也。范、盧二家之書，余皆因寶輝得觀之，而惜其不能久留也。今而後，蔡氏之書庶足以慰生平之飢渴乎！因爲文以志吾幸。隸卿諱鴻鑑，號秋蟾，著有詩詞數種藏於家。

大梅山館書目記

吾邑姚復莊先生以詩詞駢體文名於世，而以其餘技畫梅，世無不愛先生之梅者。於是先生自號曰梅伯，而以鄞之大梅山署其館。畫之所入，一日可得百十金，而盡以其金購書。於是大梅山館之藏書幾與甬上諸故家相埒，而先生手編之爲書目。蓋先生畫愈工，書愈富，而詩文亦愈有名。相傳先生鈔書日二十餘紙，病中猶手不釋卷。世徒震驚先生之才，以爲不可及，豈知先生之勤學好古，乃其所以爲不可及也。

先生歿後，書歸墨海樓蔡氏，目亦隨之以去。故鎮海《藝文志》盡載先生之著作，而書目獨遺。壬午春，余於墨海樓見之，歎其聚之多而散之易也，因記其略，以見先生著作之所從出。凡經一卷，爲類二十有九；史二卷，爲類四十有三；子三卷，爲類五十有六；集五卷，爲類三十有六。餘五卷，皆道藏、釋典、傳奇、院本之屬，爲類三十有四。總爲《大梅山館藏書目》十六卷。嗚呼！書之沾溉人者至無窮也，而聚散之倏忽無定若是，獨其優游醖釀以成此區區之名者，能長留於天地間耳。

觀於是編，可以慨然而興矣。

訪俞長洲父子墓碑記

靈巖之俞，在前明爲望族，竹所先生以孝行著，長洲少尹以吏治稱，而長洲諸子並顯於時。其叔子河源知縣世中，相傳黨於分宜，以貲緣得官。志乘簡略，末由知其詳也。墓在長山碶之西南，規制宏敞，土人呼爲"俞十萬墳"。余舟行過之，每思摩挲遺碣，以助文獻之徵，卒卒未暇。乙酉春，養疴振文書院，相隔僅一水，乃偕沙君光甫、董君引孫、王君蕉軒操舟往訪之。

墓前石馬二，翁仲二。正中三冢，繚以短垣，兩旁各數冢，蓋俞氏數世聚葬於此。碑在翁仲側，左右各二，皆仰臥趺上。碑文爲苔土所封，模糊不可讀。洗剔數四，竭目力，乃能辨。左二皆長洲碑，一爲墓志，湖廣提刑按察司副使辰靖沅州等處兵備半湖陳槐撰。長洲名憲甫，字士欽，號東川，孝子竹所之曾孫，由例貢爲長洲丞。所載吏治與志傳合。碑又稱其解組後操贏相時，富甲一邑。然則"十萬"之稱，有自來矣。一爲行狀，工部營繕司郎中史誠撰，即墓志之底本，首尾已不具。右首爲世中碑，萬曆壬辰湖廣永州府知府孫堦葉萬景撰[二]。世中字守之，號靜峰，與仲兄世才並治《春秋》。世才魁正德丙子順天鄉薦，而世中由例貢爲壽州別駕，超擢河源知縣，有反風滅火之異。滿五載告歸。邑令議鑿育王嶺，引東錢湖水溉三鄉田，世中以穀米易出，沮之而止。其一已漫漶，僅撰人結銜"翰林學士掌院事"數字可辨，大約亦世中物。而世中家居時，總督胡宗憲剿海寇，調兵於穿山，過長山街造廬訪焉。宗憲爲分宜私人，嚴黨之說或因此而附會之歟？

余既錄其文之可辨者以歸，因歎世中以富家子牽緣爲吏，歸田而後，猶能使封疆大臣枉駕相過，其一時意氣之雄，蓋可想見。而里之人不惟不以爲榮幸，反從而鄙夷之，流傳至於數百年之久遠，而猶不免於黨惡之譏。以此見趨炎附勢之不足貴，而士君子之欲砥礪名節者，其亦可以獨立而不懼矣。世中子克明，由萬曆歲貢授福州之侯官丞，跅弛多才，所著有《寤真》《頤神》等集。檢縣志，有萬曆歲貢俞文明，疑即克明之誤，而仕履撰述皆不載。此後人所當補入者，故並記之。

記祁文恪公軼事

壽陽祁文恪公，余會試座師也。始余釋褐時，凡公卿中有師道者，皆嘗修弟子之敬。私念海濱下士，一旦得與天子之大臣分庭抗禮而親承其謦欬，固已幸矣，又敢爲矯激之行以自高乎。其時自南皮相國以下得見者十人，自高陽相國以下不得見者尚十餘人，余亦遂不復往見。而仁和許尚書、嘉定廖侍郎，至辛卯鄉闈中始見之。其餘皆以無事不得見。蓋爲大臣者，有奉職之勞，而余亦頗愛閒居之樂，是以兩相忘而不覺也。今世之所重尤在座師，余亦不敢妄自疏遠。然錫尚書未見而薨，嵩尚書僅一見，尋亦徂逝，至今以爲恨。濟寧孫尚書爲余本師，視他座師尤重，又與余隔巷而居，余得晨夕往候之。然尚書樞務尤劇，每至門輒悵然而返。自丙戌進謁後，僅於宴會及入直時一再望見之而已。因又自念人生遇合固有定，若師弟子之相見，豈亦有數存乎其間耶？惟文恪公則不然。

公之視學吾浙也，浙人士皆頌公仁恕，雖被擯黜無異辭。余固已傾慕之。及主丙戌試，門下士數百人，公與之見，皆依依有情。其閽者亦詞色卑下，客至即通謁，無稍留者。余以是得數見公。公貌粹而氣和，聞人一善，稱之不容口。余與陳蓉曙同居內城，公見余，必問蓉曙；見蓉曙，亦問余。一日謂余曰："聞汝閉戶著書，是何書也？"余以校《漢書》對，公頗有激賞之言。嗚呼！以余之固陋而公所以獎進之如此，則於才且賢者可知矣。

公外和而内方嚴，造次必於禮法，與人言一出於正，人亦不敢以私干之。凡廷試，卷皆糊名，而閱卷者往往陰用前代通榜之法以爲去取，或記錄前列之詩，先時傳播。言官至登諸彈章。其公正愼密者，自公之外落落可指數也。雅不喜西法，門下士有願爲總署司員者，公聞之輒蹙額，相見必力阻之曰：“奈何與若輩相周旋耶。”

公諱世長，字子禾，壽陽相國諱㝢藻之子。由庚申翰林累官至工部尚書，清操卓絕。薨之日，家無餘財。其生平未嘗市恩於人，而人皆思之不能忘。嗚呼，公可謂古之大臣矣！公之盛德，其大者宜載於國史，義不得私爲傳；其小者，余亦不能盡知。獨其言論丰采，有往來余心而不去者，用敢記述一二，以見弟子之於師，雖一晉接之間，而相感之深有如此也。

七千卷樓記 [三]

七千卷樓者，奉化孫仲鳴内翰之所築也。先是，晉有范蔚者，聚書七千餘卷，遠近就讀者甚衆，蔚爲辦衣食。其事甚雅，故流傳至今。而仲鳴藏書之數適與之合，因以七千卷名其樓，而請余記之。

余曰：“古者以竹帛爲書，非内府所賜、故家所傳，世莫得而見焉。好學之士必從人求借，手自鈔寫，經年積月，始成卷帙。其聚之之難如此。故有書七千卷，足以豪矣。今也書多而價廉，囊金入市，雖立致數萬卷不難。子素負博洽之名，而所藏止此，又無奇祕難得之本爲遠近所傾慕，顧沾沾焉揭所有以名樓，毋乃示人以不廣乎？”仲鳴曰：“吾非敢炫其所有也。吾生長寒素，弱冠而後，傭文字以爲生者殆二十年。而歲節所入以購書，銖積寸累，以有此數。蓋世之得書易，而吾之得書固甚難也。以其得之難，故吾亦不忍淡泊相遭，而時竭心目之力以從事其間，又爲是樓以庋置之。他日倦遊而返，吾得與此七千卷者朝夕晤對，以娛吾老，以傳之子孫，吾之願足矣。且吾常以虛名無實爲深恥，吾之書止於七千卷，而又有前世故事爲之佐證，則其名樓也固宜。至於奇祕之本，吾力不足以致之，然烏知夫數百年後不更以吾所藏者爲難得之本哉？”余憮然曰：“子之言是也。”遂書之以爲記。

巖二二莊濬河記 [四]

靈巖之河，自長山磺而東最爲深廣，餘皆淺狹不能多容水。而二都二圖之河，既狹且曲，往往數里之近，舟行半日許乃至。故其淤淺尤甚於他河，雨則溢，旱則涸，里人議濬之久矣。

光緒二十四年，余請假南歸，言於林君禮孝。君首捐千金，傅君資弼等和之。遂設局於傅氏宗祠，諏吉興工。爰自孟冬，訖於歲除，天氣和煦，雨澤稀少，治防出土，無間日時。凡濬幹支河共萬有三千餘丈，用錢萬有一千餘緡。自諸富人捐資外，賦諸田者蓋十之六七焉。方濬之時，淤泥山積，道路壅滯。耕夫織婦咸有怨聲，甚者謂費出自官，履畝徵錢悉歸中飽。衆説紛紜，莫可究詰。會明年夏大旱，舊河既涸，賴新水溉田，浹旬而雨，禾以不槁。久之，又知官實無費，然後浮言乃息。蓋區區一隅之水，而治之之難如此，其卒免於謗議者，幸耳。

是役也，籌給工食，不愆於期，傅奉常家銓之力；會計出納，無敢侵冒，邱太學鈺殿之勞；相度地勢，巡視河干，以董以勸，余兄榮唐及林君萬祥、朱君其濂之功。至於稽隱匿、督逋負、奔走先後，實賴羣力，以觀厥成。余也無所事事，惟是紀述之職不可以辭，乃書其略於石。

戊庚事變記略 [五]

余於戊戌閏三月乞假省親，側聞朝廷開言路、改科舉，百度維新，欣然有中興之望。及聞王照一言而禮部六堂官皆斥，瞿然曰："黨禍將作矣。"會家慈患腹疾，遂於八月四日繕摺陳情，暫留侍養。踰數日而皇太后訓政，康梁之黨誅逐一空，蓋殺機萌於是矣。是年冬，立大阿哥，宮闈之内傳聞互異。庚子夏，遂有義和團之變，中外失和，亂民載道，輦轂之下，號令不行。及洋兵入都城，六飛西狩，衣冠塗炭。於時裕祿、李秉衡、聶士成、羅榮光等以力戰死，許景澄、袁昶、聯元、徐用儀等以直言死，剛毅、崇綺、徐桐、延茂等以憂懼死，熙元、壽富、王懿榮、崇壽、寶豐、宋承庠等以悲憤死，趙舒翹、英年、毓賢、啓秀、徐承煜等以逼迫死，其他邅迍捐軀、經溝瀆、罹鋒鏑者，不可勝數。玉石同焚，言之酸鼻。逮辛丑回鑾，時局初定，余亦奉慈命來京供職。俯仰今昔，感慨係之。

嗚呼！孰知此數年中，風雲之變幻一至於此哉。夫忠義之士，何代蔑有。蓋棺論定，今也不然。正人被誤國之名，而哲士昧保身之義，雖曰厄運使然，亦人謀之未臧耳。死者已矣，來日大難，譬彼舟流不知所屆。執筆記此，泫然不知涕之無從也。光緒壬寅七月二十七日記。

移築永豐塘石口記 [六]

吾鄉三面皆山，其東爲大海，而海口有舟山、大榭、金塘諸島嶼互相屏蔽，風濤紆緩，海塗逐年淤漲。居民築塘捍海，率聚土爲之，惟永豐塘之北首爲算山磧。磧在山麓，如弓弰外向，而塘身內曲，如無弦之弓。曩時離海較近，有石口一段，磧旁之石皆方正，凡十餘丈。餘則大者如斗，小者如拳，與沙土相依附，凡三百餘丈。自雍正季年始築以迄於今，塘距海日遠，潮汐不至，貍鼠之所穿穴，漁牧之所蹴踏，石之傾圮剝落者固不少矣。

光緒二十八年，家兄榮唐以海塗高仰可田，請於穿長場竇大使，築久豐新塘。北首仍自算山磧起，與永豐塘相銜接，漸南則相離漸遠。大約內塘形曲，而外塘形直，如弓之上弦然。塘內蓄田九百餘畝，而塘外漲塗尚數百丈，潮之紆緩如故也。踰二年秋八月，颶風鼓浪，爲數十年未有之巨災，沿海田廬漂沒無算，惟吾鄉被災較淺。外塘間有衝齧，然北首一段仍屹立無恙。尋常潮泛亦惟北首爲最弱，蓋今昔情形不同。就目前而觀，外塘無石口亦可。而墾田者以爲內塘之石無益於捍禦，而有害於耕植，不如移築外塘爲便。家兄以爲然，遂於三十三年夏四月釀貲興工。外塘加寬丈餘，下填松椿，外砌石口，而內塘仍添培土方。是役也，掇拾修補，費與購石等。然內塘之石既盡，犁鋤所施無復窒礙，墾務當日有起色。家兄欣欣然，方自謂一舉兩得之計，而爲忌者所藉口，遂譁然有毀塘之說矣。其年秋九月，吾鄉始立約章，分六圖爲六區，家兄充區董。顧生潤庭者，余中表戚也，素與家兄齟齬，擯不與共事。顧生大恚，遂以毀塘訟於大府。大府信之，遣屬員行視，責令如式賠修。而視者以爲外塘堅實，内塘亦完善，且田之墾者已半，萬無更築石口之理，頗不直顧生所言。而顧生持之甚堅，好事者從而和之，紛紜之說，久而未定。夫充潮之力可以無堅不摧，外塘不足恃，内塘之石口果足恃乎？然使顧生力阻於改作之始，則所謂仍舊貫者，未爲無見，而其事亦可以中止。既成矣，爲者無自私之心，居者無不測之險，乃猶危詞悚聽，欲糜財力於無用之地，以快其意見之私，是亦不可以已乎！余故詳記其事，以俟夫世之尚論者平心而察斷焉。

題慈谿費氏半圃圖 [七]

宣統二年春，梁廉夫駕部來京師，述其親家費君瑚卿之意，求余題所謂半圃圖者。余未見其圖也，則問其所以名圃之義，將割其地之半以爲圃與？抑分其日力之半以從事於圃與？廉夫曰："皆非也。曩者，君之先德曼書翁嘗得阮文達隸書'半圃'二字，因以顔其齋，而倩吳小松圖之，又自爲之記。君蓋承先志而索題，以永其傳爾。"問其圃奚若？則數畝之園，編竹爲藩，雜蒔蔬果之屬而已。

噫！是圃也，余亦有之。宅之西畔隙地數弓，備賃之所培溉，兒女之所采擷，晨羞夕膳，大抵取給於是。由今思之，圃中之景物猶歷歷在余目也，而垂老之年，忽焉舍之而去，若無足顧戀者。費君父子能世守是圃，又爲文字以張大之，是皆余之所愧也。廉夫累請不已，姑書數語以應之。三月丁卯日。

題蜀館小集圖 [八]

光緒癸卯，余偕通州張心田太史典蜀試，得蒲殿俊等九十四人，副榜十二人。榜後來見者約十之四。余尋泛舟東歸，不相聞問者五六年。

及宣統紀元，余復來京，與心田相見。時科舉久廢，而蜀士宦學於京者頗不乏人，聞余來，則皆出於不意，相與輾轉告語，而余之門時有跫然之足音矣。明年六月二日，同人小集於蜀館，將用西法撮影爲圖，以存一時之蹤跡。初至之時，炎景爍人。午後大風揚塵，陰雲蔽天，衆頗失望。俄而風止雲散，乃呼工竟爲之。時心田以給事中奉命監拔貢試，不果至。余中坐，蒲君等十九人左右立。圖成，同人各得一分。余覽而有感焉。

夫風蕭然而起，戛然而止；夫雲滃然而聚，倏然而散，人之處世也亦然。余嘗度雲棧、入劍閣、過瞿唐、下三峽，皆生平未歷之奇險。而由今思之，若夢幻然，以未嘗有圖也。況以區區文字之知遇，至於今已若無足稱道。而余以垂暮之年，當倦遊之後，復與諸君子相聚於一堂，蓋亦非偶然者。不有圖以存之，則酒闌人散之後，亦與山光水色同其想像已耳。有是圖，而疏者以親，暫者以永，雖終日寂處，而儼然有合羣之樂焉，豈非藝事之可貴者哉！余又慮夫圖之久而漫滅也，爲之記，以補圖所不及云。

記貧民索食及平糶議 [九]

吾鄉障海爲田，水利不足於灌溉。近年以多雨故，收穫頗豐，而無田可耕者居其多數。每歲四五月間，貧民以米貴爲詞，千百成羣，沿門索食，謂之“喫大户”，至穀熟乃止。其始海晏鄉之梅山，人嘗以歲歉出境就食，而吾鄉沿之爲故事，蓋十餘年於茲矣。今年發端尤早。三月二日在傅宅領月米，即署約於牆曰：“明日喫某家。”由是周流無虛日。遠者露宿以俟。又以大户稀少，數日即徧，乃細加搜剔，凡中下之户無得免者。主人嫌分米之煩，率用銅圓代之。取攜既便，附和滋衆，或一日而歷數家，或一家而分數次。單獨之婦至借他人之兒女以充數，間有衣飾楚楚者。旁觀偶加詰問，則怒目相向，毀籬踞竈、破面碎衣之事日有所聞。兵丁不敢訶斥，反以甘言撫慰之。實則極貧之民不過數十人，終年以行乞度日，其餘婦孺類能自食其力，特狃於索食之易，互相牽率以壯聲勢而已。其後分爲數隊，且有散入旁邑者。定海知事以六橫被擾，移書鎮海縣，請由巖鄉自治會設法截留。論者謂世變以來，游民習聞均產之說，陰相鼓煽，是以聚集愈早，氣焰愈張，不遏抑之，雖穀熟亦未必安靜。

五月二十八日，鄉人共議驅逐之法。先由地保宣詞拒絕，崛强則以藤條從事，爲首者送之官，費出於六役，朋不以累。主人私給錢米者，有罰。議既定，即日馳至橫河，如法施行。貧民望風解散，傅氏亦裁革月米，以斷其聚衆之樞紐。吾村爲善後計，乃有借錢積穀之議。其法按本村有田之家，三十畝以上出穀千觔，以次遞加，每穀百觔，定價銀二圓四角，先給半價，明年出穀時再給半價。先期造册，屆期平糶，俾米價不至過漲，貧民無所藉口以爲號召之資。於體恤之中寓禁止之意，法至善也。

顧余尚有過慮者。中貧之户悉數難終，則造册必以極貧爲限。若輩不名一錢，米價雖平，恐亦無力能購，賒貸則錢無著，推廣則穀易盡。此宜計及者一也。從前出嶺之租穀，多由米商收買，故積儲較厚。平糶則商有戒心，恐留少數之倉穀，而反漏出多數之租穀，民食將因而愈窘。此宜計及者二也。有田之家，未必皆有餘穀，往往穀未登場，已入債家之手，漫無區別，繆轕必多。此宜計及者三也。竊謂振極貧之民，需穀固不甚多，然若輩無日不乞，獨於春夏之交斂穀以振之，於義何取？固不如聽其自乞之爲愈矣。爲平糶計，則非籌鉅款不辦。而百物皆貴，獨抑米價而使之平，奪農商之利，長游惰之風，苟非萬不得已之時，愚終以爲可緩也。

其後傅氏不復給米，喫大户之風竟革，平糶之議亦中止。事雖微瑣，而繁賾之理寓焉。故爲記其顚末如此。

題蔣巾波先生墨蹟[十]

吾鄉王樵庭（霖）家藏蔣巾波先生墨蹟“修福”一幀，長九尺有奇，廣二尺。蓋其曾祖愚亭公爲先生屬吏而得之者。先生名祥堡，字于蕃，湖北天門人。兄祥墀，乾隆庚戌進士，嘉慶戊午典試浙江，官至都察院左副都御史。而先生由廪貢生選授浙江青村鹽場大使，嘉慶戊寅攝穿長場篆。是幅即戊寅五月所書。縣志《職官表》列先生於道光朝，誤也。

樵庭稱先生書法雄勁，有龍跳虎卧之勢。余讀先生所爲《東嶴頭廟記》，論奸民之當去，聲色俱厲，其氣骨丰稜，與顏柳諸公相類，則其書法之雄勁也固宜。相傳先生喜臨池，有求輒應，故吾鄉藏其墨蹟頗多。流傳至於百年之久，則其後人不知寶貴而視爲無足重輕者，亦不少矣。惟王氏自愚亭公得是幅以來，子蕸薌孝廉任開化訓導，歷任松陽、德清、永康教職，所至皆攜以自隨。孫小蓉處士晚而訓蒙，亦藏棄惟謹。至樵庭尤篤好之。樵庭弱冠廢儒書，然其志趣高雅，過於世儒遠甚。其嗜先生書，幾若飢渴之於飲食。每至東嶴頭廟，觀先生所書《廟記》及楣額楹聯，欣賞竟日，廟中演劇熟視若無睹者。家居取先生書，手自鈎勒，懸四壁幾滿，見者莫能辨其真贋。而墨蹟則不輕以示人。癸丑在上海，製柚木箱貯之，慈北沈覺園署其蓋曰“王槐澤堂珍藏”。去年春，又鎔錫爲箱，以護於外。既自爲之記，復介胡君濂心以徵跋於余。其拳拳先澤、久而勿懈若此，豈惟王氏之賢子孫，抑亦先生之真知己也。

惜余書法惡劣，不足附於先生之後。顧於先生之家世，則知之頗詳。先生由鹽大使遷諸暨知縣，終於烏程知縣。子立鏊，道光壬午舉人，由教習出爲甘肅知縣，遷河州知州。孫元圻，亦由浙江仁和鹽場大使遷建德宣平知縣。而祥墀子立塘，嘉慶辛未狀元，官至內閣學士。立塘子元溥，道光癸巳探花，官至江西鹽法道。其門第甚盛。凡皆樵庭所欲知者，余故詳書之，以爲徵文考獻之一助云。丙辰孟夏月。

【辑校】

[一] 稛：“民國本”作“捆”。

[二] 萬曆：“民國本”此文中均作“萬歷”。

[三] 七千卷樓記：“乙未本”無此篇。

[四] 巖二二莊濬河記：“乙未本”無此篇。

[五] 戊庚事變記略：“乙未本”無此篇。

[六] 移築永豐塘石口記：“乙未本”無此篇。

[七] 題慈谿費氏半圃圖：“乙未本”“戊申本”無此篇。費崇高字瑚卿，慈溪費市人。

[八] 題蜀館小集圖：“乙未本”“戊申本”無此篇。

[九] 記貧民索食及平糶議：“乙未本”“戊申本”無此篇。

[十] 題蔣巾波先生墨蹟：此篇為“四明本”所補，“乙未本”“戊申本”“民國本”無。

《容膝軒文集》卷三

鎮海王榮商友萊撰

序

贈楊丈醒禪序（培元）[一]

余觀文人之負盛名者，大抵摭拾先朝遺逸及近世名臣碩儒之事蹟而表章之，或搜求非常奇偉、可驚喜悲愕之行以自發其光彩，故其文尤不可磨滅。蓋不獨人以文傳，而文亦託於人以自重也。獨歸熙甫以晚達之故，其所爲志傳，不過內外姻親、耕夫織婦之屬。雖其所稱爲文學士者，亦祇鄉黨自好，無卓卓可稱道之事，而熙甫爲之文字，至於連篇累牘而不厭。夷考唐宋諸家，於無足輕重之文間一爲之，顧未有如熙甫之多者。熙甫於其人，亦不肯妄有嘉許，往往就家常瑣屑從容敘次，無粉飾張皇之意。然至今讀其文，猶可想見其爲人焉。夫以無足輕重之文爲之，又如是其多而能使人諷誦流連，與名臣碩儒之事蹟無異，非其文之工何以至此？故嘗謂自有記載以來，使尋常庸猥之人皆得附名字以不朽者，自熙甫始也。

余既愛重其文，私念文者學人之職業，若農之治田、工之爲器械、商賈之持籌握算，不問其能精與否，凡以盡其分之所當爲而已。而世之自能不朽者，上之列於史冊，下之則有門生故吏之傳述，無由見於余文，余亦不能取不知誰何之人無端稱説其生平，而聊以自重也。獨於先人之言行、朋輩之情好，有往來於懷而不能去者，輒竊取熙甫之意而衍述之以爲文，其能傳與否有不暇計，亦以自盡其職業而已。

楊君醒襌爲余族姑之夫，少時嘗及先君之門，今又同主傅氏。其好余文甚篤，若余之於熙甫者。歲暮爲余曰：“子必爲文以存吾名。”余謂君文學行誼皆循循修飭，有古儒者之風，使得如熙甫者而文之，其不朽必矣。惜乎余文不逮熙甫之萬一，而君之請又不可虛也。姑敘夙昔所見以贈之，君亦有以諒余之固陋矣。君名培元，醒襌其字也。

送陳子封之官德興序（祥燕）

今之縣於古爲侯國，而知縣之難爲，視侯尤甚。以遠方之人，茌素不相知之地而任以至煩之事，大吏之格於上，胥役之蒙於下，同官之睥睨於旁，内而幕友之挾持，外而勢家之請託，以至子弟、親戚、奴僕之屬，一或不檢，皆足蔽我知而撓我爲。故余嘗謂知縣之任，非智、仁、勇三者兼備，不能勝也。然而世之人多易視之，捐重金以爲餌，懸三尺以爲鵠，峩冠大裾而坐於堂之上，曰：“吾知縣也。”問以縣之事，則曰：“吾知上官之喜怒而已，知宦囊之盈虛而已，其他，則吾不知。”嘻！縣固若是之易知乎哉。

吾友慈谿陳子封，平素究心於經世之學，其官由庶常爲部曹而改知縣，其縣由廣東海康而改江西之德興。其之任也，思有異於世俗之所爲，而索余言以鏃屬之。夫未爲者不能知也，必於既爲者徵焉。憶去年冬，子封放賑霸州，周歷村落，核戶口多寡，不以爲煩；風雪載塗，往返四百餘里，不以爲勞。夫耐煩與勞而持之以無怠，何事不可爲者。而子封又善醫，嘗爲余及内人治病，其辨證也審，其用藥也果，而醫固仁術也然。則智、仁、勇三者，子封蓋兼備之。充是量也，豈惟德興，雖治天下不難矣。書之以驗其後。

贈陸漁笙先生序（廷黻）

同治間，吾郡以時文著名者數家，其一即吾師陸先生。余時未識先生，而於數家者皆嘗誦習其文，以應有司之求。然竊以謂近世之文，號爲工整，而實則靡靡成風。獨先生文，有得於山水清華之氣，視古之所謂文者，殆相去不遠也。已而先生主講鯤池書院，得余文而稱之。吾友俞樹周自郡城歸以語余，余因介樹周以見於先生，先生獎飾過當。時余爲諸生已十餘年，連遭大故，神志沮喪。自念生長窮山中，落寞終身固分內事，得先生言，遂若栩栩有生氣。其後先生逢人即揄揚，聞者往往目笑之，而先生未嘗稍變。然先生非特稱余而已，凡吾邑能文之士，若胡子籛、盛省傳、石季礽、樹周諸人，先生皆稱道不去口。余竊慨歎，以爲古所謂一个臣視人之技若己有者，庶幾於先生親見之耶。及余將服官京師，先生爲余計者甚周，且誨之曰：“子禮數脫略，非處世之道也。吾視學隴右，文官自典史、武官自把總以上，吾皆與之分庭抗禮，以是得免於訾毁。夫持身宜介而接物宜和，子其識之！”余唯唯而別。既至京，閒居無事，頗思遵用先生之言，與當世賢士大夫遊從，以稍擴其聞見。而山野之性不習車馬，每一出門，則閉置帷中，僕御前坐，足不得伸縮，輪蹄展動，傾側顛簸，心駭目眩。造廬投謁，或終日不遇一人。既見，又不能作寒喧語，賓主恒瞠然相對。偶語一事，則方音雜糅，彼此皆不能詳其顛末。因又自念以余之鈍拙而周旋時世間，不能爲益，徒取嫌耳。遂絕意不復詣人，人亦無詣余者。然每思先生言，未嘗不自愧其才之短也。

庚寅秋，先生來京相見，意甚憐余而無如之何。歲暮則問其有無緩急，疾病則好言撫慰之曰：“吾曩年亦如是，子無憂也。”余雖無所求於先生，又明知先生非多病者，然心益感之。灌陽唐學士者，余丙戌房師，而先生之辛未同年也。一日先生語學士曰：“王某孤寂可念，君能分餘光以照之乎？”學士笑謝曰：“吾亦孤寂者，安能照人？且凡事有命，豈人力所能爲耶。”是語也，先生未嘗告余，而學士以先生故頗重余，數驅車相過，爲道先生語如此。於乎！先生之於余，可謂始終曲成、不留餘力者矣。苟非木石，其能漠然無動於中耶？

　　先生詩古文、駢體皆蔚然深秀，又自負有治賦之才，嘗戲與人言："吾若筦度支，當使國用不乏。"余謂先生風流宏獎，休休有容，使處鈞軸之任，真賢宰相也，區區出納之事何足以溷先生哉！惜乎世之用人，方拘於資格，而先生亦倦遊思返，無復有出山之意矣。余既不獲追隨左右，因述素所拳拳者以爲獻，以見余於先生雖蹤跡疏闊，而知己之感固未嘗一日而忘之也。

贈俞樹周序（汝昌）

　　己無長而人稱之，是諛己也，非知己也；己無短而人攻之，是謗己也，非知己也。有長而稱之，有短而攻之，斯真知己矣。雖然，人之相交也，稱者十九，攻者十一。是何長之多而短之少也？抑人之情有蔽焉？稱其長，不問己之果有是長與否，而以爲知己也；攻其短，不問己之果有是短與否，而以爲非知己也。如是，則稱之者日多，攻之者日少矣。然則己果無短耶？抑有短而不自知耶？人果不見我之短耶？抑見之而不我告耶？見之而不告、告之而不受，所謂知己者，果何益耶？余竊致疑於此。故凡與余交者往往面攻其短，以爲朋友之道固如是也，然坐是不見悅於人，人皆目爲非知己而遠之。獨俞君樹周交余最久。

　　君少孤，能自奮於學，事親行己，粹然無闕失。惟於文字有自矜之意，視科第若可操券得者，一失望則悲不自勝。余謂其信命未堅，常察言觀色而力攻之。初若格格不相入，而卒以余之言爲然。余有短，君亦無所隱諱，而余受之與君同。故愈久而交愈篤，斯可謂之真知己者也。今年春，君負用世之才獻於禮部，不見收而歸，其言色甚和，無幾微不自適者。余服君進德之猛，而惜會合之不可常也。作《知己説》以贈之。

贈石季礽序（企峴）

余里居時，於天童、育王、瑞巖、靈峰、嘉溪諸山無弗至者，其林壑皆深秀有致，而瑞巖遊人稀少，尤稱幽絕。瑞巖之水東注爲盧江，江於近村，諸渠中最大。余嘗偕胡子籛操舟往遊，微風搏水，有波瀾起伏之觀。既登陸，循伴雲居而入，徧覽所謂十二峰者，隱隱在雲霧中，不可盡識，但見竹樹彌望、蒼翠欲流而已。時盛暑，天氣如新秋，寺僧出楊梅飽啖之。夜與劉午亭同飯。寺僧分六房，其最有名者，書蕉能詩，補炘能飲，午亭皆能之，而兼能畫，以是相傾倒不厭。而余方爲舉業所困，不能極登覽之趣，僅留詩一絕而返，然亦自以爲生平之勝遊也。比來京師，耳目所接，皆閎壯偉麗、稱天下之鉅觀，而城西有萬壽山、昆明湖諸勝，爲翠華臨幸之地。都人士往往稱說其風景，而余以多病未嘗往，獨於故鄉諸山時時記憶之，而瑞巖尤往來於懷而不能去。蓋追溯始遊之歲，倏忽十餘年，子籛久化爲異物，而余亦衰病侵尋，非復少壯時之意氣矣。

石君季礽居瑞巖之麓，爲人蕭閒高雅，默而好深湛之思。其文字久知名於郡中，而累試不售。癸巳秋，始與俞樹周同膺鄉薦。今春相晤於京邸，余交樹周二十年，而交君稍晚，然情意甚歡，無新舊之間。君持論不蹈襲故常，乍聽之若新奇可駭。而樹周性質直，每君發端，輒相詰難。君紆餘委曲，卒能自伸其說，而犂然有當於心。余甚敬慕之。蓋嘗以爲天下之人文往往與其風土相稱，西北雄厚故其人多樸，東南清淑故其人多秀。而其間又有近山近水之不同，近山者多樸，近水者多秀，此其大凡也。析而言之，山水包孕衆美，得其一者，皆翹然有以自異於人。姑舉所知而論。子籛得其秀，午亭得其逸，樹周得其厚，虞澹初得其峭，李魯儀得其潔，而瑞巖幽雋之致，君可謂得其深者也。

君之罷歸也，余方爲悵惜，而君翛然若有以自得者。嗟夫！世實需才，而才者亦思自見於世，然往往兩相求而兩不相值，蓋自古而歎之矣。而余也以無用之人，久竊祿位，常惡然自愧於心。行將從君於萬山之中，與書蕉、補炘諸人逍遙觴詠，以終餘年。君或者不以俗士謝我乎？請書此以當息壤之盟。

贈湯鴻九序（嗣衡［二］）

余所識郡中才俊士以百數，而最心折者兩人，曰章紹洙魯泉、湯嗣衡鴻九。兩人者皆少余十餘歲，而先後與余為同年，又申之以婚媾，故余皆深知其為人。魯泉短小精悍，而宅心長厚；鴻九磊落軒爽，而稟氣剛勁。其質性弗盡同，然其孝於親、友於兄弟、篤於友朋之義，無弗同者。至於文章論議，縱橫馳驟，曲折變化，下視世俗塗附拘攣之習，若踞泰華之顛而俯臨培塿也；若王良、造父振策齊驅，旁觀者但見其超軼絕塵，不知其孰先而孰後也。余嘗謂天既以才優此兩人，宜不與庸者同其位置。而由今觀之，亦若有不可解者。魯泉成丙戌進士，初以第一人自命，尋由刑曹改知縣，將之束鹿任，丁繼母憂。今方需次天津，鬱鬱不自得。間來京相見，意態如故，而向時英銳之氣已摧挫殆盡矣。鴻九由壬午副貢舉己丑京兆試，累躓於春闈。以貲官戶部郎中，非其好也。獨其處境較順，故豪興未減，往往高歌大呼，以自排遣。蓋兩人者，不可謂一無所遇，而皆名不副其才、位不充其志，豈天所以位置人者，固漫不經意耶？抑韜之者久，而後將大發其光耶？

鴻九之在京也，余緩急恃以無恐。今挈眷南返，余益有孑然寡助之懼矣。於其行為文以贈之，并以致魯泉，其亦將有慨於余言也。

送夏香孫南歸序（翊）

自古天下之變，多出於智慮之所不及。亂臣賊子之變於內，敵國之變於外，或旋起而旋滅，或始於微而終於不可制其間。致變之故與弭變之方，史策所紀不必盡同，大要不外乎得人則治、失人則亂而已。今天下可謂長治久安，獨海外諸國恃其器械之利，冒險涉遠與中國為難，此誠開闢以來未有之變，而其要仍在乎得人以禦之。得其人，則我眾而彼寡，我逸而彼勞，雖聚而殲之不難也；不得其人，則彼堅而我瑕，彼勇而我怯，一戰不勝則倉皇失措，相與張大其事，以爲自古未有之變非人力所能禦，而專爲偷安旦夕之計。然則自茲以往，中國之變終無已時乎？亦未免輕量天下士矣。夫所謂得人者，非必奇技異能、驚世駭俗之人而後能禦今日之變也，其要在乎不愛錢、不畏死而已。不愛錢，則士卒樂爲盡力；不畏死，則有進無退。兼是二者而不足以克敵，吾未之信也。

吾友夏君香孫，以試事留京師。自倭人擾邊，常慨然有從軍之志。窺其意，非猶夫世之汲汲於榮利者，其於二者蓋庶幾兼之，而世莫之知。余雖知之，而不能爲力。今和議告成，君亦見擯於有司而將南歸矣。夫和可恃乎？不可恃，則君之才終當效用於世。君歸，其廣求同志以待時焉可也。於其行，序以勖之。

送唐春卿先生省親序（景崇）

光緒乙未閏月，吾師內閣學士灌陽唐先生乞假省母，天子許之。先是，中倭和議初成，士大夫之見幾者大抵以省親爲名引身告退，有詔禁止。至是允先生所請，蓋異數也。榮商夙以疏愚受先生知愛，既喜先生之得遂其志，而又惻然有以自感者。於其將別，不能以無言。

在昔成周之世，人臣有馳驅王事而不得養其父母者，往往形諸歌詠，如《陟岵》《四牡》《祈父》《北山》諸詩皆是也。我朝功令，親老無次丁者許留侍，牧令得移遠就近，而皇華之使大都給假省覲以爲榮幸。其他陳情告歸者，自非多事之秋，莫不夕疏上而朝報可。嘗竊慨歎，以爲國家孝治之隆軼於往古矣，獨人臣事君之義，似尚有未盡者。平日受腹心干城之寄，有事則委而去之，而曰“吾有親在也”，此不獨負吾君，而辱其親者亦已甚矣。雖然，此特就重臣言之耳。今天下大事，皆受成於軍機，其餘內臣自大學士以下，皆莫能有爲，而閒曹在所不論。以大義律之，均無臨難苟免之理。顧天性所在，獨不可稍伸其區區之意乎。

先生通籍後，太夫人常在京邸。及伯兄維卿中丞開府臺灣，始迎太夫人南往。蓋兄弟兩人交致其孝養者如此。去年秋，先生典試廣東，將便道就省，以海氛不靖而止。會割臺之議興，内外臣工交章力爭，臺民亦留中丞爲自守計。議未定，而先生適奉會試總裁之命，外事不得與聞。先生既憤國威之不振，而又憂太夫人之在險，校閱之暇，輒與同事諸公相對痛哭，淚痕未嘗一日乾也。既而中丞見事無可爲，遵旨内渡，而臺民已先送太夫人至江南，於是先生愴然有將母之請。此一行也，母子兄弟相見，其悲喜交集當何如！而先生受國厚恩，誓以身報，又非飾辭觀望者比，計此別當不久即返，然則忠孝之義，先生可謂兩得之矣。獨念榮商離母七年，未能致一日之養，蓋人子事親之心，有足傷者。見先生之行，益不勝其望風羨慕之私云。

送葉至川侍御南歸序（慶增）

京師爲人才所聚，雖有善取友者，終日馳騖於冠蓋之間，不能徧交而深識之也。適然而值焉，通姓字，問里居，不數日而忘之矣。酒食相徵逐，名剌相往還，禮貌殷勤，無肺腑之語，不數月而忘之矣。時暫則情不習，人多則志不專，亦勢使然哉。余居京師七八年，雖同年而同官者猶未能徧識之，獨與同郡諸公，時時以土音相酬對爲樂，人少而時久，故性情術業皆有以知其詳。而慈谿葉侍御又余所師事者，故知之尤詳焉。

侍御貌古而體癯，深居而簡出。視其外，粥粥若無能者；聽其言，吶然如不出諸口者。適然而值之，則以爲常人已耳；徐而察之，經史百家之言無所不通，星相醫卜之技無所不習，至於朝廟之掌故，軍國之利病，山川之險要，並世人物之臧否，海外各國之情狀，耳目所涉，不遺於心。引其緒，綿綿而不絕也；窺其涘，汪汪乎其不可窮也。蓋世之所謂博學多能者，吾必以侍御當之焉。然則人之相值，其可以輕量乎哉！今年夏，侍御告歸省墓，同人咸惜其去。而余早衰多病，得侍御調治輒愈，故於其去也，尤深惜之。夫京師之大，一二人不足爲損益，而吾郡之人才則日見其少矣，況余所宗仰者耶。念師弟之倫統於朋友，用敢竊附於贈言之義，爲文以道其行。

送陳蓉曙同年之江蘇序 (遁聲)

自唐以來，士大夫多輕外而重内，至近世則不然。仕於内者，祿不足以自給，則不惜委曲以求試於外，論者因有内輕外重之說，雖風氣不古，亦迫於勢而然也。吾以爲官無内外，其輕重均耳。京師者，天下之本也，仕於内者，職雖簡，皆有輔君之誼，安得而不重？故昔之重内，是也；其輕外，則非也。民者，國之本也。仕於外者官雖卑，皆有治民之責，又安得而不重？故今之重外，是也；其輕内，則非也。外輕則薄其民，内輕則蔑其君，二者皆非設官之本意，而今之弊尤甚。何也？昔之仕者，厭外之煩劇而輕之，樂内之清要而重之，雖不能無爲名之心，然猶非汲汲於利也。今之仕者，其視内，既無所不輕矣；其於外也，蓋猶有所擇焉。苟無可多取於民，雖位尊而事簡，其視外猶之内也，獨擇其可多取者而相與重之。夫居官而惟知多取於民，此民力所以日疲、軍政所以日弛，而世變所以日亟者也。嗚呼！士大夫豈盡無廉恥之心，而流弊至於斯，極上之人獨不可深思其故與？抑經費有限，出於上者不能以復增，而姑縱之使自爲計與？將救時之策尚有先於此者，而世俗輕重之見，不足以爲時政之損益與？

吾友陳君蓉曙，才高而學博，官翰林六七年，名公卿交口稱譽之。君未嘗輕有干謁，獨以寓廬相近，時時就余談。余嬾而善病，計一歲中，閉門仰卧之日爲多。君至則縱論時事，或評騭當世人物，高下臧否，意氣甚盛。余竊慨歎，以爲君子居一官，則能使其官因我而重，而不當以世俗之見參之。翰林素稱榮選，然或不幸而久居於内，則世之輕之也，視他曹爲尤甚。如君之才，真能有以自重者。會海疆多故，君試御史，銳意有所詆斥，與執政忤，置下第。因求出爲江蘇候補知府。君之出也有辭，而知府之在外，又吾所謂位尊而事簡者也。然則君於内外，其意非偏有輕重，豈與夫世之汲汲者同日而語哉？雖然，朝廷之設官衆矣，而至於今能重其官者，不過千百中之一二耳。夫千百人輕之，而一二人重之，於世道不爲無補。而余竊有感於上下一體之義。下既羣輕其官，而上之所恃以爲重者，果安在也？余既求其說而不得，故因送君之行，而願與君一討論之云。

送陳馨莊之廣東序（居綸）

余觀自古豪傑之士，其始多混混於庸衆之中，甚者受汙賤摧辱而不悔。一旦遭時乘勢，奮起泥塗之内，智名勇功赫赫照人耳目，而曩時游處之侶相與驚顧駭歎，以爲非意料所及。自余思之，彼其才識器量得於天授者固厚，而其恢廓於磨鍊閲歷之餘者，取之必以其類，而發之必有其端。雖其人深自韜祕、不肯輕襮於外，而苟與游處之久，固可以微窺而得之也。方今海外諸夷恃其區區之巧陵轢中國，中國之人上自君相，下至田夫、野老、婦人、豎子之倫，莫不痛心疾首，而無如之何。吾意必有豪傑之士出而驅除之，以一舒天下人之積忿，而吾尚未之見也。豈其伏匿而不出歟？抑吾之閲人未廣而識又不足以知之也？

吾邑陳馨莊，年少而氣鋭，數試有司不利，即棄去舉子業，思有所樹立於世。今年秋，以貲敘縣丞，來京謁選，與余同處者月餘。其議論志趣甚偉，而其心猶歉然不自足，欲就世事歷鍊而恢廓之。吾所願見而不可得者，倘在於是耶？何其氣象之甚相類也。而馨莊又數稱鄞王君崑玉者，抱負奇異，往往孑身遠遊，徧覽山川阨塞，陰求天下奇士而與之交。王君嘗來京，余與接談，意其非常人。而君遊西山，不數日即辭去，故不能知其深。然則由吾郡以推之天下，信乎豪傑之士不乏於世，而吾特未能盡識也。馨莊有族叔名良杰者，方治防務於廣東之瓊州，今將往依之。夫豪傑之士，不待人而興，而不能不有所憑藉，以爲樹立之地。馨莊行矣，他日海氛不靖，有起自下吏而功業章顯於世者，非馨莊而誰哉！因書之以爲券。

贈同年陳甄甫序（守淑）

始余館陳君甄甫家，君之先太守方負重名於時，賓客交遊、衣冠門第之盛甲於吾郡。君於其家號爲材子弟，年少倜儻，不爲繩檢所羈束。然神識清曠，談笑從容，穆然有深谷大林變化不測之致。余固已奇之。及壬午同舉於鄉，時太守已下世，家亦稍落，君兩試南宮不第，即入貲爲知縣，謁選得雲南之麗江。人皆謂知縣事煩，雲南道遠，而麗江轄地且千里，君年甫三十，涉世尚淺，顧毅然盡室以行，若未經審量者。雖愛君者，亦以文弱不勝爲君憂。余獨以謂君之才必能任州縣而無難，其爲君憂者，蓋知之未深也。已而君履任，果有能名，仁和王尚書尤器重之。甫年餘，委署姚州知州，調補昆明縣，尋擢思茅同知。於是君援例入覲，與余相見於京邸，握手道故。回憶初見君時，余亦年壯氣盛。自通籍以來，棲遲偃仰於人海之中，終歲無所事事，今已頹然就衰。而君爲吏十年，往返數萬里，方神采煥發，意興益高，若不知有簿書填委、山川跋涉之瘁者。余以是益奇之。

君自言爲吏無他長，往往和光同塵、與世推移，獨於死罪出入必詳必慎，不肯枉法徇上司喜怒。在麗江時，江東西里民鬥死者頗衆。事聞，知府以爲亂民，擬上書大吏發兵三千往捕，召君判行。君請親勘而後從事，知府怒，與君爭。君執不可，遂輕裝就道。僚友謂君宜派壯勇二百人爲衛，君卻之曰：“彼聞請兵方疑懼，今以多人往，是激之變也。”即挾八人自隨，疾馳數百里。至則呼其豪謂曰：“吾來活若曹。若能縛首惡者來，即無事矣。”其豪感君誠，即縛首惡二人抵法，縣以無事。其他執法不阿多此類。

余益以歎君之才，殆有得諸天授者，不獨能勝州縣之任。雖以余向者之知君，亦尚有未盡也。君之北來也，尚書已由雲南移督直隸，今將往謁之。余謂直隸控制遼海，保障神京，其地較邊徼尤重。尚書知君深，必留君相助爲理。繼自今河潤所及，雖余等亦將蒙君之福，而雲南之民必有企望懷思而不置者矣。余既嘉君之治績，而又以慶先太守之名德將由是而益光顯也。因爲序以壯君之行。

贈蕭履安序（開泰）

自唐虞三代以來，生人教養之道甚備，獨殺人之器尚有缺略。豈中國聖人之智有未足耶？抑其心誠有所不忍也。今之泰西，蓋即漢時康居、大秦之屬，其嗜利好遊出於天性，一二巧術之士逞其私智、穿鑿緣飾以快其無等之欲。沿習既久，彼國山澤之所出不足於供，乃益殫思竭慮，糾合衆力，務爲馳騁兼并之計。數十年來，海外各國聞風應和，遞推遞廣，舟車槍礮之製月異而歲不同。其人終年冒風濤，適異國，眈眈逐逐，以取利爲事，以殺人爲心，無一日休暇者。吾嘗推原其故，彼之堅忍而不悔者，倘亦不得已而爲之歟？各國之尤而效焉者，其嗜好固有相類者歟？惟我中國涵濡於聖人之澤既深且厚，民雖嗜利而無大志，故其欲易盈；平居以殺人爲戒，故氣柔而不振。非有忠勇之將帥朝夕訓練，使萬衆一心而佐以出奇制勝之具，殆不足以自固也。

洪雅蕭君履安，精於算學。當西法盛行之時，能以新意製器，爲禦侮之用，其志氣偉然，庶乎出奇而制勝者。余惜知君之晚，而深冀其後之有成也。夫窮今日之世變，不獨前聖人教養之法將蕩滅無遺，雖天地生生之機，亦有時而息矣。君誠有以禦之，其所圖者豈特一世之功哉。余不敏，猶願執筆而記之。

送張讓三大令序（美翊）[三]

自西法流入中國，中國之賢士大夫既鄙夷其法而不肯爲，其爲之者，類皆輕躁浮僞之徒，襲取形似以炫衆人之耳目，而不適於實用。故論者謂洋務中無人才。何者？風氣初開，雖有一二公忠體國之臣倡導於上，而應之者非其人也。邇年來邊防日亟，中外交涉之事日繁，豪傑有志之士皆知西法之不宜菲薄，相與降心下氣，實事求是，以備國家之用。於是洋務一途遂爲人才之淵藪。彼此一時，亦世運使然歟。

鄞縣張讓三大令，博學多聞，嘗隨副都御史薛公出使泰西，於各國風土政教、語言文字皆能得其要領。尤精於輿地之學，凡五洲之內山川道里，如示諸掌。其根柢深厚，議論通達，非苟爲大言以欺世者。今將需次津沽，過余言別。余喜中國人才之日出，而緩急之有所倚賴也。因爲文以贈其行。

送譚彤士太守之廣西序 [四]

廣西山水奇勝，甲於天下，居民風俗醇樸，往往有太古時遺意。而異時越南爲外藩，素稱恭順，二百年來邊徼晏然，無犬吠之警。官其地者，常於簿書之暇登臨觴詠，以自娛樂，不知其在蠻煙瘴雨之中也。自越南受制於法，鎮南關以外遂爲强鄰之所偪處。頃者東方多事，泰西各國益有窺伺中土之心。法之鐵路駸駸達於龍州，而潯梧以下皆震動矣。

新會譚彤士同年，由工部主事出爲廣西候補知府。君工書法，喜爲詩，嘗浮海使日本，得詩數百首而還。其詞旨和平，庶幾無人而不自得者。今茲之行，其能爲桂林山水增重無疑也。然今廣西之所急，尤在於邊務。君雖未有守土之責，抑朝廷所以用君者，其意固不輕矣。語曰："前事之不忘，後事之師。"今以日本區區數島之兵力，而敢於縱橫馳騁，使海上各國望而生畏，蓋亦非偶然而得之。古者誦詩可以知國政，君之詩豈異於古乎。觀彼之所以伸而悟此之所以詘，則夫奮發有爲，以佐大吏之設施，而爲國家收折衝禦侮之效者，必有其道矣。余與君同出灊陽唐公之門，竊喜君至公之鄉，而將有以副公期望之厚也。故於其將行而爲之序。

送劉彤卿大令之官銅陵序（佐宸）[五]

光緒戊子秋，鎮海領鄉薦者六人，而劉氏居其半。於時劉士俊子和齒最長，而彤卿與其族父崇照、楚薌並年少有雋才，文章意氣高出倫輩，一時老師宿儒皆斂手避之，無敢與抗者。已而楚薌成庚寅進士，由庶常散館，出爲鹽城知縣。而彤卿累試不得志，慨然曰："當今之世而必欲以進士起家，是刻舟而求劍也。且吾年已逾三十，即從此掇巍科、除清秩，循資遷轉至於稍有可爲之時，不老則已衰矣。況未可必乎。"遂循例入貲爲知縣。方是時，楚薌已宦成思歸，而彤卿謁選甫數月，得安徽之銅陵以去。

蓋今世負才不遇之士，苟有有力者爲之欣助，則可剋期取一官一邑，以自行其喜怒生殺之權。或不數年而躋監司、任封疆者，往往有之。其甲科之選，則反窮年累月而不得一試。如楚薌者，殆十無一二焉。凡今之仕宦，其風氣如此。然則彤卿雖不遇，其視世之所謂遇焉者，宜其漠然而不屑也。

然彤卿意氣雖盛，而頗慇慇於余。其將行也，若必得余文而後已者。余謂以彤卿之才而出之以忠信篤敬，雖媲美於古名臣不難。彤卿行矣，異日功在天壤，名在史冊，豈惟劉氏之光，抑亦鄉邦之榮也。區區一第之得失，烏足以爲毫末之輕重哉。

送裘魯常大令之官廣豐序（鴻勳）[六]

國朝重親民之官，而視京職尤重。凡知縣治行茂異者，往往擢爲部曹以優寵之，則部曹之重可知也。近世仕途日廣，各部額外之員非兼充樞府譯署之職，則常歷十餘年而不得補官[七]。於是才智之士爭求一縣以自效。自余來京師，吾郡部曹之改官者不可悉數，雖於官制爲左遷，而得之者反以爲榮選，亦勢之不得已者與！

慈谿裘君魯常，由刑部主事出爲廣豐知縣，即今之所謂榮選者也。然君之本意，則誠有異於人者。君好學能文章，困諸生十餘年，始領光緒辛卯鄉薦，壬辰聯捷成進士。其初至刑部也，同官者皆鬱鬱不自得，君獨欣然就職，曰："吾一介寒士，幸蒙先人庇蔭，備位京朝，俸羨足以自給，公餘足以讀書，雖終吾身可也。"鄞縣張肖荇給諫歎曰："吾見新進士爲部曹而志意堅定者，裘君一人而已。"明年秋，君將入都供職，會家人皆病，不果行。又明年爲甲午，秋，海氛方熾，朝士皆謀南歸，君返所賃宅於主人，盡室以北。至上海，而君又病。家人請歸以待時，君堅不可，曰："吾已無家可歸，京師即吾家也。"然君病竟日進，卧逆旅中，昏不知人者十餘日。家人懼，强奉君以歸。既歸而病良已，然資斧已耗其十七八。於是親友謂君曰："子治裝者再而再遇病，是不利於北行也。盍改圖乎？"君意良不欲，姑漫應之。又明年秋，君將子身供職。友人袁孝廉景尹力止之，且爲君釀貲改今官。君不得已而就選，然自是亦不復病。君歎曰："吾之不得仕於朝，其命也夫。吾安能與命争？繼自今吾亦安之矣。"因日考求古名臣循吏事蹟以自策勵。踰數月，遂有廣豐之行，謂余曰："吾所以樂就京職者，非有所矯飾而爲之，懼負吾先人之遺訓也。吾先人性廉直，嘗爲人索逋於九江，逋家賄以三千金請勿窮竟其事，先人峻卻之，盡得其所隱匿萬餘金而還。生平聞貪吏事輒切齒謂某曰：'汝他日居官，其誡之矣。'某謹識之不敢忘。今當出而涖民，自惟才能淺薄，雖欲力遵先人之言而未敢自信也。子素知我者，願益勖以所未逮，俾得朝夕省觀，以免於失墜，則子之爲賜大矣。"余曰："方今吾郡京曹寥落，存者皆徬徨不安。君庶幾能安之，而天顧奪之以與廣豐之民，何其事之相反者與？雖然，以君之志趣，而又時時不忘其先訓，廣豐之民豈能私君？吾見君之未久而内擢也。"君欣然曰："不敢必耳，固所願也。請書其言以俟。"

【辑校】

[一] 培元：楊醒禪之名，寧波人。此注爲"四明本"據"乙未本"目録所加，"戊申本""民國本"卷三各篇題目後皆無。同卷中相同情形者不一一出校。

[二] 嗣衡：此小注爲"四明本"所加。

[三] 送張讓三大令序："乙未本"無此篇。美翊：小注爲"四明本"所加。

[四] 送譚肜士太守之廣西序："乙未本"無此篇。譚肜士，名國恩，王榮商同年進士。

[五]送劉彤卿大令之官銅陵序："乙未本"無此篇。佐宸：小注為"四明本"所補。

[六]送裘魯常大令之官廣豐序："乙未本"無此篇。鴻勳：小注為"四明本"所補。

[七]歷："四明本"原作"曆"，從"民國本"等改。

《容膝軒文集》卷四

鎮海王榮商友萊撰

序

《蕉雨軒詩鈔》序

余不能爲詩，而頗留意於鄉先輩之詩，以爲文人之立言，皆思不朽於世，而不能保其身後之不散佚也。彼其庸猥儇薄、無與於風雅之事者，固聽其銷沉而不足惜矣。至於流連光景、抒寫性靈，苟不悖於風人之旨，則雖其子孫不能世守，而鄉里後生相與珍惜而愛護之，亦足以稍永其流傳，何至一没世而遂有榮華飄風、好音過耳之歎也。故自弱冠以來，遇里中朋好其先世嘗習儒業者，往往訪求其遺著，以庶幾有助於鄉邦之文獻。而十餘年來，曾無所得。豈吾鄉作者固少耶？抑猶有沉匿而不出者耶？

算山胡桂林先生，字雲梯，號鎮東，乾隆甲戌歲貢生。其制藝有盛名於時，而張氏《續耆舊詩》頗載先生之作。余意先生當更有他書，嘗使人求諸其家，僅得其與友聯句數章，而全帙則無有矣。壬午春，訪姚君小復於郡城，讀其先復莊孝廉《蛟川詩繫》，載先生詩多至數十首。而小復又出詩繫底本，則先生《蕉雨軒詩鈔》儼然在焉。余甚喜，爲借鈔百首而歸之。復莊抉擇精審，其所餘殆不啻鱗爪，而蕉雨軒之名不可没也。余乃徐謀所以梓行之者，而先爲之序其端。

《蛟川耆舊詩繫》題詞

光緒八年春，姚小復茂才出其先孝廉所輯《蛟川耆舊詩繫》以示余。余讀而歎曰："篤矣哉，先生之用心乎。"夫通一世而觀之，詩之數方日增而未已。及退而求之一鄉一邑之間，不惟不見其增，而常患其日減也。蛟川爲山海之會，其奇秀靈怪之氣噓噏迴薄，鍾於人而發於詩，其多且工也固宜然。嘗按《藝文志》而求之，其名存而實亡者殆十之六七焉。其幸而存者，往往孤子不足以自行，或全集具在，而無好事者爲之刊布。非後之人薈萃而表章之，其不終於泯没者有幾人哉！此張氏《耆舊詩》之輯，有功於文獻甚大。而先生所以賡續之者，尤非尋常負才之士所可及也。凡人之情，好是己而非人，而負高世之才者，其意氣尤足以陵轢今古。其持論也，一若己之言可孤行於天下，而他人之言皆可廢者，自愛其名而不樂成人之名，其亦不恕之甚矣。先生著書滿家，不必附人以傳，而其手錄鄉先輩詩至數十卷。自宋元諸家以後，又爲之區分門類，每類冠以總論。其津津推許，若惟恐傳之不遠者，豈非仁人君子之用心歟！

抑余甚有望於小復者。先生是書乃絕筆之作，故網羅雖富而未及甄錄者尚多。昔姚察撰梁、陳二書未成而卒，其子思廉續成之。是乃君家故事，小復其留意矣。

書戴埴《鼠璞》後

是書刻宋左圭《百川學海》中，題曰"桃源戴埴仲培父"，《四庫提要》以桃源爲縣名，故不詳其仕履。余觀書中，辨"大人堂""伙飛廟"二條，皆四明掌故，乃知桃源實鄞之鄉名，非縣名也。案《鄞志·選舉表》：埴，嘉熙二年上舍。《戴機傳》：埴與兄塤先後持節將漕，爲衣冠光。語本王應麟《桃源戴氏世譜引》。是戴氏本桃源鄉望族，埴之自署桃源者以此；而填爲塤弟，與仲培父之字正合。左圭鄞人，故是書見收於《學海》，而志傳反不著錄，則亦誤以桃源爲縣爾。世固有同時而同名者，如是書之撰，其出於鄞人無疑也。載考《鄞志·藝文》據程端學《春秋本義》引用書目，有四明戴培父《春秋志》，因歎曰："此則塤書之見收於邑志者。"蓋塤字仲培父，而稱培父，猶劉原父、貢父之例。而程氏明云四明人，則桃源之爲鄉名，更無疑矣。

夫徵文考獻，後死者之責，攀附非也，遺漏亦非也。劉君藝蘭方緝《四明藝文志》，因表而出之，爲芻蕘一得之獻焉。

焦竑《獻徵錄》書後

吾郡自粵匪亂後，故家篇籍往往散布於鄉村之間，其抱殘守缺者固多有之，或不幸而遭焚棄之厄，泯滅漸盡而不復見於人世者，又不知凡幾也。若余所得焦太史《獻徵錄》，可感焉。

憶庚辰秋，余因病家居，故人胡信烻時時相過從，余因屬其訪求里中遺書。頃之，胡君以是書來，刻本甚精，而七十卷以前皆缺，蓋其族人得諸兵燹中者。余雖惜其不全，然有明一代文人如唐荆川、王遵巖、弇州諸家之撰著，皆得窺見其厓略，而鈐山堂文亦清婉可誦，獨見其名則生鄙薄之意。因歎高位固可畏，而文章亦不足恃如此，爲爽然者久之。而既缺者，則意其不可復得矣。乙酉館北鄉張氏，偶與金茂才賢林談及是書，茂才曰："吾家亦有之而不全，得非一書耶？"因使人取以相贈，則自七十卷以前皆在焉。噫！是書之由合而離者，二十餘年矣。兩家相距既遠，其藏之也，又皆在有意無意之間，宜其終於曠絕而不復合也。至是而皆歸於余，不名一錢而完好如故，天下快意之事尚有過於是者乎！書於後，所以賀是書之遭也。

《顧湖舫先生時文》序

吾師顧湖舫先生既歿之數月，其門下士傅君家銓裒刻其所爲時文若干首，而以榮商從遊最早，知先生宜最深，屬爲之序。榮商竊觀立言之道，至孔孟而古今之有德功者莫能並焉，可謂尊矣。時文代孔孟立言，較之諸家雜說，最爲雅正。然其體太拘，而作者不得盡其變；其語多從同，而見者或習而厭之。故治天下者以爲化民成俗之用，而不朽之業反不在是。至於爲之既久，而其人之性情氣度有流露於其間者，故觀其文亦可以知其人焉。

先生内行惇篤，貌樸而神清。其舉止厚重，不見有喜怒之色，而於處事接物之道皆深思焉，而得其理之所可通。生平不輕與人言，言則委曲詳盡，必當於理。榮商每侍先生，見其容之莊而不覺肅然以敬，聽其言之和而不覺油然以感。退而誦其文，而因以想見其爲人，未嘗不爲之悠然而情深、穆然而意遠也。嗚呼！先生豈屑以時文見者，而今之可見者止於是。其不可復見者，雖以榮商親炙之久，亦知之而不能言、言之而不能盡也。然則先生不朽之業，其不在於是乎。其亦重可慨也夫。先生諱家桐，鎮海廩貢生。榮商大母實先生之姑，故知之尤深云。

《星圖便覽》自序

凡治曆必先測日，日出入而爲晝夜，日行北陸、南陸而爲寒暑，會月而爲朔，周天而爲歲，而周天度數必以恒星爲紀。故治曆尤莫要於辨星。《堯典》星鳥、星火、星虛、星昂，即辨中星以測日之法。蓋日入之先，星隱不見，故必以初昏視南方之中星，而日之所躔始可定矣。後世推步之法日益精密，究其大旨不出乎此也。星數不齊，自古已然。《漢書》云：「天文在圖籍昭昭可知者，經星常宿中外官凡百一十八名，積數七百八十三星，皆有州國官宮物類之象。」張衡云：衆星列布，體生於地，精成於天。中外之官常明者百二十有四，可名者三百二十，爲星二千五百，微星之數蓋萬有一千五百二十。晉太史令陳卓總巫咸、甘、石三家所著星圖，大凡二百八十三官，一千四百六十四星，以爲定紀。隋丹元子《步天歌》始以各星分屬垣舍。明薄子珏《經天該》稍有損益，然大致不同者寡矣。

今依丹元子所歌分而圖之，三垣二十八舍各爲一圖，北斗亦自爲一圖，附以南極諸星爲一圖，而赤道南北恒星總圖冠焉。分大小明暗爲六等，凡中外官三百九名，積數一千四百二十九星。其五緯所變瑞星、祅星、使星、客星之屬及分野占驗之法，亦略摭其說。要於存大略、廣異聞，非敢與疇人子弟校其疏密也。

《淞木捐章芻議》自序

歲丁亥，余暫寓吳淞口。時吾鄉販木之船由福建至長江者，皆輸錢於淞局以佐軍需。其法驗木之大小、定錢之多寡，品目煩碎，吏得隱蔽爲奸。大約商民輸錢，歸公者十之六，中飽者十之四。余初未涉世事，聞而駭曰："弊有大於此者耶？"即上書大府，請仿上海樹木局捐法，驗船之大小定錢之多寡，使吏不得上下其手，而稍增其捐額，分中飽之錢半以歸公、半以惠商。大府以爲然，而局員以下皆不便之，議遂寢。余將入都供職，乃集前後論說爲《淞木捐章芻議》一卷，而序其端曰：

夫船之大小易見，而木之大小難見，此盡人而知之也。上海之木登場可數，而尚驗其易見之船；吳淞之船暫泊即行，而反驗其難見之木。此其孰有弊、孰無弊，尤不待智者而可決也。一舉手之間而公私兩便，非有積重難返之勢也。然而設局之初，既不能畫一其法以塞弊竇，及有人焉大聲而疾呼之，終爲中飽之徒所持，而利不歸於上，澤不究於下。由斯以推，貪吏之蠹國病民者，可勝道哉！木捐之事雖無足爲重輕，然亦可以見一時風氣之敝，而天下事之敗壞不振者，有自來矣。而余也以局外之人嘵嘵不已，蓋亦不能無出位之愧云。

《槐窗雜録》序

《傳》稱聖人不語怪，然六經所紀龍血鬼車、河圖洛書之類，不一而足，其可謂之非怪歟？六鷁之飛、鸜鵒之巢，其物固耳目所常見，非以事之可怪而存之歟？余意聖人所不語者，不過方士輩誕妄之說，造作附會，以自欺而欺人者而已。若其事之本有而可以究人物之變異、見鬼神之情狀者，聖人固將有取焉爾。彼夫干寶、任昉之記，洪邁、元好問之志，大抵據事直書，不造作以爲巧，不附會以爲奇，蓋亦聖人之所取者，豈與夫游談無根者一概而論也。我朝作者林立，其最有名者，莫如蒲氏《聊齋志異》、紀氏《閱微草堂筆記》。蒲氏懷奇未試，生平精力萃於是書，故能摹繪入微，有領略不盡之致，此以史傳之法爲之者也。紀氏博辨不窮，往往託鬼狐之口以自伸其說，此以史論之法爲之者也。二家之外，雅俗互陳，或街談巷語而不傷其爲雅，或文飾甚繁而不掩其爲俗。蓋文章氣度之異有不可强者，然其大者足以資勸戒，小者足以助笑談，則一而已矣。

余於辛卯之夏養疴京邸，長日無事，追述夙昔見聞，為《槐窗雜録》二卷。凡前人已録者，不復及焉。數年以來，稍有增益。其間傳聞失實或所不免，若夫造作附會以自欺而欺人，則非余之所敢出矣。

《漢書注校補》後序

余年二十三，始於胡子籛所見《漢書列傳》數卷，心獨偉其文辭，愛而不能忘也。明年秋，得之於杭城。既歸，先大夫發篋見書，喜動顏色，已而歎曰：“吾家安能蓄是書，兒得毋癡耶。”其後奔走衣食，常以自隨。歲戊寅在郡城陳氏，頗加評點。定海黃孝廉以周見而謂曰：“評文乃明人陋習，不足法。子能取各本校勘，則善矣。”由是稍稍爲考據之學。人事牽綴，無所成就。自來京師，益縱觀諸家之說而間參以己意，《本紀》諸表粗有端緒，至《律曆志》而不能盡通。余又有心氣之疾，輒檢篋中稿七卷，題曰《漢書補注》而爲序，以付手民。疾稍間，復取閱之，意甚自悔。而書已刊行不可止，余力又不能增正，乃復序之曰：

夫文字之爲用於世，亦有差等矣。經以明道，史以紀事，其上也；古義深奧，爲傳注以發明之，其次也；本經史之意，成一家之言，亦其次也。至於拾賸義、考異文，其爲用微矣，然而世競爲之者，直以文人不盡有用於世立言者，亦不能盡爲有用之文，姑以消遣時日已耳，豈真有不得已於其中哉。若余之所爲毛舉細故、割裂舊說，抑又無用之尤者，而以《補注》自名，不已汰乎。乃改題曰《漢書注校補》，而并書其緣起，以志余愧云爾。

《紀年錄》序

《紀年錄》者，王子自編之年譜也。本名《星命錄》，其法取七政四餘與二十八宿，分布於十二宮之間，以身命爲主，而視其得地則爲吉，失地則爲凶。相傳唐順宗時，都利術士李彌乾始爲此法。昌黎《三星行》云："我生之辰，月宿南斗。"古法以月爲身，而南斗在丑爲磨蝎宮，則其說已行於士大夫間矣。自唐以來，相衍不絕，而近世永定廖氏所纂最爲賅備。甲午夏，余得其書於琉璃廠，既爲方圓二圖，復取生平事蹟分年備錄，而以其法比附之。其五行喜忌之大致，與李虛中之法頗有同者，然細核之，多不可曉。取他人年命驗之，則益齟齬不合。其已往之事或可多方附會，而未來之吉凶則茫然無所覺焉。因廢書而歎曰："昔人有言術士之前知者必有鬼神相之，豈不諒哉[一]！惟鬼神靈氣有大小遠近之不同，故其知亦有差等。而要非學力所能至，彼無所憑依而自謂前知者，皆欺人之言也。"

嗟夫！世運之盛衰，人才之消長，蓋莫非命焉。世之盛也，君子足以制小人；其衰也，小人足以凌君子。即其爲君子、爲小人，亦命也，而非有鬼神相之，則皆不能以前知。其可知者，禍福死生皆有命，無所用其趨避而已。余既不能前知，尚何星命之錄哉。故更定曰《紀年錄》，而序之如此。

《盛世危言》題詞

余讀香山鄭君觀應《危言》，而愀然有感也。嗟夫！今日之西人，其眈眈於中國者，豈若佛老之柔弱，可以空言爭而勝之哉。故處今日而謂法不宜變者，此世之所謂迂儒也。鄭君之論中西利弊，可謂深切而著明矣。雖然，有立國之本焉。不變其本而但師其經營馳騖之迹，謂可進於富強，吾懼其爲海軍之續也。西人以商爲本，自王公以至庶人，無非商也。商多則俗奢，俗奢則源竭，於是材智之徒思爲巧取捷獲之計以佐其窮，而機器興矣。力薄不可以行遠，於是合衆商爲一商以厚其力，而公司立矣。遠行不可以無備，於是人皆習戰以精其技，競爲利器以厲其威，而輪船鐵艦、槍礮雷電之製紛紛出矣。夫征利者必危，好戰者必亡。彼履危亡之機而猶能崛強於一時者，合衆人之力以取他國之財，所謂盜亦有道焉爾。使其閉關自守，其能一日以安乎？

故商者，西人立國之本也。中國以仁義爲本，而商其末也。今能強中國之王公、卿士、庶人而皆爲商乎？能驅中國之商而皆爲兵乎？如能之，則法可變矣。日本諸國其已事也，而吾竊慮夫中國之不能也。何也？中國之王公、卿士皆不願爲商者也。庶人之有財者，雖願爲商，而不願爲兵也；其爲兵者，又皆不願遠適異國以爭利於水火之間也。不願，則不能矣。夫此不能者，非一朝一夕之故也。人情莫不嗜利，嗜利而無以節之，則爭；爭，則殺機動矣。故今日之西人，日持殺人之器以取利於他國者，豈其性殊哉？亦勢之積漸以然也。中國聖人知其然也，故以仁義爲本而教之，使人皆好生而知廉恥。好生，仁也；知廉恥，義也。知廉恥，故取之有節；好生，故不肯冒險而遠行。此所以與西人異也。間有殺人以取利者，與西人同矣，而中國名之爲盜賊，必捕而誅之然後已，其於西人特畏其強而容之耳。夫以平日所捕而誅者，一旦欲相率而效其所爲，雖以法令驅之，未必從也。官與商分，則勢輕；士與商分，則謀拙；商與商分，則力微；兵與商分，則氣懦。故雖有輪船鐵艦之屬，其行不遠，其戰不力，無事則耗天下之財以養之，有事則委棄而無所用。此無他，變法而不變其本，徒益其貧弱而已。雖欲崛強於一時，豈可得哉？

嗚呼！仁義之末流，常至於貧弱，東周是也。秦一變而爲富強，然六國滅而秦亦亡矣。今日之西人，蓋六國未滅時之秦也。而中國區區欲持舊法以相敵，固知其不勝矣。鄭君之議變法，不可謂過計，其於商務亦剴切言之，而未揭以爲本也。吾故表而出之，以俟世之識時務者擇焉。若夫練陸兵以防邊、興地利以足用，此二者以全力爭之，庶幾自強之中策與。

《楊家橋王氏譜》序[二]

世稱王氏二十一望皆王者之後，源遠而末益分，後世子孫不能盡知其氏族之所從出，而先世之淵源漸至於泯没。近人撰《王氏通譜》，太原瑯琊而外，有所謂王氏零派者，無慮數十百支，大抵分門別户，不相聯屬，其爲通譜所失載者尚不可悉數。原其始，未必不同出於一望，歲久失傳，一睽而不可復合也。

吾鄉王氏尤多，村落之間或數十家，或數百家，往往而是，凡皆通譜所謂零派者，而以楊家橋之王爲最盛。其先世之族望亦不可考。其可考者，始祖服義公，宋末自奉化之忠義鄉贅於楊氏，因家焉，橋故以楊氏得名。而橋西有王氏先塋，相傳爲目講僧所定。其後楊氏式微，而王氏寖大，因謂之王隘村。蓋自服義公以下五傳，而分支十有三，迄今蕃衍者六支，曰恭、寬、信、敏、惠五房者多至二千餘家，曰季房者亦不下千家，而散處四方者，且指不勝屈，近村氏族之盛未有能過之者也。

譜作於嘉慶十年，修於咸豐八年，至是而吾師候選訓導紫珊先生復纂輯之。會余乞假南歸，命爲之序。先生所纂乃五房之譜，而季房之譜先成，先生將合而訂之，以敦親親之誼。夫時代既遠，而先世之淵源無可稽考，此不得已而闕疑者也。若夫耳目所接，明明爲一本之親而聽其日疏日遠，以至一睽而不可復合，此豈仁人君子之用心乎？宜乎先生之欲合爲一譜也。余自南歸後，頗有志於家乘，寥寥數十家久而未就。承先生之命，竊慕其宗派之盛，成書之速，而又以歎夫先世族望之未必不同，而文獻之無可徵信也。於是乎書。光緒二十五年五月既望，具官同里王榮商序。

《第三洋王氏譜》序[三]

王氏居鎮海靈巖鄉之第三洋村，自明以來，世以耕漁爲業。咸豐二年，先大父贈中憲公始與族之長老謀爲宗譜，延倪處士某主其事，未久而成書，實余始生之歲也。同治十年，復延處士修之，時余已弱冠，亦與於補綴之役。又二十餘年，余自京朝告歸，顧瞻身世，愴然有今昔之感，則譜之修又不容已矣。方中憲公之爲譜也，嘗遣人至石門訪求世系。石門者，在崇邱鄉之西偏，其地兩山對峙，若門闕然，故以名村。相傳王氏先世實居於此。當是時，耆老數人裹乾餱以往石門，王氏慮分其祀田，設詞拒之，遂不果合。及余有修譜之議，復遣人往訪之，而石門之譜久佚，僅錄其世系圖以來。

案圖，始居石門祖諱達，達生名揚。名揚生四子，季子字愛陽。愛陽生二子，其一子即遷第三洋之祖，蓋在石門爲第四世。陽與揚相近不避，而石門始祖之所自出，與吾始祖世祀公之諱，均不可考。余頗以爲疑，而父老皆曰：“是累世之所傳，先人一再求之而未得者，不可失也。”乃以戊戌冬至日親詣石門，行祭獻禮。至大河口，謁愛陽公墓道，摩挲遺碣，低徊顧念者久之。既歸，而疑信參半，因循數年，譜迄未就。會族之人有以行輩先後爲言者，石門新譜遂遷就其說，以爲名揚生五子，其四子遷第三洋，則與愛陽爲兄弟行。蓋年湮代遠，圖籍無徵，所謂三世、四世特出於後人之臆度而已。余念流傳既久，吾宗之出於石門當無疑義，而世次不明，升降任意，使其言可信，則所得不過數世之間，而於沿流泝源之義終闕而未備。萬一援引失實，父子兄弟之倫顛倒紊錯，較之數典忘祖，獲戾滋大。故仍遵舊譜，以世祀公爲一世祖，而於石門之王雖引爲同族，終不敢强合爲一譜，以重蹈於誣妄之咎焉。

甚矣，繼述之難，而文獻缺略之不足以傳信也。夫充儒者胞與之量，雖殊方異類，猶不忍坐視其顛連無告，而常惻然思有以救正之。況於族姓之同、邑里之邇，淵源所述不盡無稽，則引而近之，亦固其所，豈以譜之分合而遂有所歧視於其間哉。惟余也才智淺薄，雖賴先人餘蔭忝竊祿位，而力不逮心，無宗祠以妥先靈，無義田以贍貧乏，本支之不能恤，何有於疏遠？此則言念宗盟，而不能不爲之汗下者也。光大而潤澤之，是所望於族之後起者矣。

《石門王氏譜》序 [四]

自余爲童子時，即聞石門王氏爲吾始祖之所自出。以《鎮海志》考之，石門在縣之崇邱鄉，距吾第三洋村不過三四十里。然鄉村質樸，往來不通，譜牒亦不載其淵源所在，僅得諸故老之流傳而已。光緒戊戌，余自京朝告歸，重修宗譜，始與石門定合族之議。而石門尚未有譜，族之賢者乃相與蒐蠹簡、剔殘碑，網羅掇拾，以爲《石門王氏譜》。王處士東萱任編輯之役，而以余忝列宗盟，請爲之序。

案譜，始居石門祖諱達，自達以上不可考。達生二子名揚、名芳。名芳累世單傳，至十世而絕，今之聚居石門及散處於他鄉者，皆名揚公之後也。其間生卒配葬與夫行諱、房分，率多缺失。然信以傳信，疑以傳疑，大抵不悖於《春秋》之旨。惟於遷第三洋之祖，則屢變其說，而於義終有所未安。夫王氏居於鎮海者多矣，高門大族，衡宇相望，吾宗皆不之攀附，獨於不甚顯著之石門，則引而近之，以爲水原木本之所在，此必始祖以來相傳之舊說，雖載籍無徵，而可信其淵源之不妄者也。若必確指爲某公之子、某公之孫，則求詳而反失之誣矣。余爲芟其說之不可信者，俾遷第三洋之祖別爲一派，以附於傳疑之列。又以族人相見不可無一定之稱謂，乃爲考其世次。蓋自始祖以迄於今，石門傳十四世，第三洋傳十二世，而名揚公之長孫名御龍者，順治十六年海寇登岸失散。吾始祖葬於天啓辛酉，在御龍被寇之前三十餘年，其非名揚公之孫灼然可知。故新編行第始定吾始祖爲第三世，兩譜各自爲書，以厚其別，仍以行第聯屬之。然後脈絡分明，後世子孫曉然於同出一源之義，邂逅問名，而親睦之心油然而生矣。

夫事莫難於創始。石門之譜既有其始矣，如作室然，基構既立，垣墉既具，自茲以往，塗墍丹雘，賡續弗替，後之言文獻者庶乎有所徵信，而不至蹈數典忘祖之失也夫。光緒三十一年秋七月。前翰林院侍讀王榮商序[五]。

《蘆江胡氏譜》序[六]

蘆江胡氏，吾邑中望族也。其始定居者曰用之府君，在宋理宗之世六傳，而族乃大。今爲五大房，曰五馬橋，曰前塊，曰完工橋，曰前房，曰車門裏。每房皆有支譜，而集其成於總譜，源遠而流長，根深而葉茂，洋洋乎大觀矣。光緒丙午，六修告竟，以余粗習記載之文，屬爲審定而序之。

余惟古者欲辨百姓、和萬邦，必自親睦九族始，故治族之法甚備。《周禮》以九兩繫邦國之民，五曰“宗以族得民”；又有《小史》以奠繫世辨昭穆，有《族師》以書其孝悌睦婣有學者。是有宗即有譜也。自世祿之制不行，宗子無收族之力，而宗法廢於是。本尚齒之義而立宗長，有事則族之賢且能者分任之，而宗長擁虛名以可否於上，所恃以收族者，惟譜而已。故宗法廢而譜愈重。魏晉以降，朝廷設圖譜局、置郎令史以掌之，官私簿牒，參互鈎稽，其時譜學最盛。然大旨主於分別流品，浮僞之徒往往攀附華胄以誇耀其門第，先王以族得民之義蕩然無復存者。譜學之盛，實譜學之衰也。迨歐蘇之譜出，詳於近而略於遠，傳其所可信而闕其所不知，後之秉筆者有所取法，希榮慕勢之風息，斯惇本睦族之義明。然則譜之作其可苟乎！

胡氏《譜例》定於周方人先生。先生國初高士，其學深於《春秋》，故其爲譜謹嚴有法。後之人遵而守之，雖衍至千百世，其足以信今傳後無疑也。惟自用之府君而上，其世系尚有難盡信者。譜稱居鄞始祖顥來自青州，八世孫絜爲沿海制置使，命其子居蘆江。以《宋史》考之，絜，蘆陵人，忠簡公銓之孫，與兄槼並爲尚書，而不言其爲他官，與譜所載祖亘、弟權及籍貫、官階皆不合。豈同時有兩胡絜，而記事者誤合爲一歟？是在前賢已有辨正之者，所謂"疑以傳疑"，於史例亦無悖焉。《傳》曰："人人親其親，長其長，而天下平。"今天下言新政者，皆以地方自治爲急務。夫自治之急，孰有過於治其族者？而治族必自治譜始。觀胡氏之譜，有倫有要，使人親親長長之心油然而生，倘亦可爲自治之先導也歟！

《四川鄉試録》序[七]

光緒二十九年，歲在癸卯。其明年爲皇太后七旬萬壽，詔以癸卯正科鄉試作爲恩科。屆期，禮臣以四川考官請，奉旨命臣榮商偕臣張世培往典試事。伏念臣浙東下士，由光緒十二年進士授職編修，十七年充順天鄉試同考官，二十年大考翰詹，超擢侍講，轉補今職，備員講幄。未報涓埃，兹復渥荷恩綸，持衡巴蜀。謹偕臣世培駪征就道，齋祓入闈。維時監臨則四川總督臣錫良，肅清綱紀提調則布政使臣陳璚鹽、茶道臣黃承暄，監試則按察使臣馮煦、候補道臣賀綸夔，内監試則龍安府知府臣潘炳年。恪恭將事，爰進學臣吳郁生所録士一萬二千有奇，扃闈三試之。臣榮商、臣世培，率同考官知縣袁凱、胡世昌、齊廷藩、熊廷權、邢驤、朱遠綬，理番廳同知王郅，知縣陳偉勛、胡振緒、趙源濬，通判興元，知縣常炳燿，通判金正燁，知縣李子榮，悉心校閱，得士九十四人，貢太學者十二人。擇其言尤雅者恭呈御覽，臣例得颺言簡端。

臣惟考言之典，自唐虞至今相沿不廢。良以言爲心聲，凡人品之邪正，學識之深淺，皆可於言辨之。而文字尤言之至精者，其上者足以傳世行遠，下者亦各肖其平日之所有，而莫能以自掩。靜觀於一室之中，而千里百里之士皆若親聆其聲欬，而有以窺其志意之所存，雖不能無失，而所得固已多矣。論者疑空言爲無用，欲循名責實，以收有用之才。臣愚以爲士之有用無用，視乎學校之造就何如，又必試之政事，然後可以見其真。至於進身之始，惟考言較爲可信。若但較其功課之分數與師儒之文憑，以分高下而定去取，苟非其人，惰者可以爲勤，優者可以爲劣，甚或終年未至庠序而可以坐得高等之名譽，其流弊殆有不勝防者。就令一一核實，數年而後，卒業及格者必多，官職不能徧給，勢必拔尤而用之，則考言之典又安可廢乎？今之稱有用者，莫如藝學。然士通其理，工製其器，理包乎萬有而器囿於一偏。今使舉公輸、王爾之倫而授以公卿大夫之任，鮮有不倉皇失措者。然則舍考言而求取士之方，固有窒礙難行者矣。

四川爲古梁州之域，岷岷江漢，孕奇毓秀。自文翁興學以來，文章政績彪炳史策者，代有其人。臣等所取，雖不敢謂無濫無遺，惟是竭誠搜采，冀有明體達用之士出乎其間，以仰副聖天子大孝尊親、壽考作人之至意。是則臣等區區之心，所願與多士共勉之者爾。維時官斯土者，則有成都將軍臣蘇嚕岱、提督臣馬維騏、兵備道臣沈秉堃、成都府知府臣雷鍾德等，例得備書。

宣統元年《玉堂譜》書後 [八]

右宣統元年七月《玉堂譜》，凡一百八十九員。余來京時，從友人借鈔，以便省覽者也。

先是，翰林院正俸裁足供楮墨之費，近年始有津貼銀每月三千兩，分四級開支。掌院爲第一級，學士、讀學、講學爲第二級，讀、講、撰文祕書郎爲第三級，各支六百兩。修撰、編、檢爲第四級，其員數最多，掌院常自減二百兩以附益之，凡支一千四百兩。又有公費銀二千五百兩，掌院月支五十兩，餘皆八兩。南書房講官辦事撰文處，視他員爲特優，別有講習館，以功課分高下，歲支四十兩或二十四兩。國史館增設編纂十員，月支五十兩。惟待缺人員，正俸、津貼、公費皆減半，而計資論俸與實缺同，皆前此所未有也。然自科舉廢而試差停，提學使之權大抵操諸學部，於是翰林一官幾同雞肋，而奏調他部及出外求差者紛紛矣。觀於是譜，亦足以驗世風之變遷也。

《學堂章程》書後 [九]

張文襄所定學制，其宗旨甚正，而防弊甚周。自戊戌庚子以來，異說蜂起，天下囂然，以君父爲不必尊，以周孔爲不足法，裂眥攘臂，殆有不可終日之勢。而文襄不動聲色，舉而納之範圍之中，其功亦偉矣。論者猶惜其不純用新法，而治經之時刻獨多於他課，以爲虛耗日力。此一孔之論也。經者，綱常名教之所寄，人道植於是，世運維於是，中外大同之樞紐存於是，而可苟簡乎？惟謂中學堂以上必勤習洋文，以專門之學爲普及之教，則愚尚有所疑。

夫今日時勢，不通洋文者於交涉、游歷、游學無不窒礙。其說是矣。然洋人於外交政策最爲注意，不聞强彼國之士而盡習華文，則本末輕重之間固自有辨。就科學而論，西儒於倫理、政治各科莫不辨析微芒，窮原竟委，爲其學者亦悠然有自得之趣。然往往支離蔓衍，用力多而成效少。獨其藝學之新奇，非華人所能及。然苟有精於繙譯之員，舉一隅而導先路，則後此之日新月異者，智巧之士亦可推闡而得之。苟不能觸類引伸，自悟新法，而終其身惟洋人之師，則是濟濟學生不過養成無數之繙譯而已，於自强之義，庸有當乎？夫洋人所以不得志於中國者，以中國之人不習其語言文字，隨所在而格格不相入也。今以勤習洋文懸爲功令，口耳習熟，心與俱化，洋人以利相餌，勢不至盡爲漢奸不止。我朝列祖列宗不責漢人以習清書，而文襄乃强多士以習洋文，此愚所未喻也。至於平權、自由之說，惟狂妄者信之，知道之士雖不通洋文，必不爲所搖惑。故謂勤習洋文可以通中外則有之，若欲消亂賊、距邪詖，恐非聖經賢傳不能有此功效。而文襄乃歸功於洋文，其然，豈其然乎？

《算山胡氏譜》序 [十]

算山胡氏宗譜，乾隆間胡桂林明經修之，迄今百數十年矣。光緒丙午，胡氏之宗長智學謁余，以重修爲請，余爲代延張茂才祖培主其事。踰三年始脫稿，而余適有北京之行。迨辛亥春，余奉諱歸里，問其譜，則刷印未及半，而智學與祖培皆作古人矣。今宗長智佑偕其宗人信泰、良洪等，以印工迂緩、竣事無期謀於余，易工而速成之。既成，請余序其簡端。

譜凡四卷，自宋以前其世系多不足信，以舊譜所有，姑過而存之。自始遷祖以下，則紀述加詳焉，其義派則附於末卷。蓋胡氏一家之信史也。嗟乎！方余南歸之始，時局尚無恙也。曾幾何時，而海內鼎沸，玄黃翻覆，天潢貴冑岌岌乎有夷爲氓隸之勢。惟吾鄉以偏僻，故不見兵革，胡氏諸宗人得以從容宴集，樂觀譜牒之成，可不謂厚幸歟！而余以衰老之年，相與始終其事，撫今追昔，蓋不勝滄海桑田之感云。

《鎮海南鄉程氏譜》序 [十一]

程氏出於重黎，自顓頊以來，世掌天地之官。其後裔封於程，因爲程氏。周宣王時，有程伯休父爲大司馬，平徐方之亂，是爲程氏見於載籍之始。春秋時，有程嬰爲義士，有程本與孔子爲傾蓋之交。秦有程邈，作隸書。漢有程不識爲名將，山東程鄭爲富人，南昌程曾爲經生。三國時，蜀有巴西程畿爲從事祭酒，魏有中山程昱爲衛尉，封安鄉侯，吳有汝南程秉爲太子太傅，北平程普爲江夏太守、盪寇將軍。遭五胡之亂，程氏中微，然以武勇著名者不絕。唐定氏族，而程氏分爲七望。宋初，中山之程最顯，有爲相國太師者。及明道、伊川兩先生出，爲道學大宗，而程氏益大著矣。四明程氏，唐初來自鄱陽，有官率府參軍者與杜工部交，歸四明，工部有詩送之。元有程端禮、端學兄弟，以文學行誼重一時，爲甬上望族。而支裔分散，莫能知其統宗所在。慈谿程士龍，宋理宗時爲禮部侍郎。奉化程擂，明時爲順昌知縣。其同出於鄱陽與否，皆未可知。近有程利川，居鎮海負郭，由户部主事官至度支部候補參議，於權算最精。然其先世淵源亦不可考，參議自稱爲端禮後人，又云出於歙縣，蓋亦臆度之詞，無所據也。

鎮海南鄉程氏，不知其來自何地，遷於何時。其始居靈巖鄉妙林顧之河西，與橫河相近，土人呼其地爲程家基，河爲程家漕。其後分爲二派，一遷第三洋，一遷泰邱鄉之小山。而居妙林者轉微，迄今破屋數椽，已更兩姓，僅香火一龕在頹垣敗礎之間，後人知爲程氏故址而已。其先墓在黃板橋者八，在金家河者四，第三洋程氏主之。在程家漕者五，小山程氏主之。墓皆無碑記，惟程家漕一墓有石欄，已斷裂，藤蔓交絡其上。洗剔久之，字跡隱隱可辨，知爲程天秀墓，然亦不能定其爲幾世祖。而他墓勿論。蓋其家世未有譜牒，或有之而中更喪亂，散亡磨滅，子孫無所稽考，以致然也。第三洋程氏與余家爲比鄰。先是，有富旺者爲蒙師，始有譜稿之作。其子可貴繼之，未成而卒。小山有富興者，與可貴同時爲支譜，亦未成書。又有富和者，留意於譜事最久。歲在壬子，余養疴家居，富和偕其宗長富寧、從子聖貴、從孫金香及小山宗人富春等，協力採訪，請余任編纂之役。余以卷帙無多，勉從其請。譜稿自祥字以上世系，多牽合不足信。近日搜尋故紙，得康熙間析產書，始增入瑞字一代。而程氏宅東有古冢，相傳爲程公相墓，是爲遷第三洋之祖，小山之遷稍晚。而天秀之外尚有積義、瑞生諸名，見於糧串析產書，有宗長瑞奇，皆居程家基之可考者。余爲推論其世次，蓋自始遷祖以下，其派別有三：小山，自祥震以上居程家基者六世，故始祖外有五墓；第三洋，自公相以上居程家基者四世，其先墓應減於小山；而程家基一派，六傳至瑞奇而止。第三洋以相距較近，兼主其祀，故有十三墓。就三派而分配之，則先墓多寡之數與程氏基之歷世大略相準，獨其倫序之先後不能懸揣而知。故自四世以上皆虛存其次，雖其名之可考者，亦姑闕焉。

譜既成，爲略述其源流，而增編行第，以垂久遠。自兹以往，倘有殘碑斷簡足以證明先代之昭穆者，固程氏世世子孫所馨香而禱祝者也。

若乃憑臆造作，誣先祖以欺後人，則非余之所敢知矣。壬子仲冬月上浣，前翰林院侍讀同里王榮商撰。[十二]

《程氏宗譜》跋 [十三]

庚戌辛亥間，余在京纂《德宗實錄》未成，而奉諱歸里。尋遭桑海之變，臥病萬山中，飾巾待盡，所謂不知有漢、無論魏晉者也。一日鄰人程聖貴過余，自言族小而貧，力不足以延譜師。一二有志者思廣聯同姓以厚其力，而東西奔走，迄不得其要領。是以譜久不就，蓋數十年於茲矣。語次若求助於余者。余憐之，慨然以編輯相許，而疏宗則姑舍焉。支派既簡，衰集較易，惟是先世淵源若明若昧。初擬斷始公相，繼念祖宗宅兆近在妙林，不宜聽其虛懸而無簿，乃增列數世以比附之。輾轉改削，未慊於懷，而屏驅已不支矣。會印工來，遂舉以付之，且爲任校讐之役。追溯生平，未嘗爲人作譜。今老矣，杯酒無歡而嘔心不悔，此非程氏之初願，余亦不自解其何意也。憶在史館時，同直程侍講棫林和余六句自述詩，末句云："寶錄告成花甲過，好將剩墨著潛虛。"《程氏宗譜》其亦潛虛之類耶！侍講貴州思南人，博雅士也。余題其濂溪攝像，稱爲伊洛後人，特揣測之詞，惜未詢其族望之所自出云。壬子仲冬月。

《輯放齋詩說》題詞 [十四]

南宋之初，吾邑曹粹中先生著有《放齋詩說》三十卷，嚴華谷、王厚齋諸家多稱引之。其後流傳漸微，惟《永樂大典》中尚有其書，全謝山庶常嘗鈔而序之，而康熙朝《欽定詩經傳說彙纂》所採尤富，由是海內佔畢家無不知有先生《詩說》者。

光緒己卯，余在管江，嘗輯其散見者爲一卷，未久而棄去，誠以先生全書尚在，而余所輯之零章殘句爲不足貴也。及余廁身詞館，問所謂《大典》者，皆茫然不知所在，而全氏本亦未見刊行。相傳謝山歿後，書歸抱經樓盧氏。余嘗偕盧寶輝孝廉登樓求之，亦不可得。蓋先生《詩說》雖未盡湮没，而全書之不易見如此。因念乾隆朝編纂《四庫全書》，先儒經説自《大典》中録出者不可勝數，獨先生書不與其列。全氏序既不詳其卷數，其注《困學紀聞》，於所引先生《詩説》亦未證以原書，《千頃堂書目》則稱《詩説》止十卷，豈《大典》所存非復三十卷之舊？抑諸書所採已得其精華，而其餘皆可略歟？要之先生全書未必無彰顯之一日，特以余之衰老，侵尋恐不能及身而親見之，乃復取前日所棄者掇拾成編，以備鄉邦之文獻焉。凡採諸彙纂者十之八，採諸他書者十之二，遺漏之譏知所不免，尚望博雅君子教而正之。甲寅季秋望日。

《東錢湖志》序 [十五]

四明水利，江海而外，莫大於東錢湖，昔人論之詳矣。顧自唐以來，未有專書，湖亦日就淤淺，此豈盡由於財力之不贍哉。凡人之情，不親履其地則無由激發其好義之心。杭之西湖以名勝聞天下，其屢淤屢濬，若一池沼之易，固由於山明水秀所致，亦以密邇會城，日爲士大夫之所聞見，故費易集而功易成也。東錢湖之風景，殆不減於西湖，然距城稍遠，萬山圍繞，遊跡之所罕至。故雖有人焉倡議疏濬，而應者寥寥。湖工之不能興，何有於《湖志》？其相因而及，固自然之勢歟。

光緒季年，鄞邑忻君錦厓鋭意濬湖，久而未就。易世之後，吾邑陳君協中助以巨資，別出白金若干爲纂志之用。於是，忻君募集工役，先濬梅湖，即於湖工局中附設志局，延陸珠浦（澍咸）、戴霽青（彦）分任編輯，而以余常往來湖上，於湖事粗有建白，俾總其成。余固辭，不獲，爲發凡起例以先之。及梅湖之工甫竣，而陳君謝世，余亦病甚，不能與陸、戴二君時相商榷，深懼《湖志》廢於半途，無以副陳君之意。會忻君督促再三，復延董莘夫淵就已編者詳加詮次，分爲四卷，付諸手民。其有缺失，俟後人訂正焉。

嗚呼！滄海之大且變爲桑田，何有於區區之一湖。而是湖賴忻君之苦心，佐以陳君之毅力，梅湖一帶，向之葑葑彌望者，今已一碧如洗。

大湖間有淤墊，尚不至如梅湖之甚。而自梅湖濬後，湖水盡趨下流，雖欲不濬全湖而不可得。如爲山然，未成者固不第一簣。而忻君方進而不止，陳君未竟之志有不藉以告慰者乎。抑忻君之於陳君，所謂曠世一遇者，而濬湖之舉必賡續不已，乃能衍其利於無窮。湖固遠於城，而是編薈萃衆說，俾覽者如親履其地，而激發其好義之心。吾知陳君雖往，當有如陳君者接踵而起，東錢之水將與杭之西湖永在人間，不至爲廣德之續。然則《湖志》之成，倘亦他日湖工之先導也歟。乙卯季夏，前翰林院侍讀鎮海王榮商序。

《澹園詩集》序 [十六]

吾友虞澹初孝廉所著之詩文曰《澹園集》。宣統辛亥，哲嗣銘新刻其文集於京師，踰四年，又刻其詩集。既成，而澹初之從兄午研謂余宜爲之序，張君子驤承午研之意，請之再三，若必得余序而後已者。余惟序詩者之才力必與作詩者之才力相稱，然後詩中之曲折皆了然於心，而其爲序也，乃親切而有味。如遊山然，凡巖壑之幽深，木石之奇秀，必身履其境，然後見之確而言之詳。若徒眺望於數十百里之外，則所見者不過烟嵐杳靄之大致而已，而欲標舉名勝以爲遊覽者之先導，其所言庸有當乎？

余與澹初爲壬午鄉舉同年，而澹初之年少於余者且十歲，然其天才亮特，作爲詩歌，秀色四映，余固已驚異之。既而澹初試南宮報罷，裹足不復至京師。家在廬江，有山水之勝，日居其所謂澹園者，事親課子，俯仰自得，世俗之榮利一無所動於心間。與其友梅伯儼、胡廉水、陳覺生、虞寒莊、子驤諸人選勝分題，行歌互答，其胸襟日以曠，故其詩格亦日以高。惜其不幸早世，年止於三十二。然其所造之深邃，蓋有老師宿儒窮追力索而不得一窺其藩籬者矣。澹初諸友皆能詩，而子驤爲澹初僚壻，致力於詩者尤專且久。其評澹初詩，謂其"神清而氣腴，秀骨天成，時露崛強之態"，可謂深知澹初者。故余謂序澹初詩莫如子驤爲宜。

若余則自丙戌而後，終歲馳騖於聲利之場，與澹初蹤跡疏闊。每聞澹初
家居，抗志希古，翛然塵俗之外，心竊慕之。其歿也，嘗私作小傳致惋
惜之意。及銘新刻《澹園文集》，乃取之以冠簡端。澹初之文如危厓幽
谷，愈轉愈深；余文則如培塿小邱，一覽輒盡，蓋才力之所限，有不能
強同者。又況詩中深奧之境，余益茫乎未窺，而欲序澹初之詩，是何異
強城市之人而使之言山林之勝，雖蹊徑猶不能盡識，而況於深焉者乎。
無已，則姑述其烟嵐杳靄之大致，以塞子驤之請而慰午研之意。至於巖
壑之幽深，木石之奇秀，覽者當自得之，余固不能言，亦無待余之言也。
乙卯季夏，同邑王榮商撰。

《少有軒書目》序 [十七]

吾鄉傅家銓可堂築室於徐家浦之上，取昔人苟完之義，以“少有”
名其軒。前後聚書三萬餘卷，自爲四言韻語凡六十四字，每篋標一字，
既編之爲《少有軒書目》矣。踰數年，其仲子國謇諤卿重加整理，以板
本之優劣分爲正續二編，都凡一千三百九十二種。編成而請余序之。

余家與傅氏衡宇相望，少有軒之書大抵余之所常見者，較之郡中范、
盧諸家殆不逮遠甚。然自吾鄉視之，已如景星、慶雲之不易覯矣。夫學
者之於書，宜若飢渴之於飲食。而科舉文字相傳有速化之術，故束書不
觀者比比皆是。至於今而旁行斜上之文流布日廣，習是文者，其化爲尤
速，故學者益棄書而從之。蓋雖通都大邑之間，藏書家且日見其少，而
況於吾鄉乎。可堂當科舉之時，已能發憤聚書，旁搜博采，而襮之於詩
文。迨滄桑之變，諤卿自京師避地南歸，同學者相率以趨時爲業，可堂
獨教以杜門讀書，而諤卿亦能仰承親志，沉浸穿穴於三萬卷之中，以登
其堂而嚌其胾。每與余相見，其答問也無不盡之辭，其辨疑也無自矜之
色，其年富，其學懋，而其心又冲虛廣大若是。古有讀數萬卷之書，堅
僻自用，以禍人家國者，又不足爲諤卿慮矣。余故樂爲之序。丁巳夏
五月。

【輯校】

[一] 哉：“四明本”原作“或”，誤。今從“民國本”改。

[二]《楊家橋王氏譜》序：“乙未本”無此篇。

[三]《第三洋王氏譜》序：“乙未本”無此篇。

[四]《石門王氏譜》序：“乙未本”無此篇。

[五] 前翰林院侍讀王榮商序：此句“四明本”無，據“戊申本”“民國本”補。

[六]《蘆江胡氏譜》序：“乙未本”無此篇。

[七]《四川鄉試録》序：“乙未本”無此篇。

[八] 宣統元年《玉堂譜》書後：“乙未本”“戊申本”無此篇。

[九]《學堂章程》書後：“乙未本”“戊申本”無此篇。

[十]《算山胡氏譜》序：“乙未本”“戊申本”無此篇。

[十一]《鎮海南鄉程氏譜》序：“乙未本”“戊申本”無此篇。

[十二] 前翰林院侍讀同里王榮商撰：“四明本”無此句，據“民國本”補。

[十三]《程氏宗譜》跋：“乙未本”“戊申本”無此篇。

[十四]《輯放齋詩說》題詞：“乙未本”“戊申本”無此篇。“民國本”目録未列此篇。

[十五]《東錢湖志》序：此篇為“四明本”所補，“乙未本”“戊申本”“民國本”均無。

[十六]《澹園詩集》序：此篇為“四明本”所補，“乙未本”“戊申本”“民國本”均無。

[十七]《少有軒書目》序：此篇為“四明本”所補，“乙未本”“戊申本”“民國本”均無。

《容膝軒文集》卷五

鎮海王榮商友萊撰

傳

李雪篁傳

李渭字雪篁，鎮海附貢生。爲人英明善斷，里有爭者，不愬於官，而取決於公之一言。鄉人爲之語曰："李渭不到，事終不了。"其見信服如此。英夷入寇，公有籌餉勞，議敘鹽運使司經歷。粵賊之亂，以僞官迫公，公不受。賊掩捕欲殺之，公踰垣走，乃免。時巡道張景渠在定海，銳意恢復，顧無所得餉。公與先大父協力供之，并結降賊爲内應。至期，遂舉事於瓔珞河，三鄉同時響應，皆受約束於公。公簡丁壯，使沃庭訓、胡大全分統之，助克府縣各城。其秋，賊復至，公練防兵於育王嶺，延洋人教習槍法，軍容其壯，邑令倚以爲重。事聞，加提舉銜，賞戴藍翎。卒年七十八。公精醫理，嘗所活人甚衆。孫東燡，今爲名諸生，以醫世其家。

論曰：余年十六謁公，公老矣，猶肅衣冠迎入，抗賓主禮。語曰："敬人者，人恒敬之。"其取重鄉里宜矣。其歿也，會葬者千餘人，大抵受公惠者也。嗚呼！公不出里門，而成就卓卓如此。使假以事權，其勳業可量也哉。

張周二布衣傳

昔萬季野定《明史列傳》，詳於東南而略於西北，其言以爲吳會士大夫多誌狀、家傳可據，而他省遠方，紀載寥落，往往知其名而不得其事跡，故詳略不同如此。余讀《鎮海縣志》，見他鄉人士多列傳，其行誼不盡遠過於人，而怪吾鄉之得與其間者何少也。嗟夫！萬氏之言豈不信哉。故嘗搜訪鄉先輩遺文，冀有萬一之遇。十餘年來，僅從姚小復處得胡明經桂林《蕉雨軒詩鈔》一帙，足補縣志之缺，而其行誼亦不可考矣。近得善書者二人，一曰張友德，字立之，號義齋；一曰周斗建，字秋槎，皆靈巖鄉布衣。義齋草書，夭矯神似懷素。秋槎初學魯公，晚造自然，又善作率更體，其遺墨流傳，鄉人猶寶貴之，而鄉之外鮮有知者，豈非紀載闕略之故歟！義齋後人式微；而秋槎子琅森、乃大皆爲縣學生，家赤貧，而兄弟皆有風骨。乃大字玉生，年十四猶鬻餅於市，著有《小螺山房詩草》，有句云：“窮約半生能立腳，功名二字未灰心。”其梗概可想。琅森亦能書，然不逮其父矣。

論曰：《新志》於“人物”之外別立“孝義傳”。余謂“孝義”宜并入“人物”，但於尋常義舉，置而不錄焉可矣。惟“藝術”則當別爲一傳，而擇書畫、星相、醫卜之專精者，以充其選，庶幾體例之盡善者歟！後之作者，或有取於余言。

王小農傳

王銘思字小農，鎮海人，世居靈峰山下，其女余妻之嫂也。余少時，先生老矣，猶逐隊應童子試，竟無所遇以卒。爲人和厚有風趣，然大節不苟。粵匪之亂，先生以薙髮爲賊所執。時賊目陸惠綏踞穿長場署，叱之跪，不跪。強之，則張目罵曰：“王某大清士子，豈跪賊者乎。”賊怒，欲殺之。會有救之者，乃免。頃之義兵起，陸匿署後大樹上，履墮，鄉民搜得之，縛東嶽行宮前。將就戮矣，先生裹白巾趨至，謂陸曰：“死賊，尚識我否？我即王某是也。”從容出袖中小刀刺其腹一下，大笑稱

《容膝軒文集》卷五

快而去。

論曰：自洪楊倡亂，所過殘滅各省，男女以殉難聞者多至不可勝數。有司設局采訪，歷數十年而猶未盡。豈非我朝德澤入人之深與？不然何忠義之風若斯盛也。然其間求生不得而僥倖以成名者，亦多有焉。先生罵賊不死，而賊卒死於其手，此自會其命之不當死耳，乃其氣概則過人遠矣。余故敘而論之。世有不幸而遇賊者，其生死當一委之於命，無徒屈膝賊前求免於不可必逃之死，而終以身殉之也。嗚呼！若先生者，可以興矣。

胡子籛傳

胡龍壽，字子籛，世居鎮海之蘆江。祖濱，字石泉，書、畫、詩皆有名於時。父宋選，縣學生。子籛眉目疏秀，善屬文，尤工楷法。年十六，入府學第一，名大噪。尋試高等食餼，充優貢，副取第五。子籛爲文，初以才思贍逸爲宗，後一變而爲高古簡淡之作，鄞陸漁笙先生見而歎曰：“此詞館中有數人物也。”余初見子籛於校士館，風姿玉映，氣靜而神和，恂恂然美少年也。後與同學於塊頭顧氏書樓，器宇深邃，終日不見喜慍之色，粹然有道君子也。而子籛不幸咯血以死，年止於二十六。悲夫！子籛歿後，其字蹟流傳於世，至今猶有寶貴之者。

蘇經士傳

嗚呼！生才實難，而成之尤難。自古懷才而早逝者，如王輔嗣、李元賓諸人，猶能以著述自傳於後，其餘學業未成而爲師友所惋惜者，何可勝數！千載而下，令人思之有餘恨也，而況於並世者耶。以余所見，吾邑庠序中，如胡君子籛、蘇君經士，其人皆有過人之才，使天假之年，不獨有聞於世，其必傳於後無疑也，而皆年未三十以死。悲夫！余嘗與胡君同居，有詩酒唱酬之樂；而蘇君者，余僅見之於逆旅中，其光彩照人，望而知爲非常之器。而竟未及訂交以死，故余尤悲之。

君名兆霖，字經士，鎮海莊市人也。父丙森，壬午舉人。君富家子而有逸才，甫成童，下筆驚其長老。友人張祖培嘗録君數詩示余，高雅俊逸，信乎其才有過人者。而張君又言，君於朋輩中少許可，顧獨心折於余，而以不得同學爲恨。一夕夢余攜書十六篋至其家，君大喜過望，具道思念之苦。方爲余治卧室，而余爲師所訶，負氣欲歸，君固留不可得，大哭失聲而寤。余聞之益感歟，欲從之遊，而君遽卒矣。此余所以尤悲也。君所爲《鷦鷯行》最善，今已失去。聞其家尚有遺詩數卷，庶幾能自傳於後者，余求之而未見云。

繆養庵小傳

繆養庵，名繼功，字秉揚，議敘從九品。父繩祖，能畫蘭。母王孺人，手迹工速，女流中有“鍼神”之譽，余之第三姑也。養庵生而韶秀，以早孤，習計然書。其在闤闠中，被服修潔，見者多以雅流目之。養庵亦顧影自喜，與其儕輩數人學爲詩，自號菊嶼，又號幼吾，晚乃號養庵云。

養庵既爲詩，獨喜與文士交，尤暱於余。余年十二，先大父攜之赴縣試。時校士館爲賊所燬，假地總持禪寺。養庵方爲人主會計，每入場，養庵必自城外走數里相送，扃門，然後去。比出，必立門外相候。或夜深遇風雨，他相候者先去，養庵獨留也。累試皆然，其見愛如此。養庵以好詩故，不合於時，久而益困。晚歲喪偶，寄居親串家，而吟詠不輟。癸未，余留京試教習，養庵病中時時念余。比余歸，而養庵已殁，年四十有幾。無子，有一女尚幼。林君鶴年爲經紀其喪。余使人取其詩稿以來，凡數百首，憫其用心之勤而不知悔，有類於歐陽公之所歎者，因爲之傳。嗚呼！士而不爲商賈之行，其不窮於世者幾何。養庵反其道而行之，宜其貧困流離以至於死也。悲夫！

顧一仙傳

顧需霖，字一仙，鎮海縣學生。年十七，從塾師徐定模處聞姚江"致良知"之説，因有志於聖賢之道。其學以思誠爲入手，一言一動，期於稱心而出，而不參以一毫之欺飾。又慮空空一心之無以應變也，則博取萬事萬物之理沈思默索，以求其會通。如是者十餘年，若時時有鬼神來告者。一夕，忽覺虛明本體，軒豁呈露，上下四方，觸處洞然，則大喜曰："道在是矣。"於是啼笑歌舞一時俱作，見者驚以爲狂。一仙自以爲由誠生明，若身登陸、王之堂，與之周旋辨論，相視而莫逆也。

一仙嘗遊先君之門，歲丁卯，與余同學於顧先生宣枚。余方專治舉業，一仙文思特鑱刻，然窘於詞藻，故不多作，不知其有志於道也。及己卯，余在管江杜氏覘《傳習録》，頗有所悟，尋爲人事所阻復棄去。而聞一仙家居，潛心體道，因數過之。一仙諄諄以務本相勖，曰："子不患不博，患不精耳。"其論文以歸玄恭《萬古愁》曲爲最厚[一]，曰："吾懸是爲衡，則他文一覽無餘矣。"余謂一仙之學，已造於精微，而未致其廣大。一仙則自謂所少者特敦厚崇禮之功，其勇於自信如此。然一仙竟得狂疾以卒，豈所謂心有餘而力不足者耶。一仙有子錫蘭，以癸巳舉於鄉，好學能文，庶幾克成其先志者。因爲傳以詒之。

顧湖舫先生傳

顧湖舫先生家桐，余嘗序其遺文以行世者也。先生早失母，事後母如母；及父卒，事諸兄如父，而嚴憚其仲兄尤甚。仲兄名家校，字篠舫。少力學能書，喜爲詩，以足疾中廢。家故貧，嘗賃余鄰宅爲小肆，而訓蒙其中。余兄弟皆出其門，先生幼時亦受業焉。及先生壯大，遊學名滿庠序間，後進奉爲師表，而仲兄視之如兒時。仲兄勤力刻苦過於恒人，常忿先生不能效其所爲，而好餌藥、多浮費。每先生自外至，則訓詰百端，聲色俱厲，先生事之益恭，自始入以至於出，仲兄申申不絶，先生目未嘗斜視，耳未嘗傾聽，足未嘗移尺寸，口未嘗辨是非；既退，未嘗有怨言。凡數十年，雖相遇於人家、逆旅，無不然者。然其仲兄待他子弟亦不然，或反加以禮貌，獨於先生則然，以先生能順受也。其後家小康，臨分，則先生願少取之，曰："此皆諸兄之力，吾何有焉。"嗚呼，可謂悌弟也已。

先生厚重簡默，望之可畏，與之居久而愈可敬愛。爲文清超拔俗，院課、歲科試輒高等。秋闈五薦不售，以廩貢生終，年四十五。初娶張氏，繼葉氏、鄔氏。有一子，先生歿時未彌月也。余念前序未足以盡先生，故復掇其行誼而爲之傳。

舅氏邱鞠臣先生事略

先生諱煥章，字鞠臣，鎮海算山邱氏。外祖諱統昌，議敘從九品。喜飲酒，與客拇戰，常連日夜不休。醉則雜述生平涉歷之事，信口成歌，若世之彈詞者，以爲笑樂。或叫呼跳躍，習拳法以爲豪，至老而興不衰。然未嘗以酒廢農事。算山田磽埆，無積水，外祖所治田歲入常爲諸家最。冬則入山伐木以爲薪，夏則捕魚蝦螺蛤以爲食，室無閒人，地無棄物，以故資用饒給，號爲山中巨家。外祖母胡氏，早卒。繼俞氏。吾母、伯舅鴻及先生皆胡出也。先生少從先大夫受業，數稱其勤學，性強記，爲文操筆立就，若不假思索者。同治甲子補府學生，尋以高等食餼。癸酉舉於鄉。先是，吾鄉二都二圖無登賢書者，自先生始。連丁內外艱，服闋，屢上春官不第。光緒十八年六月十四日卒於家，年五十有七。初娶顧氏，生男女各一。男人杰，縣學生；女適焦某。繼娶王氏，生男幾人，女幾人。

先生故樸訥不諧於俗，中年以後稍刓方爲圓，朋輩徵逐之地率酣嬉淋漓，無所顧惜，然不能瑣屑治生計。自外祖歿後，家業日落。晚歲益窮空，妻子衣食不給，而先生處之怡然。人以訟事就懇，先生無所可否，唯唯而已。強聒之，則隱几睡去，懇者逡巡自退。嘗覓食於定海之衢山，與巡檢齟齬，大爲所窘。居川沙鎮久之，亦無所得而返。而邇年來文體稍變，先生所爲頗自謂不宜於時，坐是，所如輒困。蓋十餘年間，而外家盛時之氣象不可復覩，令人慨歎不自禁。然先生所硜硜自持者，其賢於世俗之人遠矣。

余從先生遊最久，幼時讀書外家，常抵足共寢，其後文字多先生所點定。受室之初，先生貽詩規勉，所以覬余者甚厚，而余落寞一官，未有絲毫之報。壬辰春，先生來京會試，余擬請假避之。先生止之曰："甥無然。甥居此不易，吾能售與否，未可知也。即甥入闈，甚善。吾尚健行，當復來耳。"是時先生顏色已憔悴，然酣飲劇談，興復不淺，笑聲往往震屋壁。竊謂先生之年尚未有涯涘。及試罷南歸，不數月而凶問至矣。嗚呼！天何奪我先生之速也。方先大夫之棄養也，先生適在東嶽行宮，會議改建書院事。雨中聞訃，蠟屐走十許里至余家，撫靈牀慟哭不已。余深感動，以爲師弟之情，其深摯者不當如是耶。今余於先生之歿，既不能臨其喪，復不能恤其家，區區之文，何足爲先生重？然舍是則更無以致吾情矣。乃流涕而記之。時乙未五月二十六日，實先大夫之忌日。蓋亦有觸於先生之往事而不能自已也。

江秀荪傳

江仁葆，字秀荪，其先徽州人。宋宣和間，有宣教郎諱少虞者爲縣令於定海，因留居西山下。定海，今鎮海，遂世爲鎮海人。君幼穎敏，年二十餘由府學生中式。咸豐己未科鄉試，考取覺羅官學教習，大挑一等。歷知福建南靖、詔安二縣事，加同知銜。居官以廉愼稱，既罷歸，家無餘財，以授徒終焉。

君事親至孝。父緒賢，老而有風趣，日與諸少年飲博爲樂。君侍立承迎，躬執僕隸之役，諸少年皆踧踖不安，其後不敢復至。君必多方邀致，以博親歡。其他先意承旨類如此[二]。性端謹，盛夏未嘗裸體。在塾中，終日正襟危坐，雖弟子至其前，必肅然起立，若禮賓客然。君故短視，弟子以爲偶誤也，其後常然。下至傭夫販豎，君皆禮貌之已甚，與之語，姁姁然如恐傷之。人皆畏其恭而服其誠，由是頑者感，肆者戢。嗚呼，可謂有道君子矣！君楷法娟秀，詩文精深，靜穆如其爲人。配樂宜人，景寧教諭涵之女孫，安吉教諭人炳之女弟也。弟某，子某某，皆以謹厚聞於里中。

論曰：君儀觀偉然，而恂恂恭謹如此，士大夫之居鄉黨固宜爾耶。余知君不詳，故所紀止於此。然視古所謂鄉先生歿而可祭於社者，已無愧色矣。嗚呼賢哉！

虞敦甫傳

虞本初，字敦甫，鎮海札馬村人也。性謹厚，以聖賢自期許。嘗手録勸孝戒淫之說，梓以行世。衆迂之，敦甫不與辨，但仰天微笑，意以爲不足辨也。其學以切實爲主，少時觀星象，恒徹夜不寐。尤精於輿地之學，凡古今沿革、道里遠近、山川阨塞所在，皆鑿鑿能言之，而未嘗以此自矜，曰："吾所不知者多矣，是區區者豈足道哉？"敦甫内行修飭，造次必於禮法，與人交不立崖岸，人尤以此多之。家貧甚，歲賴館穀爲養，而常怡然有自得之色。其父人望，老而無所遇，自敦甫爲諸生，未嘗一日不樂，蓋喜其子之賢而忘其身之貧且困也。則敦甫所以事親者可知矣。其後敦甫連丁内外艱，既免喪，猶不忍釋服御酒肉，其意以二親之喪不當以三年盡之，故倍其數以致哀。然敦甫終不自言，問之亦不答。嗚呼！世衰俗薄[三]，後生小子以風流放誕自命，見禮法之士，動以僞學相詆諆。若敦甫者，可謂避其名而務其實矣。敦甫卒年四十三。余交敦甫久，故述所素知者著於篇。

論曰：虞氏多質行君子，敦甫其一也。余之文不足以盡敦甫，抑敦甫之外，不及表章者何限。然使後死之士，各就見聞所及據事直書，不以阿好而飾其美，不以私嫌而匿其長，則善人君子之湮没於世者必少矣。此余之志也。

虞澹初傳

虞景璜，字澹初，鎮海蘆江人。年二十一，舉光緒壬午鄉試。一試禮部不第，遂絕意進取。余嘗叩其故，澹初曰："吾家貧，而今之禄又薄，幸而通藉，不能無求於人。是求榮而反辱也。"由是閉門教授，事其祖母、母以孝聞。及親歿，竟不復出。澹初有儁才，其詩文、書法皆高出倫輩，而性孤介，視世之人若不可一朝居者。其教人一依古法，而不爲世俗速化之學。嘗選宋以來忠臣孝子制藝，爲《乾坤正氣集》，又采輯先世嘉言懿行，爲《虞氏先德録》。後益究心《三禮》，凡世俗所謂禮者，苟揆諸古而不合，澹初輒著論非之，雖以此取譏笑不悔。初聘胡氏，未娶而卒，彌留時呼澹初與訣，要以合葬。澹初流涕而許之。既而悔之曰："古者女未廟見而死，尚歸葬於女氏之黨，況未娶乎？"遂不肯迎其柩。女家請別葬，亦不許。或以前約諷之，澹初曰："此少年過舉耳，吾乃今而改之也。"其毅然自信多此類。澹初於世事多不屑爲，既爲之，則期於必成，不以挫辱中止。故論者謂其力能任天下之重，而惜其不幸早卒，年三十二。澹初卒後，其弟子守其教皆恂恂修謹，無敢越禮者。

論曰：澹初超然榮利之外，以綱常名教自任[四]，其言行可傳載者必多。余別澹初久，故所知止此。雖然，此豈易及者哉。

顧家興傳

君姓顧氏，諱家興，先大母之族子也。粵匪之亂，先大父有功鄉里，其時輸餉以迎官兵者，曰林中岳、中高、傳鼎基、鼎宏；統義旅以殺賊者，曰林萬餘；而先後奔走、承先大父之意以聯絡各村者，君之力爲多。

君性寬和，善辨論。自先大父棄養，里中爭訟者多就決於君。君委曲調劑，常得其平，諸富人皆倚重之。其治田尤力。君所治皆瀕海新漲之田，蓄洩稍失時，海水輒浸灌爲患。每土膏始動，君戴星出入，巡視隄防，督率諸傭耕作。人以事延之，君常謝不往。至於收穫時亦然，故所入較豐於他田。余嘗慨歎，以爲菽粟之於人重矣，自逐末者衆，田多荒而不治，不獨西北然也，雖東南之田蓋亦罕有能盡其力者，甚至舍五穀以殖害人之物，而生民之禍亟矣。如君者，其猶有古力田之遺風歟！

君與先府君同歲相親善，自余遭兩世之喪，每就君問先人舊事，君歷歷能言之。歲壬午，余與傳資弼、林長清同舉於鄉，君以爲各家祖德之報，時時追述之以語人焉。然君竟無子以卒，享年七十。女一，適國學生張武烈。初君養族子爲子，既娶而卒。又養族孫爲後，今又卒。甚矣，天道之難知也！余素敬君者，爲之傳以存其概云。

方母莊太君家傳

夫人鎮海莊氏贈奉政大夫諱仁和之女，候選州同累封資政大夫方公諱喬之繼室也。公前室胡氏、繼林氏遺四女。夫人年二十四歸公，生一男駿華，而側室沈生男女各二，長男曰桂，季曰駿萃。未幾沈亦卒，諸子皆幼，夫人愛之如己出，無前後嫡庶之介於其心，而其待之也較厚於己出之子，蓋憫其母之早亡而恐其意有不能自達也。而諸子亦依夫人如己母，無有歧視者。其女或未嫁而殤，或已嫁而中逝，其壻娶他氏女爲婦，亦以母禮事夫人，夫人待之尤厚於諸女。或不幸而嫠，則又加厚焉。下至備婦之嫠者，矜恤之亦異於他備。其慈仁蓋出於天性也。公善營運，而夫人相之以勤儉，家業日起。其事姑以順，撫下以寬，貧者贍以恩，而强者折以理，凡皆人所難能者。而鄉里尤稱其均一之德，以爲不可及。蓋人倫之間難言矣。自舜之聖、閔子之賢，猶不見諒於母，而夫人能推廣之以及於異姓，茲非尤難歟！

夫人卒年五十二。先是，桂由道銜加三級，封諸母皆爲夫人。其後三子相繼舉於鄉，諸孫彬彬向學，方氏益大，而夫人已不及見矣。於是駿華以姻好之故，涕泣求余爲傳。駿華孝友誠篤人也，其言可信。因詮次之，以彰母儀焉。

方正甫傳[五]

方義路字正甫，世居鎮海之柏樹村。羣從兄弟皆以貲雄，與小港李氏齊名。縣中有大捐輸，兩姓常占其十七八，而正甫尤慷慨喜施與，見人急難，周之如恐不及，不待其求，亦不以告人也。少時所從塾師歿，其子貧欲廢讀，君歲餽以金，使卒業，歷數十年無间。每歲暮，徧省婣舊，察其緩急而左右之。嘗至所親家，見一鄰婦嫠而貧，君惻然，月給錢若干。後歲餘，婦意不自安，辭不取。君曰："是區區者，於汝有益，於我無損，何不安之有？"卒給之。君之振恤人多此類也。爲人謀事，無巨細必盡其心力，尤厚遇士大夫。異時鎮海秋試者，皆僦屋以居。君始築館於仁和之平安坊，以庇多士，規制閎壯，士林翕然稱之。南方風俗，寒畯登甲乙科，率望門投謁，諸富人畏之，或避匿不與通。君獨傾心交接，多方爲之經畫，人人各厭其意。下至輿夫僕從，飲食寢處必親自檢視。家人勸以節勞，君曰："彼雖賤，亦客也。客可慢乎？"其禮意周密如此。自海疆多故，一介之士入粟於大司農，取縣令長如寄，然利害相半，富人多不樂爲，貧者又無力以爲。其就謀於君，君必竭力贊成之，朝士改官者亦然。由是吾鄉選人接踵，大抵得君之助者爲多。

性剛直，有不可其意必面折之，亦不宿留於心。其事母孝，處羣從和。諸子服飾不中度，輒取而毀之。延師督課十餘年，禮敬不衰。及師舉甲午鄉試第一，君大喜，自負有知人之鑒。所設廛舍甚廣，然君非屑屑校錙銖，特以位置窶人爲糊口計。傭保或物故，必厚爲襚殮，且寄金郵其家。每召工有所營作，必戒以樸陋無華飾。既估價矣，及物成而工巧有加，君詫曰："吾原估物不如是價，得毋廉耶？"工具以實告，即優給之無吝色。以是人皆誦其寬厚。其他善行如義莊、義園、育嬰堂之類，不可殫書。大約人所能爲者，君皆有之；君之所爲，人或自以爲弗如也。

先是，滬上主計某耗君四十萬金，君幾不振。踰數年，稍復其舊，而好義益甚，孜孜不倦以終其身。嗚呼！盈虛消息之理甚微而不易知，君其知之矣！君由國學生議敘福建試用同知，加道銜，晉三品銜，賞戴花翎。年二十餘，自營生壙於慈谿杜郭山，人服其達。光緒二十二年卒，年四十六。子八人，曰某某。

附：　　　　　　　　方正甫傳[六]

方義路字正甫，號雁舲，鎮海人。其所居曰柏樹方，羣從兄弟皆雄於貲，與小港李氏齊名。縣中有大捐輸，兩姓常占其十七八，而正甫尤慷慨喜施與，見人急難，周之如恐不及，不待其求，亦不使人知也。爲人謀事，無巨細必盡其心力，尤厚遇士大夫。異時鎮海秋試者，皆僦屋以居。君始築館於仁和之平安坊，以庇多士。規制閎壯，士林翕然稱之。其登鄉書，通朝籍者多起家寒素，諸富人畏之，或避匿不與通。君獨傾心交接，多方爲之經畫，人人各饜其意以去。自海疆多故，一介之士入粟於大司農，取縣令長如寄，然利害相半，富者多不樂爲，貧者又無力以爲。其就謀於君，君必竭力贊成之。朝士改官者亦然。由是吾鄉選人甚衆，大抵得君之助者爲多。其他贍族恤嫠、育嬰掩骼之類，人所能爲者，君皆爲之；君之所爲，人或自以爲不及也。先是，滬上主計某耗君四十萬金，君幾不振。後數年，稍復其舊，而好義益甚，孜孜不倦以終其身。嗚呼！盈虛消息之理甚微而不易知，君其知之矣！

君由國學生議敘福建試用同知，加道銜，晉三品銜，賜花翎。年二十餘，自營生壙於慈之杜郭山，人服其達。光緒二十二年卒，年四十六。有子八人，曰某某。

徐小蓮傳[七]

徐小蓮者，鎮海東碶頭徐源富女也。年十四，日者推其命當刑夫，遂立志不嫁。茹素諷經，事其親甚孝。光緒十八年，源富販蟹於川沙，時有鹽梟拒捕，割局員劉某耳而逸。吏卒逐捕不能得，見源富船蓄鹽，疑而詰之。源富答詞慁，捕卒怒，遂逮繫源富等六人於獄。其一人得脫歸，小蓮聞之，涕泣白其繼母，而其弟亦荏弱，皆皇遽莫知所出。小蓮銳然以救父自任，遂孑身赴川沙，日投牒鳴冤，情詞哀惻。廳官亦憐之，曰："吾已審知汝父無罪，但局員持之急，事已達上官，吾不能自主。盍至觀察處愬之？"小蓮乃詣上海，陳書當道，求爲昭雪。文移往返者月餘。會源富病，小蓮復至川沙，請釋其父就醫而以身代，源富始出獄。踰數月事白，諸被繫者皆釋歸，而小蓮以此名聞鄉里間，時年二十有二。後遂出家，住持定香庵。與之語，落落有丈夫氣，洵奇女子也。

胡貞烈婦傳[八]

胡貞烈婦者，鎮海陳華浦周氏女也。父錫勳，附貢生，議敘員外郎；母張氏，先卒。女年十二字同里胡孝廉儒亮之子禮和，光緒三十一年，女年二十，嫁有期矣。時禮和習賈於杭，夏六月，以瘵疾歸。錫勳素知醫，往視之，憂形於色。女乘間問病狀甚悉，父恐傷其意，祕弗使盡知。俄而禮和卒。卒之明日，或以告錫勳，錫勳搖手戒勿言。女已微聞之，退而詢諸嫂，耗良確，即入室僵臥。嫂欲慰之而窮於詞，試呼曰："園菜欲菱，阿姑能助我一溉乎？"女即起，共嫂操作，陽陽如平時。嫂以爲無他，意始安。至晚不食而寢。女自聞夫病，不食者數矣，故亦相與聽之。比夜分，嫂覺聲息有異，趨視之，女已仰藥死，實七月十四日，距禮和之卒才一日耳。先是，女見里中不貞婦輒白眼待之，衆哂其迂，弗顧也。至是，竟以殉夫死。發其篋，皆殮時衣物，乃知其志素定矣。明日，胡氏以襚來。又明日，輿其喪而祔焉。

論曰：周氏女非婦也，夫死而殉之，有婦道焉。故婦之曰貞，則疑於未殉；曰烈，則疑於已嫁；以貞烈名之，而其義備矣。婦無殉夫之禮，不苛人以所難也；未嫁而殉，且從容焉，抑又難矣。邪說誣民廉恥掃地，三綱之不墜，女有力焉。闡幽表微，史氏職也。作《胡貞烈婦傳》。

樂節婦傳[九]

節婦姓顧氏，余內弟樂俊寓之妻也。父宣保，以力田自給。母早卒，

225

故節婦年十一即歸於樂。眉目清婉，望而知爲明慧人也。及外姑卒，節婦常止余家，撫諸甥女皆依依有情，吾妻絶愛憐之。將婚，然後去。光緒十九年夏五月，俊寓溺水死，節婦年甫二十四，家貧，無子女。時吾妻卧病京邸，聞之亟語余以書招之來。吾妻亦尋卒，諸女漠然無所向。節婦以十月初旬抵京，諸女見之如見其母，節婦亦隱然以母道自任。凡居京邸一年，而有遼東之警，節婦攜諸女南返，依吾母以居。又十餘年，諸女先後出嫁，而節婦亦病矣。

節婦自夫亡後，長齋奉佛，與人語，色婉而氣和。遇拂意事，輒委曲譬解，聽者常爲之霽顏。然性素剛，不能容人之過。偶以細故與余有違言，遂悒悒成疾，獨與諸甥女親善始終無間。昔人所謂可託孤寄命者，節婦足以當之。爲德不卒，余愧節婦，節婦不余愧也。節婦精於女紅，病中治其身後事甚備。其繼子秀林將娶婦，請節婦歸，節婦不可，曰："吾終當自食其力，不以累兄公。"乃出金佐其婚費，而仍留余家操作。病甚，乃歸樂氏，甫二日而卒，實光緒三十一年八月十四日，年三十有七。

夏封君家傳 [十]

君諱慶增，原名德明，字子真，號芷津，鄞縣夏氏。父祖芳，贈中憲大夫；妣王恭人。君少孤苦，依季父思紹以居，篤志問學。道光戊申補縣學生，性穎悟，經史而外，旁涉方技諸書。季父善寫生，君私效其所爲，遂工繪事。爲先人覓葬地，因精堪輿家言。然君雅不欲以藝名，人亦無知君者。初娶孫恭人，無出。繼娶陳恭人，年四十餘，連舉丈夫子二，伯曰啓瑜，仲曰啓瑞，甫童卯，皆嶄然見頭角。君喜甚，逢人稱説不容口，人謂君有譽兒癖，君不顧也。已而啓瑜成甲午進士，授翰林院編修，尋視學甘肅。啓瑞成癸卯進士，授刑部主事，累封君如其官。人以是重君。君雖愛子，然未嘗以姑息爲教，既通籍，益諄諄以大義相勖勉。啓瑜在甘肅，月修書問安否，君戒之曰："汝朝夕衡文，猶懼不給，而暇念家乎？"庚子試事竣，同僚以君春秋高，將製詩文爲壽。君哂曰："國家多難，豈臣子稱慶時耶？"急發書止之。及啓瑞改官江蘇知縣，爲迎養計，君諭之曰："知縣親民官，最易造福，亦易造孽。汝能爲好官，乃所以承親歡也。"其他隨事誥誡多此類，則君平日義方之教可知矣。

君篤於天性，早失怙恃，哭泣如成人。祖母陳患風疾，家貧無婢媼，君晝入塾，夜篝燈讀書牀側，時時抑搔以爲常。粵賊之亂，季父殉節萬安橋下，君入城求其屍，殯斂之。從弟德行爲賊所執，君入賊中物色之，屢瀕於死，卒翼之以歸，若有陰相之者。少時嘗辭婚富室，日闃無儲不計也。其後富室爭欲得君之子以爲壻，君亦不復固辭，曰："兒曹自有命，吾何與焉。"然君竟賴其力以免於窘乏。晚年與朋輩手談，窮日夕不厭。或盛怒，投其具於地，君俯而拾之，神色無忤，其風趣如此。卒年八十一。

傅君崇德家傳[十一]

余少時所見與先大父遊處者，其人雖在田野間，然皆有敦厖樸茂之容、寬博深固之氣，與其生平之樹立相稱，而怪近世之類此者何少也。豈非文勝質漓，而風俗之漸趨於薄歟？夫數十年之近不足以言升降，而咸豐、同治間，實世運剝復乘除之會，故豪傑之士皆能乘時以自效其尺寸。大則廓清宇宙，小則捍衛桑梓，其次手創門楣傳之後世，雖分量廣狹不同，然其人類有深心毅力，足以轉禍而爲福，易危而爲安，有非凡材淺智之所能及者。是以其人雖往，而其精神氣象猶令人懷思而不能去。以余所知，傅君崇德其一也。

君名鼎基，一名崇德。少貧，以漁採爲生。及長，刺舟江海間，貿運逐利。會粵賊之亂，南北騷動，君有膽略，所向輒獲奇羨，遂雄於貲。初，吾鄉雖瀕海，未有以估舶起家者。君與林君中岳同時崛起，其後輾轉放效，帆檣之盛甲於四明，而兩家食其利最久，至今猶並稱"林傅”云。君貲既日進，里中有徵發，輒以身先之，無所誣諉。粵賊據縣城，月責鄉民供米，踰期則焚殺之禍立至。時米價騰貴，當事者恒倚辦於君，君指囷相與，無難色，鄉里賴以安堵。及勦賊之議起，君首輸千金，餉官兵於定海，賊遂平。時君所蓄舟僅容數百石，田宅不踰中人之產，乃其急公好義已如此。爲人深目高顴，鬚眉古樸，望而知爲厚德長者。與弟鼎宏相友愛，白首無間。遇族黨姻舊，咸有恩紀。舅氏林某素無藉，君事之甚謹，每歲暮，必治具款之。食已，問所需幾何，米鹽鱗雜一一畁致其家。嘗曉行，見舅氏脫帽立門外，時寒甚，君急輟已帽奉之。人或謂林某：“汝甥幸有餘錢，盍一魚肉之？瑣瑣者不足貪也。”林某憮然曰：“甥賢而有禮，吾忍以非禮相加乎？”鄞有方某者，君嘗與錢通，頗得其力。及方卒，家中落，其子愿愨無他長。君延致肆中，優給廩食，不苛以事，從容坐鎮而已。粵賊亂時，君有木肆在江干，雇人守之，賊取其木去。或謂君：“此守者自盜耳。”君怒責守者。後察知其誣，乃厚慰藉之，買物常使居間，終身信任焉。其他委曲成全，不可悉紀。性方正，無聲色之好。晚年出入孔墅嶺，猶徒步陟降以爲常，雖年少者不逮也。同治某年卒，年七十。卒之先，君就蘆江錢某卜，曰“是月有災”。時君尚矍鑠，已而果然。

君由國學生議敘同知銜，以孫階贈朝議大夫。配賀恭人，勤勞淡泊，克嬪厥德。子二人，昌禮，昌珩。孫六人。曾孫若干人。君卒後，傅氏益大，然子孫皆能守其家法，無黜刻放恣以叢世詬者。故余嘗論吾鄉忠厚之家，以傅氏爲最，其源蓋發之於君云。

張崑泉家傳 [十二]

張家政，字金生，號崑泉，鎮海張家埠人也。性伉爽，好急人之急。嘗爲上海工部局司會計。木工顧詩紹者，傭於羅松國，中寒死，工頭没其傭資，君理論之，不聽，爲代訴於當道。閱兩年，竟還其傭資，孤寡賴以存活。晚年客揚州之仙女鎮，友人傅鼎鈫病篤 [十三]，手一籍授君曰：

"此各家宿債。緩急無可恃者，家貧子幼，今以累君矣。"及傅卒，君經紀其喪葬事甚備。傅有螟蛉女年十三，寄養鄰家。見傅卒，欲居爲奇貨，匿不見。君怵以利害，卒挈之歸，爲擇配而遣之。其債家遠或數百里，君按籍追索，不避勞怨，竟得四百餘金，以贍其家。及傅之子授室，君喜曰："吾乃今可以慰死友矣。"嗚呼！一死一生，乃見交情。如君者，非獨今世之所稀也。君在仙鎮嘗修石道二里許，易板橋爲泥埧，行人便之。光緒戊戌年卒，年六十五。子一，九皋，嘗刲股療親疾，鄉黨稱孝焉。

胡綸元先生家傳[十四]

先生姓胡氏，諱宋駿，原名宋銓，字綸元。世居鎮海之蘆江。祖母姜，通書史，有知人鑒，先生幼時，即以大器目之。及長，善屬文，工書法，與同里曹編修昌變齊名，鄞張封翁善元、侍郎家驤咸稱賞之。先生益自淬厲，讀書恒徹旦不寐。一夕倦而仆，指爪傷眉睫間，血涔涔下。創既愈，痕識宛然。其刻苦如此。後以累躓秋闈，得心氣之疾。然思力所至，精深奧衍，前無古人，視世俗庸猥之文蔑如也。光緒己丑，由歲貢生舉於鄉。戊戌大挑二等，以敎職用。及署富陽訓導之檄下，而先生已歿矣。

爲人孝友端慤，言動不苟。嘗就館蘇州，夜夢父秉燭冒風而行，寤而心悸，亟束裝歸省。父時尚健，促之返，先生託故不去。踰數月，夢果驗，醫藥棺斂得以竭誠靡悔，人以爲孝思所感。異母弟宋黻負才不羈，先生督課甚嚴，恒於母前施檟楚，母諒先生之誠，未嘗有慍色。弟亦憚兄如嚴師，垂老猶俯首受責，退而未嘗有怨言。論者交賢之。家貧，常鬻文自給。所居之室，書卷藥裹堆積滿案，伸紙疾書，日搆四五藝不倦。至於米鹽瑣屑，略不措意。遣嫁諸女，輒先期遠出以避之。歲暮索逋者至，則張目曰："此兒曹事，毋恩我。"見人困急，或傾囊相贈，益無儲粟弗計也。其論學以踐履爲本，詞章爲末，故雖貧而清操卓然。遇人落落難合，意所不可，輒白眼待之。見博者席皆不正，撫而歎曰："此豈正人所宜爲耶！"聞者皆面赤。嘗誡其子炳奎曰："士不立志，如屋無梁棟，其不爲風雨所漂搖者幾希。《理學宗傳》一書，典型具在，汝其勉之。"

平素以經濟自負，每與友人講求救荒之策、禦侮之方，竟日夕不厭。顧困於遇，不得有所施爲，因究心形家之說，爲親營葬，相地鳩工，備極審慎。及長孫振雍生，先生推其星命，甚喜曰："興吾宗者，其在是乎？"念中法種痘多險證，乃倡議立牛痘局，釀金延醫。不數年，其法盛行，鄉里便之。嘗謂蘆江既淤淺，而水勢又奔迅，故多貧寒，議大浚治之，且開他道以紓其流，絀於費而止。由是周流相度，初謀徙宅於郡城，久之乃定居備碶。其他善舉如設粥廠，於下岸購義山於洪陬，自有力者視之，皆若微末不足道，而先生爲之甚力，成之又甚艱。蓋先生抱經世之志，雖屈於身，而猶思伸於子孫，故不惜多方以培植之，而於陰陽流泉之義尤篤信云。晚年喜與方外交，發言多奇中。丁酉，炳奎秋試報罷，先生愀然曰："世變方亟，恐盛典不再逢矣。"庚子春，爲秀明上人撰傳，自署曰"遺筆"。是秋兩宮幸陝西，省試竟輟，而先生亦不起，年六十有三。所著詩文曰《唾餘集》，藏於家。子炳奎，諸生。孫三，振雍、振巖、振彭，巖與彭皆先生歿後所出也。

論曰：余娶先生季女甫數月，而先生歿。是歲先生凡三至余家，所論皆鄉國大計，無市井猥瑣之談。而炳奎又語余，先生病中惓惓於余之出處，以爲人臣不幸而遇變故，或舍生取義，或明哲保身，均無不可，但苟且偷生與明哲保身相去衹一間，不可以不辨。蓋慮余之臨難而苟免也。而余是時方浮沉里閈，雖欲廁名忠義，其道末由。今且乞身終老，先生之言殆無所用之，而先生之意則厚矣。嗚呼！使先生而立於朝，其風節可想，而惜其不遇也！悲夫！

王巳生傳[十五]

王巳生，名景鳳，鎮海縣學生。少嗜棋，所至恒挾具自隨。同里俞志堯以棋鳴市中，君初不敵，久之遂出其上。每赴試，角藝者雲集，君常占優勝，江湖間多知其名者。爲人迂執自喜，意所不可，齗齗爭辨，不以勢力稍詘。與人言，必依於忠信。少年無藉者對君陽爲悔悟狀，君信之，傾囊資給無所吝，或輾轉爲之道地。先世充穿長場吏，君承其業，歲入差足自贍，爲諸少年所紿，屢至乏絶，積逋且纍纍，然終不悔嘗。爲陳某聘婦，其人旋以行劫被繫，婦家請退婚，君猶多方營救之。其長厚如此。宣統二年卒，年五十有三。

張雪厓兄弟傳[十六]

張雪厓，名錫采。弟麗生，名祖培。兄弟皆爲縣學生，家貧有志節。嗜飲易醉，既醉，則詞辯鋒起，兄弟皆如此。雪厓熟於史事，嘗手鈔《綱鑑》成巨帙。喜吟詩，有《秋聲》《秋色》等八詠，爲試官所賞。同治十年春，雪厓夢中得句云“薜荔被紅牽短幅”，未幾卒於北鄉寓齋，蓋詩讖也。初，雪厓有破屋數椽，殘書堆疊其間，窗外竹木掩映，頗翛然不俗。雪厓卒，屋益頹廢，麗生挈眷依友人以居。久之，買新塘田十餘畝，結廬鹽墩之上，率妻子耕作，而酒趣不衰。宣統三年卒，年五十有七。

林本初家傳[十七]

林禮孝，字本初，鎮海石高塘人也。父中岳，以帆船起家。君性謹愼，父歿，兄弟競造巨舶，貿易登萊、遼瀋間。君避險就夷，列肆於市，徵租於田，銖積寸累，歲有盈餘，由是貲產日進。平居不妄費一錢，米鹽薪炭皆稱量而出之。當是時，吾鄉商業殷盛，諸富人多寄居甬上，罕與族黨交接。君於儕輩中最爲儉嗇，然周旋親故，不厭煩瑣，然諾必信，慶弔必親，可謂恂恂好禮之君子也。晚年築義塾於居宅之北，置田百餘畝，供脩脯有餘，則以周鄉村之凍餓及死而不能殮者。至如新里社、濬河渠、助書院膏火，皆出鉅金不吝。其能權輕重、識大體類如此。

君由國學生輸餉，敘同知銜。元配夏宜人生一女；楊宜人生二男，萬植、萬槐。及夏、楊相繼卒，君已五十矣。以術者言，乃續娶胡宜人，生一男五女。男萬楷，一名森，爲余長女之婿。君竟及見森之成立而後卒，年七十有三。君卒後，林氏中落，至鬻義田以償逋負，而義塾改爲高塘小學，經費無出。森欲復其田而未果也。嗚呼！富民者，國家之元氣。同治以來，寧波號爲富郡，曾幾何時而老成凋謝，十室九空。富民盡則元氣亡，而國祚隨之矣！一隅可以觀天下。吾蓋追記君之事，而爲之欷歔不置也。

顧舵舫家傳 [十八]

中國生齒之繁，甲於天下，充其類，將有人滿之患。然西北尚多曠土，東南稍蕃衍，而無告之民所在多有。遠者不具論，余親串中，如張氏、繆氏、邵氏諸姑，其始皆門第鼎盛，曾幾何時，或及身而絕，或一再傳而式微，生長深山，無水火刀兵之厄，而今昔盛衰之不同如此。其他遭時不幸以至消耗者，何可勝數，烏睹所謂人滿者耶！惟先大母顧夫人兄弟六人，仲曰佑鈿，生五子。長子舵舫，諱家枋，配王氏，生四子，曰虞庭、夏庭、魯庭、楚庭，凡有孫男十五人。而仲弟嘯舫先生生二子濟庭、潤庭，亦有孫男十一人。其後來者方興而未艾，斯可謂之極盛也已。

舵舫公凝重寡言笑，能以勤儉率先諸弟而殖其家。初爲農，繼爲賈。晚年有田宅之奉輸餉，敘從九品銜。嘗見推爲里社長，里人敬憚之。光緒癸未年卒，年五十有八。楚庭娶余之從妹，亦能振起其先業者。惜其年未五十而遽逝，故附著之云。

傅寶榮傳 [十九]

傅家珍字瑞卿，號寶榮，余大妹之夫也。性拘謹，爲人司會計，細書端楷，一字不苟，儕輩服其工整。遇人禮貌周至，人或狎之，則艴然以爲輕已也，初雖不與校，後必正色詰責，以相報復，用是人皆嚴憚，無敢以非禮相加者。治家尤苛碎，兒女小有過，輒誚誚指摘不稍恕。而待其同產甚厚。弟歿，撫其孤寡又加厚焉。嘗與余同學，數日即棄去。後至石高塘習箔業，中年客吳淞及仙女廟，皆負氣而返。最後居甬上，爲林氏持錢凡十餘年，頗以手談自娛，而意氣不衰。及林氏毀產，君已謝病歸，聞之慟哭累日。其惓惓於故主又如此。嗚呼！君可謂古之人矣。

君家本小康，幼時連遭二親之喪，遺產蕩然，弟妹亦星散。然夫婦貌皆豐厚，見者謂其後必有福澤。已而果生五男，國安、國璋、國芳、國瑜，皆習商業；國衡肄業中學堂。女一，適青峙李厚圓。孫男女共六人。辛亥臘月，君病甚，自知不起，握手求余爲傳。余不忍辭，乃書其大略，使國安讀而告之。踰數日遂卒，實壬子正月四日，年五十有六。然覽余文者，猶以君爲未死也。

程參議傳 [二十]

程利川，字如方，鎮海南門外人。自幼莊重，步履有尺寸。光緒十五年舉人，十八年成進士，授戶部主事。戶部俸給視他部爲優，而捐納尤爲利孔。君有心計，京城各金肆皆存君印結，貲郎求識認者爭趨之，以是所入較豐。尤勤於職守，每晨餐畢，攜一僕徒步入署，他員據案治事，君枯坐竟日無忤色，亦無倦容。日晡乃歸，以爲常。久之，吏稍稍以文牘進君，閱之不甚解，輒虛己咨詢至再至三。吏或匿笑，不顧也。義和團之變，百官星散，君孑身留京，終日游行衢巷間。有售珍玩者，輒以賤值購得之。遇洋兵，則舉手爲禮，雖被窘辱不悔。事定，遷員外郎郎中，派管捐納房。選岳州府知府，不就。宣統元年，由度支部候補參議加三品卿銜，出爲湖北財政正監理官。與總督瑞澂不相得，謀改官以避之。三年秋，告歸營葬，頃之卒，年四十七。

君喜食豚蹄，然皆餽贈之物。寓中常不舉火，窗櫺穿漏，截敗楮補之。滌圊者月索錢二百，君欲減給，不可，乃命婢僕舉而傾諸溝。同寓

233

友雇人守更，君曰：“吾室無所用之，竟不名一錢。”其堅忍如此。初，君之卒也，論者頗惜其年位未至。俄而革命軍起事，即在君服官之所，然後歎君之遭際爲不可及云。

陳爾修傳^[二十一]

陳聿昌，字爾修，號楚穎，鎮海靈緒鄉人。自幼刻苦好學，初從舅氏謝周訓遊，下筆有奇氣，同學皆斂手避之。後遊姚燮之門，益淘汰凡近，務爲博奧，論者謂得燮之衣鉢。爲人枯瘠，目近視，敝衣垢面，不自修飾。心之所注，雖大雷雨弗聞也。每就寢，懸拳石於牀，蓺香其側，承以銅盤。香燼懸絶，石墜盤，鏦然有聲，乃起而復讀。其精專如此。由廩膳生充咸豐乙卯副貢，同治乙丑舉人，辛未成進士，釋褐江西知縣。或勸君改教職，君不可，曰：“吾以實心行實政，何歉焉？”遂奉檄之省。癸酉，攝廣豐縣事，興利剔弊，孜孜不倦。武弁某恃符健訟，君痛繩以法，豪右帖然。有掘地埋碑、冒宋張叔夜之墓者，君廉知其詐，其人懼，懷餅金啗君，君力拒之，卒歸地於原主。吳、俞兩生爭地，獄久不決。君爲文諭之，兩生皆感悟，罷訟。踰年以病歸。光緒辛巳，調補興國，未赴。壬午入京引見，仍回省需次。甲申正月，卒於南昌，年六十。

君性孝友，嘗割股療母疾。寡妹無子，迎養之終身，且割田以供祀事。所作詩文多散佚，子宏燮集其零殘者爲一編，曰《草舍利舍存稿》，藏於家。宏燮今爲興國知縣，即君調補之所也。

陳協中傳^[二十二]

陳協中，一名濟易，鎮海人。先世籍廣東之新安。父長滋，咸同間以武弁來鎮海勦匪，遂家焉。嫡母海寧夏宜人，殉難於杭州。母氏陶，生協中。早失怙，舅氏陶長發挈至上海，習五金業，通英文、算術。性勤愼，爲西人所信任，延主天津商務。津水苦汙濁，協中創設濟安自來水廠，並定救火規則，津人便之。尋與德商俾爾福合資貿易，勘視高綫架空鐵路，躓而傷其股，然治事不少懈。以輸餉敘縣丞銜。

晚年值滄桑之變，慨然謂其友林際春曰："夫盛極必衰者，天之道。顧世之富人多耗財於無用之地，吾甚惜之。吾家雖不豐，然衣食之外粗有盈餘。今欲罄所有以潤鄉里，以何者爲最溥？"際春曰："吾聞鄞縣忻錦厓謀浚東錢湖，奔走二十餘年而應者尚寡。足下欣而成之，此百世之利也。"協中曰："善。"乃招錦厓往津定議，相戒勿洩其名。時梅湖淤塞尤甚，遂於癸丑八月興工，遣其戚胡學泮司出納，凡役工三千人，費白金四萬六千，又以二千金爲修《湖志》之費。明年三月，梅湖工竣，將以次浚全湖，協中已於二月初病卒，年五十。鄉人德之，立遺愛祠於湖上，以協中祔祀焉。

記王全福 [二十三]

王全福，定海西門外人也。乙卯臘月來余家爲傭。年四十餘，性卞急而好勝。其治田圃甚勤，東作之時，或遣之他適，非有要事不往也。其所種稻粱、菽麥、瓜芋、蔬菜、木棉之類，皆碩大蕃滋，過於他人遠甚，而全福視之常，不能滿其意。間遇災傷，則咨嗟太息，若無地自容者。一日大風既息，全福巡視而歸，蹙然曰："今日之風，若獨爲吾家來也。"問其狀，則曰："他田稻皆未花，而吾田獨早秀，皆搖落無餘。其未花者風亦摧折其幹，將顆粒無收矣。"問他物，則曰："某物十損其六七，某物十損其八九，僅一二分可望耳。"因自恨年運之不佳，欲辭職而去，家人慰留之，乃止。及收穫，則所損實無幾，而全福已大失所望矣。登場之物，皆籍記其數，持衡者稍仰，必抑之使平。多收則自以爲榮，少收則自以爲辱，其天性然也。待同夥甚嚴，其姪爲副作，至不勝其訴而逃去。性尤善疑，嘗曰："吾所治米，約可食幾日，今止食幾日，得無司炊者竊之耶？"而己則一無所染。其廉潔又如此。

噫！吾所見爲傭者多矣，食焉而怠其事，視主人之物無所愛惜，甚者乾沒而無厭。其能勤於所事者，十不得一焉；勤於事而無自私自利之心，尤百不得一焉。若全福者，求之士大夫中亦未易數數觀也。雖有氣質之偏，固賢者之過哉。

【輯校】

[一]歸玄恭："乙未本""戊申本""民國本"為避諱作"歸元恭"。歸莊，字尔礼，又字玄恭。

[二]旨："乙未本""戊申本""民國本"作"志"。

[三]衰："四明本"作"哀"，誤。從"乙未本""戊申本""民國本"改。

[四]任："四明本"作"在"，誤。從"乙未本""戊申本""民國本"改。

[五]方正甫傳："乙未本"無此篇。

[六]此篇為上海圖書館藏清宣統三年刻本《容膝軒文稿》八卷所附初刻藁，"四明本"及其他各本皆無。

[七]徐小蓮傳："乙未本"無此篇。

[八]胡貞烈婦傳："乙未本"無此篇。

[九]樂節婦傳："乙未本"無此篇。

[十]夏封君家傳："乙未本"無此篇。

[十一]傅君崇德家傳："乙未本"無此篇。

[十二]張崑泉家傳："乙未本"無此篇。

[十三]傅鼎�："乙未本""戊申本""民國本"作"傅四華"。

[十四]胡綸元先生家傳："乙未本"無此篇。

[十五]王巳生傳："乙未本""戊申本"無此篇。

[十六]張雪厓兄弟傳："乙未本""戊申本"無此篇。

[十七]林本初家傳："乙未本""戊申本"無此篇。

[十八]顧舵舫家傳："乙未本""戊申本"無此篇。

[十九]傅實榮傳："乙未本""戊申本"無此篇。

[二十]程參議傳："乙未本""戊申本"無此篇。

[二十一]陳爾修傳："乙未本""戊申本"無此篇。"民國本"目錄未列此篇。

[二十二]陳協中傳："乙未本""戊申本"無此篇。"民國本"目錄未列

此篇。

　　[二十二] 記王全福：此篇為"四明本"所補，"乙未本""戊申本"、"民國本"均無。

《容膝軒文集》卷六

鎮海王榮商友萊撰

志表

贈中議大夫傅君鯉門墓表

君姓傅氏，諱昌禮，字鯉門，鎮海金泉里人也。曾祖其發，贈奉政大夫。祖逢彩，父鼎基，兩世並贈朝議大夫。母賀恭人。君由國學生議敘布政使司理問，加同知銜，累贈中議大夫，元配江氏、繼娶竺氏、側室潘氏並贈淑人。傅氏自君之父朝議公始，以服賈致富，爲人慷慨明大義。粵賊之亂，公首助千金，迎官兵於定海，諸富人皆應和，賊以殄滅，鄉邦賴之。君少時往來甌閩、江淮之間，爲朝議公所倚任。其後貿遷益廣，君以足疾不復出，優游一室中，總攬大綱而已。其遇人情意落落，與之語，目直上視，若弗聞者。然樸誠寬大，能守朝議公家法，以傳之子孫，而恤其族媚故舊。故吾鄉論累世忠厚者，必推傅氏爲最。嗟夫！俗之薄久矣。機械變詐以爲巧，浮僞刻深以爲能，操必得之術，與擾擾者相角於名利之途，其究也或一無所得，或既得而旋失，亦或久之而未失，若是者，皆命也。而世人不察，見夫巧且能者之偶得也，則竭心力以慕效之。以余所見，凡世俗所謂巧且能者，傅氏皆無有也。然其所得亦久而不失，彼巧且能者或未逮焉。此可以思矣。

君嘗與弟昌珩修復鯤池書院，德清俞樾爲記，事詳《縣志》。其他善行尚多，然皆富人所易能者，於君爲小節，故不書。君有男子五人：梅仙，國學生，議敘理問加四級；賚弼，壬午舉人，內閣中書；家棣，宣講生，早卒，江淑人出；汝霖，縣學生，議敘光祿寺署正加六級，潘淑人出；廷贊，國學生，議敘都察院都事加五級。女子二人，長適登仕郎孫家振，次適李某，皆江淑人出。孫男五人，孫女十餘人。君卒於光緒二年正月二十八日，年五十一。以九年某月日葬清涼山之麓，三淑人祔。既葬，賚弼以表墓之文請。余於君爲年家子，自丙寅以後，歲就君家讀書，至郡城輒宿君寓舍，故知君之深莫余若者。謹述君之梗概，而并推論夫傅氏保世滋大之由，使鑱諸石，以告後之人焉。

附　　　　　　　贈朝議大夫傅君鯉門墓表[一]

君諱昌禮，字鯉門，鎮海傅氏。國學生加同知銜，以子貴，贈朝議大夫。父鼎基，一名崇德，贈如君之階。傅氏自贈公以勤儉起家，泛舟甌閩、江淮之間，歲獲倍息，遂以貲雄於里。粵匪之平，贈公助餉為多，鄉邦賴之。

君承藉舊業，性簡重，遇人情意落落。與之語，目直視，若為弗聞者，然心忠實無城府。貧交語投意，貸巨金無所吝，以是人稱其長厚。母賀恭人年七十，公與弟昌珩命服上壽，時誥軸未至，為典史某所脅費數千金。君憤甚，願增其數修復鯤池書院以惠多士，竟如其志云。

君娶江恭人，先卒。生男四人：梅仙，國學生，議敘布政使斯理問加四級；賚弼，壬午舉人；家棣，宣講生，早卒；家模。女二人，長適從九孫孫家振，次未行。繼娶皋氏側室潘氏，生男一人，汝霖，縣學生。孫男女若干人。

君卒於光緒某年月日，年五十三。以某年月日葬算山之某原，江恭人祔。先期賚弼以志墓之文請。余與君累世通家，衡宇相望，義不得以不文辭。謹詮次大略使鑱諸石，而不敢有一語之失焉。

樂秉國先生墓志銘

先生諱汝驤，字秉國，鎮海湖塘人也。曾祖某，祖某，父瀛岡，皆國學生。樂氏自唐以來，世爲邑中著姓，而先生祖父以貲雄於鄉，園樹花木猶有故家餘習。先生少放縱不羈，既乃痛自懲艾，獨肆力於舉子業。所録房考行卷，高可隱人，爲文伸紙立就。然久困童子試，以國學生四赴鄉闈，凡三薦皆不售。同治丁卯，主考已取中矣，尋以三藝有疵，復棄去。戊辰，始補府學生。又十年爲光緒戊寅十月十日，以疾卒於家，年五十三。孺人同里虞氏祥治之女，生男子五人：俊宣，俊宗，俊宅，俊宇，俊寓；女子五人，其四皆殤，存者適舉人王榮商。孫男女若干人。

先生性狷急，既連困於有司，居常鬱鬱。好使酒罵人，坐是得狂名。然榮商竊有異於先生者。自西人互市以來，所以疲敝中國者，蓋亦多術矣，惟煙之流毒尤甚。中國無貴賤智愚，既入其中，鮮有能自脫者。先生沈迷者數年，一夕忽大悔恨，盡碎其具，投廁中，而絶口不復食。嗚呼！斯非有志之士而能之歟。諸子以某年月日葬先生於瓔珞河上之樸查山，而榮商素有知己之感，爲之銘曰：

赫赫中華，羣陰蔽之。靡靡酖酒，其甘如飴。不遠而復，先生非癡。懦夫可立，視此銘詩。

中書科中書林公墓志銘

公諱瑞璜，字玉洲，鎮海林氏。祖大富，父世奠，母朱氏、鄔氏，公朱出也。季父世超早殁，無子，以公兼祧。公事節母賀氏如己母，節母亦自忘其無子，而視公如己子。及卒，奉旨旌表，公爲伐石立坊於通衢，大書深刻。鄉人至今以爲榮，相與瞻望歎息曰："節母有子矣。"公善治生，不好燕遊。遇里中義舉，則出金佽助無吝色。嘗與同志倡立體元會，葬枯粟乏，至今不廢。其所爲多此類。由國學生議敘中書科中書，贈兩父皆徵仕郎、母皆孺人。

公卒於同治七年七月二十九日，年六十二。配於孺人，國學生諱萬育之女，卒於咸豐九年九月三日，年五十二。以光緒某年某月日合葬於蘆山碯之西原。子男四人：文鈞，國學生；文翰，縣學廩膳生；文謨、文紹，皆國學生。孫男十五人，曾孫男一人。公既有四子，乃以文翰、文紹承季父祀。文翰長子兆松，光緒己卯科舉人，余之友也。將葬，來請銘，余不敢辭。銘曰：

岷山導江，實惟二原。至公而匯，繼世乃蕃。珊瑚玉樹，異柯同根。我銘懿德，昭示後昆。

贈資政大夫峻峰陳公墓表

光祿寺署正銜、國子監生、累贈資政大夫陳公，諱雲岐，字峻峰，慈谿人也。曾祖咸九，贈儒林郎。祖又昌；父廷綸，議敘州同知，兩世皆贈奉直大夫。母蔣宜人。公治生以勤，制用以嗇，教家以嚴。少賈於杭，老而歸里，子孫舉甲乙科，公皆親見之。光緒五年九月某日考終，享年八十。諸子以公留杭久，山水名勝魂魄所戀當在，於是卜二十二年某月某日葬公於錢塘縣明聖湖上、貴人峰下，夫人宓氏、葉氏祔，禮也。子男八人：溶泉，殤；錦泉，監生；錦藻，縣學生，杭府訓導，皆封資政大夫；錦榮，舉人，蕭山訓導；錦濤，從九品，封朝議大夫；錦渭，監生，候選府同知；錦棠，廩貢生，候選教諭；錦沂，監生。女二人，適俞鴻、樂繡恒。孫男十六人，曾孫男二十人。

將葬，錦藻之子花翎三品銜刑部郎中邦瑞請余表墓。惟公福備於身，慶衍於世，孫曾蕃昌，封誥稠疊，邦瑞方以勤謹參佐樞務，駸駸將大用。沿流討源，公之陰德軼事，蓋有人所不及知者。此其大略也，謹表。

謝櫓峰先生墓表 [二]

有篤行君子曰謝櫓峰先生，諱周訓，字魯封，鎮海人也。曾祖某，祖某。父家有，贈奉直大夫，母樂宜人。先生年十二而孤，執喪禮如成人。侍母疾，終夜不寢。疾篤，取糞嘗之而甜，因籲天求代。母卒，水漿不入口者七日，日則營葬，夜則廬墓。既除喪，遇生日忌辰，必親薦；在外，雖大風雨必至。祭畢而餕，念其親嘗嗜此，則哽咽不能下。性嗜酒，幼時母嘗戒之，其後飲不過三爵，雖戚友不知其善飲也。與其兄良訓最友愛。兄服賈於蘇，家中食用皆身任之，不以析爨有異。兄歸，輒就先生塾中，歡談竟日夕。一日，兄弟相敘於思園，有脊令翔集庭樹，識者以爲雍睦所感。同治乙丑，兄卒於逆旅，先生方就試會城，星夜奔喪。逆旅主人索殯費二百餘貫，先生心知其欺，以兄故弗忍校，罄囊償之，扶柩而返。踰數年，先生亦卒，而其兄未葬，易簀時，誡諸子曰："汝曹必先葬兄，而後葬我，否則魂魄不安矣。"其篤於天性如此。

幼劬學，父殁後，兄將攜之習賈，行有日矣，先生手一編不輟。兄感悟，仍使就學，遂博通經史。善屬文，門下著籍者前後數百人。館穀所入，悉以周族黨之貧者，羣從孤嫠皆待以舉火，凡爲嫁娶者六，營葬者十有一，又爲遠祖置墓田以供祀事。及卒，家徒壁立，獨以陰德遺其子孫而已。生平非禮勿履，服御之物喜方而惡圓。邑令以禮敦請，未嘗一往。與人交，懇切周至，人皆敬而畏之，有過則相戒曰："得毋爲櫓峰先生所聞耶。"喜獎掖後進子弟，聰穎者輒勸之學，貧者不受其脩脯，且資給之使卒業，以是多所成就，或相繼掇科第以去。而先生累薦不售，終於廩貢生、候選訓導。同治十年正月六日卒，年六十。娶胡氏、朱氏，皆有淑行。子男三人：覲冕，佾生；錫南，縣學生，出爲從父鼎訓後；覲黻，甲午舉人。女四人，適夏銘世、嚴啓泰、邵煦德、劉照青，皆縣學生。孫男五人，孫女六人。曾孫男一人。

先生以光緒四年葬石門村殿基山之麓，諸子承遺志，未爲墓石之文，故新修縣志無先生傳。竊謂先生之行誼，可以敦薄俗而式來今，非特一時之師表也。先生雖不求知於人，而後之慕先生者，非託諸文字，無以申其敬恭之意。且懼盛德之傳聞有時而佚，則後生小子將何所取法焉？乃爲文以表於阡。丙申春正月謹表。

方公仰喬墓表 [三]

公諱喬，字仰喬，一名仁高，姓方氏。其先閩之莆田人。宋時有諱軫者，以太廟齋郎上書請誅蔡京，編管嶺南，尋戍永州。赦還，出知鄞縣，貧不能歸，因家焉。子姓再徙，居鎮海之柏墅村，方氏遂爲鎮海人。自軫以來，無顯名者。公之父亨吟服賈申江，始以義行聞於鄉里，《縣志》有傳。公其長子也。

公事親孝。父素患痔，老而益劇，公手調藥敷患處，或中有積滯，徐爲導達，不避污穢。親歿，述先人勤苦事，恒欷歔流涕。生平不妄費一錢，服食器具務從儉樸，居室偪仄，裁足禦風雨而已。至於營家廟、立義莊，規畫久遠，不爲苟簡。親友以匱乏告，必厚振恤之。尤留心於水利。近村河道自駱駝橋至江北岸，綿延三十餘里，爲鄞、慈、鎮三縣通渠，歲久淤淺。夏秋稍旱，兩岸數萬畝田禾悉患枯槁。公請於宗守源瀚，募工疏濬，費白金巨萬，由是旱不爲災。其見義勇爲皆此類也。

性寬厚，臧獲有過，必婉言開諭。遇事務持大體，尤善知人。列肆遍於外邑，執業無慮百餘人，量材任使，各稱其職。或有委用方專，忽謝而去之，旁觀莫測其故。後其人受任他姓，卒致僨事，衆乃服公之先見。嗚呼！開國承家，類非一手一足之烈，惟公悃愊無華，所信任者，一以篤實謹慎爲衡，而浮夸傾險之人不與焉。故雖急公好義，所費不貲，卒能恢廓先業，流澤深遠，蔚然爲四明鉅家。推公得人之效，則夫世運剝復之際，所以旋乾而轉坤者，亦必有道矣。

公由國學生議敍同知，以子階累封資政大夫。曾祖上曜，祖元祺，父亨吟，皆贈如公階。曾祖妣余氏，祖妣劉氏，妣劉氏。公初娶胡氏，繼娶林氏、莊氏，側室沈氏，皆封夫人。妾吳氏。子男三人：桂，光緒乙酉舉人，花翎道銜隨帶加三級；駿華，癸巳舉人，道銜加四級；駿萃；戊子舉人，花翎內閣中書五品銜。女六人，適同知銜鄭芳均，鹽運使運同銜；盛在銓，河南柘城縣知縣；費鴻年，中書科中書；傅立烜，丙子舉人，新城縣學教諭；胡啓燾，候選同知；陳錫厚。孫男八人：積球，附貢生，即選訓導，國子監典簿銜；積琳，附貢生，刑部福建司主事；積瑞，優廩生；大猷，國學生，前通政使知事；積瑤，國學生；積瑜，國學生，中書科中書銜；積琨、積璋，皆國學生。曾孫男九人。

公卒於光緒十六年八月二十二日，春秋八十。以二十六年十月某日葬慈谿丈亭之石家渡，胡夫人以下祔，禮也。先是，余在京師，桂以表墓之文請，余諾之而未暇爲。及余乞假南歸，桂貽書再三敦促，且曰："墓石具矣，辱與子爲姻好，可無一言以存先人之厓略乎？"乃詮次其事實如右。具官同縣王榮商謹表。[四]

杜君夢廬墓表 [五]

君姓杜氏，諱錫齡，一名恒煜，字九齡，號夢廬，鄞之管江人。系出唐杜工部之少子宗武，九世孫安宋熙寧間由蘇州徙鄞，至君凡三十世矣。曾祖慶榮，贈奉直大夫。祖積中，考善箴，並贈儒林郎。祖姚蔣安人，姚朱安人，兩世皆以節孝旌。君生周歲而孤。本生祖積名以貲雄於鄉，比析產，君爲大宗，應得二分之一，本生祖愛其幼女，而側室傅又有娠，乃命四分其貲，以其一畀君。君受之無怨言，論者以爲難。道光間，杜氏號爲極盛，藏錢盈數室。會海濱多事，一耗於湖匪之劫掠，再耗於艇匪之勒贖。最後粵匪踞郡縣，以僞職脅君，輸米八百石乃免，坐是家中落。君能以勤儉振起之，廣祠田，繕津梁，倡建嵩城恒德堂，購義山於城東，以葬暴露，周恤孤寒，孜孜不倦。晚年謀立義塾，未成而卒，遺命諸子竟成之。論者又多君之積而能散焉。善飲酒，賓朋滿座，必盡歡乃已。課諸子嚴，作字凝重有法。以助餉勞議敘布政使司經歷，授儒林郎。卒於同治十三年十月五日，春秋五十有二。原聘金氏。配金安人，武舉諱樹勳之女，孝敬慈仁，著稱三鄮。卒於光緒十四年八月六日，春秋六十有七。子男七人：培松，殤；宸黼，國學生；瑞樑，附貢生，皆前卒；培枏，佾生，殤；宸黻、培機，皆國學生；文蔚，廩貢生。女一人，適國學生陳烈墀。孫男六人，女七人。曾孫男二人，女一人。

諸子以光緒二十六年十月九日，葬君於鄒溪之下廟山，兩金安人祔，禮也。

余嘗館君家，培機、文蔚及君之長孫本詒皆從余遊，故知君家世爲詳。至是文蔚以表墓請，且述其先兄瑞樑之言曰："吾先人行誼，非得夫子表章之，是爲不有吾父母也。"余聞而悲之，乃不辭而爲之表。

翰林院檢討楊公理庵墓表 [六]

慈谿楊公理庵以文學知名當世。有子五人，皆克世其家學，有聞於時，由是吾郡善教子者稱楊氏。公諱泰亨，字履安，一字理庵。先世有諱謀者，宋紹興間以進士通判明州，子孫遂居慈谿。自曾祖超以下三世，皆爲名諸生。祖兆熊，父慶槐，累贈通奉大夫；姚贈夫人。公由廩膳生登咸豐八年鄉榜，奏留內閣中書。同治四年成進士，授翰林院檢討，充國史館纂修、起居注校修。庚午癸酉，兩典湖南試，今尚書瞿公鴻磯、張公百熙皆出其門。尋以母老告歸，撫其諸子，曰："此吾家萬金產也。"遂家居不復出。顏其塾曰"經畬"，聚書六萬卷，延內高材生飲食教誨，與諸子相切劇，燕朋昵友一不得至其前。先後主郡孝廉堂、月湖書院及餘姚龍山書院講席，賞奇析疑，必與諸子共之。工書法，而作字甚敬，每謂即此是學。諸子守其教，無敢率易者。及家驥等相繼登仕籍，公貽書任所，動至數千言。宦達歸侍，猶日課背誦經史，若初就傅者。嗚呼！世之人孰不望其子之有成，然或牽於職事而不暇以教，或始勤而怠於終。如公者，可以興矣。

公篤於天性，侍母任太君疾，衣不解帶。比居喪，齒逾不毀，猶杖而後起。與伯兄訓導君相友愛，兄歿，撫其孤嚴而有恩。嘗建孝子祠以祀遠祖誠，立義塾以教族人，撰《葉貞婦事略》以表彰女弟，倡修《慈谿縣志》以存鄉邦文獻。其他嘉言　行不可悉記，然論者尤推其教子之善，以爲不可及云。公著作等身，而手不釋卷。鈔劄歲常盈尺，日記至易簀乃止。卒於光緒二十年七月某日，享年六十有九。以子階封中憲大夫，晉通奉大夫。配王夫人，有淑行，語詳德清俞樾所撰墓志。子五：家駓，附貢生，先卒；家駃，舉人，候選知縣，五品銜；家驥，優貢生，花翎同知銜，江蘇溧陽縣知縣；家駒，拔貢生，順天舉人，刑部額外主事；家驤，翰林院編修。女一，適餘姚優貢知縣朱續基。孫男六，孫女九。諸子以某年月日葬公暨王夫人於岷山之壟，祔先塋，用治命也。榮商於公爲同館後進，公嘗愛好其文而以爲可傳，又辱與其諸子交，而申之以媤婭，故知公之家教爲詳。不腆之文，愧未能闡揚於萬一，聊述公義方之概以揭於阡，俾後來者取法焉。

傅君莓軒墓志銘^[七]

君諱家枬，一名梅仙，號莓軒，鎮海傅氏。祖鼎基，以貿遷起家，贈朝議大夫。父昌禮，贈中議大夫。母江淑人，有五子，君其伯也。少時顧影自喜，於世事若不屑經意。及中議公卒，君承其緒而恢廓之，南北營運，帆檣如織，徵貴徵賤，書札旁午。君坐甬上，持籌按籍，參互鈎稽，熒熒一燈，達旦乃寢。數千里之外物情纖悉如視諸掌，相機操縱，動中窾要。常有天幸，不罹於險，由是家業日起。待諸弟和厚，任勞任怨，口不言功。間有規戒，如恐傷之。疾病則調護慰問，晝夜無間。內助顧恭人，性尤婉順，家人化之，詬誶不作，一門之內愉愉如也。傅氏故無宗祠，君與從弟家詮等出資創建，且議割腴田若干畝以贍貧乏，未成。光緒十六年十一月二日，不幸齎志以歿，年止於四十三。論者惜之。

君由國學生議敘布政使司理問，加四級授中議大夫。配顧恭人，諸生諱宣謨之女，幽閒貞靜，族黨推爲女宗。卒於光緒二十四年六月九日，年五十二。子二人：國焕，國學生，太常寺博士；國煒，附貢生，試用訓導。女三人，周廷瓚、鄭志通、陸聖汭其壻也。孫男四人，孫女三人。諸子以某年月日葬君及恭人於算山之某原，而求余志其墓石。余於傅氏爲通家，嘗志中議公之墓矣，其何敢辭！銘曰：

陶朱霸吳，伯升興漢。功成者退，或夭或竄。君於傅氏，實爲功人。

造舟作室，舊緒維新。如何享年，曾不至艾。業就身殲，古今同慨。無德不報，其在子孫。勒銘貞石，以慰幽魂。

鍾君杏仙墓志 [八]

君姓鍾氏，諱穎先，字中行，號杏仙，世居鎮海之蘆江。曾祖某，祖上達。父某，母某氏。君由國學生議敘光祿寺署正，加二級誥授奉直大夫。配胡宜人，同里諱宋鼐之女。生子二：咸芬，六品銜；咸誥，國學生。女二，長適前清泉縣知縣顧汝熊，次適虞中逵。鍾氏饒於貲，君恂恂儒雅，無紈袴之習。少多病，遂通醫理，然不輕爲人診治。喜作畫，一花一鳥，取以適意，不甚求工也。

君卒於光緒七年十一月十一日，年五十有四。宜人卒於光緒二十一年八月二十八日，年六十有八。以二十七年四月十八日合葬於蘆江河西之懸河墩，是爲志。

樂達四先生墓表 [九]

君姓樂氏，諱嗣聰，一名淵，字達四。國學生，鎮海湖塘人。曾祖雍瑞，祖容正，皆國學生。父瀛斌，邑庠生。母賀氏、謝氏、胡氏，君謝出也。初，謝孺人卒，父欲再娶，恐傷諸子心，依違者久之。君固以請，乃再娶胡氏，君事之無異所生，鄉黨稱其孝。爲人偉容貌，目烱烱如流星。初攻舉業甚刻苦，及父卒，遂廢讀理家政。聞人家有聰俊子弟，輒攜果餌至塾中，出句索對，欣賞忘倦。遇事能裁決，里中人皆信服之。平居座客常滿，圍棋飲酒，意灑如也。初娶王氏，繼娶宋氏。生子二，俊豪、俊雄。孫一，秀迪。

君卒於同治十三年某月日，春秋六十。以光緒二十三年四月二十六日，葬於西山鳳皇觜之粉箕灣，王、宋二孺人祔。是爲表。

卓子培墓志銘 [十]

君姓卓氏，諱厚栽，字子培。先世由奉化徙居鎮海之鍾家隩。曾祖正茂，**國學生**。祖成溥，父忠善，並以騎射補諸生。母曰節孝李孺人。君好書畫，私淑同縣盧派，頗得其彷彿。同治十三年補縣學生。光緒二十年六月二十二日卒於家，年五十有三。以某年月日葬於鍾家隩之某原。君初聘傅氏，繼娶林氏、邵氏、周氏，生男二人：慈懷，縣學生；慈恂，業儒。女五人，長適顧庭怡，次適吳永言，其三未行。卓氏自始遷以至於君，凡七世，其族不大。君有一弟浩，國學生，旁從皆無之。然自其高、曾以來，皆能以才智先人，凡所論斷，一村鮮不服從者，雖其婦女亦然。余觀簪纓之族不數傳，而委瑣庸下者往往有之。若卓氏者，可謂能世其家者也。銘曰：

生於斯，葬於斯。水之清耶，山之靈耶，子孫其興耶。

顧君詩舫生壙志 [十一]

君名家楧，字詩舫，鎮海顧氏，國學生。父佑鈿，議敘從九品。母林孺人，生五子，君第四子也。初，吾鄉罕治錫箔者，君少時至杭城，習其業歸，與諸兄共爲之，勤力刻苦，以振其家，以傳其鄉里。數十年來鄉民治生以箔業爲大宗，君有開先之功焉。性剛而待人忠厚。季弟家桐能文，然嚴憚其仲兄家校已甚。君調和其間，仲兄常爲霽威，人稱其友愛。初娶高氏，生三女，已適人。繼娶徐氏，生二子，宋庭、明庭。一女尚幼。光緒二十九年，君年六十有五，自營生壙於方河墩之原。會余典蜀試歸，屬志其石。余祖母顧恭人，君之姑也，故爲之志云。

王紫珊先生生壙志 [十二]

先生姓王氏，名顯謨，一名燕模，號紫珊，鎮海王隘人也。曾祖遠懷，太學生。祖釗，府學生。考謀涵，太學生，贈奉政大夫。先生年二十八補縣學生，以經義教授里中。久之，由廩膳生貢成均，候選訓導加五品銜。配賀宜人，太學生聖樅之女。生子一，翊俊，布政使司理問。孫男一，長濟。孫女一。

先生才智過人，既不見用於世，則退而施於家。與諸弟分居，推多受少，謹身節用，以事其親，以型其妻子，一庭之內愉愉如也。由家而推於族，修宗譜、葺支祠、興義塾，有爭訟則力爲排解，斷斷如也。由族而推於鄉，恤孤煢，瘞暴露，改福聚庵爲鄉校，復迎恩堂之祀修碶者，及浚渠繕廟諸工役，慎初惟終，井井如也。晚年益留意水利。石湫之水發源於太白，至新路隩而分流，沙壅溪淤水，決隄旁溢，盡入泰河，而巖河稍旱輒涸。衆議疏治者屢矣，然皆因循不果爲。今年春，先生毅然爲之，數月而畢工，鄉里尤以此稱之。然先生胸中之所蘊，蓋百未一施也。

先生與賀宜人皆以道光戊戌年生，光緒乙未自營生壙於新路隩之馬鞍山，其達於生死之際又如此。榮商幼從先生遊，去年爲七十壽言，今又承命爲壙志，亦所謂樂道之者不一而足云。

林子繩先生墓表 [十三]

君諱文翰，姓林氏，原名顯祖，字子繩，鎮海人，中書科中書瑞璜之仲子也。林氏世爲農賈，君始習儒業，勤學能文。咸豐三年補縣學生，同治四年以一等一名食餼。六年，秋試幾得復失，遂悒悒成疾。十一月己丑卒於家，年三十有七。後以長男兆松貴，贈修職郎。

初，君母於孺人棄養，中書公年未五十，日必數往市肆稽核簿籍。君讀書樓上，聞父歸，輒隅坐承歡，躬執婢妾之役，伺父寢乃退，歷十餘年不息。父安之，忘其爲鰥也。季弟文紹幼而失恃，爲父所憐，君尤厚遇之。其善體親心如此。元配陸孺人有賢行，生男女各一，咸豐八年十月己酉卒，年三十有一。繼配鄞縣陸孺人，撫前室子若己出，人尤賢之。生二男一女，同治十三年六月甲午卒，年三十有七。以光緒十八年十二月乙卯合葬於萬團洋之假山坂。男兆松，光緒五年舉人，分水教諭，五品銜；兆杭，五品軍功；兆杰，佾生。長女適府學生顧曉鶴；次早卒，冥配金氏。孫男二，承熊、承照。孫女五。君之葬久矣，至是兆松自分水歸，始礱石請余爲表。蓋君文行兼優，內助又皆賢，又有賢子孫，而非表亦無由著也。故爲書其大略，俾來者有徵焉。

方內翰壙志銘 [十四]

君姓方氏，名駿萃，一名義銘，字鼎甫，鎮海柏墅村人也。曾祖元祺。祖享吟，國學生，以義行旌，邑志有傳。父喬，國學生，候選州同加同知銜賞花翎。三世皆贈資政大夫。曾祖妣劉氏，祖妣劉氏，妣胡氏、林氏、莊氏，生母沈氏，皆贈夫人。君生而秀削，眉目如畫。家素封，諸兄皆循循修邊幅，君於其間最爲豪放，徵歌選勝，顧影自喜。然涇渭分明，外若無訾省，而內實矜嚴不苟，以是人莫能欺。光緒十四年，由廩膳生中式本省鄉試。先是，伯兄桂以乙酉舉於鄉，至戊子而君繼之；癸巳，仲兄駿華又繼之。兄弟三人先後登賢書，一門之內綽楔相望，科名之盛，吾邑世家所未有也。性孝友，事親有嬰孩之色。與伯兄桂同母，故情好尤篤。連試南宮不第，以貲爲內閣中書，加五品銜賞花翎。會時政多變革，君意忽忽不樂，遂不復仕。往來甬江滬瀆之間，以棋酒自遣，而居滬瀆時爲多。夫人鄭氏，前翰林院檢討、直隸宣化府知府諱賢坊之女，賢能之名播於三鄗。光緒二十二年某月日卒，年若干。生子一，積瑜，國學生，議敘中書科中書，娶楊氏，慈谿翰林院撰文家驤之女。孫男五，善坊、善坰、善圭、善埔、善垣。宣統三年，君年五十有三，以某月某日葬鄭夫人於慈谿東鄉周家岸之原，虛其左爲生壙，而屬余志其石。君可謂達於生死之際者矣，系以銘曰：

方氏觥觥，世載直聲。爰及義行，天子所旌。再傳而蕃，興廉舉孝。珠樹連蜷，惟君最少。君年五十，余有贈言。天倫之樂，永矢弗諼。君曰吁哉，滄桑遞貿。人非金石，其何能久？內嬰多難，外遭時艱。逝將去汝，邈於荒閒。慈東之原，沙迴水抱。於萬斯年，是藏是保。

顧嘯舫先生墓表[十五]

先生姓顧氏，諱家校，字芹香，號嘯舫，鎮海靈巖鄉人。考佑鈿，從九品。妣林氏，生五子，先生其仲也。貧而慧，以足疾廢讀，訓蒙之外，鬻煙酒雜物，後乃專治箔業。兄弟皆勤儉，能殖其家，而先生尤工心計，仰有取，俯有拾，顧氏遂爲塘下巨室。性卞急，課季弟家桐最嚴。能作大字，尤喜爲詩。榮商幼時從先生受業，及入翰林，先生甚喜，曰：“向視玉堂人物如隔霄漢，不意近出門牆。”居常瑣務坌集，見榮商則津津論詩，忘其事之煩也。《五十自壽》有句云“服官何必拘周禮，知命還須讀魯論”，人稱其典雅。以貲爲國學生。

光緒二十一年閏五月十九日卒，年六十有八。配周氏，國學生明邦之女，光緒二十九年正月二十九日卒，年七十有一。子二：濟庭，娶虞氏；潤庭，邑庠生，娶王氏。女二，吳永楨、王榮裕其壻也。孫男十一人。某年月日，合葬於某原。是爲表。

卓鎮鰲墓表[十六]

太學生卓君，諱浩，一名厚振，字鎮鰲，世爲鎮海縣鍾家陸人。父忠善，武生，早卒。母李氏，以守節旌。卓氏在鎮海甚微，然男女皆有才智，稱爲山中世家。君有兄厚栽，以經義補諸生，能書畫篆刻。君佐節母治家，亦矯然不與凡衆伍。嘗爲大姓司會計，思有所表見，未幾以疾卒於家，實光緒四年正月六日，年三十有五。配王孺人，貤封奉政大夫錫封之女，於余爲從姊。生子一，慈愷，例貢生。女三，長早卒，冥配吳氏；次適太學生李維煥；三適五品銜吳永柱。孫男一，應祥。孫女一。

君初葬於宅西之山麓，今年冬，以形家言，乃稍遷而東，其右爲王孺人生壙。時慈愷已卒，應祥實治葬事。余哭慈愷，詩所謂崢嶸繼起者也。既葬，來請表，爲書其大略如此。壬子十一月。

顧湖舫先生墓志銘 [十七]

顧湖舫先生既歿之二十五年，其子紹庭已前卒，家貧孫幼，不克葬。紹庭之妻父於明經尹誥既收恤其孤寡，又爲之斂錢治窀穸，卜以壬子年十二月丁酉葬先生於宅之東原。而榮商志其石曰：先生諱家桐，號湖舫，鎮海顧氏。太學生時章之曾孫，存心之孫，從九品佑鈿之季子。先生孝於親，恭於兄。貌甚樸野，而器宇凝重，神識湛然，論者方之渾金璞玉。文章有清氣，歲科試輒冠其曹。顧困於鄉闈，屢薦不售，人爲先生稱屈，而先生無幾微慍色。閒以絲竹自娛，不自知其情之一往而深也。光緒十四年正月九日，以廩貢生終於家，年四十有五。原配張孺人，縣學生錫采之女弟，以難產卒。繼配葉孺人，亦無出。三娶鄔孺人，生男女各一，男即紹庭，嘗爲小學教員，長於體操、唱歌；女適王太祥。孫男一，錫疇，尚幼。先生之葬，三孺人皆祔。系以銘曰：

鬱之久，藏之固，碩果不食後蕃庶 [十八]。

傅君樹南哀詞 [十九]

光緒三十二年閏四月二日，吾友内閣中書傅君樹南以疾終於甬江寓舍，春秋五十有四。君初娶周氏，繼娶張氏，又娶樂氏。去年冬，樂宜人卒。君有子國琯，已授室，成諸生。徒以一姬方遣，五女未行，乃納采於慈谿馮氏。其新室密邇舊寓，君日往來指示陳設所宜，中途傾跌，遂以不起，距昏期才六日耳。悲夫！

君弱不好弄，長而劬學。中年承父兄遺業，克勤克儉，以大其家。平居粥粥若無能者，至於操贏相時、人棄我取，雖精於會計者不能過也。性謹嚴，取與不苟，内外孤寡皆倚君如長城。尤善容忍。嘗有族人挾盛氣凌君，四座皆爲不平，君獨夷然無忤色，衆皆歎服，以爲周伯仁火攻之言、婁師德唾面之戒，昔聞其語，今見其人。然君亦以是久寓甬上，歲時旋里，親舊罕睹其面，蓋其中不能無介然者。而竟以客死，尤可悲矣。余長於君一歲，生同里，學同塾，光緒壬午同舉於鄉。是歲巖、泰、海三鄉同榜六人，副榜一人，科名之盛爲海濱前此所未有。二十年來，諸同年相繼凋謝，存者惟余與君耳。今君又長往，余能無隻輪孤翼之懼哉！乃爲文以哀之。其詞曰：

世運遞嬗，古往今來。人誰不死，君死可哀。先民有言，五十非夭。觀君所爲，自視猶少。舊絃屢斷，將續以新。粲粲華屋，百物具陳。變彼諸孤，待之撫育。奄忽告終，其能瞑目。嗚呼哀哉！慈水之姻，卜云不吉。君違忠告，以逑良匹。鸞書往返，竟達空函。鬼神簸弄，孰測其緘。謂君無緣，胡不中止？謂君有緣，胡爲遽死？吉凶同域，天道寧論。賀者在室，弔者在門。嗚呼哀哉！君善理財，一介不苟。內外相依，如左右手。高明之族，衆望推先。君不市德，以柔自全。保家之良，保身之哲。歷數時賢，君居首列。龍鍾荼苦，尚戀餘生。既豐其遇，乃嗇其齡。嗚呼哀哉！壬午同薦，三鄉七人。存者寥落，惟我與君。我齒差長，體又最弱，身後之事，謂君可託。君祖君父，暨君伯兄，三世行誼，我傳我銘。今又哭君，豈意所料。不腆之文，以抒悲悼。嗚呼哀哉！

丁君壙志 [二十]

君名惠堂，姓丁氏，字清和，鎮海人。父紹忠，母王氏，皆早歿。君幼孤苦，至挑陶泥以爲生。稍長，販布山北後，乃設肆於長山街。會計精審，屢躓屢起。爲人短身多智，主辦婚喪事條理井井，有兼人之才，巨室爭延致之。光緒二十六年，以巡檢需次福建，甫數月告歸。與里人創議就海塗築塘，周旋場竈間，不避勞怨。塘成，費廉而工固，數年後皆爲稻田，由是海濱益足於食。晚年爲鄉邑議員，熟於民間利弊，雖文學士不逮也。原配徐氏，繼娶王氏、胡氏。子五：祥珪、祥璋，徐出；祥珏、祥瑞、祥瑜，皆胡出。女五，長適孫，次適顧，餘在室。孫男一，義燿。孫女一。君將於甲寅之歲治壙於黃山頭祖塋之旁，而倩余先志其石。余素才君者，遂不辭而志之云。

俞君樹周壙志 [二十一]

吾友俞君治壙於泰邱鄉橫山之麓，而倩余志其石。曰：君名汝昌，一名志模，字樹周，鎮海靈巖鄉人。曾祖康震，祖泰岡，皆隱德不曜。父士璣，早歿。母賀孺人，以守節旌。君幼孤，能自奮於學。弱冠為名諸生，從遊者日眾。光緒十九年，由廩膳生中式本省鄉試舉人。積資揀選知縣，以母老不仕。為人長身巨口，資性厚重，為眾望所歸。上自官府，下至百工，事無巨細，咸取決於君。君遇事不堅持己見，然大體所在，未嘗苟同。尤嚴於義利之辨。鄉里榷酒稅，君取足額而止，不以自肥。主持學費，無絲毫侵蝕，其潔清類如此。共和既建，充鄉自治委員，從容靜鎮無廢事，亦不擾民。黨議興，獨超然無所與，其所守可知矣。原配樂氏，早卒。繼室顧孺人，生子五：往欽，府學生，早卒；道洽、道津、道濂、道滙。女三，其二殤，存者適張永錫。孫男二，惟勳、惟烈。孫女一。

余常謂世變之來，惟持重者足以定之。君無赫赫名，然造福於桑梓者大矣。後之尚論者，當有徵於余言。乙卯四月前翰林院侍讀王榮商撰。[二十二]

樂俊奎壙志 [二十三]

君姓樂氏，名駿，一名俊奎，鎮海湖塘人也。曾祖某，祖某。父嗣璜，母竺氏、張氏、賀氏。君賀氏所出。兄俊源已卒而生君，故為父母所愛，俾負篋從師。稍長，連失怙恃，乃廢學而賈。年二十二，始習騎射，每試輒冠軍。中光緒癸巳科右榜舉人。乙未，補兵部差官，兼充南城練勇哨官。從公之暇，為夏太史啓瑜課其諸子。夏視學甘肅，君由兵部奏保，以都司分發浙江補用。己亥，廣西提督蘇元春調君赴行營，勘廣州灣界務，差竣回浙。庚子，以解散鎮海花會及勦大嵐山股匪有功，署海標中營守備。壬寅，署石浦營都司。癸卯，入京引見，仍回浙江，呂提督本元尤器重之。甲辰，署鎮海營守備。丙午，補海標右營守備。

丁未，仍署鎮海營守備，免赴本任。戊申，署寧波城守營都司，旋入巡警學堂肄業。宣統庚戌，裁都司缺，改充陸師巡防第三營管帶官，駐定海總兵舊署。共和既建，充定海支部總長。尋罷總長，仍管巡防營。癸丑冬，赴象山泗州頭剿匪，槍斃盜首朱有木、蔡阿泮，擒獲謝有高等。甲寅，改爲寧防第二營，尋改爲警備隊第六隊隊長。今爲警備隊第二區第七營管帶，仍駐定海。

君處事安詳，待人誠摯，謹身節用，視人猶己。尤熟於地方情弊，捕盜、禁煙卓著功效，上游嘉之，屢獲銀章之獎。事其嫂虞節婦甚謹，妻子能率其教。虞今年八十，臨歿，自以爲無憾。論者交賢之。元配李氏，副室黃氏、陳氏。子四人，皆李出：秀瀚、秀濤，殤；秀澄，娶賀氏、胡氏，生子二，漢初、寶初，出爲兄俊源後；秀漣，娶胡氏，先卒，遺腹子一，定官。李氏卒於光緒戊戌年四月二十八日，年四十二；黃氏卒於光緒壬寅年八月初十日，年二十。今年冬，君將爲亡室營葬事，且自治生壙，而求志於余。余娶於樂，爲君之族姊。君入武庠，余爲認保，在京常同寓舍。余眷屬南歸，君常左右之，至今交好無間，義不得以不文辭，乃濡筆而爲之志。甲寅仲冬，前翰林院侍讀王榮商撰。

周个亭壙志[二十四]

君名廷珍，一名克岐，字个亭，姓周氏，鎮海陳華鋪人也。曾祖焜，縣學生。祖載述，國學生，議敘鹽運使司運同。父寶鼎，國學生，議敘同知。三世並以君階累贈通奉大夫，曾祖母陳氏、張氏，祖母胡氏，母鍾氏、張氏，並贈夫人。君由國學生議敘江蘇試用道，賞花翎加五級。初，鍾夫人未嬪而卒。張夫人生二子，其長即君，次廷瓚，出爲仲父寶善後。君年十四，張夫人卒。弱冠，父亦卒，然兄弟同居如故。又十二年，祖母胡夫人卒，乃與弟異炊。君沉靜寡言笑，處儕偶中，恒堅坐竟日；而廷瓚伉爽善辨論。兄弟資性不同，而同有賢名。家居常畫花卉以自遣，見名人小幅，兄弟競購之，鄉里推其文雅。周氏自君之高祖豐以居積起家，本生曾祖魁益擴而大之，良田連阡陌，稱爲泰邱甲族。其後稍衰，而歷世祭田尚無恙。君念先人嘗欲爲義莊以贍族，而族之孤魂無依者議別築一祠祀之，曰"敦崇祠"，而皆未及爲以卒。宣統己酉，君與羣從謀割祭田三百四十畝，歲儲其租入爲承德義莊，而敦崇祠亦因以就緒。語詳《周氏譜》中。九峰學校經費支絀，君謀於縣之船貨捐局承辦木捐，而以捐之盈餘充校費，由是歲用粗給。歲歉則辦賑濟，辦平糶，二十年來荒政屢舉，君皆視爲分内事，任勞任怨，不稍推諉。其見義勇爲多此類也。配陳夫人，鄞縣江陰知縣康祺之從女。生子男七，全濟、全淮、全瀚、全漢、全澤、全法、全濤。女一，殤，冥配慈谿孫氏。孫男一，令炤。孫女一。

歲在丙辰，君年四十有六，自治壙於某處之某原，而倩余志其石。君長子娶陳氏，爲余子壻祥川之女兄，於義爲姻婭。而余與君皆深居簡出，故蹤跡較疏。然嘗望見君於稠人之中，其容肅然以莊，其氣穆然以靜，雖未接一言，而心竊敬之。退而考其行誼，凡《周官》所謂六行，君皆有焉，可謂表裏相符者也。古者選舉之法，閭胥書其敬敏任恤，族師書其孝弟睦婣，而鄉大夫興其賢且能者於朝，爵禄之頒皆由於此。近世法制簡略，則所謂德行道藝，上之人有不能盡知者。君之奬敘固亦以任恤得之，而他行之未章顯者多矣。余方伏處田間，不腆之文聊以代閭胥族師之書，其可乎？遂不辭而爲之志。丙辰夏五月，前翰林院侍讀同縣王榮商撰。

周筱亭壙志[二十五]

君鎮海周氏，名廷瓚，一名克鎬，字筱亭。世居泰邱鄉陳華鋪村。曾祖焜，縣學生；祖載述，國學生，鹽運使司運同。兩世皆贈通奉大夫。考寶善，縣學生。妣盛氏，湖北安襄鄖荊道植型之女，翰林院編修、提督四川江西學政炳緯之女弟也。周氏自君高祖以來，仍世稱素封，然習舉業輒不利。曾祖赴省試，卒於杭州，年三十，無子，以兄魁之仲子爲子。而君之考且未婚而卒，年十七，兄寶鼎哀之，聘盛氏女爲配，而以仲子爲之子，即君也。君少時亦習舉業，從石孝廉企嵋學最久。既赴童子試，不售，輒棄去，由國學生納貲議敘光禄寺署正銜，改廣東試用知府，賞花翎，贈其考爲朝議大夫。妣盛氏，爲恭人。

君性伉爽有英氣，嘗自負其才思，有所表見於世。以天下多故，遂無意仕進。喜賓客，善辨論。所居緑蔭樓，與九峰山相對。客至，則瀹茗圍棋，開尊行炙，君雖不能飲，而能使飲者盡歡。時或辨論鋒起，言人人殊，君操縱其間，摧牙折角，一座盡傾。閑居以繪事自娱，尤喜畫牡丹，每得一佳幅，調粉染脂，終日臨摹不倦。又於宅外闢地爲小園，築室五楹，署曰“竹可居”，有亭池花木之勝。良辰佳節，優游偃仰，若與世相忘者。族人周魯生喜度崑曲，君學之，頗能得其節奏。里中彭城廟演劇，素以跌撲爲工，至是而絃管悠揚，風氣爲之一變，由君好之也。君雖出爲仲父後，然與兄廷珍友愛無間，凡行荒政、興小學、立義莊之類，皆推兄主其事，而己贊成之，故其暇豫之日爲多。仲長統有言“使居有良田廣宅，逍遥睥睨，不羨入帝王之門”者，君洵其人矣。

初聘盛氏，諸生炳經之女，編修炳緯之從女，未娶而卒。配傅氏，布政使司理問家枌之女，生三女，卒於光緒乙巳年九月九日，年三十有三。繼范氏，祥馥之女，生二男一女，男全瀛、全洲；長女適横河李光均，餘未行。宣統元年，君營壙於戴家墺之珠籩篷，盛、傅二恭人先祔。今年，以石質未純，更治而新之，而徵志於余。君總角時，余嘗至其家。去年秋，君四十初度，余以兩詩爲壽；今春又爲君記義莊。君聞余補輯《蛟川耆舊詩》，因出金以襄剞劂。壙志之請，義不得而辭，爲書其大略如此。丙辰夏五月，前翰林院侍讀同縣王榮商撰。

邵元升權厝志 [二十六]

君姓邵氏，諱文鶚，字元升。先世由慈谿賈於鎮海之長山街，因家焉。祖良，國學生。父秉芳，慈谿縣學生。前母張氏，早卒。母王氏，六品軍功其鵬之女，開化訓導廣華之從女也。軍功生三女，長即君之母，次適光緒己丑舉人胡宋駿，三適諸生曹名樹。其後皆有子，能世其家，而軍功嗣子景鳳相繼爲諸生，每王氏宴集，舅甥中表衿佩雍容，一門稱盛事焉。

　　君幼孤，與其姊妹俱育於外家。姊病跛，爲童養媳以卒。妹適布政使司理問王翊俊。而君隨訓導至任所，訓導既愛其從女，又與君父交最篤，以故撫教君甚至。君歸而貧不能婚，母姨胡憐之，妻以長女。乃訓蒙自給，踰數年，亦爲慈谿諸生。當是時，邵氏居鎮海者四世矣，而父子猶占籍慈谿，以慈谿學額廣也。君善飲酒，好摴戰。與人交，外若豪放無町畦，而内則芒角森然，有不可其意，發聲徵色，雖尊長猶畏之。然篤於伉儷，儉於日用，服御薪米皆有常經。胡孺人堅忍刻苦，能成君之志，閨房之内雖屢空，訢如也。生子男三：長學錦，十六歲殤；次學鑑，娶李氏恭章之女，有賢行，舅姑皆愛之；三學鋭，幼讀。女二：長適陳秉鉞，其次在室。孫男一，信楔。丙辰孟夏，君將爲殤男娶林氏，前數日自時敏學堂得疾歸，至夜分遂卒，實四月十二日，年五十有五。

　　君訓蒙三十餘年，而在時敏學堂最久，假期亦最少。其以教習兼司會計凡八年，無一錢侵冒者，人尤以爲難。初，君以形家言宅不利，常轉徙在外。其後增築數楹，乃歸而居之，然室中空無所有。至是而百物粗具，且能釀酒以待酤矣，而遽卒，豈非命也夫！卒之後三日癸丑，以舟載三喪，權厝於白石廟根先塋之次，從君志也。余第四姑爲君之世母，晚年爲僚婿，君實執柯焉。故不待其請而志之云。

太學王君墓表 [二十七]

　　君諱仁洽，字杏生，鎮海王氏，世居泰邱鄉沙岡頭村。父開瑞，母金氏。君習儒書無所就，遂隷名太學，治田釀酒以給食用，時出羨餘周恤貧乏，修梁繕道亦樂爲之。仍世爲里社長，社中庶務咸取決於君，或有争訟曲直，君調停其間，常以無事。卒於乙卯年三月二十日，年五十有五。配陳孺人，例貢生贈奉直大夫慶雲之女。無子，以從兄仁秀之子金鉅兼承。孫男一，昭德。義男伍二、其年。十二月丙寅，葬君於本鄉白雲畈之原，右爲陳孺人壙。孺人姪祥川，余子婿也，書來求余表墓，且言君生時嘗慕余之文，殁而得之，庶以慰君於地下。嗟乎！草木同腐，志士所悲，悠忽之徒，隨化而已。推君之意，豈非欲自拔於流俗者乎。遂詮次之 以永君之存。

葉寶鏡壙志 [二十八]

君姓葉氏，名大章，字寶經，一字寶鏡，鎮海人。曾祖瑞煜，祖士楊，父承輝。世居泰邱鄉之城灣。城灣居民多業樵，而葉氏先世有列肆在杭城，遭亂殘毀，君之父謀修復之，然卒不振。君幼嗜書，家貧，侍母顧宜人，且樵且讀。年十五，始習賈於長山街。父殁，寓蘆江及甬上，又改而航海，最後居閩中洲爲木商，世所稱南臺客者也。往時南臺爲利藪，客多暴富，後爲主人搜剔殆盡。君謹身節用，以有盈餘。蓋葉氏之商業中衰，而再振於君，遂爲城灣巨家。

君性樸厚，治室不求華美，曰："吾不忘誅茅補屋、拾葉佐炊時也。"其自奉甚儉，至於義所當爲，即無所吝。初，父殁，葬從薄。後改葬於張鑑磧，封樹有加焉。旅行見時食，必購以奉母。弟大樅、姪啟周皆早世，養生送死，務盡其情。嘗收責某村，見一嫠婦哭甚哀，詢之，則以貧故議改適，而不忍別其姑與子者。君惻然，爲釀錢周恤之，議遂寢。婦卒，復爲營葬。其他所瘞埋不可悉數。歲饑，出餘粟以糶，價平而施均，鄰里德之。城灣故山村，君勸人多種番薯以代穀，無力者貸以錢。至如平道路、繕橋梁、興小學、收棄字、輯宗譜、置遠祖祀田，皆量力佽助。喜飲酒，而有節。與人語，煦煦有春夏氣。尤敬禮文士，邂逅酬酢，情意肫然。陳君脩榆名其堂曰"鋤經"，君甚喜，曰："是吾志也。"蓋君雖仍世爲商，而其心常恐染於紛華，謂不如耕讀相傳之可久，故於陳君之言有深契云。

君由太學生議敘同知銜，賞花翎，贈祖、父皆奉直大夫，祖母、母皆宜人。配陳宜人，忠亨之女，有賢行。生一子啟雲，能世君之業。由是君不復居閩，歲一往來，父子自相瓜代而已。君有妾黃氏，先卒。歲在丙辰，君年六十有一，自營壙於某地之某原，而屬余志其石，蓋有意於不朽之名者。余識君久，嘉君之行誼可爲世法，遂詳書之，以慰其意焉。前翰林院侍讀同里王榮商撰　　。

吳琴軒壙志銘 [二十九]

君名永柱，字廷憲，號琴軒，鎮海青峙吳氏。父正浭，娶顧氏，無出，以兄正渭之次子爲嗣，即君也。君幼貧苦，本生母李氏早卒，後母邱氏督之嚴，日必課薪兩束。君時病瘧，稍間即腰鐮入山，暮則荷薪而返，其耐勞如此。年十四，習布業，以近視，改而操船，又苦眩暈之疾，久之，乃主船政。最後，族父正闇延之客海州之青口鎮，經理船貨出納。君性謹慎，無絲毫浮費。凡居青口者十年，偶以事拂主人意歸，而築室三間，讓故宅於兄弟。而間至各商埠，相時取舍。既失利，遂不復出。君由太學生敘布政司理問銜。聘顧氏，未配卒。配鄭氏，生男一，茂植。繼室卓氏，太學生浩女。

君以壬子年十一月某日，葬顧、鄭兩安人於靈巖鄉葛山之麓，虛兩穴爲生壙。族弟企唐既爲之表矣，今又介其妻姪卓應祥求志於余。余與君兩世爲姻親，頗聞君儉於日用而厚於酬酢。顧太君性和婉，而本生父母皆嚴毅，君事之未嘗有失禮。然每過蛟門嶺，思少時樵採事，輒流涕被面。而督茂植亦甚嚴，不以獨子而有所寬假。然則君之克自樹立，固其家教所致，而君亦庶幾有象賢之子歟！系以銘曰：

析薪負荷，父子相承。威克厥愛，惟家之興。我銘其石，來世有徵。

朱彝堂先生墓表 [三十]

先生姓朱氏，諱啟洪，字敘範，彝堂其號。世居鎮海之石高塘。父諱斗權，增廣生。母顧太君，爲余祖母之姑，生三子，先生其第三子也。爲人和厚寡言，居近市而無塵俗之態。余幼時，先考嘗攜文就正，先生爲添註數行，細書端楷，一字不苟，其規範可想。是時先生爲算山邱氏修譜，未成，而居室不戒於火，譜稿亦燬。再修，甫竟而顧太君棄養。先生思慕哀毀，踰數月亦卒，實同治七年十二月二十七日，春秋五十有三。元配王氏，生子男二：其濬，出爲伯兄啟疆後；其沛。女一，適廩生王炳謨。繼室陳氏生子男一，其澄；女一，適壬午舉人林長清。孫男一，昌祺；孫女一，適王奕倫。曾孫男一，象槐；曾孫女一。光緒二十八年十一月某日，葬先生於宅之北原，王氏、陳氏祔。兄弟四人皆同壙，有古風焉。

初，先生有季父曰斗衡，兄弟皆能文，爲里大師。先生繼之，亦有聲庠序間，然皆終於增廣生。而先考猶艷羨之，常曰："吾試卷得去耳旁改土旁，於願足矣。"以附生卷從耳、增生卷從土也。蓋當時海濱科第之難如此。同治以來，士之食廩餼、登賢書者接踵而起，鄙陋如余且通籍於朝，然世變亟而國運亦告終矣，悲夫！昌祺請余爲表墓之文，余是以感而書之。下巳仲春月。

胡青原先生壙志 [三十一]

歲在乙卯，鎮海南鄉山民以鹽局故，至與官軍對壘，槍礮之聲亙數里不絕。當是時，海濱村落幾成瓦礫之場，有能調和軍民、使之相安於無事者，則蘆江胡青原先生也。先生自少有雋才，甫弱冠，以第一人入邑庠，名大噪。既乃棄去繩檢，頹然自放於禮法之外，至屢爲學官所糾，而先生不悔也。爲人心地坦白，不文過，不宿怨，不蓄餘錢。幼從異母兄宋銓受業，故事之最謹。歿而思慕，不忘推恩子女，有加無已。其他所賑恤，往往有游俠之風，鄉里以此稱之。迨乙卯之役而人心大和，上自長吏，下至販夫蕘豎，莫不信從其言，聞其病則憂，知其愈則喜，雖輿人之誦子產、畏壘之祝庚桑，不是過也。嗟夫！世苦兵禍久矣。以先生之才而不得早顯於時，桑榆之補，一隅實受其福，而豈足以盡先生哉！生平未嘗作詩，病中和從子炳奎數詩皆清新可傳，其天質之美類如此。

先生名宋蔽，字春元，青原其號。曾祖明科，邑志有傳。祖于玉，父有棟，皆太學生。元配姚氏，舉人燮之女孫，生子二：聿瀛，業儒；儒行，工科博士。女一，適李義璦。繼娶張氏。先生以戊午年正月壬寅自治壙於紫石山之麓，姚孺人先祔。志其石者，先生兄子之婿、前翰林院侍讀王榮商也。

【輯校】

[一]贈朝議大夫傅君鯉門墓表：此篇為上海圖書館藏清宣統三年刻本《容膝軒文稿》八卷所附初刻蕫，"四明本"及其他參校本皆無。

[二]謝橚峰先生墓表："乙未本"無此篇。

[三]方公仰喬墓表："乙未本"無此篇。

[四]具官同縣王榮商謹表："四明本"無此句，據"戊申本""民國本"補。

[五]杜君夢廬墓表："乙未本"無此篇。

[六]翰林院檢討楊公理庵墓表"乙未本"無此篇。

[七]傅君莓軒墓志銘："乙未本"無此篇。

[八]鍾君杏仙墓志："乙未本"無此篇。

[九]樂達四先生墓表："乙未本"無此篇。

[十]卓子培墓志銘："乙未本"無此篇。

[十一]顧君詩舫生壙志："乙未本"無此篇。

[十二]王紫珊先生生壙志："乙未本"無此篇。

[十三]林子繩先生墓表："乙未本""戊申本"無此篇。

[十四]方內翰壙志銘："乙未本""戊申本"無此篇。

[十五]顧嘯舫先生墓表："乙未本""戊申本"無此篇。

[十六]卓鎮鰲墓表："乙未本""戊申本"無此篇。

[十七]顧湖舫先生墓志銘："乙未本""戊申本"無此篇。

[十八]後蕃庶："乙未本""戊申本""民國本"作"後其蕃庶"。

[十九] 傅君樹南哀詞：“乙未本”“戊申本”無此篇。“民國本”目録列此篇於卷五。

[二十] 丁君壙志：“乙未本”“戊申本”無此篇。

[二十一] 俞君樹周壙志：“乙未本”“戊申本”無此篇。

[二十二] 乙卯四月前翰林院侍讀王榮商撰：“四明本”無此句，據“民國本”補。

[二十三] 樂俊奎壙志：“乙未本”“戊申本”無此篇；“民國本”卷六目録未列此篇。

[二十四] 周个亭壙志：此篇為“四明本”所補，“乙未本”“戊申本”“民國本”均無。

[二十五] 周筱亭壙志：此篇為“四明本”所補，“乙未本”“戊申本”“民國本”均無。

[二十六] 邵元升權厝志：此篇為“四明本”所補，“乙未本”“戊申本”“民國本”均無。

[二十七] 太學王君墓表：此篇為“四明本”所補，“乙未本”“戊申本”“民國本”均無。

[二十八] 葉寶鏡壙志：此篇為“四明本”所補，“乙未本”“戊申本”“民國本”均無。

[二十九] 吴琴軒壙志銘：此篇為“四明本”所補，“乙未本”“戊申本”“民國本”均無。

[三十] 朱彝堂先生墓表：此篇為“四明本”所補，“乙未本”“戊申本”“民國本”均無。

[三十一] 胡青原先生壙志：此篇為“四明本”所補，“乙未本”“戊申本”“民國本”均無。

《容膝軒文集》卷七

鎮海王榮商友萊撰

家傳

先大父述

公諱永肩，字心一。王氏自公始爲世譜，故族望失考，其可知者，始祖當明季卜居定海之靈巖鄉，皇朝改定海爲鎮海，遂世爲鎮海人。二世祖諱祥，祥生德，德生玉真，玉真生廷宰，是爲公之曾祖。祖諱國璠，年三十，配朱氏卒，終身不娶，族黨以義夫稱之。考諱家勳，字碩旂，國子監生。妣張孺人，生三男一女，公其長男也。累世謹厚，以力耕自贍。

公自幼有膽氣，年十六，值歲歉收，家有積粟，飢民恣爲攘取。會縣令行視海塘，公攀輿陳訴，詞氣侃侃，不類凡兒。縣令異之，爲迂道過其家，撫慰備至，由是知名。既長，好急人之急，善排解。里有爭者，公輒未與語，靡不聽服，長吏之庭殆無里人迹焉。道光二十一年秋，英吉利據縣城，土匪顧某兄弟以私怨殺其鄰婦，眾莫敢問，遂嘯聚徒黨，劫奪財物，至相與尅期曰：“甲日取某家，乙日取某家。”居民惴惴不自保。公與其宗老謀擒顧某兄弟，告於社而戮之，餘黨悉解散，鄉里獲安。咸豐十一年冬，粵賊陷寧波五縣，官吏退保定海。公與同里附貢生李渭、國子監生王津等密圖恢復，內應外援。約結既定，會有泄其事於賊目何文慶者，賊執公入城，脅以白刃，使言師期。公堅不承。時賊黨陸某踞穿長場署，實不知狀，乃為公緩頰。賊猶不之信，拘數日無驗，始釋之。公歸，登孔墅嶺，方徘徊瞻眺，而定海兵船已銜尾入蛟門，遂馳至石高塘，樹旗舉事，斬賊首數十級，俄而諸村皆響應。時同治元年四月七日也。當是時，賊氛徧地，西人方首鼠兩端，官兵又單弱不足深恃，一有挫衂，屠戮之禍殆不堪設想。而公毅然發難，若以賊為不足平者。明日助攻縣城，克之，尋遣兵助克府城。其秋，賊復至鄞、慈、奉三縣，遭焚殺甚慘，公與李渭等練衆守禦，賊亦退走。事聞，賞不及，衆為公扼腕。公自以因人成事，本無功之可言，故泯然無怨尤之色。友人傅鼎基遺以從九品銜，公再三辭而後受之。同治十三年十一月八日，以疾卒於家，春秋七十有九。

公身短而癯，音如洪鐘，目炯炯有光。其見義勇為出於天性，而未嘗因以弋利。軍興時，諸富民傾家輸餉，公所出納，前後無慮萬金，無一錢入私橐者，人尤以為難。生平最惡游惰之習，家居必披星力作，為備賃先。子弟稍逸豫，立加笞責。諸甥就館，或流連數日，輒訶曰："是浮蕩子，他日恐不能成立。"諸甥聞之，往往逃席去。婦女出行，覘公所在，常繞道相避。里中失業者皆畏見公。然公於貧乏者必竭力賑卹之，寒有衣，飢有粟，未葬者為之葬。力有未逮，稱貸以益之。族弟某孤貧無依，行乞於道，公方墾田於林大山麓，呼其人至墾所，授以田廬，并為婚配。後其人娶子婦，而公已歿，特設具薦之曰："吾非先兄不能有今日矣。"倪處士某由縣城僑居村中，以訓蒙自給，公嘗延之作譜，頗詳慎不苟。越二十年，處士益貧且老矣，公欲周之而窘於資，乃與族人言："吾宗日盛，譜宜修。盍仍使倪處士為之？"衆唯唯。譜既成，而處士亦賴以不乏。其設法濟急多此類也。異時村人赴郡城者，皆遵大浹江，或買棹竇幢河，頗迂遠費日力。公設夜航於長山橋，倚裝安眠，一昔而達，行旅至今便之。素知醫，晚歲公務稍閒，始為人診治，多應手奏效。

每凌晨，芒鞵竹杖，手一纖而出，迎致者相望於道。歲終，餽果餌者不可勝計。其他所爲，如修廟社、治梁道、浚渠築塘，皆濟人利物之事。而粤賊之亂，所全活尤衆。功成而名晦，身詘而志伸，識者謂公之陰德大矣。喜樹蘭，每仲春作花，几案皆滿。尤好治生，飼豕畜魚，動依古法，以至商販細業皆試爲之。然意豁達，弗能屑屑校錙銖。與人交，推心置腹；人有負之，終不以介意，以故所爲多折閱。至於臨大事、決大疑，意氣慷慨，神色安定，從容指揮，算無遺策，雖古所稱智勇之士殆無以過之。遭時多故，生平幹局略見諸施行，而當道無援引之者，懷抱利器，終老田間，此志士之所歎也。

公後以孫榮商官累贈中憲大夫、翰林院侍講加三級。配顧恭人，同里諱存心之女，慈順勤儉，能成公志。卒於同治四年五月四日，春秋七十有一。以光緒元年某月某日，合葬於西山下唐婆井之西，公所自營壙也。子男二人：錫封，從九品，贈奉政大夫；錫山，縣學生，贈中憲大夫。女五人，適張光德、張才悌、繆全林、邵秉勤、顧令標。孫男五人，孫女四人。曾孫男女各五人。榮商侍公二十有三年，甫能言，公即負劍辟咡教之識字，所以期望之者甚遠且大。自丁卯以後，每秋試報罷，公輒愀然曰："兒終當有成，恐我不及見耳。"及榮商仕於朝，恭遇覃恩，得推封如例，而公之墓木拱矣。嗚呼！先人種其德而後人食其報，顧可漠然不知其所自耶。念百年易盡而文字或可傳於無窮，用敢粗述見聞，求有道君子序而銘之，以庶幾先德之久而勿替焉。第三孫男榮商謹述。

先府君述

府君諱錫山，字巖卿，號祥和。世居鎮海第三洋村。曾祖國璠，有義行。祖家勳，國子監生。父永肩，議敘從九品，累贈中憲大夫，粤匪之亂，功在桑梓。母曰顧恭人。

王氏世爲農家，自府君始習儒業。性簡重，無世俗之好。每赴試，同寓友挾妓呼盧以爲豪，府君獨默然無所與，衆笑其迂，弗顧也。咸豐元年，受知於學使吳公鍾駿，補縣學生。秋試報罷，乃里居教授。異時吾鄉高材生多不屑爲童子師，間有屈意爲之者，一切條教概從闊略，弟子肄習經年，裁足識名姓而已。其勤者稍從事於講貫，大抵文言腐語，聽者弗能通曉，以是人鮮知學者。府君則力矯其所爲，自勝衣以至成人兼收並録，雖甚魯鈍，必反復譬解，務爲淺近易入之言以相啓發。察其終不可教，然後置之。其材質可造就者，誘掖獎勸，不遺餘力。而於童卯之年尤所加意，曰："失是不教，則事倍而功半矣。"嘗自言少時在村塾中頗劬學，然如瞽者無導人，倀倀不識途徑。後從謝周訓魯峰、王士鼇冠山諸先生遊，與同學相切劘，始漸開朗，而獲益於同學榮巨川爲最多。蓋師友之不可少如此。故其教人也，知無不言，言無不盡，用是成就者甚衆，而一時高足弟子如邱孝廉煥章、顧明經家桐、楊文學培元等，各以所學遞相傳授，爲里大師。由是海濱多向學之士矣。

府君授徒凡十餘年，而伯兄錫封卒，先大父始命之服賈。又十餘年，而喪葬婚嫁之事粗畢，里中諸富室爭欲得府君以課子弟。府君忻然挈諸子往就之，語人曰："昔人有言：至樂莫如讀書，至要莫如教子。以是終吾身可也。"會里人議改古剎爲振文書院，推府君主其事，未成，不幸遭疾，以光緒二年五月二十六日，春秋五十有二，卒於家。榮商承遺志，與諸同事踵成之。事詳《縣志》。

府君内行惇篤，喜誦先儒格言。性冲淡，布衣蔬食，怡然自得，視非分之財泊如也。浙西某商以豪侈聞於天下人，有經其盼睞者立致千金，閭巷以爲美談。府君聞之蹙額曰："是人奢浮無度，不久籍没矣。"衆皆愕然。無幾何，某商果敗，衆乃服府君之先見。嘗遊天童山寺，寺有韋馱神，素著靈異。同人率抽籤問休咎，府君賦詩，有"今生際遇前生定，空把災祥此日占"之句，其淡定如此。爲人德容豐粹，望而知爲正人君子。與人言，訥然如不出諸口。至於啓迪後進，則亹亹不倦。中年雖溷迹市廛，會計之暇時理舊業，書聲與市聲常相和也。榮商年六歲，府君即鈔書授讀，屬對必用故事，以便記憶。比出就外傅，歲時告歸，未嘗令一日休暇。其立教尤以敦品爲先，嘗曰："士苟無品，雖貴爲卿相，不足重矣。"榮商十五遊邑庠，意氣頗發舒。府君戒之曰："昔人以少年科第爲不幸。今發軔之初而志滿意得，豈吾所望於汝耶。"又嘗作文有所刺譏，府君見之切責曰："厚重爲載福之器。汝刻薄如此，他日將以文字賈禍矣。"其他所誥誡，多持身涉世之要，不能悉記。大約府君於先儒格言躬行實踐，不徒以爲口說之資，故一言一動皆可爲法。使之得時行道，必能爲國家陶鑄人材，楷模多士；即不然，而黃髮兒齒優游鄉里間，亦足使後生小子常有所矜式。昊天不弔，既厄其遇，復促其年，典型之亡，有識同歎，蓋非獨吾家之不造也！府君以是年秋九月某日葬於第三洋村周家基之原。又十餘年而榮商仕於朝，恭遇覃恩，累贈府君中憲大夫、翰林院侍講加三級。吾母邱氏封太恭人，孝廉煥章之女兄也。子男四人：榮唐，國子監生，貤封中憲大夫；榮商，丙戌進士，翰林院編修，國史館協修，甲午大考二等一名，升用侍講加三級；榮晉，國子監生，出爲從父錫金後；榮清。女三人，婿傅家珍、張武明、毛宗藩。孫男女各五人。曾孫男一人。

嗚呼！過庭之訓，言猶在耳。而不孝榮商自失怙以來，執德之不固，修業之不勤，時與先訓相背戾。清夜追思，悚惶無地。獨念府君教澤之及人，有不忍聽其湮没者，是用和淚濡墨，述其梗概，俾後來者有考焉。次男榮商謹述。

贈奉政大夫王府君墓志銘

府君姓王氏，諱錫封，字祥安，榮商之世父也。爲人精明果敢，先大父以爲類我而愛之。時吾鄉頗尚武力，諸少年多習擊刺之法，而府君尤精悍，居石高塘米肆中，一市無不懾服者。然生長平世，懷材無所用，日與諸少年遨嬉宴飲，以爲娛樂而已。及粵寇之亂，土匪蠭起，鄉里不堪其擾，謀鋤而去之，而府君不幸以疾卒於家，是爲咸豐十一年十二月某日，年四十四。蓋府君之材幾足以自見矣，而遽死，豈非命也歟！府君後以榮商官，由登仕郎貤贈奉政大夫、翰林院編修加三級。配顧宜人，國學生元福之女。生男女各一，女適國學生卓浩；男榮漢，光緒六年客死於杭，無子，以從弟榮唐之長子才渭主其祀。宜人卒於光緒九年某月某日，年六十六。以十四年十一月某日合葬於鍾家塿西山之麓，本先大父所卜塋地也。

榮商幼時常侍府君左右，其英毅之槩至今猶能記憶之。三十年來，吾鄉風氣柔弱，猝有外警，求如府君之材武者以爲鄉里倡率，而不可多得矣。亦重可慨也夫。系以銘曰：

才足以有爲，而不逢時。吁嗟府君，後世所思。厥宅孔幽，銘以昭之。

亡弟康侯權厝志

弟諱榮晉，字康侯，國學生。先大父有弟二人，仲諱永源，季諱永芳。永芳生錫金，娶傅孺人，生女子四，而男子皆不育。孺人卒，遂以弟爲後，實先府君第三子也。幼時，府君敎之讀，鈍甚。既習賈，雜閱稗官小說家言，乃漸通文義。客如皋時，府君貽詩規勉，弟藏之篋衍，晨夕諷誦。後數年，覽詩古文辭皆能識其旨趣。儕輩有作詩者，弟見而笑曰："以若所爲，亦易與耳。然根柢淺薄，令人齒冷，吾不願效之也。"因抉摘其利病，多中肯綮。學柳誠懸書，亦粗具風格。余以爲奇，時時與母言之，母曰："誠然，汝父在時，常悔不使汝弟之卒讀也。"性高亢，然能以義理自克治，交遊皆稱其長厚。常慕書傳中古孝子事，思倣而行之。府君病中風，倉猝棄養，弟自皋徒跣奔喪，號泣欲絕，行路爲之隕涕。事母尤曲至，母或以事怒諸子，恒涕泣不食，弟在側，必婉言開解，俟母霽顏然後已。遣嫁諸妹，母所欲與者，必曲意從之。母或詣他所，弟必從行；或留數日，必頻往省視；比歸，必遠迎道旁，若久不見母者然，其欣喜之色雖嬰兒不啻也。前後在皋幾十稔月，必寄食物，詢起居。家居必日市甘旨進母，母問值幾何，必減值以對。家用或不給，必祕不使母知。既患疾委頓牀褥，母就問所苦，必曰"無他，但倦而思眠耳"。稍間，必强起循行，以慰母心。比卒，母哭之慟，曰："兒死，誰復能體我意者。"余等亦內媿，自以爲弗如也。嗚呼！嚴氣正性以對其父母，而婉容愉色則移而用於不知誰何之人，此世人之恒態。如弟者，乃獨使之背母以死，天道豈可問耶！抑修短之故，別有物以主乎其中，而不繫於其人之賢否耶？

弟嘗納一姬張氏，未半年以疾遣去，而弟竟不起。卒於光緒十年正月十日，春秋三十。以其年六月，權厝於宅東南池上。母視之歎曰："家貧子幼，葬無期，池水齧隉且陷。即不陷，日臨深淵，魂何以安？"乃以明年二月朔改厝於宅之南原。妻胡氏，國學生智德之女。生男子二：才泮，已就傅；才澧，弟卒後一日生也。先卒之十餘日，余讀書容膝軒，弟力疾至軒中，誦余試南宮文，咨嗟太息。既而慨然曰："弟思富貴之樂，不過及身。惟傳後乃佳耳意。"蓋欲藉余文以傳也。而余以貧病交攻，學殖日落，文之傳否，尚未可知。姑志其大略，以塞弟無窮之望而已矣。悲夫！

王節婦傳

王節婦於氏，佾生王錫泉之妻也。年二十九而夫死，遺一女一男尚幼。節婦痛哭欲俱死，家人力挽之，乃止，而事舅姑益謹。舅永源力田，善居積，在王氏號爲素封。初令錫泉遊學，甚望其有成。不幸而死，意獨憐節婦，所以體恤之甚至，雖安逸弗問也。然節婦刻苦尤甚，布衣疏食，終歲勤動不少休，以是舅姑益憐之。而其男榮洲又死，節婦獨與其女相對治女紅，熒熒一燈，常至午夜。女吳氏，沈靜如其母，母女共處一室中，終日寂然，過者但聞紡績聲而已。晚年稍事佛，而刻苦如故。與男子不輕接一言，雖子姓見之，猶凜然若冰雪焉。光緒十年卒，年六十有五。初，節婦撫從子榮濟爲子，比歿時，已有孫三人矣。

論曰：吾家自高祖以下皆老壽，至是而始有節婦，非家之幸也。雖然，人既不幸而遭其變，如節婦者，固足爲門户光哉。節婦，余從母。不稱母者，著其本事也。

邵氏姑傳

姑適邵氏，先大父第四女也。性明淑，知大體。其在室也，父母兄嫂莫不稱姑之賢。及其爲婦也，其舅姑姒娣所以稱姑者，如其在室之時。既老而往來兩家之間，兩家男女無長幼上下，以至旁近姻親，皆賢姑如出一口；歿而哭之皆哀。嗚呼，其可傳也已。

邵氏世居慈谿，其先有賈於鎮海之長山街者，遂留家焉。姑歸時，邵氏方盛，其後衰替，而姑之夫秉勤卒，遺三女一男。未幾，男又殤。姑斥賣其家具，得錢百緡貸余家，而歲取子錢供衣食。不足，則督率諸女治女紅以佐之。艱苦備歷，而姑未嘗向人言貧。自先大父母篤老，姑常在側，其容色必婉以愉。歲時餽問，必豐以潔。入其室，器物必疏以整，被服必樸以完。遇内外族黨，必肅以和。邵氏距余家十里而近，余兄弟過之，姑必留飲食。既辭，出行二三里許，回視之，姑猶立門外相望也。其訓諸女甚嚴，比其嫁也，亦不至於過儉。又爲所後之子聘婦，未娶而姑卒。悲夫！先大父有男女子七人，余之通籍也，惟姑及見之。自姑卒，而先君之同氣盡矣。念姑之葬未知何日，聊撮其大略而書之，亦庶幾賢者之有聞於後也。

王媪傳

王媪姓顧氏，余之族祖母也。夫永悦，爲人操舟，媪獨居斗室中，終歲食貧，無怨言。年三十餘，有二子尚幼，而其夫溺海死，媪對人亦不甚哭，獨默默自悲傷而已。性溫婉，間助余家操作，余家待之不能異於他傭，然媪意甚感，數對余内子言，以爲厚我。内子曰："媪自食其力，吾家無一錢相貸，何云厚也？"媪曰："汝家何人不可使，而常使我？非哀憐我耶？"其忠厚如此。媪生平寡言笑，自夫死後，無一語及其夫，實無一時不思其夫也。己卯秋，余次女菊英生，嫗宿余家，夜半風起，忽牀席震動，齒相擊有聲。內子呼之覺，問其故，嫗初不肯言，再三問，乃歎息曰："吾念亡人遭風死，每聞此聲，如身在大海中，心膽摧裂，肢體自動不能禁，夢中亦然，殆爲痼疾矣。"又曰："吾聞人有溺海而遇救者，常意其未死。今久而不來，尚何望耶？"因黯然流涕。未幾，嫗果得狂疾，凡耳目之所接，無非其夫者，自以爲遇救而竟歸也。如是數年，光緒丁亥年竟死。嫗死時年五十餘，其長子已娶矣。

論曰：嫗之至情，可以感風雨、泣鬼神。其不死於殉者，撫孤事大，且僥倖於夫之未死也。卒死於狂，固必至之勢矣。嗚呼！若嫗者，使之爲臣必忠，使之爲子必孝。吾哀之敬之，爲之傳以附於家乘，嫗亦不死矣哉。

從兄雨人傳

余同曾祖兄弟七人，惟雨人與余生同歲，長同塾。及余授徒於外，而雨人常從遊。每余有撰著，雨人未嘗不稱善。有過，則彼此互相規戒。雨人者，跡最親而意氣亦最相得也。雨人九歲始能行，性偏執，以氣節自期許。遇釋徒募化及非老稚廢疾而行乞者，必正色詰之曰："四民各有職業，汝耳目手足皆無恙，何不自食其力，乃仰面求人耶？"其人默然去則已，或崛強有所辨論，雨人輒大怒，操杖逐之。媚黨中有不可其意者，雨人厲聲詞斥，無所避忌，或絕其人不與相往來。衆皆謂其過當，雨人自以為守正不阿。當其意之既堅，雖萬夫莫能奪也。喜作擘窠大字，頗自矜貴。於文章亦深知利病，然構思艱苦，往往終日不能成一字。又有目疾，書試卷恒逾格，以是累試不售。卒於光緒戊子年九月某日，年三十有七。時余治裝將入都，爲遲回者久之。嗚呼！由死時觀之，彼富貴功名定有何味，而必汲汲以求之乎？然未至於死，而終不已者，其亦命也耶。

雨人諱榮沛，其應試屢易名，不可悉記。祖永源，議敍從九品。父錫邕，國子監生。娶江氏，生二男三女，其一女卒後所生也。雨人好觀相人書，嘗相竺氏姑之女當大貴，己當壽考，有三男。病篤時，猶指妻腹預為命名。其他所言尚多，大抵無所驗云。

亡妻樂宜人哀詞

宜人少余一歲，十四而許字，十九而來歸。在余室二十三年，以光緒十九年六月二十七日卒於京邸，春秋四十有一。冬十月，其族子某持喪南下，余率諸女送至東便門外而返。嗚呼！悲莫悲於死別，況伉儷之情耶。先是，宜人欲偕余摹小像，余以非急務不從。及宜人臥病，余欲延畫師寫真，恐傷宜人心，復不果。因循至於大慼，而遂有不及事之歎，哀哉！自茲以往，天壤之大，終不復見有斯人矣。

宜人姓樂氏，名順心，字媚，鎮海湖塘人也。父汝驤，府學生。母虞氏，生男女子各五，而四女皆不育。宜人初亦善病，藥餌不絕於口。比至余家，朝夕隨吾母操作，病良已，宜人曰：“吾今而知勤之可以愈疾也。”由是終其身不敢有暇逸時。生平無脂粉之飾，無華靡之好，其在家也，惟視親心之得失為憂喜。先大父性嚴毅，家人多匿影不敢前，宜人奉事四年，未嘗有幾微之過。嘗誤碎粥器，倉卒無可代者，宜人甚惶懼，曰：“今日必獲譴矣。”余憐而自承，大父亦不復問。宜人欣然若脫重戾者，向余稱謝不置。其謹慎如此。吾母平日少許可，宜人察言觀色，終日惴惴，惟恐不得當。一日，先父泛詢諸婦能否，吾母因言仲婦善烹調，掃除亦整潔。宜人聞之甚喜，以為翟茀之榮不是過也。其在京也，余祿薄，不能多畜人，役南來者以次謝去，食物皆宜人治之。余又力不能僦屋，常假試館以居，每公車將至，則倉皇移出，試畢復入。宜人來京五年，而移居者再，搬擋家具，屢至委頓，而常有怡愉之色，曰：“吾視在家時已為逸矣。”其於物也，雖燼餘猶不忍棄。其取效迂遠，若將久於人世者，然其至性過人。既連遭內外大喪，哀毀備至，又哭其殤男，而痛其後之不繼，以是舊病復動。既病矣，終不肯暇逸，蓋猶冀因勤而得愈也。會余亦患心氣之疾，宜人日誦《太上感應篇》，夜禮北斗，求減己算以益余。未幾而宜人竟不起。嗚呼！使死而可代，則余之餘年皆宜人之貽也；如不可代，而宜人之意固已厚矣。然則及余之身，而遂使宜人泯滅漸盡，并遺像亦不可得見，余之心其能一日以安乎？乃爲文以存宜人之彷彿，且以抒余之哀焉。其詞曰：

嗚呼宜人！生而見憐，若掌珍兮。長而相攸，謂余骨相，不長貧兮。孰知余之駑蹇，攬轡而驅，仍逡巡兮。一囊之粟，不能自飽，殄細君兮。嗚呼宜人！夙興夜寐，常執勤兮。何辜于天，遠離家弄，隕厥身兮。昔日之來，笑言啞啞，喧四鄰兮。今日之歸，夫悲女哭，寂不聞兮。嗚呼宜人！古今桑海，孰測其因兮。鹿車歸隱，余乖初志，汝則伸兮。死生契闊，九原之下，有老親兮。魂而有知，相依以居，無酸辛兮。

洙兒哀詞

兒名才洙，生之年月爲癸酉癸亥，其日時又爲癸酉癸亥，先大父以爲奇，愛之異於他兒。兒亦聰慧，能得大人歡。及明年冬，先大父棄養。丙子夏，先父繼之。其秋，治葬事於宅之東阡，兒能自至工所嬉戲。又二年爲戊寅九月十日，兒竟以咳血殤。父子之緣，六年而盡，余嘗爲壙志以寫其哀。然余是時方年少氣盛，視兒之得失若無甚輕重者，獨以謂五年之間，喪我三世，造物之迫人已甚，不能無戚戚耳。其後吾妻連舉四女，求如兒者而不可復得，於是始知兒之可貴，而其苗而不秀爲重可惜也。嗚呼！兒之殤十餘年矣，而余思之如昨日事者。檢壙志已佚其稿，乃更爲詞以哀之，亦以見余之嘗有子也。其詞曰：

衆人之擾擾兮，而兒獨夭其年。世系之縣縣兮，而余獨艱於傳。非余之涼德兮，而孰使之然？聊爲文以自訟兮，夫何憾於蒼蒼之天！

女菊英哀詞

菊英，余之第二女也。其母方病而孕，故生而體弱。年十一，從母航海北來，微波盪舟，他人皆無恙，女獨僵臥不省人事。其世父推之醒，女出不意，驚怖幾死。平居嬉戲時，或有人自後呼之，亦往往作錯愕狀，殆形家所謂神不足也。幼卞急，長乃更爲沈靜，喜讀書，姊妹之間自相師友。尤留意女紅，他人所爲，一見輒能效之，早作夜思，如恐不及。辛卯春，余苦心氣忽忽若欲散者，自揣無復生理，向女言之，女退而痛哭，不能仰視。侍母疾，衣不解帶者數月；既歿，而哭獨哀。余憫其弱，數禁止之，女强自抑損，口不言而心常悲也。未幾而女病，初不自言，及余知之，而病已殆。念其母無遺像，意尤惻惻。一日，女執余手哽咽而言曰：“兒今見父則不能見母，欲見母則不能見父。何賦命之薄一至於此。”余聞其言，亦悲不自勝。明日，爲呼工來搨小像數紙，女已若明若昧，然尚能起坐如平時。踰數日遂殤，甲午七夕前二日也。嗚呼！余以服官之故，使其母客死三千里之外，常感愴於心。今女復背余而去，推其惓惓思母之意，在女或可以無憾，而余獨何以爲情耶！女年十六字慈谿楊氏，故其殯也，在城南慈谿義園，而未知歸葬之何日也。哀以詞曰：

母去兮女隨，女心慰兮我心悲。女宛在兮，母獨何之？噫！

弟琴史哀詞

光緒甲午秋九月二十四日，吾弟琴史以疾卒於家，年止三十。先是，三弟康侯卒於光緒甲申年，亦止三十，又皆當海上多事之年，斯亦異矣。弟諱榮清，字琴史，先大夫第四子也。生而膚理玉映，然目力不逮恒人。年十二，先大夫見背，余又多病，不能卒教之，以是所學未就。自余通籍後，親族訴訴然，咸謂富饒可立致，弟亦以爲然。余戒之曰：“未來事不可知，弟宜求自立之道，則緩急無憂矣。”弟由是一意課徒，務爲節嗇，衣敝履穿，有他人所不能堪者。余來京七年，祿不足以爲養，吾兄亦以貧故時時出遊，每念弟在家侍母，意爲稍慰。不圖七十老人復遭此傷心之事，而余又未能遽歸也。然則人而有仕宦之子弟如余者，其果何益耶！弟娶張氏，生一子，才濬，甫四歲矣。嗚呼！三弟之卒，余適外出，然尚及視其含殮。獨於弟則天各一方，生無涓滴之潤，歿無杯酒之奠。孤兒寡婦，不知何以存活，斯其尤爲可哀者也。其詞曰：

人事兮變遷，彈指兮十年。海氛兮不靖，家禍兮相連。嗚呼噫嘻，奈何乎天！

家祥雲叔生壙志[一]

君名錫光，字祥雲，鎮海王氏。曾祖國富，祖家定。父永邦，母顧氏。君生而孤苦，稍長操舟海上，性誠謹，爲主人所倚任。凡航海數十年，未嘗遇險，人以福將呼之。既老，歸而治田，挽水車至終日不倦，其勤力雖壯夫不如也。娶顧氏家備之女，婉順有婦道。子二，榮寬、榮乾，以工業起其家。女一，適潘明奎。孫男四，才昌、才華、才剛、才直。宣統元年，君年七十有二，榮寬等爲治生壙於傅氏宗祠之西，而屬余志其石。君與先考爲同高祖兄弟，自曾祖以來累世止單傳，及君之身而始大。天道福善，於茲有徵。庸書之以詔後之人。

仲妹傳[二]

仲妹，先大夫第二女，同里張武明之妻也。先大夫有三女，長妹適傅家珍，端厚靜默。而仲妹頗褊急，屢以反脣觸母怒，於諸嫂亦偏有愛憎，母常切責之，慮其不宜於家室也。既適張氏，爲舅姑及夫所愛重，妹乃益修禮讓，處事明決而待人仁恕。歸與諸嫂相接，推心置腹，宿嫌盡釋。由是兩家交賢之。張氏以估舶起家，妹始嬪時，商業猶盛。而余家自先大夫棄養，伯兄連遭覆舟之厄，兩弟皆早世，余雖通朝籍，祿不足以爲養，母常空乏，妹輒供給之，甘旨之饋不絕於道。季妹毛氏貧而目眊，妹尤憐之，生女即約以爲婦，所以資恤之甚備。毛氏女旋殤，而妹待季妹始終不替。其孝友蓋根於至性也。及武明以聾廢，張氏衰落，而鄰比皆富人，濡染有素，凡事不能苟簡。妹以屝屨挂門戶，外豐內悴，日促促寡歡，竟以憂勞致疾。宣統元年六月初三日卒，年五十有一。子一，家驥。女二，攣生，適王德芳、徐堯美孫某。

先慈行述 [三]

先慈系出鎮海算山邱氏，贈文林郎諱統昌公之女，同治癸酉科舉人諱煥章公之女兄。生而明慧，先外祖父母皆奇愛之。年二十一，歸我先考贈資政大夫巖卿府君。王氏世業農，先考以咸豐辛亥補縣學生，常授徒於外，家中仍治田數十畝。先大父贈資政大夫心一公課田功最勤，婦女未明而炊，終日奔走無停趾，稍濡緩，則譙責不已。先慈夙興夜寐，門內稱爲健婦，猶不能得大父心，屢遭訶斥，先大母顧太夫人時庇護之。及大母病偏枯棄養，先慈望影生畏，恒遣不孝輩侍大父側，以博歡顏。退治膳羞，必馨必潔。既歿，思其平日所嗜好而薦之，霜露之感數十年如一日。間與子婦輩語及前事，猶嗚咽流涕，自傷其得親之難也。先考厚重寡言，而先慈善辯論，時或抵隙蹈瑕，以相詰難，見先考面發赤，則嘿不復言，以是終身相敬愛。初生一女，最後生一男，皆殤。道光己酉，生伯兄榮唐。咸豐壬子，生不孝榮商。乙卯，生三弟榮晉。丁巳，生長妹傅氏。己未，生仲妹張氏。辛酉，生季妹毛氏。同治乙丑，生四弟榮清。先慈皆躬自乳養，稍長，督責甚嚴。遣嫁諸女，率樸質無華飾。歸寧數日，即促之返，諸女亦惕惕不自安，以先慈無片刻閒也。課子婦操作亦不稍恕，然能曲體其情而撫慰之。嘗謂世人皆愛女而憎婦，故力矯其弊，晚年至加以禮貌，諸婦化之，風氣爲之一變。

性剛直而有安舒之度，雖盛怒無疾言遽色，事過亦不宿於心。至如先世生忌之辰，戚友慶弔之節，器物庋藏之所，傭販賒貸之數，苟爲思慮所及，雖經久弗忘也。雅不喜積聚，得錢以周貧乏，未久而盡。外家中落，婚嫁喪葬之資皆力侭之。鄰里告貸者，時其空乏，冬撤帳、夏覓爐以應之，不使他人知也。夜無夢，偶夢輒有奇驗，若鬼神來告者。光緒丙子夏，先考見背，先慈即長齋奉佛，嘗西登靈隱，東泛普陀。里老爲佛會，求先慈主持，亦時徇其請。然先慈實不甚信佛，特爲娛老計而已。七十以後，兩耳重聽，猶勤動不少休，不孝輩諫止之，輒艴然不悅。喜蒔花木，多應手而活。尤喜畜雞鶩，多多益善，有事或操刀自割，嘗曰："使輪廻之說可信，此輩皆惡人轉世，不殺何爲？"其達觀如此。生平無兒女之態。榮商自戊戌告歸，先慈常邑邑不樂。及壬寅入都，先慈送於門外，喜動顏色。癸卯冬，榮商自蜀歸，次年值先慈八旬，不復作出山之想，先慈亦相與安之。及宣統紀元，親友有詢安否者，先慈答曰："吾無他望，惟盼商兒得一外任，或可廣行方便耳。"屢詢皆然。榮商見先慈神志未衰，妄謂期頤可致，試以北行爲請。先慈甚喜，曰："汝第往，吾來日方長，數年後再相見也。"榮商遂貿然成行。

去年秋，先慈失足而仆，旋發寒熱，戒家人"無驚擾，吾當自愈"。已而果然，惟目光驟減，猶謂老人常態，不足深慮，寄書屢以平安相慰。今年二月二十日，偶患微熱，酣臥數晝夜，熱勢益劇，始命家人趣榮商歸，而已無及矣。先是，榮商在編修任內，恭遇覃恩，得加級請封先慈爲宜人。在侍讀任內，晉封恭人。及己酉冬，詔升侍讀爲四品，又以加級得晉封夫人。易簀之前一夕，誥軸適自京齎歸，先慈已不能言。次日卯刻遂卒，實宣統三年二月二十七日，享年八十有七。自伯兄以下諸孫曾及內外眷屬皆視含斂，獨不孝榮商以戀棧之故，侍奉不終。憑棺哀號，永無見母之日。惟有泣述先慈梗概，冀當世立言君子賜之銘誄，俾傳久遠，庶足酬罔極之恩於萬一而已。嗚呼痛哉！

立嗣告祖文 [四]

榮商不德，元氣早虧。行年六十，思子而悲。初婚樂氏，首產洙兒。吾祖吾父，喜溢於眉。兒殤不再，祖父寧知。婉婉四女，哭母京師。陳姬當室，亦復得雌。吾母曰咄，是尚可爲。媒於胡氏，吾鬢已絲。十年一瓦，母顧而嘻。曰汝立嗣，莫如澧宜。母不能待，遺言可思。吾兄吾妹，異口同詞。涓吉昭告，後其蕃滋。尚饗。

次女像贊[五]

女名菊英，生於光緒五年九月六日，字慈谿刑部主事楊家駒之子乘瑄。光緒二十年七月五日，卒於京邸，年十六。同邑陳君良楨題其柩前，曰"鎮海淑女王菊英之柩"。時遼東有警，諸女皆南旋，女留慈谿義園者三年而歸殯於里。又十二年爲光緒三十四年二月二十七日，始歸其柩於楊氏。女病中，常以其母無遺像爲言，余悲其意，爲呼工搨小影，此幅即從小影摹出者，雖不甚肖，然女之形模具是矣。其性行則有余所作之傳在。嗚呼！吾女孝女也，孝之德可以通神明，光四海。恨余衰劣，無文采以張之耳。系以贊曰：

其行純孝，其性靜專。既豐其德，胡嗇其年？閟芳韶於黃土，存彷彿於素牋。倘斯文之不滅，庶在久而猶傳。

兄友夔壙志[六]

君名榮唐，字友夔，鎮海王氏。祖永肩，議敘從九品；考錫山，縣學生。兩世皆贈資政大夫。祖母氏顧，母氏邱，皆封夫人。君性剛直，善排解，有先祖遺風。嘗自署其堂曰"繩武"，論者以爲不媿。晚年倡議築海塘，爲田四千餘畝，踰數年皆成熟，民食賴之。以弟榮商官累封資政大夫。共和既建，襄理鄉自治事，守正不阿，同志引以爲重。配賀夫人，生子男二，才渭、才泗；女一，適胡聿和。孫男五，士模、士樞、士棖，才渭出；士棟、士植，才泗出。孫女三。

君壙石已先具，癸丑冬，乃與榮商並爲兆於宅東之原，坐壬向丁兼亥巳，距先考墓才百餘步云。

先兄行述[七]

兄諱榮唐，字友夔。自幼入家塾，輒不甘居羣兒下。稍長，先父命治田事，兼營箔業，兄黽勉操作，然志高氣盛，常以不若人爲恥。丙子，先父棄養，兄念農工所入微，而近村多以估舶致富，乃自購一舟，爲人運木於閩至爵溪。遭颶風壞舟，浮沉巨浪中，幸而達岸。衆謂兄不利航海，宜改圖。兄不信，曰："此偶然耳。"踰年，復購一舟，稱貸不足，典質以益之。其始運煤江淮間，數月無所獲利，乃復入閩運木。甫出虎門，而舟又壞，由是輟不復爲。而望余之成名甚切，嘗在長江輪舶中，見一人衣裝甚盛，詢之，知爲官，親省其兄於縣署者。兄慨然謂同伴曰："吾亦有弟，乃獨以落寞終乎？"時余躓鄉闈者屢矣。壬午秋試後，兄至郡城堤塘候榜，日出見余名，疾馳七十餘里抵家，而日方中。踰兩時，報者乃至，兄不自知其勞也。己丑，余補館職，兄送眷入京，以京寓清苦，留十日即返。是年遇覃恩，貤封兄如例，兄意稍慰。又念因弟得名之可恥，而先大父居田間以排難解紛爲鄉里所重，思有以繼述之。兄讀書不多，而明於邪正公私之辨，又熟知里人家世素行，及農工商賈各業情僞，間有以事就質者，兄爲評其曲直，往往中肯，由是赴愬者輻湊其門。兄性素剛，意所不可，訶叱不避親舊，其大旨以息訟爲主，故論者頗稱其公直。兄嘗語余曰："凡多疑善悔之人，得寸則望尺，扶東則倒西。不以聲色加之，彼終不肯就範。諺云：'雷聲大，雨點小。'吾用此法耳。"又曰："吾文字不如弟，至於準情酌理、應機立斷，自謂有一日之長。"其自負如此。兄素不能飲，中年頗嗜酒，兼染烟癮，晚年乃悉戒絕。其所建東嶽廟曰"靈樹觀"，蓋以果報警人者。至如賑饑民、浚河道，皆盡其心力，而所注意者尤在海塘。戊戌冬，傅祠立河工局，兄常在工次監視。會周令延祚下鄉，見永豐塘外積淤甚廣，潮退則沙草茸茸然，語兄曰："此可田也。"兄以爲然。庚子，倡議築延壽塘，而丁君惠堂董其役。其後次第興築，曰永稔，曰餘豐，曰久豐，凡爲田四千餘畝。兄招佃墾種，講究蓄洩之宜，不十年，禾稼彌望，民食賴之。然兄所自有者不及十分之一，又隨時斥賣殆盡。今年築新塘爲田約六百餘畝，兄自任其半，乃塘未竟而兄遽逝矣。

先是，余治宅於故居之西，兄踵而爲之於故居之東，門垣堂廡，兩宅若一，而兄之爽塏較勝於余，即壙志所謂繩武堂也。自宅成而歲費驟增，余與兄偕深悔之。己酉，兄復購一舟，冀爲桑榆之補，然亦時有蹉跌。今冬，舟又壞。兄素患痰喘，至是漸篤。卒於乙卯年十二月二十日，春秋六十有七。前數月，季妹夢雪積兄門，醒而爲兄憂之。十九日大雪，兄疾果劇。次晨，兄命呼女於蘆江，自是不復言。余往視之，兄氣息僅屬，時時以左手撫其目，旋開旋闔。午後女至，而氣遽絶，若忍死須臾以相待者。嗚呼異矣！

兄由國學生累封資政大夫。配賀氏，累封夫人。子男二，才渭、才泗，才泗先卒。女一，適胡聿和。孫男五，士模、士樞、士根，才渭出；士棟、士植，才泗出。孫女三。壙在宅東，余已志其大略矣。綜計先兄生平，任事甚勇，而或誤主乎先入之言；自待甚高，而常加人以難堪之語。氣質之偏駁，余固不能爲兄諱。要其端居一室，不交官府，不握利權，徒以三寸之舌剖析是非，造請之衆如川赴壑，前者未去，後者踵至，而傾邪恣肆之徒皆有所憚而不敢逞，此豈依草附木而致然哉。不貪非分之財，故事煩而心不亂；不爲陰詭之計，故言質而人易從。失固有之，而不勝其得之多也；毀固有之，而不敵其譽之廣也。至於築塘捍海、化斥鹵爲膏腴，利澤之及人，尤有與世而俱永者。壙志窘於石，故言不詳。今兄且長往矣，手足之痛，義不容於苟簡，故復詳著其性行，以補壙志之所未備焉。弟榮商敬述。

族弟玉林墓表 [八]

族弟玉林寓定海之桃花山。桃花所出螺醬，風味爲諸島冠，玉林歲時饋余兄弟不絶。間以事歸鎮海，相見常依依有情。故余於玉林之卒也，爲詩以哭之；其葬也，爲之志，亦以答其禮意之勤也。

玉林姓王氏，諱榮組，世爲鎮海人。父錫纓，少時從其戚趙某習賈於桃花，後乃自立門户。入其肆，百貨充牣，山中人養生送死之物無一不備。居民漁採所得，若魚鮝、薪木、茶薯之類，皆擔負以來，計直易貨而去。出入之間，獲利倍蓰，以此能殖其貲。有田宅於桃花，老而歸

鎮海，以玉林代之。玉林有才智，爲山中人所推，興學堂，辦民團，皆
爲董事。近年釀錢築海塘，得田數百畝。塘成而玉林病，就醫於鄞。甲
寅八月二十六日卒於甬江客次，年四十有四。母李氏，原配袁氏，皆鎮
海人，先卒。繼室方氏，沈家門方仁法之女，生二男三女，長男才珽及
兩女皆殤，次男才琮，玉林卒後所生也。簉室定海某氏，生一女而出，
又納溫州陳氏，亦先卒。丁巳十一月壬辰，葬於鎮海靈巖鄉雙浦根先塋
之次，袁氏、陳氏先祔，方氏爲生壙。方氏賢明知大體，能收恤同宗之
孤兒，而出錢以葬無主之棺，用人理財，操縱有法，其終能負荷先業，
以保世而滋大乎。是則玉林之志也已。

【輯校】

[一] 家祥雲叔生壙志：“乙未本”“戊申本”無此篇。

[二] 仲妹傳：“乙未本”“戊申本”無此篇；“民國本”卷七目録未列此篇。

[三] 先慈行述：“乙未本”“戊申本”無此篇；“民國本”卷七目録作“先
母行述”。

[四] 立嗣告祖文：“乙未本”“戊申本”無此篇。

[五] 次女像贊：“乙未本”“戊申本”無此篇。

[六] 兄友夔壙志：“乙未本”“戊申本”無此篇。

[七] 先兄行述：此篇爲“四明本”所補，“乙未本”“戊申本”“民國本”
均無。

[八] 族弟玉林墓表：此篇爲“四明本”所補，“乙未本”“戊申本”“民國
本”均無。

《容膝軒文集》卷八^[一]

鎮海王榮商友萊撰

書

答鄭雲仲孝廉

承示所論安侍御事，義正而詞嚴，思深而慮遠。當輿論波靡之時，而有翹然自異如足下者，雖固陋如僕，安得不頓首以相從也。

抑僕尚有疑者。足下所誅，侍御之心也。夫使侍御之心而果希冀將來之福澤，逆料今日之必無禍患，而因以進其離間之說，則侍御誠不免爲小人之尤，而足下之論亦可謂之見微知著者矣。如使侍御之心但憂和議之誤國，而因大聲疾呼以啓太后之聰，使朝廷得一意主戰，以庶幾時局之猶可挽回，則是侍御之心不可謂不忠，而其言固他人之所不敢言者。君子與人爲善，足下之論，得毋深文周内、近於莫須有之冤獄，而使懷忠者無容身之地乎？侍御之行誼見稱於流輩，而其心未嘗出以示人，足下與僕皆不能知之。姑懸此說，以待異日之論定，無爲斷斷而相争也。

答某甥書

昨接來書，附以箴語，陳義既高，進德尤勇，蘧伯玉行年五十而知四十九年之非，甥之孟晉過古人遠矣。至謂不廢科舉中國政治必無進步，大言炎炎，聞者咋舌。

今之科舉本爲古法，習非所用，名存實亡。將來學堂林立，人才遞升，改絃更張，乃意中事。若遂鄙薄科名，羞與噲伍，士各有志，固難相強。先考有靈，恐不謂然。近世文人醉心西學，倍根、笛卡奉若神明，尼山、鄒嶧視同學究，按之事理，詎可謂平？民權之說，尤爲亂階。貴賤交爭，基、回互戰，夷酋殘忍，柄乃下移。中朝仁愛，抑何取焉？竊謂治國之道，猶治水然。去其壅塞，水乃暢流。中國積弊，上不在君，下不在民。嗟我士夫，實尸其責。匡坐讀書，自命忠義；一行作吏，廉恥道喪。苞苴之納，視爲固然；貪墨之刑，廢而不用。國事敗壞，遂至於斯。沿流泝源，良由祿薄。身家不給，遑恤其他。雖有清操，獨立誰助？若厚養其廉恥，而嚴懲其貪墨，清濁既分，黜陟斯當，天下之事，庶可以循名而核實乎。否則科舉所收，固爲國蠹；學堂之設，亦養漢奸。猶吾大夫，何益於事？議院紛擾，更無論已。要之中國雖弱，尚有可爲。定傾扶危，匪異人任。河清難俟，朝政方新。翩然來儀，有厚望焉。

再答某甥書

來書論辯鋒起，與僕所言若冰炭然。勇矣哉，甥之自信也！僕生平不喜爲過高之言，常憫康、梁之徒放言無忌，大之足以亡國，小之足以覆宗。蓋暴戾之氣與殺機相感召，其理有不爽者。竊不自量，欲斟酌於中西新舊之平以救其弊，而才力不足以充之，詞旨淺近，知非吾甥所樂聞。以吾甥之親暱，不敢終閟其愚，故復略而言之。

今天下要政，在於使農工商各精其業，而皆淵源於士。朝廷蓋亦見及於此，而徧設學堂，以造就之矣。其收效之迂緩，僕以爲官吏不廉之所致，故前書有重祿之議。而吾甥謂不廢科舉，雖重祿無益，遂毅然不試以踐其言。異哉，何吾甥惡科舉之深也！僕以爲科舉者，由鄉學而升國學，蓋詢事考言之遺制耳。自學官失其職，而士習日趨於卑陋，朝廷所得，大抵空虛庸劣之徒，如甥所譏者，固不乏其人。然中國之大，未嘗無一二奇偉之士出乎其間。至於通達時務，能爲國家興教養、捍患難者，尚多有之，徒爲私計所窘，混混與俗吏無別。故僕謂朝廷宜養其廉而懲其貪，以漸收綜核名實之效。而吾甥概以木偶敗絮視之，得毋見目前諸人之淺陋，而遂疑科舉中之必無人才乎？至謂愛國之士，雖妻子飢寒有所不恤，此惟臨大節則然耳；若尋常供職之時，漠視家人之呼號而不爲之所，恐非人情所宜有也。且甥所謂愛國者，果何如人哉？農工商之專精者歟？抑亦務其大者遠者歟？夫農工商，誠富強之本，然士之爲學究與農工商有異。古之時文字簡略，然皋夔益稷之倫尚有嘉言傳於後世，況以今世之士，而又有愛國之心，必非昏塞不文者，可知其於國家治亂興衰之故，必心能知之而口能言之。而吾甥謂其不嫻於科舉之文，殆過慮也。如第專精於農工商之業，而於治體無所通曉，此其人在畎畝市肆之間自有位置，至於公卿大夫之位，朝廷必擇其尤異者而後授之。其不能盡廢詢事考言之典，又可知也。

甥所惡於科舉者，恐士子不肯專力於學堂耳。夫中國何嘗無學堂？自國學以至家塾，皆學堂也。學中之官師，即教習也；科舉，即學堂之比校也。但以積習之相沿，久已存其名而亡其實，而時勢之遞變，不得不舍其舊而謀其新，故又有徧設學堂之舉。然西學之流入中國久矣，士之未入學堂者，豈無能通其學者乎？其入學堂者，果能盡爲有用之學乎？夫事有大小，材有短長，巧者創其器，智者通其理。士固有有用之用，亦有無用之用，未可以一格繩之。是以孔子不如老農、老圃，而門弟子之貨殖者，自子貢以外無聞焉，蓋亦通其理而已。向使孔子生於今日，其於訓農、惠工、通商之政，必采用西法，汲汲然振而興之，此可信者也。謂必驅天下之士盡學農工商之學，而舉中國制度文物之繁、綱常名教之大，一一掃除而更張之，此必無之理也。然則士生於今日，但當兼收並蓄，以勉爲有用之才而已，何必痛恨於科舉，而急欲廢之哉！

且科舉之不能遽廢，亦固有說。方今公私匱乏，各州縣之學堂非數年不能有成，而人才之造就又非一朝夕之效。朝廷望治孔亟，此數年中能坐待學堂人才之出，而後取而用之乎？士之伏處於下者，抑亦有懷抱利器而迫欲一試者乎？以己之少壯而忘人之遲暮，見一二人之不通西學而謂天下皆無用之人，此一偏之見，非通人所宜有也。今世所詆爲至無用者，莫如經義詩賦，然其爲效，尚足以得奇偉之人才；其最下者，雖空疏迂腐，然其言論丰采亦往往有異於庸人。此亦所謂無用之用也。朝廷知今日之時勢，非多得有用之士不可，而學堂又不能速成，故亟變科舉之制，使脫然於經義詩賦之範圍，以暢其心之所欲言；又開經濟特科以羅致之。此其求賢之意不可謂不殷，而其道不可謂不備，有志之士宜無不彈冠相慶者。吾甥自命爲愛國之士，又未嘗不嫻於科舉之文，徒以意見不合決然舍去，反謂國家厭棄志士，使之老死而無聞，不亦厚誣朝廷之甚耶！

至於格致之學，西人所得如是，其博大精深，僕亦何敢有輕蔑之意。但其間有有用者，有無用者；有艱苦而不易學者，亦有迂闊而不必學者。彼爲其創，我爲其因，正不容以無辨。竊怪今之愛西學者推崇過當，譬愛西子之貌，并其唾溺而亦愛之，徒使守中學者啓門戶之爭，而志新學者興望洋之歎。故欲略爲區別，以審去取之宜，而偶舉測黑子、探冰洋以爲例。夫以西人之巧，探測至數十百年之久，而其成效尚在依稀恍忽之間，此豈華人所宜學者？僕以夸父愚公擬之，殆不爲過。而吾甥動色相戒，一若大人聖言之不宜狎侮者。甥於中國之科舉官吏，則極口醜詆，不遺餘力，至謂金馬玉堂、衆人所視爲榮耀者，乃國家極傷心之事，使僕幾無地以自容。獨於西學，則雖其迂闊而寡效者，亦愛之護之，惟恐不力。何好惡之偏一至於此？此真僕所不解者也。

夫愛國之義，與尊王相表裏。我朝根柢深固不易動搖，進步雖遲，成功則一。惟少年好事之徒倡爲平權自由之邪說以煽惑人心，内亂紛起，外侮乘之，或不免於意外之變。此唐才常之徒所馨香禱祀以求之者，吾甥慎無助其焰而揚其波也！

與端午橋制軍[二]

榮商告歸後，足不出里門，見聞固陋。自我公建節兩江，曾未能獻一得之愚，爲幕府興利除弊之助。雖分位宜爾，亦自愧其學之疏也。乃者因鄉里之私願，有所陳於左右，惟我公裁擇焉。

伏見近數年來海濱居民生計日蹙，雖太平無事，而常鰓鰓焉有朝不謀夕之憂。蓋外人取精用宏，而內地之民力不足以抵制之，此殆大勢所趨，莫能驟挽。而亦有人力可以補救者，則長江之米禁也。榮商於壬寅冬在侍讀任內，曾有請開米禁之奏。蓋閩浙兩省產米不多，全賴商船由長江運米，源源接濟，故以禁之爲非便。其時署江督張公、蘇撫恩公覆奏，略言："裏下河一帶本爲產米之區，歷年由寧波釣船裝赴閩浙兩省售賣，農民稍獲餘資，市面賴以活動，此本有無相通、農商交益之正理。上年四月，因邵伯鎮窮民搶米滋事，前督臣劉坤一電飭常鎮道停給米照，暫行封禁出口。近日鎮江米價又漲至六圓以上，小民食貴堪虞。俟米價稍平，擬即酌量開禁，以順商情而恤民隱。"由二公之言觀之，則米之不宜久禁明矣。至於禁米之故，聞係江都某紳與米商爭四明會館之地，以致積不相能，故藉搶米一事而封禁之，蓋以備荒之說爲閉糴之謀。此說既行，故雖米價稍平，卒爲紳民所持，不復開禁。自是以後米市蕭條，船商輟業，沿海少米之處人心惶惑，而農民亦呼應不靈，一遇偏災，流亡載道。蓋貨物貴於流通，我以所餘餉人，人亦將以所餘濟我，故東西各國專重通商。閉塞太過，其應爲潰決。前年大水爲災，未必不由於此也。

側聞今年江北豐收，米價在四圓以下，此正可以開禁之時。我公胞與爲懷，伏望咨商蘇撫，曉諭紳民，札飭常鎮道，俾米商仍得領照販運，其搶米之風尤須從嚴禁止。蓋游手無賴之民視搶米爲習慣，一聞開禁之說，米貴固搶，米賤亦搶，米禁之不能開，半由於此。此輩無可理論，必以兵力彈壓之，庶有所憚而不敢動。如此，則船商運貨而入，販米而歸，百物流通，農商交利，貧民皆可自食其力，而釐金收數較增，於軍餉亦不無小補。

此榮商所謂鄉里之私，實則蒙澤者不獨寧波商民。事固有其端甚微而其利甚薄者，在我公一轉移間而已。或慮洋商援爲口實，然内地商民與鄰國迴異，似不得以均沾利益爲詞。抑或顧念邦交未能固拒，而使沿海商民向隅啜泣，尤非仁政之所宜有也。我公幸勿視爲迂闊而惄置之。

與丁子恒書[三]

子恒足下：前月見《中外日報》，謂足下有謗僕之言，曾以一函自白於左右。然猶將信將疑，以爲足下知僕有素，不應誣妄至此，殆莊書輩依託而爲之耳。昨承友人寄示《舟山鄉民事變記》，始知足下果有此書。繙閱一過，嘆足下興學之勇、耗費之鉅，而受禍又如此之酷，宜其悲憤填膺而急欲一吐之以爲快也。篇中述莊書事，謂其賄屬紳士、控告徐仁依，以謀復其已減之陋規，與僕所聞互有詳略。至于足下所經營而蒙受者，度必信而可徵。惟所稱罪魁某公，雖無主名，以《日報》核之，則爲指僕無疑。諺曰："含血噴人，自污其口。"足下之言，殆不足取信於天下矣。

僕於三年前曾爲徐仁依緩頰，實動於惻隱之心。而足下謂僕見三百白金，赤心變黑。僕雖貧窶，然亦仕宦二十年，馳驅萬餘里，何至見利則迷，如足下云云者？然其時徐實有求於僕，而僕亦有施於徐。足下知僕未深，因有納賄之疑，固無足怪。獨於近日鄉民之變，謂出於僕所指使，則真無稽之言矣。鄉民之變在五月二十四日，而僕之得信在二十六日。當是時，徐仁依之足跡不至僕家者已一年有餘。足下與錢廳又以同陳一事，視僕如陌路之人。使僕聞此信而漠然置之，聽足下及錢公子等自生自死，未爲不可，孟子所謂"鄉鄰有鬥者，雖閉戶可也"。而僕此時又不能無動於中，蓋竊揣徐之被收，必因莊書而起。鄉民救徐不得，而擄足下等以相抵，紳民隔膜，不問可知。萬一調停不善，兵端一動，伏尸流血之禍即在目前。僕嘗食禄於朝，自以爲弭變銷患亦分所當為，不宜避小嫌而誤大局，故遂獻策於孫侯，請暫釋徐仁依以救倒懸之急，俟定民安靜，然後照例科罪。次日吳統領至舟山，即用此法解散，而足下等始出於險。足下請思，僕之請釋徐者，為徐計乎？抑為足下等計乎？為一身之得失計乎？抑為舟山之安危計乎？此其用意所在，不待智者而後知也。而足下乃謂徐被收後，某乙某丙親至僕家，許以四千金之賄，僕為之決策定期，迫脅鄉民，令其搶擄官紳、毀壞公署學堂及足下等房屋，以為救徐之計。誠如所言，何其冥頑不靈至於此極也！語曰："剖腹藏珠，愚夫不為。"僕果貪四千金之賄，亦當審慎周詳，期必得而後慰，顧乃輕舉妄動、為此聚眾擄人之下策？豈逆知舟山城中必無一兵一勇之相抗乎？抑釋徐之後，蒙難官紳皆坦然不校，而為大吏者亦皆無聲無臭、不一問其滋事之原因乎？如使事平之後，官紳報告大吏，訪查足下所謂某乙某丙者，以《日報》核之，亦均有主名之可按，一加刑訊，必吐實情。如是，則僕之一身且不能自保，而所謂四千金者，又將於何取償也？此在草澤亡命之徒，或能倉促而為之；而如僕者，又足下所謂巽懦之人也。以巽懦之人而忽行強暴之事，以希冀不可必得之賄，足下以為可信焉？否耶？足下之言，度亦非嚮壁虛造者，必有人焉文致而附會之。足下不察，而遂登之於報、筆之於書，矢之以危言，名之為鐵案，一若僕真有是事者，何足下之鹵莽一至於此？豈足下被擄五日，魂魄散失，因有此喪心病狂之言耶？抑別有嫌怨於僕耶？

足下謂僕負錢不還，深堪嗤鄙。僕於足下無通財之事，惟足下任思恩縣時，僕在都門曾受八金之惠，有施無報，疑足下所謂負錢者以此。然此乃同鄉饋問之禮，未有過時而索償者。足下詼諧百出，蓋亦姑妄言之，以證僕之貧耳。謂足下真以此相嗤鄙，雖僕亦信足下之必無是心也。足下之意，必以同輿一事，僕嘗受侮於錢廳，又兩次致書足下，而足下付之不答，疑必銜恨甚深，故假手鄉民以報復之。又聞鄉民當日揚言，謂吳統領而外，惟僕與朱君寶三可作調人，因疑僕有能收能發之權。積此兩疑，而莊書輩妻斐之言遂乘間而入，而不知所疑者皆非也。僕平生於橫逆之來，惟知自反。況同隩之民為官紳所苛罰，譬子弟之受虐於父兄，何與僕事而代為呼籲之？僕方自咎冒昧之不暇，又何銜恨之有？至於鄉民之言，則因僕本無害徐之心，而又聞有釋徐之請，故以僕言為可信耳。使僕而惟利是視，恐鄉民亦將嗤之鄙之，雖舌敝脣焦，何足為輕重？就令當日因救徐之故，聽僕指揮，而至於今，或遭誅戮，或陷囹圄，餘亦逃遁他方，室家離散，而為之謀主者顧坐視而不能救，蚩蚩之氓必且痛心疾首，追咎於始謀之不臧，而悔罪首告者將如墻而進，無待於足下之抨擊矣。足下何不就舟山之人而博訪之，則若者傳語、若者發難，必一一可得其實，奈何據影響疑似之言，而誣僕為罪魁，且以京控之說相恫喝也？

在昔有明之季，奄黨布滿中外，忠良屈死者不可勝數。使足下生於此時，則僕必罹無妄之禍。今則朝政清明，封疆大吏皆一時之選，決不信足下單詞而加罪於無辜之人。足下雖健訟，恐終無所施其技，而僕之心迹必有撥雲見天之一日，不知足下將何以自解也。僕與徐仁依交接，不能化導其鄉人，以致鋌而走險，未嘗不內愧於心。顧謂僕受賄主謀，則名節攸關，萬難含忍。如足下幡然悔悟，據實修改，以正前言之謬，僕亦當一笑置之。若猶執迷不悟，僕當與足下對質於大吏之前，以明曲直之所在。抑或大吏念足下受禍已酷，姑與包容，而上天下地備聞足下誅滅之誓言，恐不能曲為之恕也。足下其深思之。八月二十七日，榮商白。

與增子固中丞[四]

榮商素性拘謹，歸田以來，力守尊王之義，與新黨相牴牾，雖被頑錮之名而不悔。此鄉里所共知也。去年定海民變，乃有受賄主謀之謗，丁中立之紀事、高莊凱之詳文大抵隨聲附和，幸為張筱帥所鑒，未掛彈章，然亦危矣。事隔年餘，風波未靜。每念丁中立之粗暴，而知定海之民必有與榮商同其冤抑者，而其人多樸陋不能自言，他人又憚於丁中立之威而不敢代言。榮商復引嫌不言，蚩蚩之氓將聽其顛倒生死於丁中立之手，而更無拯救之人。語曰："兔死狐悲，物傷其類。"用敢不避斧鉞之誅，為定民請命，惟明公垂察焉。

伏念徐仁依與莊書爲難，本非不可逭之罪。鄉民傳聞失實，釀成搶擄官紳、毀壞公署學堂之巨案，此乃無意識之舉動，不一懲創之，定民將囂然而不可復治，所謂刑亂國用重典，固其宜也。平心而論，定海官紳之斂怨於民，未必無自取之道，而其集矢於丁中立，亦自有故。何也？定邑孤懸海中，與内地殊其風氣。官吏尊於牧伯，差役威於虎狼，而丁中立在定海，學務、商務皆其主持，尤有莫大之權力。百姓何知？凡橫徵苛罰之事，皆疑爲丁中立之所爲，其積怨既深，斯其受禍獨酷。而丁中立實亦蒙不白之冤，出險之後，急欲得仇人而甘心，亦固其所。但其性情浮躁，又無知人之明，是以輕信流言，廣爲羅織，而所謂罪魁者，乃加諸渺不相涉之鄙人；其視定海之民，幾於比户可誅，又不待言矣。

榮商聞變之初，竊料徐仁依之家屬必爲戎首。然自徐仁欽伏誅後，人言藉藉，謂徐仁欽於三月間離家，六月六日始由上海回里。果如所言，則是五月二十四日之變徐仁欽當不與聞。或謂高丞鍛鍊之，其言未必可信，而已無從究詰矣。其他牽連捕繫及因罰贖而破家者，尚不絕於耳。夫殺一不辜而得天下，仁者不爲，況欲多陷良民，以徇豪強之喜怒哉！就使情真罪當，亦宜有所限制。殲厥渠魁，脅從罔治，治叛民且然，況定民本安分之赤子，特激於一時之意氣而然耶。昔明臣周順昌被逮，蘇州民變，至於毆斃中使，凌辱疆臣，其情節之重，較定海之事何啻十倍。然當日原情定罪，不過殺五人而止，所傳五人墓是也。今定海之民誅死者三人，瘐死者二人，似已足洩官紳之忿，而寒頑梗之心。其餘人犯，謂宜一切原宥，與之更始。雖非丁中立之所樂聞，明公以故事曉諭之，當不至終於執拗。至於定海士商之意見皆丁中立一人之意見，又不足爲輕重也。

狂瞽之言，未必有當於事理，明公倘以爲可採而施行焉，則定民之福矣。漸寒，惟自愛。不宣。

與喻庶三方伯書

竹洲別後，音問寂寥。其時席上狂言，自知觸迕，故畏懼而不敢復通。歲月滋多，寖成疏闊，非於執事有芥蔕也。乃者謠諑紛紜，風波震撼，恐因杯酒之失，遂啓投杼之疑，故復布其區區，惟執事垂察焉。

伏念僕在京見執事時，頗以道義之交相期許。歸田以來，意見不合約有二端。其一因蘆漬學堂與崇正學堂爭產，僕頗有左袒崇正之言，執事以僕嫉視新學，疑爲頑錮一派。然僕非惡新學也，惡其宗旨不正而將爲亂賊之謀也。近年風氣轉移，尊君尚孔之義大著於天下，新舊之界漸融，僕亦廓然無復門户之見矣。其一因潯東錢湖之議，爲執事所不喜。經費難籌，僕亦知之，所以斷斷議潯者，以忻某三次赴京，人心震動，畝捐二百，沾利者必無異言。故深望執事竭力主持，以收得尺得寸之效。而比年雨澤過多，湖水幾同虛設，故論者皆視爲不急之圖，此僕所謂天時未至者也。僕生平拘謹，不敢失言色於人，獨恃執事相愛之深，以有此二失，然未嘗不退而自悔也。自是以後，伏處深山，稀聞外事，間爲小民代陳疾苦，務以委婉出之，懲前毖後，冀免愆尤。而今年磨蝎旋宫，謗書滿篋，舟山民變，目爲主謀。衆口鑠金，幾難自解。秋間舉行鄉約，謬長齊盟，洗手奉公，益爲怨府。家兄伉直，招忌尤深，匿名之帖日揭於通衢，毁防之言上徹於清聽，深文周内，險語逼人。靜言思之，不寒而慄。自非相信有素，其能免於傾家之禍、對簿之辱哉！

伏惟執事守正不阿，造福東南未有涯涘。誠恐淺見之徒疑執事與僕稍有齟齬，萋斐之言將有加而無已，則僕之心跡或倉卒無以自明。故敢冒昧獻言，以庶幾執事之渙然而冰釋焉。

與張讓三書[五]

月初恩恩作別，未及暢談爲恨。委録家慈八旬壽言，一時難覓寫官，謹將原稿繳上。大著淵懿樸茂，信爲必傳之作，家慈得附以不朽，何幸如之。惟前呈薄物數種，未蒙賞收，思之歉然。頻年浮沈里閈，疑謗交乘，讀大著勸駕之言，又未嘗不爽然自失也。劉太尊似尚矍鑠。會中前議對付之法，鄙見不以爲然。尚父鷹揚，衛武抑戒，老成未必可輕。君子居是邦，不非其大夫，況欲拒之於下車之始耶。此風似不可長，高明以爲然否？

與榮協揆書[六]

商垂老不知止，既退復進，不獨僚友之所非笑，亦私心之所不自安也。是以入京數日，趑趄觀望。及代奏銷假之議定，始敢投謁於執事之門。雖未能望見顔色，然商所請已遂。又遇朝廷曠典，待缺人員亦得支給禄廩，無飢寒乏絶之憂，則受賜固已厚矣，他又何求焉。過蒙執事不棄，次日即遣人報謁。又聞夏同甫太史傳言，商抵京之前，執事曾垂詢及之。蓋執事之不遺故舊如此，商雖衰朽，何敢自屏於疏遠之列。而又念無事坐食之重可恥也，故妄思有所論獻，以庶幾涓埃之補，而藉手以爲進見之資。所言微末，懼不足以贊新政。然竊以爲中國此時乃君臣上下卧薪嘗膽之時，非行樂之時也。其可代達與否，惟執事垂察焉。己酉八月十九日。

論簡字教科之不宜設呈榮協揆及唐春卿師[七]

伏見勞京堂乃宣請於簡易識字、學塾內附設簡字一科，聞學部正在研究，贊成之員居其多數。以愚思之，殆不可行。

夫字無難易，華人視洋文爲佶屈，洋人視華字爲艱深，其素所不習然也。中國文字相沿歷數千載，高文典册，詞旨深邃，誠非淺學所能邃通。至於世俗習用之字，父師所傳授，市鎮所流行，不約而同形，不謀而同義。無論中原大省學校如林、識字者殆居十之七八，即邊遠瘠苦之區，苟爲文教所及，斷無合村皆不識字之人。間有孤寒子弟目不識丁，此由失學使然，非字之難識也。今各省皆廣立學堂，兒童限年就學，又有簡易識字課本以牖愚蒙，立法至爲完備。但使實業漸盛，小民稍有生計，斷無不遣子弟入塾之理，亦斷無入塾而不能識字之人。教育普及，尅期可待。若於正課之外別設此一科有聲無義、不中不西之簡字，父師之所未習，市鎮之所未行，教者尚苦其紛歧，學者豈易於通曉？就使數月畢業，而此之所習非彼之所知，雖曰識字，與不識字何異？如必强人人以盡習簡字，則中國非復同文之治，貧民將永無識字之時。行之既久，恐力能讀書者亦將奉簡字爲依歸，而不復深求其義。其有阻於文化之進步，殆意計中事。是欲開民之智，而適以益民之愚也。

夫人之聰明不甚相遠，數月之中果能識此簡字，即教以漢字，亦不至茫無記憶。每見鄉村子弟其初識字甚少、其後觸類旁通、積少成多者，往往有之。然則費數月之功，習無用之字，孰若專教以漢字之爲愈乎？或謂洋文簡而易識，故販夫走卒皆能閱報，此亦一孔之見耳。夫洋報之暢銷，誠非華報所及。然華人之不喜閱報，其故有二，而識字之難易不與焉：民氣安靜，不願與聞外事，一也；民氣儉樸，不肯浪費銀錢，二也。兼此二義，是以城鄉市鎮報紙寥寥，即學士文人亦多輾轉傳觀，罕有特購一報者。此乃風氣使然，非盡不識字之故也。至謂有妨選舉，尤爲過慮。凡貧民暴富者，或因不識字而失其選舉之權，然不過千百中之一二。此輩失學已久，簡字倘能補習，則漢字亦可臨摹。如萬難舉筆，簡字亦無所用之。至爲兒童計，則目前尚無選民之資格，及今教育，未爲後時，何必强立異文、徒淆耳目？所有簡字一科，應請無庸附設，以一文教而絕歧趨。迂陋之見，是否有當，惟執事裁擇焉。

【輯校】

[一] 卷八：“乙未本”無此卷。

［二］與端午橋制軍："戊申本"無此篇。端方，字午橋，光緒三十二年至宣統元年（1906—1909）任兩江總督。

［三］與丁子恒書：此篇僅見於"戊申本"及上海圖書館藏清宣統三年刻本《容膝軒文稿》八卷，"四明本"及其他參校本均删。丁中立，字子恒，定海中學堂監督，光緒三十三年（1907）六月二十七日至七月二十七日（新曆8月5日至9月4日）在《申報》連載《舟山鄉民事變記》十五篇。

［四］與增子固中丞："戊申本"無此篇。增韞，字子固，曾任浙江巡撫。

［五］與張讓三書："戊申本"無此篇。

［六］與榮協揆書："戊申本"無此篇。榮慶，王榮商同年進士，時任協辦大學士。

［七］論簡字教科之不宜設呈榮協揆及唐春卿師："戊申本"無此篇。宣統三年（1909），勞乃宣上奏提倡簡字（即拼音文字）。王榮商反對，認為簡字"有聲無義、不中不西"。

跋^[一]

馮貞群

　　王友萊侍读著述，《詩文集》外，别著曰《漢書注校補》七卷，已刻行世；曰《清史傳》，曰《德宗實録》，曰《星圖便覽》，曰《東錢湖志》四卷，雕版印行；曰《三鄉防勦志》，曰《王氏譜》二卷，曰《程氏譜》四卷，曰《槐窗雜録》二卷，有刻本；曰《辛卯鄉闈雜記》，曰《使蜀紀程》《紀年録》，曰《奏議》，曰《容膝軒筆記》，曰《蛟川耆舊詩補》，付梓刊布。都凡十有五種，記目於此，以備訪焉。己丑人日馮貞群跋。

【辑校】
[一] 此跋作於己丑年（1945）正月，"四明本"外他本皆無。

296

附録一　清翰林院侍讀王先生壙志銘

竺麐祥

先生名榮商，字友萊。其先世居鎮海，遂籍焉。父錫山公，縣學生，贈資政大夫，先生其仲子也。幼而岐嶷，長而好學，秦漢以上之書靡弗諷誦，晉唐以下之書則擇而覽焉。天資明敏，神志專精。勤思未得，往往嘔血。病莫能興，學猶弗輟。以故小而詞賦，為之猶善，大而奏章，言無不中。性純孝，早失怙，侍母邱夫人，孺慕之忱至老彌篤。兄弟妻孥翕然和樂。教人不倦，循循善誘。疾惡甚嚴，崖岸峻然，以故親者彌親，疏者彌疏，君子愛焉，小人訾焉。

同治五年，先生年十有五，列諸生。光緒八年，由廩膳生中式浙江鄉試舉人。十二年成進士，改翰林院庶吉士。十五年，授編修。二十年大考，升侍講。二十四年轉侍讀，以省母歸。二十八年入京，補原官。明年冬，復歸侍母。蓋先生在外，未嘗一日不念母也。歷充日講起居注官、國史館纂修、文淵閣校理、辛卯順天鄉試同考官、癸卯四川鄉試正考官。宣統元年，復入京纂修《德宗實錄》。三年春，丁母艱歸。其冬，皇帝下詔遜位。先生既葬其親，遂自為石椁。蓋鼎革之交，人臣義不奪節，雖生之日，猶死之年，窀穸之營，心之傷矣，豈徒自閔其衰也哉！

著有《容膝軒文稿》八卷，《詩稿》八卷，《漢書注校補》七卷，《王氏譜》二卷，《程氏譜》四卷，《三鄉防勦志》《淞木捐章芻議》《星圖便

297

覽》《槐窗雜録》《辛卯鄉闈雜記》《使蜀紀程》《紀年録》《奏議》《尺牘》《筆記》《史傳》《實録》各若干卷。原配樂夫人，郡學生諱汝驤女，光緒十九年六月廿七日卒，春秋四十有一。繼室胡夫人，己丑舉人諱宋駿女。簉室陳氏。樂夫人有子才洙，殤，以弟子才澧嗣。女六，長適同縣林森；次適慈溪楊乘瑄；三適同縣方積琨；四適鄞縣湯宜繩；五適同縣陳祥川；六未行。孫男一，士桐。孫女二。

歲在癸丑十一月壬辰，葬樂夫人於壙，虛其三而有待焉。是壙也，諸女資以成也。清廷禄薄，賢者每不克贍，先生家不逮中人，而介潔自持。惟鄉里慕先生，姻婭多巨室，欤而崇之，以有此若堂若防者爾。銘曰：

懿楸起文，清華位德。生不逢辰，板蕩皇國。海瀕舊盧，退處守嘿。維宅之東，維畝之北。片壤千秋，日月靡極。神先魂安，形將影息。松柏阜陵，永葆貞吉。

　　　　侍講銜翰林院檢討門下士奉化竺麐祥書，甲寅仲春刻石

附録二　王榮商集外佚文選辑

石經賦

客有溯掌故而潜心，入成均而頫首，訛欲辨夫豕魚，文先稽夫蝌蚪。四顧豐碑，十殘八九。乃諮於鴻博主人曰：“僕聞經為衆說之郛，石比名山之壽。秦火以來，厥器代有，大都藏太學之中，出名人之手。蓋所以正文字而垂永久也。顧遺物之凋零，俾諸家兮紛糾。主人多識前言，盍詳說之以信今而傳後乎？”

主人曰：“唯唯。卯金之季，經學荒蕪。古文為怪，大篆為迂。隸籀章章，言人人殊。兰亭漆簡，竄改模糊。雖有許慎之《說文解字》，曾不能正其謬而一其趨。天子乃命中郎以是正，呼石工而與俱。《詩》宗子夏，《易》本商瞿，《書》《禮》則戴歐並列，《春秋》則公穀兼需。書丹既竟，刻於鴻都。撫写之士，填溢街衢。此一字石經之立，實倡始於东觀之鉅儒。洎乎吴蜀交争，卜戈未偃，當途之景運獨新，炎漢之風流不遠。亦嘗召碩彦於黌宫，集名儒於藝苑。摹孔壁之文章，倣漢碑之分刌。典有五而五教同敷，體有三而三隅可反。考魏收之史，則邯鄲仍擅書名；稽干隱之書，則衛覬實標異本。此正始之石經，較熹平而稍晚。若夫唐主右文，鄭公先覺，憫字體之乖訛，俾良工以鐫琢。顏師古書成匡謬，未廣搜羅；陸德明典附釋文，尚多踳駁。而惟兹蘚暈迷離，苔痕斑剥，重比湯盤，珍同卞璞。雖陂頗互易，猶仍天寶之留貽；而淮别重刊，早邁開成之精確。此太和石刻之九經，亦立於有唐之國學。至若知祥據蜀，舉動非凡，校經秘閣，輦石幽巖。毋邱裔精心讎校，張德釗書法謹嚴。顧其所刻者亦祇九經而已，尚未罄斯道之機緘也。若夫高赤二傳之別體，至田均作守而始芟。晁公武繼之，而尚書復古；席豫公踵焉，而孟子重劖。於是十三經之勒石者，不啻樂章之兼備云咸。他如北宋之間，君臣好古，刊於至元之初，立於京兆之府。高宗中興，御書是補。迨乎南渡之年，復續禮經之五。此兩宋之石經，猶約略而可數。而或謂典午裴頠，亦嘗踵武。何以繙中經之舊簿，諸經之卷數無稽；訪刻石之遺蹤，片石之流傳莫覿。斯前史之疑文，實通人所不取。至論六刻之遞，傳以東都為最盛。惟范氏五經三體之言，則鄙人所未聞命也。徒觀其碑留一片，公羊之傳猶存；字盡八方，古篆之書莫証。剗乃附日碑之名，留堂谿之姓，則蔚宗謂盡出邕書者，亦未足為後儒所取正。"

主人之辭未畢，客逡巡避席而辭曰："今而知東漢之石經，實諸刻之先範也；西晉之石經，尤正史之訛傳也。至若康宋之所刊立，孫楊之所雕鏤，諸書稱引，覩記未全。苟非就有道而質正，奚自辨帝虎與烏焉？"

——輯自《賦海大觀》卷十上"文學類·經"

《漢書補注》自敘

自服、應以後注《漢書》者無慮數十家，大抵散佚不傳，傳者顏氏注而已。觀其疏通本義，折衷群說，審方語之異同，辨古書之正偽，刪繁取要，自成一家，信乎前史之功臣，來學之津逮也。但其甄綜既廣，紕繆時有。亦猶縣圃積玉，詎無纖毫之瑕疵；豫章千尋，不以節目為累。加以流俗傳寫，失其本真，一字增損，南北殊途。點畫微差，形聲迥別。踵訛襲謬，何可勝原。昔人所為致思於誤書、寄慨於落葉者也。是以余靖諸人刊校於前，仁傑之徒拾遺於後，爰及本朝通儒輩出，辨訛之作不止集賢，指瑕之本豈惟王勃。雖意見互殊，不必盡符本指。若乃研精覃思，確有心得，足以補正闕失、開釋蒙滯者，亦往往而有也。

　　余以樗櫟之材，備員史館，職務既簡，交游遂寡。體復善病，不耐奔走，終日閉門，百事俱廢。惟於此書，時復好之。頗閱諸家之說散見各編，未歸統一，每遇疑難，搜討匪易。因於流覽之餘，詳加考核，是者存之，非者置之，似是而非者辨之。人事作輟，更兩寒暑成《補注》若干卷。自知見聞淺狹，遺漏因襲之弊皆所不免。所望博雅君子匡其不逮焉。歲在重光單閼（輯者按：光緒十七年辛卯）仲冬月上澣日，鎮海王榮商撰。

　　　　　　　　——輯自清光緒十七年刻本《漢書注校補》

雙節墳碑記

　　夫同牢合巹，而敵體之義昭；結縭施衿，而終身之分定。妃匹之禮，自昔重之。是以二三其德，風詩所譏；從一而終，典冊致美。叔世道衰，禮教虧損，乃有糟糠之婦流涕而下堂，庸奴其夫攘袂而求去。何況羈身逆旅，落魄窮途，矢志同藏，則理無並濟；掩面割愛，或勢可兩全。遂有半世恩情，一朝訣絕。韓生道上揮棄婦之車，翁子墓間勾故妻之飯。至有聽置面首，甘倚市門，仰食脂粉之間，飲羞床笫之側，室家之道苦矣，風教之敝極矣。若夫一齊不改，之死靡他，生為比翼之禽，歿化連枝之樹，如崔君夫婦，有足多焉。

　　君姓崔氏，諱升，本京人也。嘉慶元年，偕其夫人陳氏稅駕會城，投訪親串，南轅北轍，蹤跡乖違。寄食旅廬，斧資罄竭。于斯時也，居停逼迫，行路揶揄，鹿車挽而不前，牛衣典而已盡。皋伯通之廡，豈有閒人；陳仲子之園，曾無半李。時窮勢迫，計無復之，忍辱偷生，悔將何及。遂於七月二十三日，夫婦投繯，同時畢命。錢令蔣公以禮葬之，名其墳曰"雙節"，志實也。佳城既建，靈爽斯著，遊人雲集，嘉歎無已。嗟乎！廉恥之故，未易深求，生有包羞，死而塞責。是故明州江上，有梁祝之墳；西子湖頭，存何高之塚。彼違名教，猶見流傳，矧夫取義捐生、全貞委命，足以砥礪風化、扶植綱常者哉。

同志有游其地者，為予述其事略，並屬為文，特以勒諸貞瑉，播其馨烈。娥江刊石，愧非外孫少女之詞；國史采風，當補節婦義夫之傳。謹記。

光緒十七年重光單閼之歲孟秋月吉旦，賜進士出身翰林院編修蛟川王榮商撰，古菫清鄉道人毛宗藩書。

——輯自浙江文藝出版社編《郁達夫日記集·水明樓日記》

第十世諱成忠公德配夏老夫人五旬悅慶序

自古恢奇特達之士，聲名震於世，利澤及於人，非獨其器識之超群也，蓋必有內助之賢以陰相而默贊之焉。聖清受命二百餘年，宮闈德化，淪浹閭閻，直省列女之傳歲上史館。余服官京師，留心井里，遇南來諸君子，無不首詢近事，編次撝拾，以備搜羅掌故之資。而所稱為恢奇特達之士、普利澤而著名聲譽者，皆曰葉觀察成忠最。觀察余所知，方寓滬時，亦曾銜盃接歡，想見其為人。顧觀察事繁，余拙於酬對，家庭瑣屑之行俱未之及。今年夏，得方部郎駿萃鼎甫、劉大令佐宸彤卿書，述其同里葉母夏夫人事甚賅，知夫人即觀察德配。觀察固奇士，而夫人之所以陰相默贊者，亦過人遠矣。余方將舉以為世勸，又何容以不文辭。

案：葉氏系出南陽，聚族而居者不下數十家。觀察出，而老有所養，壯有所業，幼有所長，莫不奮興感激、爭自濯磨，而光大其門閭，而數十年前，則固力田務農、衣食僅給之區也。夫人之始來歸也，年方十七。值觀察貧乏不自給，太夫人又素嬰喘疾。夫人縫織佐家，戰戰兢兢，克盡婦職。逾年僑居滬瀆，異地風塵，益形勞瘁。夫人上事下畜，不少廢怠，如其在家日。十餘年來，家境漸豐，所以為起居服飾之需者，可以少償欲。夫人敦樸是務，屏去繁華，又如初居滬日。迨後家益盛，業益廣，而事亦益繁，賓客交集，土木交興，幾於日不暇給。而夫人躬綜鉅細，內政畢舉。又與其家道少裕之日無所少異。生平茹素衣布，不喜珍饎绮丽之物，而乐善好施，至老愈笃。觀察性慷慨，每遇國家徵輸之下，郡邑修舉之需，宗族建置之請，親戚匱乏之告，解資慨助，為同輩先。夫人竭力勸成，不少吝惜。

今秋七月為夫人五十帨辰，諸子將張樂設飲，以娛親志。夫人聞而論之曰："是汝父與吾所不為也。汝父以寒儉起家，性好施與，其在外者吾弗及聞，至若起書院、修譜牒、建祠宇諸事，吾皆知之，先後所出不下數萬金，而獨於世俗奢侈之務不少糜費，知緩急也。今又將置義莊、設學堂，汝兄弟勉力襄其役，足慰吾願，誠不願作此無益舉也。"嗟乎！即斯以觀，可以見夫人命意之遠而大有功於相夫矣。

自世風不古，人心寖薄，世之富商大賈擁厚殖而不知施散者，無論也。蛟川為詩禮之區，善舉義行輝映志乘，然得於襲遺業、承先志者，十之七八。觀察起自寒素，節儉自愛乃分之宜，而裨益公私，不可紀極。觀察固奇士，而苟無如余所謂默相而陰贊者，則門內一言得以動搖而沮奪之矣。余於此信方、劉二君之書，而嘆夫人之德為不可幾及，宜乎其處盛遇、享榮壽、膺受多福而疊邀寵命也。國家自咸、同以來，軍需孔亟，朝廷加恩，海內之民有出力以襄王事者，自千金而上，俾沾恩命。觀察以屢出鉅資為紳富倡，遂由道銜膺二品封典，而夫人封如其職。舉丈夫子五，讀書服賈，各勉其業。女四人，皆適士族。孫男女四人，繞階玉立，可娛晚景。於此見為善無不報而葉氏之方興未艾矣。善繼善承，順親悅親，此尤壽親之大者。諸郎君勉而行之，固無俟區區文字之表揚也。

光緒疆圉作噩（辑者按：光緒二十三年丁酉）律中夷則（辑者按：孟秋）宜壽之月，誥授奉政大夫、賜進士出身、翰林院侍講、順天鄉試同考官、甲午大考二等、國史館協修加三級記錄十次、同邑侍生王榮商頓首拜。

——輯自《鎮海沈郎橋葉氏宗譜》卷十二"贈言"

遊三山記

余所居靈巖鄉在萬山之中，然岡嶺之重復，不達泰邱、海晏遠甚。是故靈巖之山一日而可徧，泰、海兩鄉之山十日而不能盡，其地形然也。余於泰邱，嘗由石湫入新路嶴，踰太白山以達鄞之天童；於海晏，嘗一宿瑞巖寺。而他處皆未及遊覽，常以爲恨。

歲丁巳十一月，友人支季卿約余爲三山之行。先是，靈緒鄉虞姓約以小輪相迓，余以道遠不往也。而三山近在泰邱，陸行可達。明人武愛文有句云：“三山多虎跡，廿里少人家。”其荒寂有與余心相契，遂欣然許之。十三日巳刻，肩輿冒大風而行。遙望西南山上有積雪，即太白山也。十里過長山街，入泰邱墱頭界。十里過牌門橋，入小城灣，經網嶴，回視雪峯在西北，蓋已至太白山之東矣。五里入大城灣，山勢逼仄，居民多業樵。過笑天龍，至伏虎將軍廟旁小憩。《縣志》云，唐乾寧間樵者干大用入山遇虎，“勿食他人，寧食我”，虎黏耳而去。後人立廟祝之。此村廟之最古者，所祀即鄉人，他廟不爾也。望佛巖寺，爲山所蔽不可見。五里登啓霞嶺，俗謂之啓拗嶺。嶺砌小石，蜿蜒而上，不覺其高，然衰草蔽徑，纔通行人。至山頂風益烈，蓬蒿翻舞，作波濤洶湧狀，亦可怖也。下鄉較陡，輿夫扶曳而行。

嶺以內即三山嶴。嶴狹而長，四圍皆山，南有缺處如葫蘆之口，三山之海口也。嶺下爲球嶴，《縣志》謂之其西嶴。東爲喚鳩嶴，在獅子嶺下，《縣志》謂之東嶴。他小嶴甚多，而居民甚稀。十里至村中，宿翁光天家。光天，季卿之子婿。同宿者胡邇安、顧自申、陳蕪舲，皆故人也。夜有談山中斃虎事者，而不甚詳。次日詢之光天，光天云：“喚鳩嶴與雁潭相近，山下瀑布飛流，冬夏不絕。下注於潭，潭上虯枝連接，而潭中無一落葉，是爲神龍之居。其地有上龍爪、下龍爪之名，亦謂之青坑，巖谷幽深，人跡罕至，故虎亦窟焉。丁巳正月二十七日夜大雪，次日村人荷槍出獵。有曹位定者素以膽勇自負，見雪中蹄跡甚大，私語其友楊阿金曰：‘此虎跡也，他人知之或恇怯不敢前，吾兩人盍自

覓之乎？'楊曰：'諾。'乃循跡而往。至下龍爪，虎匿叢莽中，毛色與
荆棘相混，猝不易辨識。會有小唐負一麑置石上，虎躍出欲攫麑，曹叱
之，虎撲曹倒，以足踏其股。曹仰臥發槍，中虎下頷，彈自頤出。虎創
甚，欲嚙其頭，曹橫槍抵之，虎嚙槍折爲兩。楊欲救曹而無所計，曹呼
曰：'我自分必死，汝連發槍，無念我。'楊乃持槍進，虎騰起撲楊，斷
其革帶。楊坐於地，曹忍痛起而搏虎，虎亦撲，楊發槍擊虎耳，彈貫於
腦，虎乃殪。村人聞槍聲皆趨至，乃舁曹及死虎而歸。是夜，山中聞有
虎吼聲甚厲，次夜復吼，後乃寂。然死者牡虎，意吼者必牝虎也。虎重
可三百觔，貨諸蘆江藥肆，得銀一百六十圓。而曹位定爲虎所傷，至閏
二月竟死。"巳刻，出翁宅五里，登獅子嶺。嶺較啓霞爲高，而寬廣亦
過之。踰嶺即海晏界。十里出瑞巖河頭，望瑞巖寺不見，蓋在山之南也。
七里過陣勝橋，三里之蘆江，食胡丈青原家。過霞浦張，日已暮。至小
山而日没，然餘光久之未滅。過備碶，月漸高，風仍不止，遂歸。

　　是役也，往返約百里，自壈頭、蘆江以下皆舊遊處也。菎舲云，出
三山西嶺，爲慈隩、合隩、盤隩等處，皆余所願遊者，恨不能從而往。
而海晏各山在蘆江東南，相隔尤遠，計此生無復涉歷之時矣。書之以志
吾恨。王榮商記。

　　　　　　　　　　　——輯自董祖義纂修《（民國）鎮海縣新志備稿》下卷

《蛟川耆舊詩補》序

　　鎮海在五代時名望海，宋改名定海，亦謂之泊潮縣。清初以昌國故
址為定海，乃改今名。縣之東有蛟門山屹立海中，百川之所吐納，故又
有蛟川之稱。自唐代以來，代有作者，然多散佚不傳。康熙間，謝瞻在
侍御（兆昌）始有《詩文草創》之編，張石癡大令（懋建）因之輯《蛟川
耆舊詩》六卷。至其孫郢荃茂才（本均）而告成，凡一百八十七家。茂才
子嶽生文學（錫申）又續輯五十一家，共為詩八百四十一首。王惺吾内
翰（保謙）為跋而刊之，所謂存什一於千百者也。及姚復莊孝廉（燮）稍

变其體例而更名曰《詩繫》，或繫以官，或繫以族，或繫以社，或繫以師門，或繫以志節，又有兩布衣、三高士、七名家之目，其無類可歸者，概稱之曰"蒙碩"。凡張氏所編者，刪去張東渠《悼媳》二首，張蘭皋《悼亡》二首，而增詩至二千六百二十一首；又於張編之外，博採旁收，增二百二十八家、詩四百六十首，可謂洋洋大觀矣。惟《詩繫》為姚氏未成之書，故自顧華白、樂鳴謙而下。為張氏所採而為姚氏所遺者尚三十家，為詩一百二十二首。向使姚氏優游歲月，此三十家亦補綴而論定之，則《詩繫》出而張氏之編幾於可廢。然則姚氏之留此缺憾，倘亦張氏先河之功固有不可没者歟！

近時盛省傳太史（炳緯）取姚氏《詩繫》排印行世，附有《續編》八卷，蓋劉午亭布衣（慈孚）拾遺之本，而范柳堂明經（壽全）稍有增益之。凡一百五家，詩四百八十五首，內有他編已見五家（陳廣義、王堃、陳餘、陳修鼎、胡棻），無名僧一家（洞山寺僧），實得九十九家。統前后各編計之，凡耆舊四百六十五家，詩四千四百八十一首。以蛟川一隅之地，而風雅之盛如此，殆令人有觀止之嘆。

而二三同志猶以為未足也，相與網羅散失，汲汲焉謀所以庚續之，而推余主其事。余老矣，於詩學所得甚淺，不足以操選政。顧於諸君子表章先正之雅意，則有樂為嘉與者。夫情與境相感而成詩，人與人相續而成耆舊，是故天地無盡也，則詩亦無盡也，即耆舊亦與為無盡也。自今日視之，則昔人為耆舊；自後人視之，又以今人為耆舊，如志乘然，其庚續不已也固宜。而況今日耆舊之詩，固有彰於耳目之前而為各編所未採者，不亟為搜輯，年運而往，安知不與煙雲同其消滅乎？

是用黾勉從事，參用各家之例，凡拾遺八十五家，為詩一千七百六十五首，名曰《蛟川耆舊詩補》，凡十二卷，以付削氏，冀與張、姚各編相輔而行焉。雖見聞所限，遺漏尚多，然多一篇之採取，則少一篇之沉埋，其深藏固秘而不出者，倘亦斯文顯晦之各有其時，惟留以待後之同志者而已。是役也，傅君家銓籌經費，張君寅輝任刪訂，梁君秉年、王君以芬、張君蔭喬彬謨、鄭君穗芳賢城、劉君崇照、虞君溥蔭、陳君英梤、顧君家樵、胡君炳奎、卓君慈恂左右采獲，用克有成。其撥款印刷，則俞君汝昌之力居多云。鎮海王榮商撰。

　　　　　　——輯自民國七年刻本《蛟川耆舊詩補》卷首

附録三　光緒十二年丙戌科會試王榮商卷

【會試第5名】

會試卷第一題

子張問行。子曰：“言忠信，行篤敬，雖蠻貊之邦，行矣。言不忠信，行不篤敬，雖州里，行乎哉？立則見其參於前也，在輿則見其倚於衡也，夫然後行。”子張書諸紳。（辑者按：此題出自《論語·衛靈公第六章》）

王榮商卷

以誠課行，而賢者進矣。夫忠信篤敬，必常存而後行，行豈待外求乎？子張之書紳，其即參前倚衡之始基歟。且至誠莫如聖人，而大道之行，有志未逮，似誠亦未足恃矣。然而聖人之道雖不行於一時，未嘗不行於萬世。且其緒論所垂，并賢者一念之誠，而亦附以傳焉。則甚矣，誠之可恃而存誠之功之不可緩也。

聖門有子張者，想其承聞達懸殊之訓，而徐悟夫高遠之非，因從尤悔漸寡之餘，而進求夫推暨之本。其問行也，殆有意於存誠之學乎。夫子曰：誠也者，宣諸言爲忠信，而寓諸行爲篤敬者也。樞機未發之時，吾儒雖有惻怛之真，而人不見載之於言行，而天下之環而伺者，皆將參消息以定從違。物我雖分，吾以誠喻之，靡弗喻也。而不然者，阻矣。事物未交之頃，局中雖有肫摯之意，而人不知接之以言行。而吾心所密

308

而藏者，宛若出神明以證真僞。寰區雖大，吾以誠通之，罔勿通也。而不然者，窒矣。

誠則蠻貊可行，不誠則州里亦不可行。子張於此，其有得矣乎。雖然，第渾言忠信篤敬也，吾惡知其爲常焉者耶、暫焉者耶？於彼則然，於此或未必然者耶？是宜進而課所見矣。功貴無間，而間之時不在多也。一瞬息之茫然，則并其前此之所見者，而皆杳乎無據矣。故驗諸立與在輿之時而或不見，必無時或見也。無時或見，則亦無時或行也。志貴不紛，而紛之處又不在多也。一起居之懵然，則并其他處之所見者，而亦不知何往矣。故證諸立與在輿之處而無不見，乃無處不見也。無處不見，則亦無處不行也。

至是而子張果有得矣。其書諸紳也，即參前倚衡之始基，亦即蠻貊可行之左券也。此可見聖人之全量焉。夫積半生馳騖之爲，一旦而頓開其悟，其收效也神矣。而試本成己之誠，以推爲成物之誠。帝王無外之規模，已於是而攬其備也。目前窮通之故，詎足以定吾道之廢興乎？且難測賢者之止境焉。夫悔半世窮大之失，一旦而近取諸身，其改圖也捷矣。而苟由一端之誠，以馴致全體之誠。天地無息之功用，將由是而合其撰也。少年虛憍之氣，詎足以概生平之得力乎？世之外誠求行者，其亦可以知所返矣。

本房加批：

前中四比闡發題蘊，精警透闢。小講及後幅目光如炬，筆大如椽，落墨時有俯視一切之概。

會試卷第二題

中庸不可能也（辑者按：此題出自《中庸第九章·正心》）

王榮商卷

究言中庸之本量，相形而愈見其難也。蓋中庸之統，自孔子之後而不得其傳。故夫不可能者，亦其本量誠如是耳。子若謂：吾嘗慨中庸之鮮能。由今思之，不特愚不肖者不足責，即賢智者亦深可原也。何也？彼於中庸之程，未必不汲汲然赴之。特無如求之愈迫而去之愈遙，充其量之所至，雖極古今來難能之事取以相較，而卒無有駕而上之者，則宜乎能焉者之寥寥矣。即如均也辭也蹈也，豈非古今來極難能之事，於此而可，亦安往而不可者。而何以鮮能者獨在中庸也？天下甚美之行，斷無虛懸其格，而絕人以攀陟之階。至於中庸，何邈乎？其難即也，則意者陰陽之氣至末流而漸失和平，此亦世運升降之常，而其實有不盡然者矣。

自來非常之材，跡其詣力所臻，恒超出於意計之表。至於中庸，何抑然而未遑也。則意者擇執之功，至晚近而漸趨苟且。此尤學術純疵之辨，而其咎有不專屬者矣。然則中庸果何爲而鮮能哉。

吾蓋參觀三者，而歎中庸之本量，實有不可能者在也。凡人所恃以有爲者，才力而已，聰明而已。而豪傑所不經意之端，即中庸之所散而寄，則可均可辭可蹈者，僅得其粗迹。而中庸又自有其精微也。蓋至費隱之至，雖聖人有所不知，而戔戔之識量將安用乎。抑人所爭於不朽者，功名而已，氣節而已。而賢哲所極快心之舉，特中庸之所旁而推，則可均可辭可蹈者，僅得其偏端，而中庸又自有其全量也。蓋至化育之窮，雖天地猶有所憾，而區區之成就，庸有當乎？此非曲爲不能者，恕也。精一危微之心法，使盡人可以授受，道統亦褻而不尊，所謂不可能者，本自古相沿之局，非至今日而始成絕詣也。而或薄吾道爲無奇，妄欲以領異標新者，起而與中庸爭勝，亦多見其不知量耳，且難與未能者言也。中和位育之極功，苟惟是薄涉其途，道體若輕而易舉，所謂不可能者，必艱苦備嘗之後，而始見爲勝任之獨難也。乃或倖美名爲易市，至欲以同流合污者，出而亂中庸之真，亦殊覺其不相肖耳。寓神奇於平淡之中，而世之稱神奇者莫能尚；蘊高遠於卑邇之內，而世之言高遠者蔑以加。此中庸之本量也。

本房加批：

筆意精深，神味淵永，知其揣摩名家，得力不淺。

會試卷第三題

取諸人以爲善，是與人爲善者也。故君子莫大乎與人爲善。（辑者按：此題出自《孟子·公孫丑上》）

王榮商卷

以取爲與，見善量之大也。夫取善於人，而人益競於爲善，是取也而不啻與矣。大哉君子，微舜，吾誰與歸？且非其有而取者，大抵損人以益己者也。而獨至爲善，則正不爾。夫天下所以資君子者甚厚，則君子所以酬天下者不容獨薄。若其成就不過一身而止，雖有容善之量，而亦眇乎其小者矣。而舜之大，何以高出千古也？吾今有以廣取善之說矣。

彼蒼厚我以聰明，必無據以自私之理。然使成己一事，成物又一事，區畫不太勞乎？君子於翕受之時，而即妙敷施之用。是成己與成物，不判後先也，則但謂之取而不得矣。萬物睨我以名理，更無施而不報之情。然使爲己一心，爲人又一心，精神不太擾乎？君子於問察之頃，而即寓董勸之權，是爲己舉爲人，並無畛域也。則專謂之取而未盡矣，何也？取諸人以爲善，是與人爲善者也。夫第就取善而觀，已足見君子之大矣。而非廣其說於與善，則君子之所以獨成其大者，終無自而知其故也。神聖之運量，初不在尋常意計之間，使惟是並蓄兼收，以爲高深之助，則猶是衆君子之所同也。惟本其謙受之淵衷，納天下之善於一身，而仍以還諸天下者，規模乃自此遠焉。吾儒之尚論，尤貴有觸類旁通之識，使第據集思廣益，以爲推崇之詞，則仍非一君子之所獨也。惟窺其神智之默運，公一身之善於天下，而遂以包舉天下者，真際乃自此出焉。然而與人者不自知也。凡人之情，施一惠而自鳴得意，亦其所施者小耳。若夫善則何矜之有？天之賦之，本無盈歉之分；我之與之，詎有增加之數？

其盡己性而兼盡人性者，亦所謂大造不言造，化工不言工也。夫與人而自忘其與，則其大爲何如矣。即爲所與者，亦不自知也。凡人之情，受一惠而感激無已，亦其所受者微耳。若夫善，則何感之有？獻諸上者，固無可居之功；與諸下者，詎有可拜之賜。其順帝則而遂忘帝力者，亦所謂戴天而不知天之高，履地而不知地之厚也。夫與人而人忘其與，則其大又何如矣。

故君子莫大乎與人爲善。吾蓋廣取善之說，而益歎舜之大爲弗可及也。

本房加批：

繁蕪汰盡，純以神行。中權於夾縫中，著筆尤覺警醒。

試帖詩一題

賦得報雨早霞生

王榮商卷

得生字五言八韻

極目寥天際，瓊華朵朵生。不知霞報雨，翻訝早開晴。犂未扶青壤，標先建赤城。祥輝隨鳳翥，芳訊趣鳩鳴。澤卜崇朝徧，光同復旦賡。魚鱗添曉豔，馬首快晨清。江晚詩堪續，亭新記可成。醲膏欣渥沛，藻頌獻蓬瀛。

本房加批：

研鍊妥帖。

光緒十二年丙戌科殿試策問卷

【殿試二甲15名】

王榮商

　　應殿試舉人臣王榮商，年叁拾五歲，浙江寧波府鎮海縣人。由廩生應光緒捌年鄉試中式；由舉人應光緒拾貳年會試中式；今應殿試。謹將三代腳色開具於後：曾祖家勳；祖永肩；父錫山。

　　臣對：臣聞考古者致治之本，整軍者備豫之方，設險者固國之基，鑄幣者理財之要。自古帝王斟元御宇，錫福誠民，以稽典籍，則治忽可探也；以詰戎兵，則控馭有資也；以審形勢，則險易周知也；以度貨財，則重輕交準也。其兢兢於夙夜者，將以勉主德於至純、貽大猷於累世，而使天下食德飲和、安生樂業，以馴至風、同道一之休也。至于純疵之辨、強弱之幾、控守之宜、變通之利，尤必察之以聖智，而行之以實心，則唐虞三代之隆風不難再見於今日也。欽惟皇帝陛下聰明天亶，宵旰時勤，聖學固已精純，軍政固已修飭，邊防固已完密，泉法固已流通，茂矩宏規，秩然大備矣。廼聖懷沖挹，猶切咨詢。念至善之無窮，冀邇言之可採進。臣等於廷而策之以稽古、練兵、守險、阜財諸大政。如臣愚昧，何足以仰贊高深，顧當揚伊始之時，敬念拜獻先資之義，敢不勉述素所誦習者，藉伸葵藿之忱、以備芻蕘之採乎。

　　伏讀《制策》有曰：帝王誠正之學，格致為先。因博考夫諸儒論政之書，以究歷朝治亂之原，此誠鑑古知今之至意也。臣謹案：治天下之道存乎經，故讀經宜師其意；治天下之跡存乎史，故觀史宜擷其精。昔人所撰，若《帝範》，若《群書治要》，若《帝學》，若《貞觀政要》《太平御覽》及魏徵《諫錄》《續錄》，皆援古證今，有裨於治道誠非淺鮮。此外若《政府奏議》，若《盡言集》，若《歷代名臣奏議》，不無優劣之分，而忠言讜論，皆足以為啟沃之資者也。真德秀《大學衍義》，不及《治平》，明邱濬補之，而其意始備。蓋一探其本原、一明其功效也。夏良勝《中庸衍義》，則仿真德秀之體例者矣。司馬光《資治通鑒》為治忽之淵實，後人斥為僭妄，然於經傳間有發明，其書要未可竟發。夫濂洛關閩之學各有所本，皆足為進德之階。而帝王之道與韋布不同，所恃者心而已；經綸之業與章句有異，所恃者敬而已。二帝三王之治本乎道，二帝三王之道本乎心。得其心，則治與道可得而言。《堯典》以欽始，稷契以欽終。而舜言溫恭，禹言祇承，湯言日躋，文言小心，武言執競。聖聖相承，後先同揆，所謂宅心不外一中、執中不外一欽也。皇上聰明天亶，祇敬日嚴，懋德建中，洵足立千古人君之極矣。

　　《制策》又曰：守令為親民之官，而安民之道必先乎察吏，此尤致治之務也。臣謹案：察吏之法，始乎唐虞，敷奏明試言之已詳，嗣是夏有木鐸之徇，商著官刑之儆，周以八法治官府，以八柄馭群臣，而六計皆冠以廉，蓋官職相敘，君臣相正，非廉不足以致治也。兩漢興廉，舉孝敦，崇節行，日計不足，月計有餘，如龔遂、黃霸以及召父、杜母之屬，《漢書》所傳循吏郡守為多，而名公卿亦并出其中，其時賜書褒美、增秩賜金，紀在史策，蔚為美談，傳之千古，洵足以風勵官僚，使事無廢弛、政無操切也。夫循官守而覈之朝考夕稽，百爾自能盡職。昔在漢代，以"六條"考察二千石，法精意簡，故兩漢吏治稱為極盛。唐以"四善二十七最"課群吏，其法視前代為加詳。宋之考課因乎唐，而紹興中以"七事"為準，後以"九事"為最，分郡守、縣令而二之，皆非初制也。明以三等考覈州郡，其法亦詳，而馭下太嚴，轉嫌操切，此其流弊歟。皇上甄定人材，時加整飭，内而卿尹庶僚，外而封疆守令，無不恪恭爾位，爭自濯磨，大法小廉，固彬彬乎三代之盛也已。

《制策》又以帝王重農，以農事為急，而因求夫屯田之政。臣案：黄帝經土設井、寓兵於農，無所謂屯田也。自漢文帝募民耕塞下，始有屯田之說。武帝通西域後，屯田渠犁，始有屯田之官，宜禾都尉、屯田校尉、田禾將軍、營田大使，皆屯田之官。古者播穀勸耕，有農官以掌其事，農師田畯之官備見於經傳。而漢之屯以兵，唐之屯以民，宋之屯或民或兵，大約因時制宜，各有便利。說者又謂塞上宜屯田，腹裏宜墾荒，與墾異其名，實異其地，二說不可偏廢也。考西北之地，砂石磽确，則憂在土；雨澤稀少，則憂在旱；霖潦暴漲，則憂在水。夫湖藪陂澤，水之所由瀦也；溝洫澮遂，水之所由洩也。乃或甫行疏濬而仍憂壅塞，業經培筑而復就傾頹，未能法美而意良，安見一勞而永逸。古之人經營創制，可以垂萬世而不敝者，非第明農教稼穡，使野無曠土而民有餘資也。後世誠實心實力踵而行之，所貴相原隰之宜，裕倉儲之備，度地制勝，即農即兵，内安外攘，以固邦本，以厚民生，則軍實可充，固不必專爭乎形勢，而磐石之基定已。皇上重農敦俗，屯政交修，士飽馬勝，中外詟服，真百代之業也。

《制策》又以風俗為治平之要，因求所為正本清源之至計。臣謹案：古昔盛時修六禮以節民性，明七教以興民德，本勞來輔翼之旨以化之，庶幾道一風同矣。而大為之防者，亦欲興化善俗、共臻於承平之域也。唐虞敷教，俾民親遜；周禮以三物教民、以八刑糾民，風化維持，久而勿替。漢置三老孝弟常員，徵拜美俗使者，兩漢民風肫然近古；唐賜孝義高年粟帛，遣使巡行，分別獎慰，用以勸民而厲俗，誠有裨也。夫昇平日久，芸生日衆，若多設科條，則閭里易滋擾累。即廣頒文誥而粉飾，徒聳聽聞，將欲訓迪而丕變之，則莫如即呂氏之鄉約、袁氏之世範頒行海内，使之父詔兄勉，朝漸夕摩。淺近之言感人最深，或牧令以教一邑，

315

或縉紳以式一鄉，董之以師儒，治之以長吏，行見九州之大訟獄衰息，邪慝不興。里黨輯睦，耆孺和樂，澆漓之習悉進，敦龐陂滋而遥，咸遵道化，胥一世而蒸為至治也，豈不懿歟！皇上子惠黎民，教養兼至，型方訓俗，人樂時雍，卓哉勿可及已。若此者戀勉以提躬，考詢以課績，力農以務本，式禮以化民，扇巍巍，顯翼翼，帝王之事備，仁聖之道該。臣尤伏願我皇上治易求治，新又日新，誠敬已孚而猶嚴齋祓，賢老已著而更飭靖躬，稼穡已勤而彌思補助，協和已著而倍切平章，由是經緯乾坤，榮鏡宇宙，雨晹時若，遐邇乂安，綏景祐，連蕃釐，沆九埏，暢八埏，延互古之上儀，煥丕天之大烈，則我國家億萬年有道之長基此矣！

臣末學新進，罔識忌諱，干冒宸嚴，不勝戰慄隕越之至。臣謹對。

主要參考文獻

1. 王榮商撰《容膝軒文集八卷詩草四卷》,《四明叢書》第八集，民國三十七年四明張氏約園刊本。

2. 王榮商撰《容膝軒詩草》八卷、《容膝軒文稿》八卷,《清代詩文集彙編》第 776 輯，上海古籍出版社 2010 年版。

3. 王榮商撰《容膝軒詩草》四卷，寧波市圖書館藏清宣統三年鎮海王氏刻本。

4. 王榮商撰《容膝軒詩草》六卷，上海圖書館藏民國續刻本。

5. 王榮商撰《容膝軒文稿》七卷，寧波圖書館藏光緒二十一年乙未刻本。

6. 王榮商撰《容膝軒文稿》八卷，寧波市圖書館、天津圖書館等藏清光緒三十四年戊申序刻本

7.《容膝軒文稿》八卷，上海圖書館藏清宣統三年刻本。

8.《容膝軒文稿》八卷，寧波市鎮海區文保所藏民國刻本。

9. 王榮商編、張寅輝參訂、傅家銓校刊《蛟川耆舊詩補》十二卷，民國七年刻本。

10. 王榮商、楊敏曾纂修《(民國)鎮海縣志》四十五卷首一卷，1931 年鉛印本。

11. 董祖義纂修《(民國)鎮海縣新志備稿》二卷，1931 年鉛印本。

12. 王榮商總纂《東錢湖志》4 卷，民國五年（1916）刊本。

13. 王榮商撰《漢書補注》7 卷，見《二十四史訂補》（二），書目文獻出版社 1996 年版。

14. 王榮商撰《槐窗雜錄》二卷，見林慶彰等主編《晚清四部叢刊》第八輯，臺中市文聽閣圖書有限公司 2012 年版。

15. 王榮商光緒十二年丙戌科殿試策问卷，上海圖書館藏。

16. 張壽鏞《約園雜著續編》，上海書店出版社 1912—1949 年版。

17. 顧廷龍編《清代朱卷集成》，成文出版社 1992 年版。

18. 清鴻寶齋主人編《賦海大觀》第四冊，北京圖書館出版社 2007 年版。

19. 葉成忠主修《鎮海沈郎橋葉氏宗譜》，民國十八年續修刻本。

20. 張舜徽著《清人文集別錄》，華中師範大學出版社 2004 年版。

21. 柯愈春著《清人詩文集總目提要》中，北京古籍出版社 2001 年版。

22. 韓朝陽著《海濡拾遺》，寧波出版社 2015 年版。

23. 卜永堅、李林主編《科場·八股·世變 光緒十二年丙戌科進士群體研究》，中華書局（香港）有限公司 2015 年版。

24. 孫善根著《寧波幫史略》，寧波出版社 2015 年版。

25. 俞珍芬主編《人文莊市》，中國文史出版社 2007 年版。